ー文庫

愛の旋律

アガサ・クリスティー

中村妙子訳

早 川 書 房

5344

GIANT'S BREAD
by
Agatha Christie writing as Mary Westmacott

Translated by
Taeko Nakamura
Published 2019 in Japan by
HAYAKAWA PUBLISHING, INC.
This book is published in Japan by
arrangement with
AGATHA CHRISTIE LIMITED
through TIMO ASSOCIATES, INC.

わたしの
もっとも真実な、よき友である
母の思い出に捧ぐ

目次

愛の旋律

登場人物

ヴァーノン・デイア……………………………天才音楽家
ジョー（ジョゼフィン）・ウェイト…………ヴァーノンの従妹
セバスチャン・レヴィン………………………デイア家の隣人。ヴァーノンの親友
ネル（エリナー）・ヴェリカー………………ヴァーノンの幼な友達
ジェーン・ハーディング………………………オペラ歌手
ウォルター・デイア……………………………ヴァーノンの父
マイラ・デイア…………………………………ヴァーノンの母
シドニー・ベント………………………………ヴァーノンの伯父
ニーナ・ウェイト………………………………ジョーの母
ジョージ・チェトウィンド……………………アメリカの富豪

プロローグ

ロンドンに新設されたナショナル・オペラ劇場のこけら落としといえば、衆目を集めるのは当然のことである。やんごとなき筋の臨席もあった。新聞界を代表する面々もきていた。社交界のお歴々も顔を見せていたし、音楽の愛好家ももちろん何とか都合をつけてやってきた。もっとも彼らの席はおおかた、ずっと後方の天井桟敷だったが。

だしものはボリス・グローエンという無名の作曲家の『巨人』と題する新作であった。

第一部が終わった幕あいには、あちこちで次のような会話がきれぎれに聞かれた。

「すてきでしたわ、本当に」「なにしろ、時代の尖端を行くものだそうですからね。始めからおしまいまで故意に調子をはずしてあるので、アインシュタインの理論でも勉強しなければ、てんで理解できないとか……」「ええ、とてもよかったって、みんなに話すつもりですわ。でも正直なところ、何だか頭痛がしてきませんこと?」

「イギリスの劇場なら、イギリスの作曲家の作品で幕をあけたらよさそうなものじゃないか」こう憤慨しているのは口うるさそうな陸軍大佐だった。

「まったく」と連れが気取った口調で相槌を打った。「もっともイギリス生まれの作曲家なんぞ、この節は苦労して探しても見つからんのだろう、残念千万だが」

「馬鹿な！　彼らにははじめからチャンスが与えられんのだよ。不公平な話じゃないか！　だいたい、このレヴィンという男は何者だね？　どうせ、薄汚いユダヤ人だろうが」

近くの壁にカーテンの蔭に隠れるようにしてもたれていた男がふと微笑した。彼こそ、このオペラ劇場の所有者、名うてのショーマンとして知られている当のセバスチャン・レヴィンだったのだ。

レヴィンはでっぷりふとった大柄な男で、容易に感情を表わさぬ黄ばんだ顔に黒い細い目が光り、両脇に突き出ている突拍子もなく巨大な耳は、風刺漫画家を大喜びさせそうだった。

今、その耳は人々の話し声を断片的に捕えていた。

「退廃的……病的……神経症的……小児的……」といったいいぐさは批評家連中のそれだった。

「すごいわ……ふるいつきたくなるよう……うっとりするわ」というのは女性たち。

「なんてことはないね。いわば大掛かりなレヴューってところじゃないか」

『機械』と題する第二部の効果は驚倒すべきものだったね。第一部の『石』は単なる導入部だろう。レヴィンは、これにすっかりいれあげているそうだよ。すくなくともまったく斬新な試みではあるね」

「奇妙な音楽だ。何となくぞっとするな」

「ボルシェヴィキの思想の体現というやつかね。騒音音楽というんじゃなかったっけ、こういうのを?」

こうした感想は女性たちより遙かに知的だが、批評家ほどには偏見に毒されていない青年たちのそれだった。

「まあ、これだけのものだね。大向こうの喝采を狙ったこけおどしさ」「だがわからんぞ。こういった立体派《キユービズム》に随喜の涙を流す向きもなきにしもあらずだからな」「レヴィンはどうして、抜け目のない男さ」「そう、おりおりひどく気前よく札びらを切るが、いつだってもとは必ず取っているよ」「それにしても奴さん、こいつにどのぐらいかけたろう?」誰かが具体的な金額をあげたらしく、妙に鳴りをひそめる気配が感じられた。

彼自身と同じユダヤ人連中のこういった反応を聞き流しつつ、レヴィンはにやりと笑った。

ベルが鳴って、人々は水が渦を巻いて退《ひ》くようにぞろぞろと席にもどりはじめた。

しばらく間があって、まだひとしきり話し声や笑い声が聞こえたが、やがて照明が揺らぎ、暗くなって、指揮者が台の上に立った。その前に居並んでいるのは、コヴェント・ガーデン劇場に常時出演するオーケストラの六倍はあろうと思われる、しかも、通常のそれとはまるで違う構成のオーケストラであった。まず出来損ないの怪物のように奇異な形の金属楽器。一隅には、見慣れぬ水晶製の楽器もきらきら光っていた。伸ばされた指揮棒がさっと振りおろされると、かなしきの上を槌が打つようなリズミカルな低い打楽器の音が始まった。おりおりふっと消えたと思うと、リズムを乱してふたたび始まり、はげしく押しあいへしあいする感じで続く。

そして幕があがったのだった……。

二列目のボックスの後方に立って、レヴィンはじっと舞台に目を注いだ。

それは普通のオペラとはまったく類を異にする構想のものだった。筋もなければ、これという登場人物もいない。オペラというよりは、大掛かりなロシアン・バレエとでもいったらわかりいいだろうか。それは目に訴える効果を、数々の照明の織りなす、奇妙な、どこかこの世離れのした効果を狙っていた。こうした効果はセバスチャン・レヴィン自ら案出したもので、レヴィン演出のレヴューといえば目を驚かすセンセーショナルな印象という点では比を見ないとかねてから取沙汰されていた。

プロローグは『石』と題され、人類の揺籃期を象徴していた。

この作品の中心をなす第二部は、『機械』を主題とする絢爛たるページェントだった。

それは奔放な空想の産物で、恐ろしいほどの迫力をもっていた。発電所。発電機。クレーン。すべてのイメージが渾然と溶けあい、流動していた。そして驚くべき数の——立体派《キュービスト》画家描くところのロボットに似た顔の人間たちが、さまざまなパターンを形作りつつ、そこを行進しているのであった。

楽の音は昂《たか》まり、渦巻いた。深い、朗々たる調べは珍奇な形の金属楽器の発するものであった。さらにまた、たくさんのコップを打ち合わせたような甲高い、甘美な、ふしぎな音色が一段と高らかに響きわたった。

『摩天楼のエピソード』は、早朝の空を旋回する飛行機の上からさかさに見おろされたような、大都会ニューヨークのイメージだった。例の風変わりな乱調子のリズムが一段と執拗に、威圧的な単調さで轟いた。曲はいくつかの挿入部を合わせて最高潮に達した。巨大な鋼鉄の建造物と見えたのは、いかつく、冷たい顔の幾千人もの人間が寄り集まってできている一人の巨人であった。

エピローグがすぐこれに続いた。幕あいはなく、明りもつかないままだった。

オーケストラの一部だけが演奏を続けていた。新しい言葉で〝ザ・グラス〟と呼ばれるものだろう。

明澄な、高らかな調べが響きわたった。

幕があがると一面の霧。その霧が分かれると、突然目を覆いたくなるほどの明るさがみなぎった。氷——巨大な氷山、そして氷河……燦然と輝く世界。

その巨大な氷の尖塔の上に小さな人影が立ち——聴衆に背を向けて、日の出を示す、堪えがたいほどの輝きに目を注いでいた。

滑稽なほど、矮小な人間であった。

輝きは刻々増し、マグネシウムの白熱光となった。人々は本能的に苦痛の叫びを発し、両手で目を覆った。

グラス楽器の響き——高く、甘く——そして砕け——文字通り砕けて、きらきら光る砕片となった。

幕がおり、明りがついた。

セバスチャン・レヴィンは人々の讃辞や揶揄を、無表情な顔で受けた。

「とうとうやったね、レヴィン、しかもすこぶる徹底的に」

「見事なものだったよ。もっとも何をいわんとしているのか、私にはさっぱりわからなかったが」

「巨人ねえ——まあ、我々はこうして機械の時代に生きているんだから」

「ああ、レヴィンさん、本当にぞくぞくしましたわ。今夜はあたくし、あの鋼鉄の巨人の夢にうなされましてよ、きっと」

「機械がついに人間を貪り食うという設定かね？　当らずといえども遠からずだろうな。

自然への復帰は誰しも願うところだからね、ところでグローエンとは何者だ？　やっぱりロシア人かね？」

「そうだ、グローエンとは誰なんだね？　ともかくも天才には違いないな。ボルシェヴィキもついに誇るに足る作曲家を世に送ったわけだ」

「きみがボルシェヴィキにかぶれたとは残念千万だな、レヴィン。集合的人間《コレクテイヴ・マン》、集合的《コレクテイヴ・》音楽《ミュージック》か」

「まあ、成功を祈らせてもらうよ、レヴィン。もっとも私は、近ごろ、音楽の名を冠されるようになったこうした糞いまいましい雑音を好かんがね。が、ショーとしては、面白いことはたしかに面白い」

　ほとんど最後にレヴィンに近づいたのは、一方の肩がもう一方より高くせりあがった、猫背の小柄な老人であった。奇妙にははっきりした発音で彼はいった。「一杯、ふるまってくれるかね、セバスチャン？」

　レヴィンは頷いた。この小男はイギリスの音楽批評家中にその人ありと知られたカール・バウアマンであった。二人は連れだって至聖所ともいうべきレヴィンの私室に足を向けた。

　それぞれ肘掛椅子に落ち着くと、レヴィンは客にウィスキー・ソーダを供して問いかけるような目を向けた。この批評家がどういう裁定を下すか、気掛かりだったのである。

「ところで、どうでした？」

　バウアマンは少ししてからゆっくり口を開いた。

「私は年寄りだからな。聴いて楽しい音楽もあれば、さっきの音楽のように聴いて楽しいとはいいがたい音楽もある。だが天才の作品は聴けばそれとわかる。天才を自称する連中のうち、百人までは山師で、伝統を破壊することによって、何かすばらしいことでもやりとげたように得意がるやつらだ。しかし百一人目は天才だ。未来への歩みを大胆に印する男だよ」

　彼はふと口をつぐんだが、ややあってまた続けた。

「今もいったように、私は天才を天才と認めることができる。私の好みに合わないことがあっても、天才には敬意を払わねばならん。グローエンとは何者か。何ぴとにもせよ、明らかに天才だ……彼の音楽は明日に属する……」

　バウアマンはふたたび言葉を切った。レヴィンは、相手の次の言葉を待った。

「きみの企てが成功するか、失敗するか、それは知らない。おそらく成功するだろう。しかしその成功は主としてきみ自身の個性の力によるものだ。きみという男は、自分がこれはと思ったものを否応なしに大衆に受けいれさせるのに妙を得ているからね。つまり成功の手腕をもっているのさ。きみはこのグローエンなる男を神秘の幕で包んだ——マスコミの反応を当てこんでのことだろうが」とセバスチャンの顔を鋭い目で見つめた。「きみのマスコミ戦略を妨害する気はないよ。だが一つだけ教えてくれないか？　グローエンはイギリス人だろう？」

「そのとおりです。どうしてわかりました？」

「国籍というやつはね、きみ、音楽にはっきり出るものだよ。彼とて、ロシアの音楽家に学ぶところはなにがしかあったのだろうがね。だが今もいったように、音楽に表われる国民性は間違いようのないものだ。先駆者は彼以前にもいた。あの男が達成したものを彼にさきがけて試みた連中はね。イギリスにもホルスト、ヴォーン・ウィリアムズ、アーノルド・バックスのような人々が出た。世界中どこでも、音楽家たちは新しい理想――いわゆる絶対音楽にひかれつつある。このグローエンという男は、このあいだの戦争で戦死したあの青年の直系の後継者だ。なんといったかな、あの男――デイア、そう、ヴァーノン・デイアだ。あの男には稀有な才能があった」とほっと嘆息し、「レヴィン、我々は戦争によってじつに多くのものを失ったね」

「そう、見当もつかないくらいです」

「考える気もせん、まったくの話」バウアマンは立ちあがった。「長居はしないよ。きみは忙しい人だから」かすかな笑みを浮かべて彼は呟いた。「巨人か！　きみとグローエンはさぞかしほくそ笑んでいることだろうな。みんなは巨人を、機械という別名をもったモロク神のことだと解釈している。あの矮小な人間こそ、本当の意味の巨人なのだということとには、誰一人、気づいていない。石の時代、鉄の時代を生き抜いた個人、文明が崩壊し、死滅しても、新しい氷河時代を戦い抜き、我々が夢想だにしない新しい文明のうちに復活する人間が、その巨人だということに」

彼はにっこり笑って続けた。

「年をとるにつれて私は、人間ほど哀れで、滑稽で、不合理で、それでいてまったくすばらしいものはないと、ますます確信するようになってきたよ」

バウアマンは手をドアの取手に掛けて、戸口で立ち止まった。

「いったい、この『巨人』のような作品の創造にはどんな要素が寄与しているのかな？何がそれを作ったか、その養分になったものは何か？おそらく遺伝がそれを形作り――環境が磨きをかけ、円熟させた。そして愛欲が覚醒させたのだろう……しかしそれだけではあるまい。巨人の糧とは、何なのかね？

やあ、うまそうだ、
人間の血の臭いだぞ。
生きていようが死んでいようが、
骨までバリバリ嚙み砕いて
おれの餌食にしてくれよう！

天才とは、レヴィン、残忍きわまる巨人だよ。人間の血と肉を貪り食う怪物だ。グローエンについては私は何も知らぬ。だが誓ってもいい。彼は自分の中の巨人に自らの血や肉を、またおそらくは他人のそれをも提供したことだろう……すべてが、それこそ、骨まで嚙み砕かれて巨人の糧となったのさ……

私は老人だからね、レヴィン、気紛れな興味が動く。我々は今夜、ある結実を見た。今度はその淵源を知りたいね」

「遺伝——環境——愛欲」とレヴィンはゆっくり呟いた。

「そう、まさにそれをね。どうせ、きみは話してもくれまいが」

「しかし、知っている——そうお思いなんですね？」

「当然ね」

しばらくの後、レヴィンはやっといった。

「そう、私は知っている。お話ししたいのはやまやまですが……できないんです。いろいろと理由がありまして」

ややあって彼はまたゆっくり繰り返した。「それなりの理由があるんですよ」

「残念千万だな。さだめし興味深い一場の物語だろうに」

「さあ、それはどうですか……」

第一部　アボッツ・ピュイサン

第一章

1

ヴァーノンの世界の重要人物は、本当のところ、三人だけだった。ナース、神さま、それにミスタ・グリーンである。

もちろん、子ども部屋付きのメイドたちもいた。今いるウィニー、それからジェーン、アニー、セアラ、グラディス。メイドたちはもっとたくさんいたはずだが、思い出せるのはそれぐらいだった。子ども部屋付きのメイドはすぐ変わった。ナースとうまく折り合わなかったからだ。もっともヴァーノンの世界では、メイドたちはさして重要ではなかった。

マミーとダディーという二人の神格も存在したが、この二人についてはヴァーノンは寝る前に、〝マミーとダディーをお守りください〟と祈るときに思い出すぐらい、またおとなたちのお相伴をしてデザートを食べに階下の食堂におりていくとき、顔を合わせるだけだった。マミーとダディーはすばらしい人たちだったが、その印象は——とくにマミーのそれは――ひどくぼやけていた。いずれにせよ、二人とも現実の世界――ヴァーノンの世界――には属さぬ人物だったのだ。

これに反してヴァーノンの世界の中のものは、みなはっきりした実体を備えていた。たとえば子ども部屋の床の上に敷かれているインド産の敷物だ。緑と白の縞模様で、膝をつくとちくちく痛かった。片隅に小さな穴があいていて、ヴァーノンはこの穴にこっそり指を突っこんで穴をいっそう大きくしたものだった。

子ども部屋の壁紙は藤色のアヤメがいくつも絡みあっている模様で、その模様はあるときはダイヤ形に、また見かたによっては十字形に見えた。ヴァーノンにはこれが面白く、またふしぎであった。

子ども部屋の一方の壁ぎわには木馬が置いてあったが、めったに乗らなかった。籠細工の機関車とトラックもあって、これはよく出して遊んだ。一隅の背の低い戸棚には、古びた玩具がぎっしり詰まっていた。上の棚には雨の日とか、ナースがたまたま機嫌のいい日に出してくれる、取っておきの品々が載っていた。絵具箱、本物の駱駝の毛のブラシ、切り抜き用の絵入り雑誌。ナースが十把ひとからげに、〝鼻もちならないがらくた〟と呼んでいるこれらは、ヴァーノンにとって無比の価値をもつ財宝だった。

この子ども部屋という小宇宙の中心に鎮座する支配者がナースであった。彼女は三位一体の第一の神格で、大柄でよくふとっており、糊のきいた服は、歩くとゴワゴワと音をたてた。全知全能のこのナースを甘く見るわけにはいかなかった。小さな男の子なんぞには、到底太刀打ちできる人物ではなかったのだから。それというのもこれまでずっと男の子の世話をしてきたからで（女の子の世話をしたこともあったようだが、ヴァーノンは女の子にはまったく関心がなかった）、彼女が世話をした男の子たちは、おとなになってから揃いも揃って彼女の鼻を高くさせたということだった。

ヴァーノンは一も二もなくこれを信じた。そして自分もいずれ大きくなったら、やっぱりナースの鼻を高くさせることになるのだろうと思った。もっともこの自信はときとして揺らぐことがあったが。ナースには何ともいえぬ威厳があった。しかしまたすっぽりこちらを包みこむような暖かさも感じさせた。ヴァーノンが何を訊いても、彼女はさらりと的確な答をした。ヴァーノンはあるとき彼女に、壁紙の模様はどうしてときによってダイヤ形に見えたり、十字形に見えたりするのかと訊いてみた。

「それはね」とナースは答えた。「何事にも二通りの見かたがあるからですよ。世間でも、よくそういうでしょう？」

ナース自身があるときメイドのウィニーにそうした意味のことをいうのを聞いたことがあったので、ヴァーノンはなるほどとわかったような気持になった。そのときナースはさらに言葉を続けて、だいたい物事にはつねに両面があるものだといった。それ以後ヴァーノンは〝物事〟という言葉を聞くといつも、十字形の模様が一方に、ダイヤ形の模様がもう一方にずらりと並んでいる、脚立《きゃたつ》のような形を思い描くようになったのだった。ナースについで重要なのは神さまで、これまたヴァーノンにとっては、はっきりした実体を備えた存在だった。それは主としてナースがひっきりなしに神さまを引き合いに出すからだった。ナースにはヴァーノンのすることはほとんど何もかもわかってしまうらしいのだが、神さまはナース以上に、何から何までお見通しらしかった。それにまた神さまは、どうやらナースより気むずかしい人物のようだった。こっちは神さまを見ることができないのに、神さまには何でも見えるというのは不公平だ——とヴァーノンはいつも思った。暗闇の中でも神さまには人間が見えるのだそうだ。ときどきヴァーノンはベッドに入ってから、真暗な中で自分にじっと目を注いでいる神さまを想像して、ぞっとすることがあった。

しかしナースにくらべると、だいたいにおいて神さまは雲を摑むような遠い存在であった。神さまのことはたいていは都合よく忘れていられる。つまり、ナースによって会話の中に引っぱりこまれるまでは。

一度ヴァーノンは反逆を試みた。

「ナース、ぼく、死んだら真先に何をすると思う？」

ナースは靴下を編みながら呟いた。

「一つ、二つ、三つ、四つ——おやおや、一目落としてしまったわ。さあねえ、ヴァーノン坊ちゃん、わかりませんわ、わたしには」

「ぼく、死んだら天国に行って、神さまにいうんだ。『あんたはとってもひどい人だね。ぼく、あんたなんか、大嫌いだよ！』って」

一瞬、ナースは答えなかった。さあ、いってやったぞ、とヴァーノンは固唾《かたず》を呑んだ。こんな臆面もない、思いきったことをいった者は後にも先にもいないだろう。信じられないくらい大胆きわまる宣言だ。どういうことになるだろう？　どんな天罰――もしくは人罰が下るだろう？　ヴァーノンは待った――息をひそめて。

ナースは落とした編目を拾うと、眼鏡ごしにじろりとヴァーノンを見やった。落ち着きはらった、取り澄ました表情であった。

「神さまはね、おいたさんの坊やのいうことなんぞ、まるっきり気になさらないでしょうよ。ウィニー、そこの鋏をよこしてちょうだい」

ヴァーノンはすごすごとひきさがった。だめだ。ナースをへこませることなどできるものではない。そんなことははじめからわかっているはずだったのに。

2

第三の重要人物はミスタ・グリーンだった。ミスタ・グリーンは目に見えないという点では、神さまに似ていた。しかしヴァーノンにとっては、彼は生きている現実の人間で、どんな姿かたちをしているかということもよくわかっていた。ふとり気味の中背で、村の聖歌隊の一員として少々あやしいバリトンの声を張りあげる食料品屋の主人とどこか似ている。色艶のいい赤ら顔。上部を細く、下部を太く刈り揃えた頬髭。きらきら輝く青い目。ミスタ・グリーンですばらしいのはよく遊ぶこと、しかも子どものように遊びに熱中することだった。ヴァーノンが思いつくゲームはみな、ミスタ・グリーンの好むゲームであった。ミスタ・グリーンについては、ほかにもいろいろと特記すべきことがらがあった。たとえば、ミスタ・グリーンは子だくさんで、百三人の子どもがいた。そのうち、百人とは、ヴァーノンはこれといって親しくしていなかった。彼らはヴァーノンがミスタ・グリーンと並んで立っている背後のイチイの並木道を歓声をあげて走りまわっている陽気な連中だった。しかし後の三人はそれらの有象無象とはまったく違っていた。ヴァーノンは彼らに、頭に浮かんだうちでもいちばん美しい名前——むく犬《プードル》、りす《スクアーラル》、木《ツリー》という名をつけていた。ヴァーノンは孤独な少年だったのかもしれない。しかし自分ではそれに気づいていなかった。ミスタ・グリーンと、プードル、スクアーラル、ツリーという三人の遊び友だちがいたからだった。

3

かれこれずいぶん長いあいだ、ヴァーノンはミスタ・グリーンの家をどこにするか、迷っていた。ところが突然気づいたのだ。きまってるじゃないか、ミスタ・グリーンは〈森〉に住んでいるんだ！　〈森〉はいつもヴァーノンにとって、たとえようもない魅力をもっていた。ヴァーノンの家の広い庭園は〈森〉に接し、丈の高い緑色の垣根が境界線をなしていた。ヴァーノンはその垣根にそって歩きながら、垣根の向こうをのぞくことができるような隙間でもないかと目を凝らした。そこに立つと木々が囁きかわすひそやかな音や溜息、さやさやという葉ずれの音が聞こえた。少し歩いて行くとドアがあったが、残念なことにいつも鍵がかかっていたので、〈森〉の中がどうなっているのか、ついぞ確めてみることができなかったのだった。

ナースはもちろん、連れて行ってはくれなかった。どこの家のナースでもそうだが、ヴァーノンのナースも平凡で、まっとうな散歩をするのが好きで、湿った、汚らしい木の葉に足を埋めて歩いたりすることを好まなかった。だからヴァーノンは〈森〉に足を踏みいれることを許されたためしがなかった。禁断の場所だということで、彼はますますそのことをあれこれ考えるようになった。いつかきっと〈森〉に行って、ミスタ・グリーンと一緒にお茶の会を催そう。そのときのためにプードル、スクアーラル、ツリーに新しい服を買ってやらなければ、そんなことまで考えていたのだった。

4

ヴァーノンは子ども部屋にはすっかり飽き飽きしていた。第一それは狭すぎた。そこのことなら、もう何でも知りつくしていた。しかし庭は別だった。庭には人をわくわくさせるようなものがあった。庭は変化に富んでいた。低く刈りこんだイチイの生け垣には小鳥が群れ、そのあいだを長い散歩道が走っていた。大きな金魚のたくさん泳いでいる池。塀をめぐらした果樹園。春になるとハタンキョウの花が咲く自然林、白樺の林の蔭にはイトシャジンが咲き乱れていた。柵で囲まれた昔の僧院の跡はとりわけ魅力的だった。ここでは彼は、ただほっておいてもらいたかった。勝手に木にのぼったり、あちこち探検をしたり、気随気儘にふるまいたかった。しかしそれは許さるべくもなかった。といってもまあ、だいたいにおいて彼は好きなように歩きまわることができた。ウィニーがお目付け役だったのだが、どういうわけだか、散歩の途中できまって下働きの庭師とばったり出会うことになっているようだった。ともかくもそのおかげで彼はウィニーの監督に煩わされることなく、自分の好きな遊びに没頭することができたのであったが。

5

ヴァーノンの世界は徐々にひろがった。両親という双子星はやがて二つに分離した。ダディーはあいかわらず漠然とした存在だったが、マミーはかなり強烈な個性をもつ人格となった。マミーは彼女の、〝かわいい坊や〟と遊ぶために、おりおり子ども部屋を訪れることがあった。ヴァーノンは真面目くさった顔ですこぶる慇懃にふるまって、そのひときに堪えた。マミーがくると、やりかけのゲームをやめてマミーの選ぶゲームをしなければならない。ときには女性客がマミーについてくることもあった。そんな折、マミーはヴァーノンをぎゅっと抱きしめて叫ぶ(これにはすくなからず閉口させられた)。

「母親であるって、本当にすばらしいわ！　まったく無限の驚きですわ、自分自身のものである、かわいい坊やをもつってことはね」

顔を真赤にしてヴァーノンはその抱擁から身を捥ぎ離す。〝かわいい坊や〟だって！　ぼく、もう三つじゃないか。

例によってそうした場景が繰りひろげられたある日、ヴァーノンがふと目をあげると、子ども部屋の戸口に父親が立って、皮肉なまなざしでこちらを眺めていた。二人の目が合ったとき、まるで何か秘密の通信がひそやかにかわされたような感じがした——暗黙の理解——一種の連帯感ともいうべきものがかよった。

母親の友だちがぺちゃくちゃとしゃべっていた。「この子があなたに似なかったのは残念ね、マイラ。あなた譲りの金髪だったら、まあ、どんなにか、かわいらしいでしょうに！」

ヴァーノンはふと誇らしい気持で考えた、じゃあ、ぼくはダディーに似ているんだな。

6

アメリカ人の奥さんが昼食にきた日のことを、ヴァーノンはありありと覚えていた。ナースが前もってアメリカについて、いろいろと説明してくれたからだった。もっとも後で考えてみると、ナースはどうやらアメリカとオーストラリアを混同しているらしかった。デザートのときにヴァーノンは、おっかなびっくり食堂におりて行った。今日のお客の故郷はナースによればイギリスの裏側にあるそうだ。とすると、その国の人間はいつも逆立ちして歩いているのだろうか？　それにそのアメリカ人のお客は、とても単純なことをいうのにたてつづけに変てこな言葉を使って、彼をますますびっくりさせた。

「なんてまあ、かわいい坊《キュート》ちゃん！　さ、こっちにおいでなさいな、おりこうちゃん。おばさん、坊ちゃんにキャンディの箱を持ってきましたわ。ほら、お取りなさい」

ヴァーノンはおずおずと近づいて差し出された箱を受け取った。この人、物を知らないな。だってこれ、キャンディじゃない。スコットランドの飴、エディンバラ・ロックじゃないか。

お客はほかに二人いた。二人とも男で、一人はこのアメリカ女性の夫だということだった。彼はいった。

「坊や、半クラウン銀貨ってものを見たことがあるかね？」

こんなふうに切り出したあげく、その半クラウンをヴァーノンにくれたのだった。誰のものでもない、彼自身の財産として取っておける銀貨。とにかくそれはいろいろな意味で特筆すべき日であった。

それまでヴァーノンは自分の住んでいる屋敷についてろくに考えたことがなかった。彼の家は、ときたま彼がマミーと一緒にお茶に招かれる牧師館よりもたしかに広い。しかしヴァーノンはめったによその家の子どもたちと遊んだり、彼らの家を訪ねることがなかった。というわけで彼は、お客が家中をくまなく見てまわり、ことにアメリカ女性がひっきりなしに甲高い声で感嘆するのを聞いて、すくなからず感銘を受けた。

「すごいじゃない？　ねえ、あなた、こんなすばらしいもの、見たことあって？　まあ、五百年も前のものですの？　ちょっとフランク、聞いた？　ヘンリー八世の時代ですってよ。まるでイギリス史のお講義でも、聞いてるみたいじゃありませんか。それにまあ、僧院はもっと古い時代のものだそうよ」

彼らは家中を隅々まで探検した。奇妙にヴァーノンに似た顔だち、真中に少し寄った暗い目と細長い白い手の人々の肖像画の掛かっている細長い画廊をぞろぞろと歩いて行く彼らを、画像の主である先祖たちが驕慢とはいえないまでも、冷やかな寛容さをたたえた表情で見おろしていた。ひだ衿をつけたり、真珠を連ねた髪飾りを髪にまつわらせたりしている、おとなしやかな女性たち——デイア家の女たちは内気な生まれつきで、怖いもの知らず情知らずの、気性の激しい当主に嫁いで一生をこの屋敷でひっそりと暮らした。彼女たちは、今彼らの目の下に足を運ぶデイア家の最後の女性マイラ・デイアを、値踏みするようなまなざしで見おろしていた。客は画廊をひとわたり見物してホールを通り、旧教禁制当時、僧侶が隠れた小部屋へ行った。

ヴァーノンはナースに促されてひきさがっていたのだが、庭で金魚に餌をやっているところへ客が通りかかった。ヴァーノンの父親は崩れかけた僧院の扉の鍵を取りに行き、三人のアメリカ人だけが後に残っていた。

「ねえ、驚くじゃない、フランク、何世代ものあいだ、親から子に次々に受けつがれてきたってわけよね。ロマンティックだわ。なんともいえないくらい、ロマンティックだわ。考えてもごらんなさいな、そっくり昔のまんま取ってあるなんて、どうしてこんなことがあり得たのかしらねえ」

そのとき三人目の客が口を開いた。この男は口数が少なく、ヴァーノンはまだ彼がしゃべるのを一度も聞いたことがなかったのだが、このときぽっつり一言呟いた。ひどく魅力的、神秘的な、響きのいい音だったので、ヴァーノンはそれを肝に銘じて忘れなかった。

「ブラマジェム《まやかし》さ」と男はいった。

どういう意味か訊いてみようとしたとき（実際訊いてみるつもりだったのだが）、彼の心をひくあることが起こって、ヴァーノンはすっかり我を忘れてしまった。おりしもヴァーノンの母親が屋敷から出てきたのであった。風景画家が好んで描く絵のような、どぎつい黄と赤の日没を背にして立っている母親の姿を、ヴァーノンは今さらのようにまじまじと見つめた。白皙の肌、赤みがかった光沢のある金髪。お伽噺の絵本から抜け出したような美しい立ち姿であった。

そのふしぎな瞬間を彼はけっして忘れなかった。この人が自分の母親なのだ。なんてきれいなんだろう。たちまちヴァーノンは彼女に対する愛情が胸にみなぎり溢れるのを覚えた。何かが彼を苛《さいな》んでいた。内側から。それは苦痛に似ていたが、苦痛ではなかった。頭の中で奇妙な音が轟いていた。その雷のような音はいつしか高い、美しい小鳥の囀りに似た調べに変わった。とにかく甘美なひとときであった。

そしてあのまやかし《プラマジエム》という呪《まじな》いの言葉が、それらすべての中に渾然と溶けこんでいたのであった。

第二章

1

子ども部屋付きのメイドのウィニーが暇を取ることになった。ひどく急な話だった。ほかのメイドたちはひそひそ声で囁きあい、ウィニーはおんおん泣いていた。ナースが彼女一流の説教をすると、いっそう激しくむせび泣いた。ナースにはどこか恐ろしいところがある。ウィニーを叱る彼女は常にもまして巨大に見え、糊のきいた服のたてる衣《きぬ》ずれの音も一段と高かった。ウィニーが彼の父親のせいで暇を取るのだということを、ヴァーノンは知っていた。彼はその事実を、とりたてて大きな関心も好奇心も示さずに受けいれた。メイドたちはときどきダディーのせいで暇を取ることがあったのだ。

マミーは部屋に閉じこもったきり、出てこなかった。マミーもやっぱり泣いているらしく、すすり泣く声が閉ざしたドアの背後から洩れ聞こえた。その部屋には、ヴァーノンも呼ばれず、ヴァーノンとしても、そんなマミーのところに行こうなどとは思いもしなかった。いや、むしろ呼ばれないのでほっとしていた。彼は泣き声とか、嗚咽、鼻をすりあげる音などが大嫌いだった。耳もと近くでよくそんな音を聞いたのは、マミーに涙ながらに抱きすくめられるということがかなりしばしばあったからだった。その種の音が耳もとですると、何ともやりきれない気持になった。彼にとって何がいやだといって、耳障りな音ほど、うんざりさせられるものはない。そんな音を聞かされるとおなかが宿変えしたような妙な気分になった。ミスタ・グリーンの美点の一つは、けっして耳障りな音を立てないということだった。

ウィニーは荷物をまとめている最中で、ナースが手を貸してやっていた——ナースも今はもうそれほど恐ろしくなく——むしろ人間味すら感じられた。

「これに懲りて、今度の勤め先じゃ、派手にべたべたしないようにするんだね」

ナースがこういうとウィニーはまたもや鼻をクシュンクシュンいわせて、自分にはべつに不都合はなかったのにと呟いた。

「このお屋敷ではわたしが目を光らせているからさ」とナースはいった。「赤っ毛の娘は、とかく悶着の種を蒔く。わたしのおっかさんがよくいったものさ、赤っ毛の女の子には弾《は》ねっかえりが多いって。何もあんたが悪い娘だなんていっちゃあいない。でもあんたのしたことは、操正しい娘にはおよそ似つかわしくないことさ。まあ、これ以上は何もいうまいよ」

という言葉の下からナースは、いつものようにたっぷりと説教をした。しかし、ヴァーノンはもう聞いてはいなかった。〝似つかわしくない〟というのはどういう意味だろうと首をひねっていたからだった。〝その帽子はよく似合う〟などと人はいう。似つかわしくない、というのは似合わないってことだろうか？　でもウィニーが暇を取ることと、帽子と、何の関係があるのだろう？

「似つかわしくないって、どういう意味なの、ナース？」と彼は後で訊いてみた。

ナースはヴァーノンの麻の服を裁ちかけて口に留針をたくさんくわえていたが、言下に答えた。

「見よくないってことですよ」

「見よくないって、何がさ？」

「下らないことを根掘り葉掘り訊きたがるお子さんのことですわ」ナースとしての長年の経験から、子どもの厄介な質問をさらりと受け流すのに妙を得ているナースは、澄ましてこう答えたのだった。

その午後、父親が子ども部屋にやってきたが、妙に気がねしているような表情を浮かべていた。いつものような勢いがなく、それでいて少々居直ったような感じがあった。ヴァーノンが目をまるくして興ありげに見つめると、ウォルター・デイアは少したじろいでいった。

「やあ、ヴァーノン、私はこれからロンドンに行く。いい子にしておいで」

「ロンドンに行くって、ウィニーにキスしたからなの？」とヴァーノンは興味しんしん訊ねた。

とたんに父親は、平生ヴァーノンの耳に入れてはならぬことになっている——ヴァーノン自身が口真似することはもとより——たぐいの悪態をついた（おとなはしばしばこうした言葉を使うが、子どもには固く禁じられているので、かえって一種こたえられぬ魅力があった。ヴァーノンは〝コルセット〟というもう一つの禁断の言葉とともに、それを眠りを呼ぶ呪《まじな》いのように、ベッドの中でこっそり唱えることにしていた）。

さて父親は、「どこの畜生がそんなことをおまえに教えた？」といまいましげにいった。

「誰もいわないよ」とヴァーノンはちょっと考えてから答えた。

「じゃあ、どうして知っている？」

「ウィニーにキスしたんじゃなかったの？」

父親はぷいと部屋の向こう側へと移動した。

「ウィニーはときどきぼくにもキスをしてくれるけど」とヴァーノンは続けた。「ぼく、キスってあんまり好きじゃない。キスをされればお返しのキスをしなけりゃいけないしね。下働きの庭師もよくウィニーにキスをするよ。キスが好きなんだね、きっと。ぼくはキスなんて、つまんないと思うけど。おとなになったら、ぼくもウィニーにキスしたくなるかしら、お父さま？」

「そう、たぶんね」と父親はゆっくり答えた。「たぶん、そうなるだろうよ。男の子はとかく父親に似るものだから」

「ぼく、お父さまみたいになりたいんだ。お父さまは馬に乗るのが上手だし。馬丁のサムがいってたよ、お父さまみたいに上手に馬を乗りこなす人はざらにはいないって。それに、馬について誰よりも目が利くって」それから急に早口になった。「ぼくね、マミーより、お父さまに似るほうがいいな。マミーが乗ると、馬の背中が痛くなるんだって」

ふたたび沈黙が続いた。

「マミー、寝てるよ。頭が痛いんだって」とヴァーノンはいいにくそうな早口でいった。

「知っている」

「行ってきますって、マミーにいった？」

「いや」

「いわないで行っちゃうの？　いうなら早くしなくちゃ。馬車がもう玄関の前にきてるよ」

「時間がなさそうだからね」

　ヴァーノンは分別ありげに頷いた。

「そのほうがいいね、きっと。泣いてる人をキスするの、ぼくも好きじゃないんだ。マミーにキスしてもらうのも、あんまりいい気持じゃない。ぎゅっと抱きついて、耳のそばでやたらにくしゃくしゃ内緒話をするんだもの。マミーにキスするくらいなら、ウィニーにキスするほうがまだいいや。お父さまは？」

　こういったとたんに父親がそそくさと部屋から出て行ってしまったので、ヴァーノンは呆気にとられた。この少し前にナースが部屋にもどってきていた。ナースはうやうやしく傍らによけて旦那さまを送り出した。ナースが何をいったわけでもないのに、ウォルター・デイアは妙に間が悪そうだった。

　やがてメイドのケティーがお茶の盆を運んできた。ヴァーノンは部屋の片隅で積木の塔を作りはじめた。いつもの平和な雰囲気がふたたび彼を包んでいた。

3

突然その平和が破られた。母親が戸口に立ったのである。マイラ・デイアは悲劇の女主人公よろしく惨めさを絵に描いたように、泣き腫らした目をハンカチーフでしきりに拭っていた。

「あの人、行ってしまったのね？　あたしにひとことの挨拶もなく――たったのひとことも――ああ、坊や、かわいい坊や」

母親はつかつかと近づいていきなりヴァーノンを抱きあげた。今まで彼が作った、どんな塔よりすくなくとも一層は高いと思われる堂々たる積木の塔が大きな音を立てて崩れ、ヒステリックな高声がヴァーノンの鼓膜をキンキンと圧迫した。

「坊や――あたしの坊や――坊やだけはこのマミーを捨てないわね？　約束してちょうだい――約束して――」

ナースが近づいた。

「まあまあ、奥さま、そんなに興奮なさっちゃ、お体にさわります。ベッドにおもどりなさいませ。イーディスが熱いお茶をお持ちしますから」

権威のある、厳しい語調だった。

母親はいよいよ激しくすすり泣きながら彼を抱きすくめた。ヴァーノンは身を固くして逃れようともがいた。いやだ、我慢できない――この手を放してくれさえしたら、マミーのいうことを聞く――何でも聞く。

「あなたが埋め合わせをしてくれなくっちゃ。ねえ、ヴァーノン、お父さまはあたしを苦しめるのよ。せめてもあなたが埋め合わせをしてちょうだい。ああ、神さま、あたし、本当にどうしたらいいのでしょうか？」

ヴァーノンは、後ろでこの愁嘆場を息を呑んでうっとりと見守っているメイドのケティーの存在をぼんやり意識していた。

「さあさあ、奥さま、もうよろしゅうございましょう？　坊ちゃまが怯えなさるだけですわ」

ナースの声にこもった権威にヴァーノンの母親は弱々しく屈して、差し出された腕にすがっておとなしく連れ出された。

ナースは数分後に上気した顔でもどってきた。

「奥さま、ずいぶん取り乱していらっしゃいましたねえ」とケティーがいった。「ヒステリーっていうんでしょうね、ああいうのを。おおげさったらないわ！　でも大丈夫かしら？　早まったことをなさらないといいけど。このお屋敷のお庭にはやたらにたくさん池がありますからね。旦那さまも旦那さまだけど、でも奥さまのことはずいぶんと我慢もなさってるんですもの。あんなふうにしょっちゅう、泣いたり騒いだりじゃあ――」

「もうたくさん」とナースが声を荒らげた。「早く自分の仕事にもどりなさい。下《しも》じもの者が目上の方のことをあれこれ取沙汰するなんて、とんでもない。あんたのお母さんも、あんたをもっと気をつけて躾けといてくれるとよかったのに」

ケティーは怒ったように頭を一振りしてひきさがった。ナースはテーブルのまわりを歩きながら、邪慳な手つきで茶碗や皿の位置を直した。唇がかすかに動いていた。

「まったく小さな子どもを相手に何をおっしゃるやら……呆れてものもいえやしない……」

第三章

1

新しいメイドがきた。色の白い痩せた娘で、目が少々とび出していた。イザベルという名だったが、この屋敷ではスーザンと呼ばれることになった。そのほうが似つかわしいというわけだ。ヴァーノンにはこれがふしぎでならなかった。それでナースにわけを訊いてみた。

「ご大家に似つかわしい名もあれば、メイドに似つかわしい名もあるってことですよ」

「だったらどうして、イザベルなんて名がついてるのさ？」

「赤ん坊に名をつけるときに、身のほどもわきまえない猿真似をする人がいるんですよ」

ヴァーノンは〝猿真似〟という言葉に気をひかれた。子どもに名前をつけるのに動物園に出かける親がいるんだろうか？

「ぼく、名前って、みんな、教会でつけるんだと思ってた」

「そのとおりですとも、ヴァーノン坊ちゃま」

変だなあ、おかしいことだらけだ、とヴァーノンは思った。このごろ、わからないことが前より多くなったような気がする。ある人がこういったと思うと、別な人が、まるで反対のことをいう。

「ナース、赤ん坊って、どうして生まれるの?」

「前にも同じことをお訊きになりましたよ。赤ちゃんはね、小さな天使が抱っこして窓から入ってくるんですわ」

「だってあの――アメ――アメリカの――アメリカの――」

「口の中でもごもごいわずに、はっきりおっしゃいまし」

「このあいだきた、あのアメリカ人のおばさん、ぼくのこと、グースベリの木の下で見つかったんだって、いったよ」

「アメリカの赤ちゃんはみんな、そうなんでしょうね、おおかた」とナースは眉毛一本動かさずにいった。

ヴァーノンはほっとしたように溜息をついた。なるほど、そうなのか! ナースは何を訊いても知らないことのない、じつに調法な人だった。動揺しかけた宇宙がふたたび安定し、ヴァーノンは心から安堵していた。ナースのすばらしいところは何といっても人を小馬鹿にしないことだ。

そこへゆくとマミーは。マミーがあるとき、女性客にこういっているのを彼は聞いた。

「この子ったら、変てこな質問ばかりしますのよ。ついこのあいだもこうですの……、子どもって本当に滑稽ね、かわいらしいおかしなおちびさん」

何が滑稽なのか、かわいいのか、彼にはさっぱりわからなかった。ただ知りたいから質問するだけなのに。子どもにわからないことを、おとなはよく知っている。おとなになるって、つまりは知らないことがなくなるんだろう。何もかも承知し、ポケットに金貨をたくさんいれている——おとなになるって、そういうことをいうんだろう。

2

ヴァーノンの世界はますます広がりつつあった。

伯父さんたち、叔母さんたち。

シドニー伯父さんはマミーのお兄さんだった。背が低くてでっぷりとふとり、ちょっとのぼせたような赤ら顔で、しょっちゅう鼻歌を歌い、ズボンのポケットの中を探ってジャラジャラと小銭の音をたてる。伯父さんは冗談口を叩くのが好きだったが、ヴァーノンはその冗談をあまり面白いと思わなかった。

「私がもし、おまえの帽子を頭に載せたらどう見えるかね？　ええ？」

おとなって、まったく変なことを訊く。変てこな、答えにくい質問をする。ナースはいつもいっている。「人さまの顔や姿について、とやかくいうものじゃありません」って。

「さあ、どうだね？」とシドニー伯父さんは、執拗に繰り返すのだった。「ほら——こんなふうに」とヴァーノンの麻の帽子をつかんでそれを自分の頭の上にひょいと載せた。

「どう見えるかね？」

仕方がない。どうしても答えろというなら、そうするほかない。ヴァーノンは礼儀正しく、しかし、少し物憂げにいった。

「馬鹿みたいに見えます」

「マイラ、おまえの息子にはユーモアのセンスというものがないな」とシドニー伯父さんは呆れたように彼の母親を顧みた。「まるっきり、ユーモアのセンスが欠けている。残念千万だ」

ダディーの妹のニーナ叔母さんは、シドニー伯父さんとはまったく違うたちの人だった。

ニーナ叔母さんは夏の日の庭のように爽やかな匂いがした。ニーナ叔母さんの声は耳に快い柔らかい声だった。叔母さんにはそのほかにも、いろいろすてきなところがあった。

こっちがキスしてほしくないときにはけっしてキスをしないし、同じ冗談をしつこく繰り返したりもしない。もっともニーナ叔母さんがアボッツ・ピュイサンにやってくることは、ごくまれだったのだが。

叔母さんはとても勇気があるに違いない、とヴァーノンは思っていた。その気になれば〈獣〉だって簡単にやっつけられる、そうヴァーノンに教えてくれたのはニーナ叔母さんだったのだ。

〈獣〉は応接間に住んでいた。四本の足、ぴかぴか輝く栗色の胴体。ヴァーノンははじめて見たときから、獣には黄色く光った、大きな歯があるとひとりぎめしていた。そもそもの初めからヴァーノンは〈獣〉に魅力を感じ、それでいてひどく恐ろしかった。〈獣〉は怒ると奇妙な音を発する。腹立たしげに唸ったり、キーキー声で呻いたり。そうした音はどういうわけか、ひどくヴァーノンを苦しめた。そんな音を聞くと内臓を切り裂かれるような気がしてがたがたと震え出し、吐き気を催す。目までちかちか痛くなってくる。けれども恐ろしいくせに、奇妙にひきつけられて、傍を離れることができないのだった。

ナースに竜退治の物語を読んでもらうとき、ヴァーノンはきっと応接間の〈獣〉を思い浮かべた。ミスタ・グリーンとの空想の遊びの中で彼がとくに気に入っているのは、二人して〈獣〉退治をする場面だった。〈獣〉の栗色の体に剣を突き刺すヴァーノンの後ろで、百人の子どもたちが大声で叫んだり、歌ったりしていた。

しかしそれはもうずっと以前のことだった。今ではもちろん彼とて獣の名前が〈グランドピアノ〉というのだとちゃんと心得ていた。獣の歯を叩くのは〝ピアノを弾く〟ということなのだ。食事の後で女のお客がピアノに向かって何かの曲を弾いて聞かせることがあった。こう納得してはいても、心の奥底で彼はいまだに〈獣〉を恐れており、子ども部屋への階段を〈獣〉に追いかけられて駆けあがる夢を見たりした。そんなとき、彼はよくうなされて悲鳴をあげ、自分の声に驚いて目を覚すのであった。

夢の中では獣は〈森〉に住み、すこぶる獰猛で、身の毛のよだつような声で吼えたてた。マミーもときどきピアノを弾いた。ヴァーノンはそれがいやでたまらなかったが、ようやっと我慢した。もっともマミーの弾きかたでは〈獣〉は目を覚さないだろう、と彼は思っていた。しかし、ニーナ叔母さんがピアノを弾いたときには、まったく違う印象を受けた。

ヴァーノンはそのとき部屋の隅で、いつものようにとりとめのない空想にふけっていた。スクアーラルたちと一緒にピクニックに出かけて海老やチョコレート・エクレアを楽しく食べている場面を想像していたのであった。

最初、ニーナ叔母さんは彼が部屋にいることに気づかずに、ピアノの前に腰をおろして鍵盤にぼんやり指を走らせていた。

魅せられたように、ヴァーノンはピアノの傍に少しずつにじり寄った。ニーナが何気なく目をあげると、ヴァーノンの頬には涙が流れ、すすり泣きが小さな体を激しく震わせていた。

ニーナは弾く手を止めた。

「どうしたの、ヴァーノン?」

「ぼく、嫌いだよ」とヴァーノンはすすり泣いた。「それ――大嫌いだよ。ここが痛くなってくるんだもの」こういって彼はおなかを押さえた。

このとき、マイラが部屋に入ってきて笑いながらいった。

「ね、おかしいでしょ? この子ったら、根っから音楽を受けつけないのね。変な子」

「でも嫌いなら、どうして出て行かないのかしら?」とニーナは呟いた。

「出て行けないんだもの」とヴァーノンはまだ泣きじゃくりながらいった。

「おかしな子ねえ」とマイラが笑うとニーナは「いいえ、とても興味があるわ」と答えた。

「子どもって、たいていはピアノをめちゃ弾きしたがるものなのに。このあいだ、この子に二本指で弾いてみせようとしたんだけど、ちっとも面白がらないのよ」と母親はまたいった。

ニーナは小さな甥をじっと見つめていた。

「あたしの子どもが音楽嫌いだなんて」とマイラは嘆かわしげにいった。「あたしは八つのときにはもう、かなりむずかしい曲が弾けたものなのに」

「さあ、音楽的なたちにもいろいろあって、十人十色の表われかたをするものですからね」とニーナは曖昧に呟いた。

デイア家の人間ときたら、どうしてこう意味もないたわごとばかりいうのかしら、とマイラは呆れていた。音楽的な人といえば、いろいろな曲を巧みに弾きこなす人のことだ。音楽的でない人には、そんなことは思いもよらない。とにかくヴァーノンはどう見ても、音楽的な子どもとはいえない。

3

ナースのお母さんが病気になった。子ども部屋の空気は揺れ、かつてない破局の到来という感じがした。ナースはスーザン・イザベルの手を借りて旅支度をしていた。ヴァーノンは動揺し、ナースを気の毒に思いながらも抑えがたい興味を感じて、荷造りするナースを眺めながらたてつづけに質問した。

「ナース、ナースのお母さんって、とってもお婆さんなの？　百歳くらい？」

「百歳ですって？　何をおっしゃるやら！」

「ナースのお母さん、病気で死んじゃうの？」ヴァーノンがこう訊いたのは、ナースに惜しみない同情を示したかったから、また彼女の気持を理解したいと思ったからだった。いつだったか、コックのお母さんが病気になって死んだのを覚えていたのだ。ナースはそれには答えずに、きつい声でいった。

「いちばん下の引き出しから靴をいれる袋を出してちょうだいな、スーザン、さ、早く」

「ねえ、ねえ、ナースのお母さんは——」

「わたしはね、ヴァーノン坊ちゃま、つまらないことにいちいち返事をしている暇はないんですの」

ヴァーノンは更紗の布を張った、背なしの低い椅子の端に腰をおろして、思いに沈んだ。百歳にはなっていないとナースはいったが、ともかくもナースのお母さんなんだからずいぶん年寄りに違いない。ナースだって、彼から見ればたいへんな年寄りだが、ナースよりさらに年上の、したがってもっと物知りの人間がいるのだと思うと、目がまわりそうな気がした。これまで神さまにつぐ偉大な存在だったナースが急に人並みの大きさに縮んでしまったようだった。

かくて彼の宇宙は揺らぎ、価値の再調整が起こった。ナースと神さまとミスタ・グリーンは背後にしりぞき、摑みどころのない漠然とした存在となった。一方マミーとダディー、またニーナ叔母さんが重要性を増した——とりわけマミーが。金髪を長く垂らしたお姫さまのようなマミー。ヴァーノンはマミーのために竜を退治してあげたいと思った。応接間の〈獣〉のように栗色に輝く竜を。

いつかのお呪《まじな》いのような言葉はなんていったっけ？　そうだ、ブラマジェム。なんてすてきな響きだろう！　ブラマジェム姫というのはどうだろう？　〝ごん畜生〟とか、〝コルセット〟というような言葉と一緒に、夜ベッドに入ってからそっと唱えてみよう。ブラマジェム……

だがマミーに聞かれてはならない。なぜって、マミーは笑うにきまっている。マミーはいつも笑う。その笑い声を聞くと、おなかの辺がきゅっとひきつるようで、いたたまれない気持になる。それにマミーは口を開けば、いやなことばかりいう。「子どもって、本当に滑稽ね！」

自分が滑稽なんかではないことを、ヴァーノンはちゃんと知っていた。第一彼自身、滑稽なものなんぞ、ちっとも好きでなかった――シドニー伯父さんも彼のことを真面目な子だといったくらいだ。あんなことをいったり、意味もなく笑ったりしなければ、マミーだってもっともっともっと好きなのに。

つるつる滑る更紗を張った椅子の上で、ヴァーノンは困惑したように眉を寄せた。二通《ふたとお》りのマミーの姿が目の前にぼんやり浮かんで消えた。一つはお伽噺のお姫さまのように美しいマミー。彼の夢に現われるその姿には、輝かしい日没と魔法、そして竜退治の連想があった。もう一人は笑いながら、「子どもって、滑稽ねえ」というマミーだ。そのどちらもが彼の母親なのだ……

ヴァーノンはもじもじと身動きをして溜息をついた。ナースはトランクの蓋を締めるのに夢中になっていたが、赤らんだ顔を振り向けて彼にやさしくいった。

「どうなさいました、ヴァーノン坊ちゃま?」

「何でもないよ」

「何でもない」――いつだってそういわなければならないのだ。本当のことはいえない。けっして。話したって、誰もわかってくれはしないのだから。

4

スーザン・イザベルがナースにかわって子ども部屋を取りしきるようになると、すべてが一変した。ヴァーノンはいうことを聞かないでいられることを発見した。それもかなりしばしばのことだった。禁じられたことを平気でやったりもした。「お母さまに申しあげますよ」スーザンはふたこと目にはこういったが、なかなか実行に移さなかった。

スーザンははじめのうち、ナースの不在のために自分に与えられることになった地位と権威に大いに気をよくしていた。じっさい、ヴァーノンさえいなければ、スーザンのこの満足感はいつまでも消えなかったろう。メイドのケティーと彼女はことあるごとに情報を交換しあう仲だった。

「いったいどうしたのかしらねえ、ヴァーノン坊ちゃんはこのごろ。ときどきどうにも手がつけられないことがあるのよ。ミセス・パスカルのときは、そりゃあ、お行儀のいい、おとなしい子だったのに」とスーザンがこぼすとケティーは答えた。

「そりゃ、ミセス・パスカルとあんたじゃ、まるで違うわよ。あの人相手じゃ、おっかなくってさ」

二人はひそひそ声で何やら囁きかわして、くすくす笑った。

「ミセス・パスカルって誰？」とある日ヴァーノンは訊ねた。

「まあ、驚いた！　坊ちゃんはご自分のナースの名もご存じないんですか？」

するとナースがミセス・パスカルなのか。この新しい事実は彼にとって、またしても大きなショックであった。これまで彼は彼女をただナースとして知っていた。それは神さまにミスタ・ロビンソンという別名があると聞かされたような衝撃であった。

ナースにミセス・パスカルという名があるなんて——考えれば考えるほど、ふしぎだった。ミセス・パスカル——ちょうどマミーがミセス・デイアであり、ダディーがミスタ・デイアであるように。けれども奇妙なことに両親の場合とは違い、ヴァーノンはミスタ・パスカルなる人物がいようとは思いもしなかった（じつのところ、ナースには後にも先にも夫などいなかった。ミセスというのは彼女の地位と権威の暗黙の象徴だったのだから）。ヴァーノンの世界ではナースはひとり、ミスタ・グリーンに匹敵する、卓越した地位を占める人物だった。ミスタ・グリーンにしても百人の子ども（プラス、プードル、スクアーラル、ツリー）がいるにもかかわらず、ヴァーノンはミセス・グリーンなる人物をミスタ・グリーンと並べて想像したことなど一度もなかった。

さて同じときのこと、ヴァーノンは何の脈絡もなくこう訊いた。いろいろなことを訊いておきたくなったのだ。

「スーザン、おまえ、スーザンって呼ばれるの、いやじゃない？　イザベルって呼ばれるほうがよくないの？」

スーザン（またの名イザベル）は例によって、意味もなくくすくす笑った。

「あたしがどう思おうと、そんなこと、関係ありませんもの」

「なぜさ？」

「この世の中ではね、いわれたようにするほか、ないんですから」

ヴァーノンは口をつぐんだ。数日前までは彼自身もそう考えていた。しかし近ごろ彼はどうもそうではないのじゃないかと思いはじめていたのだった。一から十までいわれたとおりにする必要はない。誰が命令を下すか、それが問題なのだ。

罰だって、何の関係もない。このごろでは椅子の上や部屋の隅に立たされたり、おやつを取りあげられたりということがしょっちゅうだった。でも、ナースに彼女独特の厳しい表情で眼鏡ごしにじろりと見られると即時全面降伏以外に手がなくなるのに、スーザンに罰を食わされても平気なのはどうしてだろう？

スーザンが生まれつき弱腰の人間だということをヴァーノンは早くから見てとり、しばしば不服従のスリルを味わっていた。スーザンの困った顔を見るのも愉快だったし、彼女が途方に暮れてしょげればしょげるほど、悲しそうな顔をすればするほど、面白かった。幼い少年は石器時代の野蛮さを脱しきらず、残酷にふるまうことで快感を覚えるものだ。ヴァーノンもそうだった。というわけで、スーザンはやがてヴァーノンを庭でひとりで遊ばせるようになった。彼女自身はウィニーとは違ってどっちかというと不器量だったので、若い庭師と逢いびきすることもなく、したがって庭で暇つぶしをする理由がなかった。ヴァーノンをひとりで遊びまわらせてもべつに危ないことはあるまいと彼女は判断した。

「池の傍に寄っちゃいけませんよ。いいですね、ヴァーノン坊ちゃま？」

「うん、行かないよ」こう答えはしたが、警告されたために、彼はまさにその池のところに行きたくなっていた。

「輪回しでもして、静かにお遊びなさいましね」

「うん、そうするよ」

ヴァーノンが出て行くと、子ども部屋には平和な空気がみなぎった。スーザンはほっと安堵の溜息をついて、引き出しから『公爵と乳しぼりの娘』と題するロマンティックな廉価本を取り出した。

さてヴァーノンは輪回しをしながら塀に囲まれた果樹園をひとまわりした。そのうちに何かのはずみに輪がそれて、庭師頭のホプキンズが丹念に耕している狭い空地のほうへと転がった。ホプキンズは有無をいわさぬ口調でヴァーノンに、ここで遊んではいけないといった。ヴァーノンはおとなしくいうことを聞いた。ホプキンズには一目置いていたのだった。

輪回しをやめて、ヴァーノンは今度は木のぼりを試みた。といっても、地上から六フィートかそこらの高さまで用心しいしいのぼったに過ぎなかったが、この剣呑な遊びにも飽きたので、やがて彼は木の枝にまたがって、次は何をしようかと思案した。

ふと池のところに行ってみようと心が動いた。スーザンに禁じられたためにかえって行きたくなったのだった。そうだ、行ってみよう、こう決心して立ちあがったとき、思いがけぬ光景が目にはいった。

〈森〉に通ずるドアがあいていたのである。

5

それはかつて一度も例のないことだった。前にも幾度か、このドアの取手をそっとまわしてみたことがあったが、いつも鍵が掛かっていた。

ヴァーノンは足音を忍ばせてドアに近寄った。〈森〉はドアの向こう、ほんの数歩のところにあった。その気になればこんもりと涼しげな緑の奥へ苦もなく入って行けるのだ。こんな機会は二度とないだろう。ナースが帰ってきたら、〈森〉に足を踏みいれることなど、およそ問題外だろうから。それでも彼はためらっていた。禁じられたことをするのが後ろめたかったのではない。厳密にいうと、〈森〉に行くなといわれたことは一度もなかった。子ども心に、それは都合のいい言いわけになった。

ヴァーノンが躊躇したのは別な理由からだった。未知のものに対する――木々の茂った暗い森の奥に対する恐怖。原初的な恐怖心が彼の足をとどめたのだった。

入って行きたかった――それでいて、気後れがした。〈森〉には何か気持の悪いものが住んでいるかもしれない――あの〈獣〉のような怪物。彼の後ろに忍び寄り、恐ろしい声で叫んで追いかけてくる何かが……

しかし彼は一歩一歩、こわごわ前進した。昼間なんだもの、何も追いかけてくるわけがないと自分にいい聞かせながら。それに、〈森〉にはミスタ・グリーンがいる。ミスタ・グリーンも最近では以前ほど現実感がなくなっていたが、しかしミスタ・グリーンがいそうなところをあちこち探しまわるのはさぞかし愉快だろう。プードルもスクアーラルもツリーもめいめい家をもっているに違いない。緑の木蔭にかわいらしい家が立っていて……

「おいでよ、プードル」とヴァーノンはいもしない友だちに向かっていった。「弓と矢をもってるかい？　さあ、スクアーラルに会いに行こう」

彼はこわごわ〈森〉の中に足を踏みいれた。ロビンソン・クルーソーの挿絵から抜け出たような服装で自分の傍らを歩いているプードルの姿を思い描きながら。

〈森〉の中はすばらしかった――緑の木々が鬱蒼と茂り、小鳥が枝から枝へ飛びまわっていた。ヴァーノンはひっきりなしにプードルに話しかけた。普段は誰かに聞き咎められて、「おかしな子。誰か男の子の友だちが一緒にいるようなふりをしているのよ」などといわれることを恐れて、めったにひとりごとなどいえなかったのだが。家の中では用心のうえにも用心をする必要があった。

「お昼ごはんまでにお城につくようにしようね、プードル。豹の丸焼きのご馳走が待っているよ。ああ、スクアーラルもきた。元気かい、スクアーラル？　ツリーはどこにいるの？　ねえ、歩くのは疲れるね。馬に乗ろうか」

近くの立木に駿馬がつながれていた。ヴァーノンの馬は雪白、プードルのは黒檀のように黒く、スクアーラルの馬の色は――何色にしたらいいか、まだ決めかねた。

彼らは木々のあいだをギャロップで進んだ。恐ろしい危険のひそむ沼地がところどころにあった。蛇がシュッと音をたてて走り、ライオンが襲いかかった。けれども忠実な馬たちは乗り手の意のままに疾駆した。

庭で遊ぶなんてつまらない、とヴァーノンは考えた。この〈森〉以外のところで遊ぶなんて、およそ下らない。ミスタ・グリーンやプードル、スクアーラル、ツリーと遊ぶのがどんなに楽しいか、なぜもっと早く気づかなかったのだろう？　でも、「何を下らない想像をしているの？　本当にお馬鹿さんね」などと笑われてばかりいれば、自分にとって大切なこともつい忘れてしまうようになるものだ。

ヴァーノンは意気揚々と進んだ。浮かれてとんだりはねたり、急に真面目になって闊歩したり。彼は偉大な、すばらしい人間だった！　自分で自分を讃美する歌が知らず知らず胸に溢れ、太鼓でも叩いて拍子を取りたいくらいだった。

〈森〉は思ったとおり、すてきな場所だった。歩いて行くと、ゆくてに苔むした、崩れかけた塀が現われた。やあ、城壁だぞ！　彼は有頂天になった。願ったり、叶ったりだ。彼はさっそくその塀をよじのぼりはじめた。

のぼるのは本当のところ、そうむずかしくなかった。しかし適当に、危険を感じさせ、スリルに富んでいた。ここがミスタ・グリーンの居城なのだろうか？　それとも人肉を貪り食う吸血鬼の棲みかかもしれない。ヴァーノンはまだ、どっちとも決めかねていた。どちらもそれなりに魅力があった。吸血鬼の棲みかということにしておこうかと思ったのは、そのとき彼がなんとなく好戦的な気分にとらわれていたからだった。頰を上気させて、彼は塀の上によじのぼって向こう側を見おろした。

ここで物語に束の間登場するのはソマーズ・ウェスト夫人といって、ロマンティックなひとり居を楽しむという（これとて、一時の気紛れに過ぎなかったのだろうが）気持から、〝人里離れた幽玄なたたずまい〟が気に入って森蔭荘を買った女性である。「あたくしの気持、おわかりになるでしょう？　ここなら、森の奥の奥ですわ。自然とひとつになって暮らせますもの」というのが彼女のいいぐさであった。ソマーズ・ウェスト夫人は絵も描くが、かなりに音楽的でもあったので、家の中の壁の一つを取りはらって二つの部屋を一つにし、グランドピアノを置く空間を作った。

さて、ヴァーノンが塀の上にのぼりついた、ちょうどそのとき、数人の男が汗をたらたら流しながら、よろめく足を踏みしめて、くだんのピアノを森蔭荘の窓ぎわへとゆっくり運びつつあったのである。大き過ぎて戸口から入らないからだった。森蔭荘の庭は下生えの草が高く生い茂って、ソマーズ・ウェスト夫人のいわゆる〈やえむぐらの宿〉をなしていた。というわけでヴァーノンは突然、のっしのっしと歩いている〈獣〉を目《ま》のあたりに見たのであった！　〈獣〉が威嚇的にゆっくりと彼のほうに進んでくる。殺意の溢れた、凶悪な姿が恐ろしかった。

ヴァーノンは一瞬根を生やしたようにその場に立ちつくした。それから狂おしい叫び声をあげて逃げ出したのだった。崩れかけた狭い塀のてっぺんを彼は走った。〈獣〉がすぐ後ろに追いすがり……彼はただもう無我夢中で走った。しかし絡まっている蔦に一瞬足を取られ、彼の小さな体は落下した――まっさかさまに――塀の下へと。

第四章

1

だいぶたってからヴァーノンは我に返った。気がつくとベッドに寝かされていた。彼はしごく当り前のこととしてこのことを受けいれた。当り前でないのは、布団が馬鹿に大きく盛りあがっていることだった。ヴァーノンがそのふくらみをまじまじと見つめていると誰かが傍らから話しかけた。医師のコールズ博士で、ヴァーノンは彼をよく知っていた。

「さて」と医師はいった。「どんなあんばいだね？」

いい、あんばいとはどういうことかわからなかったが、なんとなく胸がむかついていたので、そう答えた。

「さもありなんだね」と医師はいった。

「ぼく、けがをしたの？　体中がとても痛いんです」

「そりゃ、そうだろうとも」とコールズ博士はもう一度いった。ずいぶん冷淡だなと考えながらヴァーノンはまた訊いた。

「起きてみようかな。起きたら気分が少しよくなるかもしれない。いいですか？」

「今のところはだめだね」と医師は首を横に振った。「きみは高いところから落ちたんだよ」

「ああ、獣に追いかけられたんだ」

「獣？　どんな獣だね？」

「でも、もういいんです」とヴァーノンは曖昧に答えた。

「犬でも塀にとびついて吠えたんだろう。犬なんか、怖がるものじゃない。男の子だろう？」

「ぼく、怖がってなんかいません」

「家からあんなに離れたところで、いったい何をしていたんだね？　用もないところをうろうろするんじゃないよ」

「誰もいけないっていわなかったんだもの」

「なるほど、ひと理屈あるね。しかし、まあ、それなりの罰は受けたようだな。知っているかい？　きみは足を折ったんだよ」

「ほんと？」とヴァーノンは満足げに訊き返した。急に重要人物になったような気がしたのだった。

「本当だとも。だからしばらくのあいだ、床についていなくちゃいけない。歩けるようになっても、しばらくは松葉杖のご厄介だろうな。松葉杖は見たことがあるかね？」

ええ、とヴァーノンは答えた。松葉杖なら、鍛冶屋のジョッパーさんとこのおじいさんがついている。ああいう杖をぼくももらえるんだろうか？

「それ、ぼく、すぐためしてみたいなあ」

コールズ博士は笑った。

「馬鹿にうれしそうにいうね。いや、もう少し待たなきゃいけない。それにしばらくはいろいろと我慢もしてもらわなきゃならないんだ。つらくても勇気を出して頑張るんだよ。それだけ早くよくなるからね」

「どうもありがとう」とヴァーノンは丁寧にお礼をいった。「でもなんだか気分がよくないんだ。この変てこなもの、取ってくれますか？　そのほうが楽に寝られそうだから」

その妙なものは離被架《りひか》といって、取り去るわけにはいかないらしかった。第一、彼の足は細長い板に固くくくりつけられていて、とても動かせるものではなかった。こう聞いたとたんに、足を折ったことは格段に光彩を失った。

ヴァーノンの下唇はかすかに震えはじめた。泣くつもりはなかった。「ぼくもう大きいんだ。大きい男の子は泣くものじゃないんだ」と彼は自分にいい聞かせた。ナースが口癖のようにそういっていたからだった。こう思ったとたんにナースが恋しくて、矢も盾もたまらなくなった。ナースの頼りになる存在が、知らないことのないその知恵が、ゴワゴワと糊の音をさせて歩く、威厳のある物腰が、むしょうに恋しかった。

「ナースはじきもどってくるよ」とコールズ博士が察していった。「じきにね。それまではこのナース・フランシスがきみの世話をしてくれる」

そのときはじめてヴァーノンの目に、ナース・フランシスの姿が見えたのだった。ヴァーノンは黙って彼女を観察した。彼の乳母のナースと同じように糊のきいた服を着ている点はなかなかよろしいと彼は思った。ナース・フランシスはしかし、あのナースのようにふとってはいなかった。マミーよりも痩せていて、ニーナ叔母さんとほとんど同じくらいほっそりしていた。この人、やさしい人かしらん……？

そしてヴァーノンは彼女と目を合わせたのだった——緑色がかった灰色の落ち着いた目。その目に見いりながら彼は彼女を知る多くの人々と同じように、ナース・フランシスなら安心してすべてを任せられると感じたのだった。

彼女は彼に向かってほほえみかけた——おとながよく見せる、とってつけたような笑顔でなく、思い深げな、親しみのある、控え目な微笑であった。

「気分が悪くてお気の毒ね。オレンジ・ジュースを少しあげましょうか？」

ヴァーノンはちょっと考えてから、飲んでみるといった。コールズ博士が出て行くとナース・フランシスは、長い吸い口のついた奇妙な恰好の茶碗にいれたオレンジ・ジュースを持ってきてくれた。どうやらその吸い口から飲むらしかった。

なんだかおかしくなって彼は笑い出したが、笑うと体があちこち痛むのでやめた。ナース・フランシスが少し眠ったほうがいいといったが、眠たくはなかった。

「そう、だったら無理しなくてもいいのよ」と彼女はいった。「あの壁紙にアヤメの花が幾輪あるか、あなたに数えられるかしら？　右側から数えてごらんなさい。わたしは左側から数えることにしますわ。数は数えられるんでしょ？」

百まで数えられる、とヴァーノンは誇らしげにいった。

「まあ、ずいぶんたくさん数えられるのねえ。百はないと思うけど。そうね、七十五くらいかしら。あなたはどう思って？」

五十くらいだと思う、とヴァーノンは答えた。それ以上はないだろう。ヴァーノンはさっそく一つ、二つと数えはじめたが、どうしてか、知らず知らずのうちに瞼が重たくなり、いつしかぐっすり寝いっていた。

2

何とも知れぬ喧噪に、ヴァーノンは苦痛を感じて、はっと目を覚ました。体がかっかと熱く、半身がたまらなく痛かった。音は近づきつつあった。マミーと結びつく騒音だった。一陣のつむじ風のように、マミーは部屋に入ってきた。肩から羽織っているマントのようなものが後ろでひるがえっていた。まるで鳥みたいだ、とヴァーノンは思った。大きなふとった鳥が地上におりたつように、彼女はヴァーノンのベッドの上に身をかがめた。

「ヴァーノン、あたしの大事な坊や！　いったい、誰があなたにこんな怪我をさせたの？恐ろしいこと！　なんて恐ろしい！　ああ、かわいそうな坊や！」

マミーは泣いていた。ヴァーノンもしくしく泣きはじめた。急に怖じ気づいたのである。マイラ・デイアは哀れっぽく呻きつつさめざめと泣いていた。

「坊や、あたしには天にも地にもあなただけしかいないのに。神さま、どうか、この子をあたしからお取りあげにならないでください。お願いです。この子が死んだら、あたしも死にます！」

「奥さま――」

「ヴァーノン――ヴァーノン――あたしの小さな坊や――」

「奥さま――おやめになってくださいまし！」

丁寧ではあったが、フランシス看護婦の声には有無をいわさぬものがあった。

「坊ちゃんをできるだけ安静にさせてあげませんと。あちこちお痛みになるんですから」

「あたしがこの子を痛めるっていうの？　あたしはこの子の母親ですよ！」

「ご承知かと思いますけれど、坊ちゃんは足を折っていらっしゃるので、できるだけ静かにしておいてあげなければいけないんです。申しかねますが病室から出ていただいたほうが――」

「あなた、何かあたしに隠しているのね？　本当のことをいってください。この子の足、切断しなければいけないんじゃありませんの？」

ヴァーノンはわっと泣き出した。せつだんとはどういう意味なのか、さっぱりわからなかったが、いかにも痛そうに聞こえたのである。いや、痛いだけではない。身の毛のよだつように恐ろしい感じがした。彼は今や狂ったように泣きわめいていた。

「この子、死にかけているんだわ」とマイラは叫んだ。「死にかけているのに、誰もあたしに本当のことをいってくれないのね。死ぬなら、あたしの腕の中で死なせますわ」

「奥さま――」

ナース・フランシスはようやっとのことで母親とベッドのあいだに割って入って、彼女の肩をつかんだ。ナースがケティーをきめつけるときのような口調で、彼女はいった。

「奥さま、お聞きください。どうか、落ち着いてくださいまし！」ふと顔をあげるとヴァーノンの父親が戸口に立っていた。「デイアさま、奥さまをあちらにお連れになってくださいませんか？　患者さんが興奮なさるとお体にさわりますから」

父親はわかったというように頷いて、ヴァーノンを見やった。

「ひどい目にあったらしいな。私もいっぺん足を折ったことがあるがね」

むしょうに恐ろしく思われた世界がたちまち安定をとりもどすのを、ヴァーノンは感じた。足や腕を折るのは何も彼がはじめてではないのだ。

一方父親は妻の肩をかかえて、低い声で話しかけながら戸口のほうへと導いた。彼女はキンキン響く感情的な声でいいつのった。

「あたしの気持がどうしてあなたにわかるわけがあって？　あなたは一度だってこの子をあたしのようにかわいがったことがないじゃありませんか。母親だけがわかるんですわ。血を分けたわが子を他人に任せるなんてとんでもありませんわ。この子には母親が必要です。あなたにはわかりっこないわ。あたし、この子を愛しています。母親の心遣いほど行きとどいたものはありません——誰に訊いたってそういいますわ。ねえ、ヴァーノン」と夫の手を振り切ってベッドの傍らに駆けもどった。「坊やはマミーがいっとういいわねえ？　そうでしょう？　マミーにずっと傍についていてほしいでしょう？」

「ぼく、ナースがいいよ」とヴァーノンはすすり泣いた。「ナースを呼んでよ」

ナースといっても老母の病気のために暇を取ったナースのことで、ナース・フランシスではなかった。しかしマイラは、「まあ！」と絶句し、ぶるぶる身を震わせながら立ちつくした。

「さ、おいで」とヴァーノンの父親は妻に向かって静かにいった。「こっちにくるんだ」

マイラは夫に弱々しく身をもたせかけて部屋を出た。情なさそうに掻きくどく声がまだかすかに聞こえていた。

「本当に何てことでしょう、母親より赤の他人のほうがいいなんて——」

ナース・フランシスはシーツの皺を指先でそっと伸ばしながら、水を一杯あげましょうかとヴァーノンに訊いた。

「あなたの大好きなナースはじきもどってきますわ。今日さっそく手紙を出しましょう。何て書いたらいいか、教えてくださいね」

奇妙な感動をヴァーノンは覚えていた——一種の感謝の想いだった。この人はわかってくれたのだ、ぼくの気持を……

3

後年子ども時代を振り返ってみてヴァーノンは、この一時期のことが際だってはっきりと記憶に焼きついているのを知った。「ぼくが足を折ったとき……」それは彼にとってまさしく一時代を画する出来事であった。

ヴァーノンはまた、彼が当時何とも思わずに受けいれていたさまざまな些事の意味を理解するようになった。たとえばコールズ博士と彼の母親のかなり激しい対決のことなどを。といってもこれはむろん病室や、その隣室での出来事ではなかったのだが、マイラの昂ぶった声が閉ざしたドアごしに甲高く響いてきたのだった。

「あの子の回復がおくれるって、いったいどういうことですの？ 自分の子どもを母親が看病するのは当然じゃありませんか……もちろんあたくし、心配で心配でたまらないんですもの――心なしの人たちとは――愛情のひとかけらもない人とは違うんですから。たとえばウォルターですわ――あの人ときたら、それこそ、どこ吹く風って顔をして！」

マイラとナース・フランシスのあいだにもこぜりあいが――おおっぴらの戦いとはいわないまでも――何度かあった。そうした場合、ナース・フランシスはいつもきまって勝った。しかし、何かしら嫌な思いを忍ばなければならなかった。マイラ・デイアは彼女を〝あの派出看護婦〟と呼んで、狂気じみた、激しい嫉妬心を燃やした。コールズ博士の命令には従わないわけにいかなかったが、いかにもつんけんと、これ見よがしに失礼な態度をとるのだった。もっともナース・フランシスはいつも気づかぬふりをしていたが。

後になるともうヴァーノンには、当時彼自身が感じたに違いない苦痛や退屈さは少しも思い出せなかった。彼が覚えているのはただ、いろいろな遊びやおしゃべりの楽しさ、彼がついぞ知らなかった幸福な日々のことであった。ナース・フランシスのうちに彼は、何をしても〝おかしい〟とか〝滑稽〟だとか思わないおとなを、まともにこちらのいうことに耳を傾けてくれ、的を射た提案をしてくれる相手を見出した。ナース・フランシスにならプードル、スクアーラル、ツリーのこと、ミスタ・グリーンとその百人の子どもたちのことを安心して話すことができた。ナース・フランシスは、「何ておかしなことを考えるんでしょう！」などと笑いとばしたりせずに、その百人の子どもは男の子か、女の子かと訊いた。ヴァーノンはまだそれについて考えたことがなかったが、ナース・フランシスと相談の結果、男の子が五十人、女の子が五十人という、満足のゆくとりきめに達したのであった。

おりおり彼は空想の遊びをしながら、無意識に低い声でぶつぶつと呟いていることがあったが、ナース・フランシスはとくにそれに気を留める様子もなく、気づいてもべつに奇妙だとは思わないらしかった。彼女にはヴァーノンのあのナースがもっていたのと同じ、穏やかな暖かい雰囲気があったが、それに加えて、彼にとっていっそうありがたく思われる、ある才能を備えていた。すなわち質問に的確な、正直な返事をするという才能である。ヴァーノンは、彼女の答がいつも真実であることを本能的に悟った。ときとして彼女は、「それはわたしにもわからないわ」とか、「誰かほかの人に訊いてごらんなさい。わたしがもう少し利口だと教えてあげられるんでしょうけれどね」などといった。何でも知っているといった虚勢を、けっして張らなかった。

お茶の後、ナース・フランシスはよくお話をしてくれた。それも、二日と続けて同じ話をすることはなかった。ある日は腕白な子どもたちの話、次の日は魔法にかけられたお姫さまの話という具合に、その話はすこぶるヴァラエティに富んでいた。ヴァーノンは現実的な話よりお伽噺めいた話のほうが好きだった。とりわけ彼が好んだのは、高い塔に住んでいる長い金髪を垂らしたお姫さまと、ぼろぼろの緑色の帽子をかぶった、さすらいの王子の物語であった。この物語の最後の場面は森の中で、それだから彼はこの話をそんなに好んだのかもしれない。

おりおりはとびいりの聞き手もあった。マイラはナース・フランシスが暇をもらう昼食後の時間に子ども部屋にやってきて、彼女にかわってヴァーノンに付き添うことにしていたが、父親のほうはときどき、お茶の後に子ども部屋を訪れて、息子と一緒にナース・フランシスの話に耳を傾けた。やがてそれは日課のようになった。ウォルター・デイアはナース・フランシスのすぐ背後の物蔭に座を占めて、自分の息子の顔よりも語り手のナース・フランシスの姿を、じっと見守るのが常であった。ある日ヴァーノンは父親の手がそっと伸びてナース・フランシスの手首を握るのを見た。

次の瞬間、ヴァーノンははっとした。ナース・フランシスが唐突に椅子から立ちあがったのであった。

「申しわけありませんけれど、わたしたち、あなたを追い出さなければなりませんのよ、デイアさま」と彼女は物静かな口調でいった。「ヴァーノンとわたしは、二人してすることがありますので」

ヴァーノンはひどくびっくりした。いったい何をする約束があったというのだろう？　父親が慌てて立ちあがって、「失礼しました」と低い声で詫びるのを聞いて、彼はますますふしぎに思った。

ナース・フランシスはちょっと首をさげたが、あいかわらず立ったままだった。その目はウォルター・デイアの目をじっと見つめていた。ウォルターは静かにいった。

「心からお詫びします。信じてもらえますか？　あしたもこさせてもらいたいのですが？」

それからというもの、どこがどう違うと訊かれてもうまく答えられなかっただろうが、父親の態度にどことなく変化が生じたのを、ヴァーノンは感じた。前のようにナース・フランシスの近くに坐らなくなり、むしろヴァーノンに話しかけた。おりおりは三人でゲームをした。たいていはヴァーノンの気に入りの〝ばば抜き〟だった。三人の誰にとっても、それは楽しいひとときであった。

ある日、ナース・フランシスが部屋をあけたときに、ウォルター・デイアがだしぬけに訊いた。

「おまえはあのナースが好きかい、ヴァーノン？」

「ナース・フランシスのこと？　大好きだよ。お父さまは？」

「ああ」と父親は答えた。「好きだよ」

その声にこもった悲しみを感じて、ヴァーノンは訊いた。

「どうかしたの、お父さま?」

「いってもどうにもならないことさ。柱にくくりつけられている馬は、どう足掻《あが》いても自由の身にはなれないのだよ。もともとその馬が悪いから繫がれたのだとしても、それだからといって馬の苦しみが減るわけではない。こんなことをいっても、おまえには何のことか、わかるまいが。まあ、ナース・フランシスがここにいるあいだはせいぜい楽しい思いをさせておもらい。ナース・フランシスのような人は、そうざらにはいないんだからね」

やがてナース・フランシスがもどってきたので、三人はひとしきりトランプに興じた。

けれども父親の言葉はヴァーノンの頭にひっかかり、彼はそれからそれへといろいろなことを考えはじめた。翌朝彼はナース・フランシスをつかまえて訊いた。

「これからも、この家にいてくれる?」

「いいえ、でもあなたがすっかり良くなるまでは——ほとんど全快するまでいるつもりよ」

「ずうっといてくれない? ぼく、そうしてほしいんだよ」

「でも、それはわたしの仕事じゃないわ。わたしの仕事は病気の人のお世話をすることなんですからね」

「その仕事、好きなの？」

「ええ、とっても」

「どうして？」

「誰にでも、何かしらその人に向いた仕事があるのよ。自分の好きな、自分にふさわしい仕事がね」

「マミーにはないじゃないか」

「あら、おありになるわ。この大きなお家を管理して、何もかもうまくいくように考えること、あなたやあなたのお父さまのお世話をすること——それがお母さまのお仕事でしょう？」

「お父さまは軍人だったんだよ。もしも戦争が起こったら、また軍人にならなきゃいけないんだって」

「あなたはお父さまが好き、ヴァーノン？」

「うん、でももちろん、お母さまのほうが好きだよ。小ちゃい子はお母さんのことがいちばん好きなものなんだって、マミーがいったよ。お父さまと一緒にいるのは大好きだけど、でもちょっと違うんだ。たぶん男同士だからだと思う。ぼく、大きくなったら何になったらいいかなあ。本当は軍人になりたいんだけれど」

「あなたは、そうね、本を書く人になるんじゃないかしら？」

「何の本？」

ナース・フランシスはちょっと微笑した。

「たぶん、ミスタ・グリーンやプードルやスクアーラルやツリーのことを書くんじゃない？」

「でも、そんなの馬鹿げてるって、みんながいうよ」

「ほかの小さな男の子は馬鹿げてるなんて思わずに面白がって読むでしょうよ。それに大きくなればあなたは、もっと違うたちの人たちのことを想像するようになるわ。ミスタ・グリーンやその子どもたちのような、でも、おとなの人たちのことをね、それを書けばいいのよ」

ヴァーノンはじっと考えこんだが、やがて首を横に振った。

「ぼく、やっぱりお父さまのように軍人になろうと思うんだ。デイア家の男はたいていは軍人だったって、マミーはよくいうよ。軍人になるにはとても勇敢でなくちゃいけないんでしょう？　ぼく、なるべく勇敢な男になるつもり」

ナース・フランシスは一瞬黙っていた。ウォルター・デイアが小さな息子についていったことを思い出したのである。

「大胆な小僧ですよ――まったく恐れというものを知らない。あの子が小馬に乗るところを、一度見るといい」

そう、この子は勇敢だ、とナース・フランシスは思った。ある意味では人並みはずれて忍耐力もある。こんな幼い子どもにしては驚くほど辛抱強く、折れた足の苦痛とそれに伴う不快さを我慢した。

しかし別なたぐいの恐怖心だってあるのだ。ちょっと間を置いて彼女はゆっくりいった。

「あのとき、どうして塀から落ちたのか、もう一度話してちょうだいな」

今では彼女は〈獣〉のことをすっかり承知しており、自分にはヴァーノンの〈獣〉に対する恐れを茶化そうなどという気がまったくないことを示すように心がけた。彼女は彼の言葉に黙って耳を傾けた後にいった。

「でもあなたはあれが獣なんかじゃなくて、木と針金でできているということを、ちゃんと知っていたんじゃなくて?」

「知っていたよ」とヴァーノンは答えた。

「でも夢に出てくるときは違う恰好をしているんだもの。ぼくのほうに近づいてくるのを見たとき、ぼく――」

「思わず逃げ出してしまったのね。それはちょっと残念だったわ。そうじゃない? 逃げずに様子をうかがっていれば、すぐに男の人たちの姿が見えたでしょうし、なんだ、獣じゃなかったのかって気がついたでしょうからね。何でもよく見るに越したことはないのよ。逃げたければ、その上で走り出したらいいんだし――自分の目を正しく使えば、慌てて逃げたりなんかしないでしょうよ。そうそう、ヴァーノン、もう一ついっておくことがあったわ」

「何なの？」

「あなたの前に立ちふさがっているものは、あなたの後ろにいるもののように恐ろしくないのよ。このことをよく覚えていらっしゃい。後ろのものは目に見えないから恐ろしいの。まわれ右をして物事に立ち向かうほうが、逃げようかどうしようかとぐずぐずためらっているよりずっといいわ。それにたいていの場合は怖がることなんか、ちっともないって、わかってくるでしょうよ」

ヴァーノンは考え考えいった。

「あのとき、ぼくがもし振り返っていたら、足を折らずにすんだかなあ？」

「たぶんね」

ヴァーノンは溜息をついた。

「でも足を折ったことはあんまり後悔していないんだ、ぼく。だってあなたと遊ぶの、とっても楽しかったんだもの」

ナース・フランシスが低い声で、「かわいそうな子」と呟いたような気がしたのだが、それは彼の気のせいだったのだろう。彼女は微笑していった。

「わたしもよ。遊ぶことの嫌いな患者さんもいますからね」

「でも、あなたは本当に好きなんでしょう、遊ぶのが？　ミスタ・グリーンもそうなんだよ」

こういってからヴァーノンは、ふとぎごちない口調で付け加えた。なんとなく恥ずかしかったのである。

「ねえ、なるべく長くいてね。お願いだよ」

4

しかし結局のところナース・フランシスは、自分で考えていたよりもはるかに早くデイア家を去った。急なことだった。もっともヴァーノンの記憶の中の出来事は例外なしにひどく唐突に起こった。

この場合、ごく些細なことがその発端となった。マイラがヴァーノンに手を貸すことを申し出たのをヴァーノンが、ナース・フランシスにやってもらうほうがいいからと断ったのだ。

彼は今では毎日短時間、痛さをこらえて松葉杖を使うようになっていた。物珍しく面白くはあったが、疲れるので、すぐベッドにもぐりこみたくなった。その日ナース・フランシスの留守に、母親が彼に肩を貸そうといった。しかしヴァーノンはつい、歩く練習はナース・フランシスがもどってからにする、ナース・フランシスにやってもらうほうが痛くないからといってしまったのだった。

それはいかにも子どもらしく正直な、しかし、うかつな放言であった。マイラ・デイアはたちまちかっとなった。

その一、二分後にもどってきたナース・フランシスは、非難の言葉の奔流をまっこうから浴びせられることになったのである。

子どもを母親に敵対させるなんてもってのほかだ。残酷な、悪辣なやり口だとマイラは罵った。みんなであたしを馬鹿にして。あたしには世界中でこの子しか、このヴァーノンしかいないのに、たった一人の子どもまで母親にさからわせるなんて……

といった具合に、マイラ・デイアはたてつづけにまくしたてた。ナース・フランシスは驚いた様子も心外そうな顔も見せずに、その言葉の洪水にじっと堪えた。ミセス・デイアはこうしたたちの女性なのだと、彼女は静かに自分にいい聞かせていた。劇的シーンの主人公となることで、欲求不満をわずかに解消しているのだろう。わたしは気にしない。意地の悪い言葉は、それを口にしたのが自分が心から愛している人間であるときにのみ、胸に痛く突き刺さるものなのだから……彼女はむしろマイラ・デイアを気の毒に思っていた。そうしたヒステリカルな爆発の蔭に、深い不幸と惨めさがひそんでいることを察したからだった。

具合の悪いことは、おりもおり、ウォルター・デイアがふらりと子ども部屋に入ってきたのであった。ただならぬ光景に彼はぎくりと立ち止まったが、すぐ腹立たしげに顔を赤くしていった。

「まったく、マイラ、こっちまで恥ずかしくなるよ。きみには自分で自分のいっていることの意味がわかっていないんだろうが」

マイラは激した様子で向き直った。

「わかっていますわ、ようく。あなたが近ごろどんな暇つぶしをしていらっしゃるかってこともね。毎日こそこそここにいり浸ってるのね。隠してもだめよ。あたしの目は節穴じゃないんですから。あなたという人は始終相手選ばずいちゃいちゃして。メイド、看護婦、まったく手当り次第なのねえ」

「マイラ――黙りたまえ」

ウォルターは本当に腹を立てていた。マイラは少々怖じ気をふるったが、やぶれかぶれのように毒づいた。

「あんたもあんただわ、ナース、看護婦なんて、みんな似たりよったりなのねえ。出先の主人とふざけ散らすなんて。恥を知るがいいわ。それも無邪気な子どもの目の前で――いやらしいことを教えこむようなものじゃありませんか。あたし、申しあげますよ、コールズ先生に。あんたのことをあたしがどう思ってるか」

「後生だからマイラ、この教育的なドラマはどこかほかの部屋で演じてもらいたいね」夫の声はマイラにとってもっともいとわしい、冷笑的な響きをおびていた。「きみのいう無邪気な子どもに聞かせるには、ちとどうかと思うからね。家内が失礼なことをいって、申しわけありません、ナース・フランシス。さあ、こっちにきたまえ、マイラ」

マイラは歩き出したが、声をあげて泣き、いい過ぎたといささか怯えてもいた。毎度のことだが、興奮してつい心にもないことまでいってしまったのである。

「あなたは残酷よ、ウォルター」と彼女はすすり泣いた。「いっそ、あたしが死ねばいいと思っていらっしゃるんでしょう？　どこまでもあたしが憎いのね」

が、ともかくもマイラは夫の後にしたがって部屋を出た。ナース・フランシスはヴァーノンをベッドに寝かせた。ヴァーノンは彼女にいろいろな質問をしたかったのだが、ナース・フランシスは自分が幼いころ飼っていた大きなセント・バーナード種の犬について話しはじめた。ヴァーノンはやがて何もかも忘れて聞きいっていた。

夕方になってから父親がもどってきた。青ざめた、やつれた顔であった。ナース・フランシスは立ちあがって戸口で彼を迎えた。

「何とも申しようがありません。どうお詫びしたらいいのか——その——妻のいったことについて——」

ナース・フランシスは静かな口調でさりげなくいった。

「何でもありませんわ。よくわかっていますから。ただ、できるだけ早くお暇をいただいたほうがよいと思いますの。わたしがいますと奥さまが不仕合せな思いをなさって、そのあげくにひどく興奮なさるようですから」

「自分のいっていることがどんなに的はずれか、あれにわかりさえしたら。とんでもないことですよ、あなたのような人を侮辱するなんて――」

ナース・フランシスは笑った。その声はしかし、いささか屈託ありげだった。

「侮辱されたと腹を立てるのは見当違いだと、わたしいつも思いますの」とわざと気を引きたてるように朗らかな口調でいった。「何かこう、もったいぶっていやしません？　とにかくご心配なさらないでください。わたし、気になんかしていませんから。それにあなたもご存じのように奥さまは――」

「家内がどうだっておっしゃるんです？」

ナース・フランシスの声は真面目に、少し悲しげに響いた。

「奥さまはとても不仕合せな、淋しい思いをなさっておいでなんですから」

「私のせいで、といわれるんですか？」

短い沈黙の後、ナース・フランシスは落ち着いた緑色の目をあげていった。

「ええ、そう思います」

息を長く吸いこんで、ウォルターはいった。

「あなた以外に、そんなことをこの私にあえていう人間はいないでしょう。まったくあなたという人は——私が感嘆するのはあなたの勇気です——恐れというものを知らない、無類の正直さです。ヴァーノンにはまだまだあなたが必要なのに、こんなに早く失うとは、彼のためにかえすがえすも残念です」

ナース・フランシスはしんみりした口調で答えた。

「今日のことはあなたのせいというわけではないのですから、どうか、不必要にご自分をお責めにならないでくださいませ。あなたの責任ではありませんわ」

「ナース・フランシス」ヴァーノンはベッドの中から夢中で叫んだ。「行っちゃいやだ！行かないで。お願いだよ、今夜は行かないで！」

「もちろんよ」とナース・フランシスは答えた。「まずコールズ先生にお話ししなければね」

ナース・フランシスは三日後にデイア家を去った。ヴァーノンは激しく泣いた。彼は生まれてはじめて得た、本当の友人を失ったのであった。

第五章

1

五歳から九歳までの年月の記憶はいささかぼやけていた。さまざまな変化が起こったが、ごく徐々に訪れたので、気にも留めなかった。子ども部屋の支配者であったあのナースは結局もどってこなかった。母親が脳溢血の発作で倒れて床についたきりで、看護のためにそのまま家に残らなければならなかったのだ。ナースのかわりにミス・ロビンズという女性が保母兼家庭教師として雇われた。この女性についてはしかし、ごく平板な印象しかなく、どんな顔の人だったか、後になるとさっぱり思い出せなかった。ミス・ロビンズが監督に当るようになってから、どうやらヴァーノンはいささか手に負えないいたずらっ子になったに違いない。八歳の誕生日を過ぎた直後に彼は学校にやられた。そしてはじめての休暇で帰ってきたとき、家の新たな一員となっている従妹のジョゼフィンに会ったのだった。

アボッツ・ピュイサン荘にたまさかやってくるとき、ニーナはついぞ、その小さな娘を同行したことがなかった。彼女の訪問自体もだんだん間遠になった。幼い子どもというものはとくに深く考えもせずにいろいろなことをよく知っているものだ。ヴァーノンは二つの事実をはっきり意識していた。一つは父親がシドニー伯父さんを嫌っていること、そのくせ、彼と相対するときはきわめて鄭重だということ、二つめは母親がニーナ叔母さんを嫌っていて、このほうはそんな気持を隠そうともしないということだった。ニーナが庭で兄と話しているとき、マイラはおりおりやってきて一緒に坐る。一瞬の沈黙の後に彼女はいうのだった。

「お邪魔らしいわね。失礼したほうがよさそうだわ。いいのよ、わかってるわ、ウォルター（これは夫の穏やかな打ち消しに対する言葉だった）、自分が余計者だってことくらい、いわれないでもわかりますわ」

こういって唇を嚙み、いらいらと両手を振りしぼりながら、茶色の目に涙を浮かべて立ち去るのであった。そういう折、ウォルター・デイアは、何にもいわずにただぐっと眉をあげる。

ある日、ニーナがたまりかねたように叫んだ。

「本当にどうしようもない人だわ、マイラって！　あたし、あなたと落ち着いて話をすることもできないのよ。すぐあの人がきてなんのかのというんですもの。ウォルター、あなた、どうして――どうしてあんな人と？」

あたりの景色を見まわし、屋敷から、遠くに見える僧院の廃墟に目を移した父親の顔に浮かんだ表情を、ヴァーノンは後々まで忘れることができなかった。

「私はここが好きだ」と彼はゆっくりいった。「たぶん祖先からの血がそうさせるんだろう。手放す気になれなかったんだよ」

短い沈黙の後、ニーナ叔母さんが笑った。奇妙な、抑えた笑い声であった。

「あたしたち、どっちも人生の成功者とはいえないわね。あなたもあたしも、いわば暗礁に乗りあげてしまったじゃありませんか」

ちょっとのあいだ、父親は答えなかった。

「きみのほうも、そんなにひどい状態なのかね？」

ニーナはほっと大きく吐息をついて頷いた。

「まあ、そういうところでしょうね。あたし、もうこれ以上、結婚生活を続けていけそうにないわ。フレッドは今ではあたしの顔を見るのもいやらしいのよ。人前ではかなり仲よさそうにふるまっているから、誰にも本当のところはわからないでしょうね――でも二人だけのときは、ああ、本当に恐ろしいくらいよ！」

「そう、しかしねえ、ニーナ……」

それっきりしばらくはよく聞こえなかった。声をひそめて二人は話し合っていた。父親が何かしきりに説いているようだった。やがて声を荒らげて彼はいった。

「そんな狂気じみたことを！　第一、アンスティを愛しているわけでもないだろうに」

「そうね――でもあの人のほうはあたしに夢中よ」

社会のなんとか弾《はじ》きというようなことを父親がいうと、ニーナがまた笑った。

「そんなこと、あたしたちが気にすると思うの？」

「アンスティはそのうち、気に掛けるようになるよ」

「フレッドはいずれあたしを離婚するでしょうよ。大喜びでね。そうしたら晴れてアンスティと結婚できるわ」

「それにしても――」

「ウォルター、あなたのような人でも慣習をうんぬんするの？　面白いこと！」

「女と男では事情が違うよ」とヴァーノンの父親は素っ気ない口調でいった。

「それはあたしにだってわかっていてよ。でも惰性で続く惨めな結婚生活よりはましだわ。もちろん、底を割ってみればあたしはまだフレッドを愛しているわ――ずっとね。あの人のほうでは、あたしを本当に愛したことなんていっぺんもなかったのに」

「子どもはどうするんだ？」とウォルター・デイアはいった。「あの子を置きっぱなしにして駆け落ちをするわけにもいくまい？」

「いけないかしら？　もともとあたし、たいして愛情の深い母親じゃなかったんですもの。

でも、あの子は一緒に連れて行きます。フレッドは何とも思わないでしょうよ。あたしと同じくらい、あの子のことも嫌っているんですから」

ふたたび沈黙が続いた。今度は前よりも長かった。やがてニーナがしみじみとした口調でいった。

「人間て、本当ににっちもさっちもいかないような泥沼にはまりこむことがあるのね。あなたの場合も、あたしの場合も、ウォルター、どっちも自分自身のせいよ。本当にたいした兄妹ね、あたしたちって！　自分たちにも、自分たちにつながりのある人たちにも、ひどい不幸をもたらすんですもの」

ウォルター・デイアは立ちあがり、ぼんやりした様子でパイプに煙草を詰めると、ゆっくり歩み去った。そのときはじめてニーナはヴァーノンの存在に気づいたのだった。

「あら、そこにいたの？　気がつかなかったわ。あたしたちの話していたこと、どのぐらいあなたにわかったかしら？」

「ぼく、知らない」とヴァーノンはあやふやにいって、もじもじした。

ニーナは鎖のついたバッグから鼈甲《べっこう》のケースを取り出して、煙草を一本出すと火をつけた。ヴァーノンはまじまじと見つめた。女の人が煙草をのむのを見たのは、これがはじめてだった。

「どうしたの？」とニーナが訊いた。

「ちゃんとした女の人は煙草なんかのまないって、マミーがいったよ。ミス・ロビンズにそういってたんだ」

「なるほどね」とニーナはぱっと煙を吐き出した。「そのとおりでしょうよ。あたし、ちゃんとした女の人じゃないんですもの」

ヴァーノンは何となく心を痛めて叔母を見やった。

「ぼく、叔母さん、とってもきれいだと思うけど」彼はおずおずいった。「ここへいらっしゃい、ヴァーノン」

「上品ときれいとでは違うのよ」とニーナはにっこりした。

彼がおとなしく近寄ると、ニーナは両手を彼の肩に載せ、奇妙な表情でためつすがめつした。ヴァーノンは抵抗しなかった。ニーナ叔母さんに触られるのはいやでなかった。叔母さんの手の感触は柔らかく、彼自身の母親のようにぎゅっと掴むなんてことはけっしてしなかった。「そうね」とニーナはいった。「あなたはデイア家の人間だわ――まさしく。マイラには気の毒だけど――でもどうしようもないことだわね」

「それ、どういう意味？」とヴァーノンは訊ねた。

「あなたがお父さんのほうの家族に似て、お母さんのほうの家族には似ていないってことよ。不幸なことだけれど」

「不幸って？」

「デイア家の人間はね、ヴァーノン、幸福な生涯を送らないし、成功もしないのよ。世の中をうまく渡って行けないんだわ」

おかしなことをいう人だ、ニーナ叔母さんは！　半分笑いながらいったから冗談なのかもしれない。でもその言葉は何がなしヴァーノンをびくっとさせた。

「シドニー伯父さんに似るほうがいいの？」と彼はだしぬけに訊いた。

「ずっといいでしょうね。ええ、ずっとね」

ヴァーノンは首をかしげた。

「でも」と口ごもりつつ、「シドニー伯父さんみたいだったら――」と考え考えいいかけて急に言葉を切った。

「シドニー伯父さんみたいだったら、どうだっていうの？」

「ラーチ・ハーストに住むことになるんでしょう、ここじゃなく？」

ラーチ・ハーストはバーミンガムの近くにある、シドニー伯父さんとキャリー伯母さんの住むどっしりした赤煉瓦の邸宅で、ヴァーノンは一度そこへ泊りに行ったことがある。三エーカーのすばらしい遊び場、バラ園、パーゴラ、金魚池。近代的な浴室も二つあった。

「ラーチ・ハーストはいやだっていうの？」とニーナは甥の顔を見つめながらいった。

「いやだよ！」彼は小さな胸をふくらませてほっと大きく嘆息した。「ぼく、ここに住みたいんだ――いつまでも！」

2

その後まもなく、ニーナ叔母さんに何か奇妙なことが起こったらしかった。母親が彼女について何かいいかけるのを父親がちらりとヴァーノンのほうに視線を走らせて目くばせして止めるということが度重なった。しかしその二言三言は彼の胸に刻みこまれた。「子どものことはあたしもかわいそうだと思っていましてよ。それにしてもニーナを一目見ればすぐわかりますわ、ふしだらな人だってことくらい。あの人、これからも変わらないでしょうよ」

〝子ども〟というのが彼の従妹のジョゼフィンだということを、ヴァーノンは知っていた。まだ会ったことはないが、クリスマスにはきまってプレゼントを送り、先方からもお返しが送られてくる。〝かわいそう〟とは、どういうことなのだろう？　なぜ、母親はジョゼフィンを〝かわいそうに思う〟のだろう？　それに、ニーナ叔母さんが〝ふしだら〟とは――いったいなんのことだろう？

けれども彼はそれっきりもう、そのことについて考えなかった。ところが四カ月ばかりたったとき、ふたたび同じことが両親の話題にのぼったのであった。このときは誰もヴァーノンの存在など気にかけなかった――父親も母親もそんなことを気にする余裕もないくらい、いきりたっていたのである。二人は何やら激しくいい争っていた。母親はいつものように興奮して、声高につっかかっていたが、父親の声音は静かだった。

「恥知らずったら！」とマイラは叫んだ。「一人の男と駆け落ちして三ヵ月もたたないうちに、また別な男と！　これであの人がどういう女か、誰の目にもはっきりわかったでしょうよ。あたしにははじめからわかっていましたけれどね。男、男、男――あの人には男のことしか、頭にないんですわ！」

「いいたいことをいうがいい、マイラ。だが今我々の話しているのはそういうことじゃないんだよ。きみの目には今度のことがどう映るか、ぼくにはよくわかっているがね」

「誰だって、あたしと同じように思うでしょうよ！　あなたって人があたしにはわからないわ、ウォルター、旧家だの、何だのって、いつも格式張ったことをおっしゃっているのに――」

「旧家さ――わが家は」と父親は物静かにいった。

「だったら、少しは家名というものも気にお掛けになったらよろしいのに！　あの人は家名に泥を塗ったんですのよ――一家を背負う男として、あなたはあの人を勘当すべきだわ」

「メロドラマのさわりの場面よろしくね」

「あなたって、いつもあたしを馬鹿にして嘲笑うのね！　あなたがた、デイア家の人には道徳観念というものがないんですわ――ほんのひとっかけらも」

「何度もいってるように、道徳の問題をとやかくいってる場合じゃないんだ。わかってほしいな。ぼくの妹が金に詰まって困っているんだ。ぼくはただモンテ・カルロまで行って、何とか助けてやれないものか、様子を見てきたいといってるだけだ。道理のわかる人間なら誰だって、当面これが焦眉の急だということが理解できるだろう」

「道理のわかった人間ならですって？　ありがたいこと。ずいぶん無躾けなおっしゃりようね。困っているのは誰のせいなの？　ちゃんとしたご主人もあり――」

「いや――それは違う」

「すくなくとも正式に結婚してくれたわ」

父親はぱっと顔を赤らめて呟くようにいった。

「ぼくにはわからないね、マイラ、きみは立派な女だ――親切で、人に後ろ指一本指されず、いつも正しい道を歩んでいる――それでいて、そんな卑怯きわまるあてこすりがぬけぬけといえるんだからな」

「よろしゅうございますとも、いくらでもあたしの悪口をおっしゃい！　慣れていますわ！　あたしにはいつだっていいたい放題おっしゃるのね」

「それは嘘だ。ぼくはできるだけ、言葉をつつしんできたつもりだ」

「そのとおりですわ。でも、一つにはそれだからあたし、あなたが憎らしいのよ。あなたは何だって率直におっしゃらないんですもの。いつも鄭重で、嘲笑的で――奥歯にもののはさまったようないいかたをなさって。こんな風に人前を気にするやりかた――第一、なぜ、そうしなくちゃ、いけませんの？　あたしがどう思っているか、一家中の誰に聞かれても構わないじゃありませんか？」

「ことごとしくいいたてなくても、誰だって知っているだろうよ――きみの声は、ありがたいことによく通るからね」

「そら、そのおっしゃりようよ――人を馬鹿にして。とにかくあたし、あなたの大事な妹さんのことをどう思っているか、歯に衣着せず申しあげましたわ。一人の男と駆け落ちして、手当り次第また別な男と――その男にはあの人を養っていくことができませんの？　それとももう飽きがきて捨てられたのかしら？」

「前にも話したんだが、きみは聞いてくれなかった。その男は急性肺結核で――仕事もやめなければならなくなった。財産もまったくないんだよ」

「あらまあ、つまりニーナも今度はとんだ馬鹿な取引きをしたってわけですのね」

「ニーナで一ついいところは――損得ずくで動かない点だよ。たしかにニーナは馬鹿だ――救いがたい愚か者だよ。そうでなかったらこんな厄介な破目には立ちいたらなかっただろう。しかし、情が深いだけに、とかく物の道理が見えないことだってある。それがあれを、ますますのっぴきならぬ破目に追いこむのさ。あれはフレッドの金には鐚《びた》一文手をつけたくないんだ。アンスティもいくらか出したいといっているんだが、耳にも入れない。それに——いいかい？　ぼくもその点はニーナと同意見だ。人にはどうしてもできないことがあるものさ。とにかくぼくはモンテ・カルロまで行って、いろいろと手配してこなければいけない。それがきみの癇にさわるのなら残念だが、仕方のないことだ」

「あたしの望むことは何一つしてくださらないくせに！　あなたはあたしを憎んでいらっしゃるのよ！　このことだって、あたしを惨めな気持にさせるために、反対を承知でわざとなさるんだわ。でも一つだけ申しあげておきますわ。いくら大事な妹さんでも、この家の屋根の下に連れてくるのだけはお断りよ、あたしが主婦としてここにいるかぎりはね。そういう種類の人と接触するのは慣れていませんから。おわかりになるでしょうね？」

「わかるもわからぬも、いい加減うんざりするくらい、はっきり聞かされてるんではね」

「あの人をここに連れていらっしゃるなら、あたし、バーミンガムに帰ります」

その瞬間、ウォルター・デイアの目がきらりと光るのを見て、ヴァーノンは母親の気づいていないことを本能的に悟ったのであった。両親の言葉の意味はほとんど理解できなかったが、おもな事実は胸にたたんでいた。ニーナ叔母さんがどこかで病気になるか、困るかして、マミーが腹を立てているらしい。ニーナ叔母さんがこのアボッツ・ピュイサンにくるなら、シドニー伯父さんの家に行ってしまうといっているのだ。自分では威《おど》しのつもりらしいが、もしも彼女がバーミンガムに行ってしまえば、父親はむしろほっとするだろう。どうしてかといわれてもわからないが、父親がそう思っていることを、ヴァーノンは確信していた。それはちょうどミス・ロビンズの与える罰に似ていた。三十分間、口をきいてはいけないと彼に命ずるとき、ミス・ロビンズはそれを、お菓子を食べてはいけないというのと同じくらい厳しい罰だと思いこんでいる。幸いなことに、彼女はその罰がヴァーノンに何の痛痒も感じさせないということ——むしろ彼がそういった沈黙の機会を歓迎しているということに、まったく気がつかないのだった。

ウォルター・デイアは部屋の中を落ち着きなく歩きまわっていた。ヴァーノンは怪訝そうにその姿を眺めた。父親が心の中で一つの戦いを行いつつあることは彼にも理解できた。しかし、いったい、何のことで？

「あたしがいなくなったら、あなた、どうなさるおつもり？」とマイラはいった。

その瞬間の彼女はなかなか美しかった。みごとに均整のとれた体格。昂然と振り仰いだ頭に日光があたり、赤みがかった金髪がきらきら光っていた。ヴァイキングの伴侶にふさわしい姿であった。

「ぼくはきみをこの家の主婦とした、マイラ」とウォルター・デイアはいった。「ニーナがここに身を寄せることにきみが反対するなら、あれはここへはこないだろう」といい残して歩き出した。

しかし戸口で足を止めて、彼は妻を振り返った。

「ルウェリンがもしも死んだら——おそらく早晩死ぬだろうが——ニーナは何か仕事につかなければならない。そうなったら、子どものことを何とか考えてやらなければなるまい。きみは彼女の子どもがここにくることについても、やっぱり反対するのかね？」

「さきざき母親そっくりに育つかもしれない女の子を、あたしがこの家に入れたがるとお思いになって？」

父親は静かな口調でいった。

「いいとか、いけないとか、それだけいってくれれば足りることだろうがね」

彼はそのまま部屋を出て行った。マイラは呆然と見送った。その目には涙が溢れ、はらはらと頬をつたった。ヴァーノンは涙が嫌いだった。彼はそろそろと戸口のほうににじり寄ったが——一瞬遅かった。

「ヴァーノン、ここにおいで」

いわれたとおりにしなければならなかった。母親はいやいや近寄った彼を、ひしと抱きすくめた。きれぎれな言葉が耳もとで繰り返された。

「あなたが埋め合わせをしてくれるわねえ——坊や、あの人たちのようになってはだめよ——あんな意地の悪い、人を馬鹿にしたいいかたをするようになってはいや。あなたはあたしを、このマミーを裏切らないわね——けっして——そうでしょ？　約束してちょうだい、ああ、坊や、あたしの大事な坊や！」

いつものことだった。彼はいえと要求されていることをことごとくいった。ええとか、いいえとか、適当に。いやでいやでたまらなかった。いつだってそうなのだ。耳もとで、小うるさく。

その夕方、お茶がすむころにはマイラはうって変わってやさしい気持になっていた。ヴァーノンが入って行ったとき、彼女は机に向かって手紙を書いていたが、明るい顔で見あげていった。

「今お父さまにお手紙を書いているのよ。そのうち、ニーナ叔母さんがあなたの従妹のジョゼフィンを連れていらっしゃるわ。ずっとここに滞在なさるのよ。どう、すてきでしょう？」

しかし二人は結局アボッツ・ピュイサンにはこなかった。マイラは、「ウォルターって、つくづく妙な人だわ。あたしが一言二言いったからって、何も本気でいったわけでもないのに」と呟いた。

けれどもヴァーノンは意外とも思わなかった。はじめからくるとは思っていなかったのだ。

ニーナ叔母さんは自分で自分のことを、ちゃんとした女ではないといった。しかし、たしかにとてもきれいな人だった。

第六章

1

もしもヴァーノンが誰かに次の数年間の出来事を総括しろといわれたら、一語でこと足りただろう——愁嘆場——無限に長びき、性懲りもなく繰り返される愁嘆場。彼はまた奇妙な現象に気づきはじめた。そうした場面が繰り返されるたびに母親はますます大きく見え、父親はますます影が薄くなるように思えた。感情的な毒のある言葉を口にすることで、マイラは精神的にも肉体的にも元気づくようだった。そうした場面から、彼女はいつも新鮮なエネルギーを汲み出し、落ち着きを取りもどし、全世界に対する善意に満ち溢れて出てくるのだった。

ウォルター・デイアの場合は逆だった。妻の攻勢の前にそのあらゆる神経が敏感に反応し、彼はいよいよ内にひきこもった。彼の唯一の防御の武器である、かすかに皮肉な、慇懃な態度はマイラをいつもかっとさせた。静かな、物憂げな、あくまでも抑えた物腰が、何ものにもまして怒りを掻きたてた。

マイラが不満をいだく理由もないわけではなかった。ウォルター・デイアはますます長期間、家をあけるようになった。たまさか帰ってくるとき、その目の下はたるみ、手はぶるぶると震えていた。息子のことにはあまり関心がないようだったが、ヴァーノンは今も父親のひそかな同情を感じた。どうやら息子のことに余計な口出しをしないという無言の約束がマイラとのあいだにできているらしかった。子どもについては何ごとも母親に決定権があるべきだというわけで、ウォルターは乗馬の練習以外は、いっさいヴァーノンのことに干渉しなかった。そうでもしなかったら、ことごとに口論と非難の嵐が湧き起こるだろう。ウォルターはマイラが美徳の権化であること、教育熱心な、良心的な母親であることを躊躇なく認めたのであった。

しかし彼はおりおり、妻が与えることのできない何かを、自分は息子に与えることができるのだがと残念に思った。ただ困ったことに、ヴァーノンも父親もお互いに対して遠慮がちで、自分の気持を素直に表現することに困難を覚えた。こうした感情はマイラの理解しがたいところだったろう。二人が顔を合わせるときには、父も子もいつも控え目に折り目正しくふるまっていた。

けれども母親が愁嘆場を演ずるとき、ヴァーノンは父親に対して深い同情を覚えた。父親がどう感じているか、母親の怒った高声が耳をがんがんさせ、頭痛を催させることを自分のことのようにひしひしと感じていた。もちろん、マミーが正しいに違いない。マミーはいつだって正しい、それは疑問をさしはさむ余地のない信仰箇条であった。それでいて彼は無意識のうちに父親の味方に立っていた。

事態はいっそう悪化し、破局寸前に達していた。マミーは二日も部屋に鍵をかけて閉じこもり、メイドたちは興ありげにこそこそと囁きあった――そこへシドニー伯父さんが何とか事をまるく納めようとやってきた。

シドニー伯父さんは疑いもなく多少ともマイラの心を鎮める力をもっていた。あいかわらずポケットの中の小銭をじゃらつかせながら、彼は部屋の中を行ったりきたり歩きまわった。以前にもましてでっぷりと恰幅がよく、赤ら顔だった。

マイラは堰を切ったように泣きごとを並べ出した。

「わかってる、わかってる、よくわかっているよ」とシドニー伯父さんはチャラチャラ小銭の音をさせながらいった。「おまえが我慢にも限度があると思っているのはもっともなことだ。そのとおりだよ。私ほど、それをよく知っている者はいない。しかし、世の中には妥協ということがあってね。妥協――これこそ、結婚生活の要諦だよ――一にも二にもこれに尽きる」

マイラはここでまた勢いこんで掻き口説きはじめた。

「私は何もデイアの肩をもつわけじゃない」とシドニー伯父さんはいった。「それどころか、ただ私は世知に長けた男の観点から、このことを見ているのさ。女は平素守られた生活をしているから、こうしたことについて男とは違った見かたをする。当然のことだがね。おまえはまっすぐな女だよ、マイラ。この種のことは、まっとうな女には理解しにくいものだ。キャリーにしてもそうだが」

「キャリーはどんなことを我慢しているというの?」とマイラは叫んだ。「兄さんはウォルターと違って、品の悪い女たちと浮かれまわったりなんか、しないじゃありませんか? メイドたちに手を出したことだってないし」

「そりゃ、まあね」と兄は答えた。「むろん、そんなことはやらない。ただ私は一般論としていってるんだ。いいかね、キャリーと私だって一から十まで相和合して暮らしているわけじゃあない。それなりにいさかいもする——ときには二日も口をきかないことだってあるんだよ。しかし、結局はいつも仲直りをする。そして以前にもまして意気投合し、というわけだ。たまには思いきってやりあったほうがさっぱりする——私はこう思っているのさ。だが妥協というやつはつねに大切だ。いつまでもしつこく責めぬことだね。いくら気のいい男でも、うるさく責めたてられると堪忍袋の緒が切れるものだよ」

「責めたてるなんて、あたし、そんなこと、したことがないわ」とマイラは涙ながらにいった。心底そう信じていたのだった。「ひどいこと、いうのねえ!」

「まあまあ、そう興奮しなさんな。おまえがそうだといってやしない。これも一般論というやつさ。それからこのことは覚えておくんだね——デイアは我々とは出来が違う。なかなか扱いにくい男だよ——感じやすく、神経がぴりぴりしている。ちょっとしたことでかっとなる」

「あたしがそれを知らないと思って？」とマイラは怨じた。「あの人、本当にどうしようもないわ。ああ、あたし、なぜ、あんな人と結婚してしまったのかしら？」

「わかっているだろう？　何もかも手に入れるわけにはいかない。おまえとあの男はどこから見てもいい組み合わせだったんだ。何てったって、それは認めざるを得ないよ。おまえはすばらしい屋敷に住み、この地方の主だった人たちを残らずよく知っている。王侯に匹敵する上層階級の連中に至るまでね。おやじが生きていたら、さぞかし鼻を高くしたことだろうよ！　私のいおうとしているのはこういうことさ。何ごとにもマイナスの面がある。何かを手に入れようと思えば、少しは我慢もしなけりゃならない。こういった旧家はみんな多少とも退廃的なものさ——よくいうデカダンだよ。おまえはこの事実を直視しなければいけない。ビジネスライクに事態を見きわめることだ——プラスの面はしかじか、マイナスの面はしかじかとね。それしかないんだ。騙されたと思って私のいうことを聞くんだな。まったくそれ以外に方法はないんだからね」

「あたし、兄さんのいうプラスの面とかのためにウォルターと結婚したわけじゃなくてよ。こんな家、あたし、大嫌いだわ。はじめから嫌いだったわ。あの人はこのアボッツ・ピュイサン荘のためにあたしと結婚したのよ——あたしを愛したからじゃなく」

「馬鹿なことをいうんじゃない、マイラ、おまえはなかなかの美人だったよ——今でも容色は衰えていないが」と兄は抜け目なく付け加えた。

「とにかくウォルターはこの屋敷を手放さないために、あたしと結婚したんだわ」とマイラは頑なにいいはった。「あたしにはちゃんとわかっているの」

「まあまあ、過ぎたことをつつき出しても始まらんよ」

「あたしの身になってごらんなさい、そう澄ましかえって平然としてはいられないはずよ」とマイラは恨みがましくいった。「兄さんだって、ずっとあの人と一つ屋根の下で暮らさなければならないとしたら。あの人を喜ばせるために、あたし、思いつく限りのことをしたわ——それなのにあの人、ただせせら笑って、今度みたいにあたしを踏みつけにするんですもの」

「おまえがうるさくせっつき過ぎるのがよくないんだな。そうだよ。まあ、おまえとしては仕方ないんだろうが」

「いっそ、いい返してくれればいいのよ！　あの人のほうでも何とかいってくれれば——あんなふうに、ただ黙りこくって坐っているだけでなしに」

「そりゃあね。だが、そこがデイアのデイアたる所以《ゆえん》なんだな。神さまじゃないんだから、他人をこっちの思うままに作り変えるわけにはいかない。私だってあの男が好きというわけじゃあないよ——ああいう気取り屋は私の趣味には合わん。あんな男に会社を経営させれば二週間で間違いなく倒産だろうな。だがデイアは私にはいつも申し分なく礼儀正しくふるまう。一貫して紳士らしくね。先だってもロンドンで出会ったが、例の彼の高級なクラブに昼食に連れて行ってくれた。あまり居心地がいいとはいえなかったが、彼のせいではない。あの男、あれでなかなか憎めぬところもある」

「男の見かたよ、それは！　キャリーならわかってくれるわ。ウォルターはあたしを裏切ったのよ。嘘じゃないわ。裏切ったのよ！」

「まあまあ」とシドニー伯父さんはまたひとしきりジャラジャラという音をたてながら、そっくりかえって天井を仰ぎ見た。「男は男でね」

「だって兄さん、兄さんは——」

「もちろんだとも」とシドニー伯父さんは慌てていった。「もちろん私はそんなことはしない。これは一般論さ、マイラ、男というものは総じてそういうものだといってるんだ」

「とにかくもう何もかもおしまいよ。あたしが堪えてきたようなことを、どこの女に我慢できますか？　でも今度こそ、はっきりおしまいだわ。あたし、あの人の顔なんか二度と見たくないの」

「なるほど！」とシドニー伯父さんは呟いた。そして椅子をテーブルの傍に引き寄せると、商談を進めようとしている人の物腰で坐った。「それでは要点に入るとしよう。おまえは決心を固めたといったね。で、これからどうしようというんだね？」

「何度もいうように、あたし、もうウォルターの顔を見たくないんです！」

「わかった、わかった」とシドニー伯父さんは忍耐強くいった。「それはもうわかってるよ。それで、どうしたいんだ？　離婚か？」

「あら！」とマイラは虚を突かれたように呟いた。「あたし、まだそこまでは……」

「このことはまず実際的な見地から考えてみんことにはね。離婚が成立するかどうか、こいつは疑わしい。夫の側に残酷な仕打ちがあったかどうかということも証明する必要があるからね。この場合、それはできんのじゃないかな」

「あたしがあの人のためにどんなに苦しんだか、兄さんにわかりさえすれば――」

「まあね。それを否定する気は毛頭ないよ。しかし法的には、それだけじゃあ。妻子を遺棄したというわけでもないんだし。もどってくれと手紙を書けば、いまだにちゃんともどってくるんじゃないのかね？」

「二度とあの人の顔を見たくないって、あたし、何度もいったじゃありませんか？」

「いったとも。女ってやつは、まったく一つのことばかりいいたてる。今、我々は実際的な見地からこの問題を見ているんだよ。とにかく離婚は成立せんだろう」

「何もあたし、離婚を望んでいるわけじゃなくてよ」

「では何を望んでるんだね？　別居か？」

「別居なんかしたらあの人、ロンドンで例のあの自堕落な女と、しゃあしゃあと同棲するでしょうよ。そうしたらあたしはどうなるのよ？」

「私たちの家の近くには小ぢんまりとしたいい家がたくさんある。ヴァーノンは、まあ、おまえと一緒に暮らすことになるだろうし」

「そうなったら、ウォルターはいやらしい女たちを次から次へとこの家に連れこむかもしれないわ。いやよ、あの人の思うつぼにはまるなんて、絶対にいや！」

「じゃあ、いったい、どうしたいっていうんだね、マイラ？」

マイラはまた泣き出した。

「あたし、惨めなのよ、シド、たまらなく！　ウォルターがあんなでなかったらねえ！」

「ウォルターはあのとおりの男だ――これからも変わらんだろう。おまえもこの辺で覚悟を決めなくてはね、マイラ。おまえはドン・ファン的な男と結婚した。とすればもう少しおおらかな見かたをするようにしなくっちゃ。今でもあの男を愛しているんだろう？　それならいっそ早く仲直りのキスをしろ、というのが私の助言だよ。完全な人間なんて、いるものじゃない。少しは妥協ということを考えなくちゃいけないよ、妥協ということをね」

妹はまだしくしく泣いていた。

「結婚なんて、もともと厄介きわまる代物だよ」とシドニー伯父さんはしみじみとした思いいれよろしく続けた。「我々男たちにくらべて、女は勿体ないほど、品性高潔だからね。いや、まったく」

「すべてを赦して忘れる――そうしなくちゃいけないのね――何度でも」とマイラは涙声で呟いた。

「そうだとも。女は天使だが、男はね。だから女は男を大目に見てくれなくては。これまでもずっとそうだったし、これからもおそらくね」

すすり泣きの声がいくらか低くなった。赦しを与える気高い天使のような自分の姿を、マイラは思い描きはじめていたのだった。

「あたし、自分にできることは何でもしたつもりよ」と彼女はもう一度しゃくりあげた。「主婦としてちゃんと家を切り盛りしてきたし、あたしほど行き届いた母親もいないわ」

「そりゃ、そうだとも」とシドニー伯父さんは呟いた。「おまえのあの息子はなかなかいい子じゃないか。私とキャリーにも男の子が生まれるとよかったんだ。女の子ばかり続けざまに四人とはね。だがいつもキャリーにいうせりふだが、今度こそ、きっと男の子だろうよ」

マイラはふと関心をそそられた。

「まあ、ちっとも知らなかったわ。いつなの？」

「六月だ」

「キャリーは元気？」

「足が少々重くてね。むくんでいるんだ。まあ、かなり元気に動きまわってはいるが。おや、驚いたな、おまえの息子がここにいるよ。いつからいたんだね、ええ、若いの？」

「ずっと前からです」とヴァーノンは答えた。

「伯父さんたちが入ってくる前から」

「わからなかったよ。おまえはいったい静かすぎる」と伯父はぶつぶついった。「おまえの従妹たちとは大違いだ。私の家はときには騒々しくて逃げ出したくなるくらいだ。何をもってるんだね、そこに？」

「機関車です」

「そうじゃあるまい。牛乳屋の車だろう？」

ヴァーノンは黙っていた。

「そうじゃないかね？」

「いいえ、機関車です」

「とんでもない、牛乳運搬車だよ。おかしいだろう、どうだ？　おまえは機関車だといい、私は牛乳運搬車だと主張する。どっちが当っている？」

自分のほうが正しいことを知っていたので、ヴァーノンは答える必要を認めなかった。

「生真面目な子だな」と妹を顧みてシドニー伯父さんは不満げにいった。「冗談を解さないのは困る。いいかい、学校に行くようになったら、からかわれることにも慣れなくちゃいかんよ」

「からかわれるの？」とヴァーノンは、今の伯父さんの言葉とそれと何の関係があるのか、わからなかったのである。

「からかわれても、笑って受け流すことのできる子は世の中に出てからきっと成功する」

こういってシドニー伯父さんはまたジャラジャラと小銭の音をたてた。成功という連想から、思い出したのだろう。

ヴァーノンはじっと伯父さんの顔を見つめた。

「何を考えている？」

「べつに」

「機関車をテラスに出して遊んだらどう、坊や？」とマイラがいった。

ヴァーノンは素直にテラスに出て行った。

「我々の話を、どのぐらい聞いていたのかね？」とシドニー伯父さんは妹に訊ねた。

「さあね、聞いても何のことか、わからないでしょう。まだ小さいんですもの」

「さあね、子どもによっちゃ、ずいぶんいろいろのことを聞きかじるからな。家のエセルがそうだ。もっともエセルは子どもとしてはずいぶん目はしがきくほうだが」

「ヴァーノンは何も気づいていないと思いますわ」とマイラはいった。「ある意味ではありがたいことですけどね」

2

「マミー」シドニー伯父さんが帰るとヴァーノンは訊いた。「六月に何があるの？」

「六月がどうかして？」

「さっきシドニー伯父さんと話していたじゃないか」

「ああ、あのこと——」とマイラは一瞬どぎまぎした。「あれはね、大事な秘密」

「どんな？」とヴァーノンは熱心に訊ねた。

「あのねえ、六月になると、シドニー伯父さんとキャリー伯母さんのところにかわいい男の赤ちゃんが生まれるかもしれないの。あなたにははじめて男の従兄弟がね」

「なあんだ」とヴァーノンは失望したようにいった。「それだけ？」
一、二分後、彼はまた訊いた。
「キャリー伯母さんの足、なぜ、むくんだの？」

「ああ、それはね——伯母さん、このごろ、ちょっとお疲れなんでしょう」

これ以上面倒な質問をされては困るとマイラは、さっき兄とどんな話をしていたのか、思い出そうとつとめた。

「マミー」

「なあに？」

「シドニー伯父さんとキャリー伯母さん、男の赤ん坊をほしがってるの？」

「もちろんですよ」

「だったらどうして六月まで待つのさ？　今すぐじゃ、どうしていけないの？」

「それはね、ヴァーノン、何が人間にとっていいことか、神さまが一番よくご存じだからよ。六月がいいと、神さまがお決めになったんでしょう」

「ずいぶん長く待たなきゃいけないんだね。ぼくが神さまだったら、人間がほしいといったもの、すぐあげるんだけどな」

「神さまの御名を瀆《けが》すものじゃありませんよ、坊や」とマイラはやさしくいった。

ヴァーノンは口をつぐんだが、ふしぎでたまらなかった。神さまの御名をけがすって、いったい、どういうことだろう？　コックが弟のことをいうとき、同じような言葉を使ったのを彼は覚えていた。うちの弟は神さまの御名を——どうとかで、お酒なんてものには手をつけたことがない、とコックはいっていた。何だかとてもえらいことみたいに。でもマミーのいっているのはそれとは違うらしい。

ヴァーノンはその夜、寝る前の祈りに特別な一言を付け加えた。

「神さま、ぼくにどうか、小犬をください。六月に。でも忙しかったら、七月でもいいです」

「どうして六月に、なんていうんですの？」とミス・ロビンズが訊いた。「おかしな子。今すぐいただけたらうれしいでしょうに？」

「そんなの、いけないんだよ。神さまの御名をけがすことなんだから」とヴァーノンは非難がましくミス・ロビンズを見やった。

3

世界は突如一変し、活気をおびた。戦争が始まったのだ——南アフリカで——彼の父親がそこへ行くというのである。

誰も彼も興奮し、そわそわしていた。生まれてはじめてヴァーノンは〈ボーア人〉と呼ばれる人々のことを聞いた。彼の父親はそのボーア人と戦争をしに行くのだという。

出征前に、父親は家にもどって二、三日を過ごした。急に若くなったようで、すこぶる威勢がよく、ずっと快活に見えた。マミーにもやさしく、口喧嘩も、泣いたり騒いだりのお定まりの場面も、忘れたように影をひそめてしまった。

もっとも一、二度ヴァーノンは、母親がいったことに対して、父親が気色悪げにもじもじするのを見たように思った。いらいらした口調でこういったこともあった。

「お願いだからマイラ、勇敢な英雄が祖国のために身命を賭するといった文句は口にしないでくれないか。虫酸が走る！」

けれども母親は怒らなかった。

「おいやなのはわかっていますわ。でも本当のことですもの」

出征する前日の夕方、ウォルターは幼い息子を散歩に誘った。二人は一緒に屋敷の敷地をくまなく歩きまわった。はじめはどちらも無言だったが、ヴァーノンはやがて思いきって質問しはじめた。

「戦争に行くの、うれしい、お父さま？」

「とてもうれしいよ」

「戦争って面白いの？」

「おまえの想像する意味では、面白いとはいえないだろう。しかし、ある意味ではね。スリルがあるし、厄介なことから引き離してもくれるからね——ずっと遠くへ」

「戦争には、女の人はいないしね」とヴァーノンはしみじみいった。

ウォルターはきっとした目で息子の顔を見やった。その唇にはかすかな笑いが浮かんでいた。おかしなやつだ。自分では気づかずにひどく的を射たことをいう。

「その意味じゃ、しごく平安というわけだろうな」と彼は真面目な口調で答えた。

「お父さま、たくさん敵を殺すと思う？」とヴァーノンは興味ありげに訊いた。

前もって正確な数字をあげることはできないが、と父親は答えた。

「お父さま、いっぱいやっつけるね、きっと」父親がはなばなしい手柄を立てることを願ってヴァーノンは訊いた。

「百人くらいかな？」

「ずいぶん買いかぶってくれるんだね」

「でもぼく――」とヴァーノンはいいかけて口ごもった。

「何だね？」

「あのう、戦争に行って死ぬ人もいるんでしょう？」

ウォルター・デイアはその曖昧ないいまわしの含意を理解して答えた。

「ときにはね」

「お父さまも死ぬかもしれないの？」

「ああ。戦争ではよくあることだよ」

ヴァーノンはこの言葉をじっと嚙みしめた。その短い言葉の蔭にひそむ感情が、おぼろげながら理解できたのだった。

「死ぬのはいや、お父さま？」

「それが一番いいことかもしれないな」とウォルター・デイアは息子にというよりは自分自身にいい聞かせるように呟いた。

「ぼく、お父さまが死なないほうがいいけど」

「それはありがとう」

父親は微笑を浮かべた。ヴァーノンのいいかたはちょっと聞いただけでは、いかにもおざなりに響いた。マイラなら、何という無神経なことをと思っただろうが、彼には息子の気持がよくわかっていたのである。

歩いて行くと僧院の廃墟のところに出た。ちょうど日没時で、親子はあたりを見まわして佇んだ。ウォルター・デイアはかすかな胸の痛みを覚えつつ、深く息を吸いこんだ。二度とふたたびここに立つことはないかもしれないと思ったからだった。

〝私は人生においてまずい答案を書いてしまった〟と彼は思った。

「ヴァーノン」

「はい、お父さま」

「私が戦死したらこのアボッツ・ピュイサンはおまえのものになる。それは知っているだろうね？」

「ええ、お父さま」

ふたたび沈黙が続いた。父親はさまざまなことを息子に告げたかったのだが、多くを語ることに慣れていなかった。告げたいのはむしろ、言葉にならぬもろもろのことどもであった。この幼い子ども――彼自身の息子と共にいると、彼はふしぎと心が安まった。この子をもっと知るに至らなかったのは大きな間違いだったのかもしれぬ。二人で楽しいときを過ごせたかもしれないのに、そう思うと心残りだった。彼は息子に対して何となく遠慮があり、ヴァーノンもまた父親に対して気後れを感じた。しかし二人は一緒にいると、いつも奇妙なほど、満ちたりた気持になった。二人とも多くを語ることを好まなかったが。

「私はここが好きだ」とウォルター・デイアはいった。「おまえもやがてこの屋敷が好きになるだろう」

「ええ、たぶん」

「昔ここに住んでいた、よくふとった陽気な坊さんたちがこの川で魚釣りをしているところを想像することがあるんだ。奇妙だね、ときどき、ふっと考える。人のいい坊さんたちだったんだろうね」

父と子はもう数分間、黙ってそこに佇んでいた。

「さてと、そろそろもどるとしようか。だいぶ遅くなった」

二人は踵を返した。ウォルター・デイアは肩を張った。あのマイラのことだ。センチメンタルな別れの場面が予期された。何とか我慢しなければならないだろう。それを考えると気が重かった。が、まあ、それもじき終わる。別れはつらいものだ――騒ぎたてないでくれるのがいいのだが、マイラはもちろん、そうは考えないだろう。

マイラも思えば哀れな女だ。あれには気の毒なことをした。押し出しはいかにも立派だが、こっちはもともとアボッツ・ピュイサンを手放さないために結婚したようなものだから。マイラのほうは愛し愛されることを求めた。それが我々の惨めな結婚生活の底深い原因だったといえる……

「ヴァーノン、お母さまのことを頼むよ」とウォルターはだしぬけにいった。「おまえにとってはたいそういい母親なのだからね」

できれば自分はもう二度ともどってこないほうがいいのだ、とウォルターはひそかに思った。おそらくそれが一番だろう。ヴァーノンには母親がいるのだし。

そう思いながらも彼はひどく後ろめたい思いを禁じ得なかった。息子をみすみす見殺しにするような気がした……

4

「ウォルター」とマイラは叫んだ。「あなた、まだヴァーノンに行ってまいりますをおっしゃっていませんわ」

まじまじと大きな目でこちらを見つめている息子を、ウォルター・デイアはじっと見返した。

「じゃあ、行ってくるよ。おまえも元気でやるんだな」

「行ってらっしゃい、お父さま」

それだけだった。マイラは呆れかえっていた。ウォルターはこの子がかわいくないのかしら？　キスもしなかった。デイア家の人間って、本当に奇妙だわ。まるで隣りの町へでも行くように、さりげなく。部屋のあっちとこっちから軽く頷きあっただけで。おかしな人たち。似た者親子だわ。

〝でもヴァーノンは父親のようにはならないだろう。あたしがそうはさせない〟とマイラは心に呟いた。

四囲の壁からデイア家の祖先たちが、皮肉な笑みを浮かべて見おろしていた。

第七章

1

父親が南アフリカに出発して二カ月後、ヴァーノンは寄宿学校に入学した。それはウォルター・デイアの意志にそったもので、彼は出発前にすでにその手筈を整えていた。マイラはさしあたっては夫の意志を金科玉条と考えていた。ウォルターは彼女にとって理想の軍人であり、英雄であって、それまでのゴタゴタはことごとく忘れ去られてしまった。マイラ自身も目下のところ、この上なく幸福であった。前線の兵士たちのために靴下を編み、〝銃後の戦い〟を精力的に推進し、性悪の忘恩の徒であるボーア人を相手に戦っている夫をもつほかのイギリス女性と話し合ったり、同情を振りまいたりした。

ヴァーノンとの別れに際して、マイラは甘美な胸の痛みを覚えた。かわいい一人息子が遠くに行ってしまうなんて、母親って何て大きな犠牲を払わなければならないのかしら、と彼女は嘆いた。そして、でもあの子の父親の願いなのだから、と自分にいい聞かせた。

かわいそうに、ヴァーノンはさぞかしひどいホームシックにかかっているだろう! 考えるとたまらない。

しかし、当のヴァーノンはホームシックなどとは無縁であった。本当のところ、彼は母親に対してさほど強い愛着をもっていなかった。母親に愛情を覚えるのはむしろ、彼女が彼の傍にいないときであった。母親のかもし出す、感情的な雰囲気から逃れると、いつもほっとした。

彼はもともと学校生活に適応する性質だった。運動競技ではすぐに頭角を現わし、物静かな態度に似合わず、まれに見るほど勇敢だった。ミス・ロビンズの監督下の子ども部屋はいかにも単調で退屈だったので、学校生活は目新しく、けっこう楽しかった。デイア家の後裔らしく、彼は人とうまく折りあい、友だちがすぐにできた。

しかし、何を問いかけられても、「何でもない」と答えた子ども時代の寡黙さは、いまだに彼につきまとっていた。特定の一人二人と話すときをのぞいてヴァーノンは長じても言葉数が少なかった。学校友だちは単にいろいろなことを一緒にする仲間であって、自分の考えはもっぱら胸の奥にしまって、ただ一人の人間以外には打明けなかった。その一人の人が今や彼の生活に入ってこようとしていたのである。

最初の休暇で帰宅した折、彼はジョーと会ったのであった。

2

休暇がきて家に帰ったヴァーノンは母親のおおげさな愛情の表現に曝《さら》された。そうした扱いはこのごろではとみにやりきれなかったのだが、彼は男らしくそれを我慢した。狂おしいほどの再会の喜びが一通りおさまると、マイラはいった。

「とってもいいことがあるのよ。誰がここにきていると思って？　あなたの従妹のジョゼフィンよ、ニーナ叔母さまの子どもの。これからずっとここで暮らすのよ。うれしいでしょう？」

うれしいとも何とも、ヴァーノンはまだ決めかねていた。決めるにはもう少し時が必要だ。その時を稼ごうと彼は訊ねた。

「どうしてここへきたの？」

「お母さまが亡くなったからなの。かわいそうな子。あたしたち、あの子にできるだけ親切にしてあげなくっちゃいけないわ」

「ニーナ叔母さん、死んだの？」

それは残念だ、と彼は思った。彼はニーナ叔母さんが好きだった。煙草をぷかぷかふかして煙の環をいくつも吐き出していた美しいニーナ叔母さん。

「もちろん、あなたは叔母さまのことなんて、ちっとも覚えていないでしょうねえ」

何から何まで覚えている、とは敢えていわなかった。余計なことをいう必要が、どこにあろうか？

「ジョゼフィンは勉強部屋にいるわ。行って仲よくおなりなさい」

ヴァーノンはのろのろ歩き出した。うれしいかもうれしくないかも、まだよくわからなかった。女の子なんて！　彼はまだ女の子など軽蔑していた。女の子がこの家に住むなんて厄介しごくだと思いもした。遊び相手がいるのは悪くないが、それだって、その子がどんな子かによる。とにかくお母さんを亡くしたばかりなんだから親切にしてやらなければならないだろうが。

勉強部屋のドアをあけて中に入ると、ジョゼフィンは窓敷居に坐って足をぶらぶら揺すっていた。彼女は彼をじっと見つめた。

〝親切にしてやろう〟と思った意気ごみをくじかれ、彼はそこにぼんやり立っていた。

ジョゼフィンは彼と同年ぐらいのがっちりした体格の女の子だった。真黒な髪を額に切り揃えて、少し突き出た顎が決然とした印象を与えた。白皙の皮膚、長い黒い睫毛。ヴァーノンより二カ月遅く生まれたのに、彼女は彼の二倍もおとなびていた――物憂げなところと、挑むような向こう気が相半ばしている印象だった。

「こんにちは」と彼女はいった。

「こんにちは」とヴァーノンは少し自信なげに答えた。

二人は初対面の子どもや犬がよくするように、猜疑心をむき出しにして、互いに相手の顔を見つめた。

「きみ、ぼくの従妹のジョゼフィンだろう？」とヴァーノンがやっといった。

「そうよ、でもジョーって呼んだほうがいいわ。みんな、そう呼ぶのよ」

「いいよ、ジョー」

それっきり、二人とも黙っていた。間の悪さをまぎらすためにヴァーノンは口笛を吹きはじめた。

「家に帰ってくるって、とてもいいね」話すことがないのでそうぽっつりいうと、ジョーもいった。

「ほんと、ここはとてもすてきなところですもの」

「きみ、ここ、好きかい？」とヴァーノンはこの従妹に対して急に心暖まるものを感じた。

「大好きよ。これまで住んだどこよりもいいわ」

「これまでそんなにいろいろなところで暮らしたの？」

「そうよ。一等はじめはクームズ、お父さまと暮らしていたころよ。それからアンスティ大佐と一緒にモンテ・カルロに行ったわ。次はアーサーとツーロン。その後でスイスをあちこちして——アーサーが肺病だったからよ。アーサーが死んだ後は、ちょっとのあいだだけだけど、修道院の学校に入れられたわ。お母さまがあたしのことをあまりかまっていられなかったからよ。でもつまらなかった――尼さんて、とっても馬鹿なんだもの。あそこじゃ、シュミーズを着てお風呂に入らなきゃ、いけないのよ。お母さまが死んだんで、マイラ伯母さまがあたしをここに連れてきてくださったの」

「気の毒だったね――その――きみのお母さんのことさ」とヴァーノンは口ごもった。

「ええ」とジョーは答えた。「ちょっとね。でも結局、そのほうがお母さまにはよかったのよ」

「そう？」とヴァーノンはちょっと呆気にとられた。

「こんなこと、マイラ伯母さまにはいっちゃだめよ。すぐびっくりするみたいだから。伯母さまって、あの尼さんたちにちょっと似てるわ。気をつけて口をきかなくちゃいけないのよ、そういう人たちとは。あたしのお母さま、あたしのこと、たいしてかわいくなかったらしいの。とても親切にしてくれたけど――いつも誰かしら、男の人に夢中になっていたんですもの。ホテルのお客さんがそんな噂をしてるのを聞いたんだけど、本当にそのとおりだったわ。お母さまとしては、もちろん、どうしようもないことだったのよ。でも馬鹿げてるわね。あたし、おとなになったら、男の人となんて、何の関係ももたないつもり」

「へえ！」とヴァーノンはこの恐るべき子どもを前にして、自分をひどく幼い、世慣れぬ者に感じはじめていた。

「アンスティ大佐が一番いい人だったわ」とジョゼフィンはしみじみいった。「でもお母さまはお父さまから逃げ出すためにあの人と駆け落ちしただけなんですものね。アンスティ大佐と一緒のときはいいホテルに泊ったわ。アーサーは貧乏だったの。あたしがおとなになって、もしも誰か男の人に夢中になるとしたら、どうせのことなら、お金持の人を選ぶわ。お金があればずっと暮らしいいんですもの」

「きみのお父さんはいい人じゃなかったのかい？」

「あの人は悪魔だって、お母さまがいってたわ。それにお母さまのことも、あたしのことも嫌ってたのよ」

「どうして？」

ジョーは戸惑ったように黒い眉を寄せた。

「さあ、たぶん——あたしが生まれたときのことでじゃない？　あたしが生まれるっていうんで、仕方なく結婚したらしいの——たぶんそれであたしが癪にさわるんだわ」

少年と少女は真面目くさって困惑したように顔を見合わせた。

「ウォルター伯父さま、南アフリカにいらしたんですって？」

「ああ、学校宛てに手紙を三通もらったよ。とても元気そうだった」

「ウォルター伯父さまて、いい人ね。あたし、大好きだわ。モンテ・カルロまできてくださったのよ。知ってるでしょう?」

おぼろげな記憶が動いた。そうだった。彼の父親はジョーをアボッツ・ピュイサンに連れてこようと思っていたのだ。

「修道院の学校に入れたのも、伯父さまが手配してくださったからなの。院長さまは伯父さまのことを立派な紳士だって——あれこそ、正真正銘のイギリス紳士だっていってたわ。おかしないいかた」

二人はちょっと笑った。

「庭に行こうか?」とヴァーノンは誘った。

「ええ、いいわ、あたし、鳥の巣、四つも見つけたのよ。鳥はもう飛んじゃってたけど」

二人は鳥の巣のことをあれこれ仲よく話し合いながら庭に出て行った。

3

マイラにとって、ジョーは謎だった。いたって行儀がよく、話しかけられればすぐ礼儀正しく答えた。抱きしめたりキスをしたりすると、キスを返しこそしなかったが、おとなしくされるままになっていた。しかしジョーはすこぶる独立心に富んでいて、自分のことはあまり構わないでくれとメイドにいい、服の破れなど自分で繕った。また、注意されないでも身ぎれいにするすべを心得ていた。つまり彼女はマイラがいまだかつて会ったためしのない、ホテル育ちの世慣れた小娘だったのであった。この子の世知の深さを伯母が知ったら、ひどいショックを受けただろう。

ジョーは抜け目のない、利口な子で、自分の接する人々を見定めるのに妙を得ていた。だから彼女は、〝マイラ伯母さまにショックを与える〟ことをなるべくいわないように慎重にふるまったのだった。彼女は伯母に対して、一種やさしい軽蔑の思いをいだいていた。

「あなたのお母さんて、いい人だけど——でも少し馬鹿じゃない？」こうジョーがいったとき、ヴァーノンは憤然とした。

「でもとてもきれいだよ」

「ええ、そうね。でも手に品がないわ。髪の毛は美しいわね。あたしもああいう赤っぽい金髪だといいのに」

「あの髪、腰の下まで届くんだよ」とヴァーノンはいった。

ジョーはすばらしい遊び友だちで、〈女の子〉に関する彼のこれまでの概念を訂正させた。人形なんか、ちっとも好まず、泣いたためしがなく、すくなくとも彼と同じぐらい強かった。危険な遊びを少しも恐れず、どんな誘いにも応じた。二人は一緒に木のぼりをしたり、自転車を乗りまわしたりして、切り傷や瘤を作った。一度は二人で雀蜂の巣を取って、命からがら逃げた。

ジョーが相手だと、ヴァーノンは少しの気後れも感ぜずによくしゃべった。彼女は彼にふしぎな新しい世界をのぞかせてくれた。ちゃんとした家庭を捨てて駆け落ちをする人々の世界。ダンス、賭博、皮肉冷笑の世界。ジョーは自分の亡き母親を保護者的なやさしさで熱愛していた。まるで彼女のほうが世慣れたおとなで、母親がいたいけな子どもであったかのように。

「お母さまって、気がよすぎたのよ。あたし、あんなふうにはけっしてならないつもり。気がいい人って、すぐ騙されるのよ。どうせ、男なんて獣ですもの。でもこっちがはじめに高飛車に出れば、猫みたいにおとなしいわ」

「馬鹿げてるよ、そんないいかた。それにまるっきり、嘘だと思うね」

「それはあなたも男だからよ」

「そうじゃないさ。ぼくは獣みたいにひどいやつなんかじゃないもの」

「今はね。でも大きくなったら、どうなるか、わからないわ」

「ジョー、きみだって、大きくなったら誰かと結婚するに違いないさ。自分が結婚した相手のことをひどい男だなんて考えないだろうよ」

「どうして結婚しなけりゃいけないの？」

「だって——女はみんな結婚するよ。ミス・クラブツリーみたいなオールドミスにはなりたかないだろう?」

ジョーはちょっと迷った。ミス・クラブツリーは村のいろいろな会合の精力的なメンバーで、たいへん〝子ども好き〟だった。

「ミス・クラブツリーみたいな、ああいうオールドミスにはならないわ」といささか自信なげにジョーは呟いた。「それにあたし、何かするわ。ヴァイオリンを弾くとか、本を書くとか、すばらしい絵を描くとか」

「ヴァイオリンはよしたほうがいいな」

「でもあたし、ヴァイオリニストになりたいのよ。あなた、なぜ、そんなに音楽が嫌いなの、ヴァーノン?」

「さあ、わからない。ただ嫌いなんだ。ぼくだったら、誰かきれいな人と結婚してこのアボッツ・ピュイサンで暮らしたいな。馬や犬をたくさん飼って」

「そんなの、つまらないわ! ちっともスリルがないじゃないの」

「スリルなんかなくたって構わないよ」

「あたしはいや」とジョーはいった。「しょっちゅう、何かはらはらするような、面白いことが起こるんでなくちゃ」

4

ジョーとヴァーノンはお互いのほかには、遊び友だちと名のつくものがほとんどいなかった。ヴァーノンはもっと小さいころにはおりおり牧師館の子どもたちと遊んだものだったが、牧師はその後ほかの土地へ転じ、後任者は独身だった。また、デイア家と社会的地位をひとしくする家の子どもたちはだいたいにおいて遠く離れたところに住んでいて、ごくたまにしか訪ねてこなかった。

唯一の例外はネル・ヴェリカーだった。ネルの父親のヴェリカー大尉はクーンバレー卿の差配の猫背の男だった。色あせた青い目。おずおずした物腰。親類には有力者もいたが、いっこうぱっとしない人柄であった。これにひきかえヴェリカー夫人は夫の分まで有能で、まだ色香の失せぬ美貌、背の高い、堂々たる女性だった。押しの一手で夫を現在の地位につけた彼女は、自分もこの地方の名家の多くに出入りできるよう画策した。彼女自身、生まれはよかった。だが、夫と同じく金がなかった。しかし今にきっと出世してみせるとひそかに期するところがあった。

ヴァーノンとジョーにとって、ネルは退屈きわまる客だった。痩せた青い顔に白茶けた髪、瞼と鼻の頭がかすかにピンク色をおびているネルは、ひどく面白くない子であった。

かけっこは遅いし、木のぼりもできない。いつも糊のきいた白いモスリンの服を着ており、人形ごっこばかりやりたがった。

マイラはネルがたいへん気に入っていて、「あんなに品のいい子どもはないわ」と口癖のようにいった。ミセス・ヴェリカーがネルを連れてお茶にやってくると、ヴァーノンとジョーはできるだけやさしく、慇懃にもてなした。ネルの気に入りそうなゲームを考えて一緒に遊びはしたが、ネルが貸馬車に母親と並んでせいぜい背筋を伸ばして坐って帰って行くと、二人はほっとしたように歓声をあげるのだった。

ヴァーノンの二度目の休暇の折、例の雀蜂事件の直後に、ディアフィールズの新しい持ち主についての噂が伝わってきた。

ディアフィールズはアボッツ・ピュイサンの隣り屋敷で、チャールズ・アリントン卿という老貴族の所有だった。マイラ・デイアの友人が数人昼食にきた折に、この屋敷のことが話題にのぼった。

「本当ですわ。確かな筋から聞いたんですから。とうとう買手がついたんですって。ええ、ユダヤ人だそうですわ。もちろん、たいへんなお金持ですって……途方もない金額で買ったそうですわ。たしか、レヴィンとかって。いいえ、ロシア系のユダヤ人ですわ……ええ、もちろん、おつきあいなんぞ、とても……チャールズ卿もずいぶん考えのないことをねえ……ヨークシャーの土地も手放されたとかって。このところ、たいへんな損をなさったのでやむを得ず……もちろん、あんな一家、誰も訪ねてなんか行くものですか。当然ですわ」

ジョーとヴァーノンは話を聞きかじって大いに興味をそそられて興奮し、ディアフィールズについて聞いたことを細大もらさず、心に留めた。新しい隣人たちが引越してくると、この種の情報がいっそう事新しく話題にのぼった。

「思ったとおり、たいへんな連中らしゅうございますわ、奥さま……いったいどういう気なんですか。誰も訪ねていかないってことぐらい、はじめからわかっていたでしょうにねえ。そのうちにあそこを売って引越すでしょうよ……子どもがいるそうですわ。ええ、男の子ですって。お宅のヴァーノンと同い年ぐらいじゃありません？」

「ユダヤ人って、どういうのかなあ？」とヴァーノンはジョーにいった。「なぜ、あんなに嫌われるんだろう？　ぼくらの学校にもユダヤ人の子がいるって噂が立ったんだけど、そいつ、朝食のベーコンを残さずに食べるから、たぶん、ユダヤ人じゃないと思うんだ」

レヴィン一家はユダヤ人でも敬虔なクリスチャンらしく、村の教会堂の日曜礼拝に出席して会衆のあいだにセンセーションを巻き起こした、家族席の一列を占領した一家は、まず肉付きのいい、ずんぐりした体をフロックコートに窮屈そうに包んだレヴィン氏で、つやつやした顔に大きな鼻が目立った。続くレヴィン夫人は巨大な袖の服にふとった体を包み、ダイヤモンドの鎖をつけていた。くるくるカールした黒髪の上には羽のついた大きな帽子が載っていた。レヴィン夫妻が同伴していたのはヴァーノンより少し背の高い少年で、黄ばんだ面長の顔の両脇に突き出している大きな耳が目についた。礼拝が終わると、待っていた、二頭立ての馬車に乗りこんで、レヴィン一家は颯爽と帰って行った。

「やれやれ!」とミス・クラブツリーがいったのを合図のように、人々はあちこちにかたまってぺちゃくちゃと新顔の噂をはじめた。

5

「下らないわ」とジョーがいった。

ヴァーノンと彼女は並んで庭を歩いていた。

「何のことさ?」

「あの人たちのことよ」

「レヴィンかい?」

「ええ、なぜ、みんな、あんなに意地悪く噂するの?」

「まあね」とヴァーノンはできるだけ公平ないいかたをしようとつとめながらいった。

「見たところ、ちょっと変わってはいるね」

「でもみんな、とてもひどいと思うわ」

ヴァーノンは黙っていた。ジョーはその育った境遇からして、根っからの反逆者だったので、何についても新しい見かたをして彼を考えこませるのであった。

「あの男の子、とても面白そうな子だと思うわ。耳はちょっと突き出てるけど」

「そうだな。遊び仲間がふえるのは悪くないね。ケートがいってたけど、ディアフィールズじゃあ、プールを作ってるんだって」

「きっと物すごい金持なのね」

ヴァーノンには、人が金持かどうか、ということは何の意味ももっていなかった。第一、そんなことは考えたことがなかった。

レヴィン一家のことはしばらく、どこでも噂にのぼった。ディアフィールズにずいぶん金を掛けて手をいれたそうだ。ロンドンからわざわざ職人を呼んで！

ある日ミセス・ヴェリカーがネルを連れてやってきた。ネルはヴァーノンたちと一緒に庭に出るとさっそく、重大きわまるニュースを伝えた。

「あの人たち、自動車をもってるんですって」

「自動車を？」

自動車は当時はまだごく珍しく、したがってヴァーノンの空想する〈森〉の場面にも登場したことがなかった。ヴァーノンは激しい羨望の念にとらわれた。自動車とは！

「自動車にプールか」と彼は呟いた。

何と豪勢なんだろう！

「プールじゃないわ。サンクン・ガーデンっていうんですってよ」

「ケートはプールだっていったよ」

「庭師はサンクン・ガーデンだっていってるわ」

「何のことさ、それ？」

「知らないわ。とにかく今、それを作っているんですって」

「そんなの、嘘よ」とジョーがいった。「プールだって作れるのに、そんな馬鹿らしいもの、誰がほしがるもんですか」

「でも庭師がそういったんですもの」

「いいわ」とジョーはきらりと目を光らせた。「行って見ましょうよ」

「何のこと？」

「自分の目で見るのよ」

「あら、いけないわ」とネルがいった。

「どうして？　木のあいだを這って行ってのぞけばいいのよ」

「うん、いい思いつきだ。行こう」とヴァーノンが賛成した。

「あたし、いやだわ」とネルはしぶった。「うちのお母さま、きっといけないっていうわ」

「せっかく面白いことを思いついたんじゃないの。行きましょうよ」

「でもお母さまが」とネルは繰り返した。

「いいよ、じゃあ、きみはここで待ってるといい。じきもどってくるよ」

ネルの目にはじわじわと涙がたまった。置いてきぼりにされるのがいやだったのだ。ネルはふくれっ面で立ち止まり、服の裾をつまんでもじもじしていた。

「じき帰ってくるよ」とヴァーノンは繰り返した。そしてジョーと連れだって駆け出した。ネルはひとりぼっちになるのがいやだったので慌てて後ろから呼びかけた。

「ヴァーノン！」

「何だって？」

「待っててちょうだい。あたしも行くわ」

こう宣言しながら、ネルはひどく英雄的な行為でもしたような悲壮な気持だった。しかしジョーもヴァーノンもとくに感心した様子も見せず、彼女が追いつくのをいらいらと待っていた。

「さあ、ぼくが先頭だよ。みんな、ぼくのいうとおりにするんだ」

三人はアボッツ・ピュイサンの垣根を乗り越えて木々のあいだにもぐりこんだ。声をひそめて囁きあいながら下生えのあいだを足音を忍ばせて進み、ディアフィールズに近づいた。やがて少し右の前方に屋敷が見え出した。

「もう少し行ってから坂道をちょっとのぼるんだ」

少女たちはヴァーノンの後に従った。そのとき突然、左の後方で大声で怒鳴る者があった。

「じゅうきょ、しんにゅうざいだぞ、おまえら！」

びっくりして振り返ると、あの大きな耳をもった黄色い顔の少年が立っていた。両手をポケットに突っこみ、三人を横柄な表情でためつすがめつしていた。

「しんにゅうざいだぞ！」と少年はもう一度繰り返した。

少年の態度には否応なく敵意を掻きたてるものがあった。「ごめん」というつもりだったヴァーノンは急に気が変わり、「ふん！」といってしまった。

二人の少年はじろじろと相手を観察した。決闘の対決者が互いの力量を推しはかる、そんな冷たいまなざしであった。

「あたしたち、隣りからきたのよ」とジョーがいった。

「だったら、その隣りとやらへさっさと帰りたまえ。ぼくの両親がきみたちを招待したわけでもないんだろうから」

あいかわらず鼻もちならぬ高慢さで、少年は突っかかるようにいった。ヴァーノンは自分たちが侵入者だということを心ならずも認めざるを得ないので、ついかっとなった。

「もう少し丁寧な口がきけないのか？」

「そんな必要があるもんか」と少年はいい返した。そして下生えを分けて近づいてくる足音を聞きつけて振り返った。

「サム、おまえか？　どこかの子どもが垣根を越えてしんにゅうしてきたんだ。追い出してくれ」

少年の脇に立った管理人らしい男はにやりと笑って、かしこまりましたというように額に手をやった。少年はすでにこの場の状態に興味を失ったように大股に歩み去った。管理人は子どもたちのほうを恐ろしいしかめっ面で見返した。

「出て行け、この餓鬼ども！　とっとと出て行かないと犬をけしかけるぞ」

「犬なんか、怖いもんか」と踵を返しながらヴァーノンは居丈高にいった。

「怖くない？　じゃあ、犀はどうだ？　いま、犀をけしかけてやる」こういい捨てて男は歩み去った。ネルが怯えたようにヴァーノンの袖を引いた。

「連れに行ったんだわ、犀を。逃げましょうよ、早く！」

怯えた声に、ヴァーノンもジョーもついつりこまれた。レヴィン一家についてはあることないこと喧伝されていたので、管理人の威しはいかにも本当らしく響いたのだった。三人はいっせいに走り出した。ヴァーノンとジョーが我先に下生えを掻き分けて一目散に駆けて行くと、ネルが哀れっぽい声で叫んだ。

「ヴァーノン――ヴァーノン、待ってちょうだい、何かに服が引っかかっちゃったの」

何て厄介な子だろう、ネルって！　満足に走ることもできないなんて。ヴァーノンは後もどりして茨の茂みに引っかかったネルの服を邪慳に引っ張り（服はおかげでひどいていたらくとなった）、ようやく彼女を立たせた。

「さあ、くるんだ！」

「息が切れて、もう走れないわ。それに、あたし、怖くって」

「早くおいでったら」

ネルの手をぐいぐい引っ張って、ようやくアボッツ・ピュイサンとの境界をなす垣根のところまで辿りつき、よじのぼった……

6

「やれやれ」とジョーは上気した顔を汚れた麻の帽子でパタパタと煽ぎながらいった。

「ちょっとした冒険だったわね」

「あたしの服、ビリビリに裂けてしまったわ」とネルが嘆いた。「どうしましょう？」

「あいつ、何ていやなやつなんだ」とヴァーノンはつくづくいった。

「ほんと、ひどいやつだわ」とジョーが相槌を打った。「ねえ、あいつに宣戦布告しない？」

「いいね！」

「こんなに破れちゃって、ねえ、どうしたらいいの？」とネルは自分の服のことしか、念頭になかった。

「敵方に犀がいるのは厄介ね」とジョーが考えこんだようにいった。「トムボーイを訓練したら、犀でもかかって行くかしら？」

「トムボーイにけがをさせるのはごめんだよ」

トムボーイはヴァーノンがたいそうかわいがっている大きな犬で、厩に住みついていた。犬を家の中にいれることはマイラに厳禁されていたのだが、トムボーイはヴァーノンがせめても自分のものと見なし得る唯一の愛犬であった。

「お母さまがあたしのこの服を見たら、何ていうかしら」とネルはまた情なさそうにいった。

「うるさいのねえ、ネル！　そんな服、もともと外で遊ぶのには向かないのよ」

「服のことは、ぼくがきみのお母さんに謝るよ」とヴァーノンもいらいらした口調でいった。

「女の子みたいにめそめそするなよ」

「だってあたし、女の子なんですもの」

「ジョーだって女の子だけど、きみみたいにちっちゃいことをくどくどいいたてないよ。男の子と同じにさっぱりしてるよ」

ネルは泣きそうになったが、そのとき家の中から声がして、三人は家に呼びこまれた。

「すみません、ミセス・ヴェリカー」とヴァーノンは謝った。「ぼく、ネルの服、破いちゃったらしいんです」

マイラが叱ると、ミセス・ヴェリカーは何でもないととりなした。ネルと母親が帰った後でマイラは息子にいった。

「乱暴しちゃだめじゃありませんか、ヴァーノン、小さなガールフレンドがきたときには、もっとよく気をつけてあげなければいけないわ」

「なぜ、あの子をお茶に呼んだりするの？　大嫌いだよ。あの子がくると、せっかくのゲームが面白くなくなっちまうんだもの」

「ヴァーノン！　ネルはかわいらしい、とてもいい子じゃないの」

「ちっとも。つまらない子だよ」

「ヴァーノン！」

「だって本当だもの。あの子のお母さんも好きじゃないけど」

「ミセス・ヴェリカーはあたしもあんまり好きではないわ。気の強い、冷たい人だと思うのよ。でもあなたたち、どうしてネルが嫌いなの？　あの子はヴァーノン、あなたが大好きなんですってよ」

「そんなの、迷惑だな」

ジョーと一緒に母親の前から逃げ出すと、ヴァーノンは宣言した。

「戦争だよ。断然、戦争だ！　あのレヴィンって子は、ボーア人のスパイだよ、きっと。こっちも戦略を考えなくっちゃ。あんなやつがどうして家の隣りなんかに越してきたんだろう。おかげで何もかもぶちこわしじゃないか」

その日からヴァーノンとジョーはレヴィン少年に対するゲリラ戦に身も心も打ちこみ、けっこう楽しい思いを味わった。彼らは敵を悩ますべく、さまざまな手だてを考え出した。木の蔭に隠れて相手に栗のいがを投げつけたり、豆鉄砲を手に忍び寄ったり。赤ペンキで紙に手型を描いて、暗くなってから隣り屋敷の玄関の前に置いてきたりもした。手型の下には〝復讐〟と活字体で書いておいた。

ときには敵も同じようなやりかたで反撃をした。やはり豆鉄砲という飛び道具を使い、ある日などは水道のホースを手に二人を待ち伏せし、水を浴びせかけた。

交戦状態が十日近く続いたある日のこと、ヴァーノンはいつになく意気消沈した様子で木の切り株に腰をおろしているジョーを見出した。

「どうしたんだい？ コックから熟れ過ぎのトマトをもらったから、あいつにぶつけるっていってたじゃないか」

「そのつもりだったんだけど」

「だったけど、どうしたのさ？」

「あたしが木にのぼってたら、あの子がすぐ下を通ったのよ。トマトを投げれば命中するぐらい近くだったわ」

「それなのにやらなかったっていうの？」

「ええ」

「どうして？」

ジョーは顔を赤くして、早口でいった。

「それができなかったのよ。あたしがいること、あの人、知らなかったの。とっても淋しそうだったわ――何もかもいやでいやでたまらないっていうふうで。誰も遊び相手がいないって、ひどくつまらないものなんでしょうねえ」

「そりゃそうさ。でも――」とヴァーノンは考えをまとめようとして言葉を切った。

「下らないって、あたしたち、いったわね？」とジョーは続けた。「あの人たちのことをおとながいろいろいってるのを。でも考えてみれば、あたしたちだって同じじゃないの」

「うん、でもあいつのほうだって、ぼくらにひどい仕打ちをしたじゃないか！」

「そんなつもりはなかったのかもしれないわ」

「馬鹿いうなよ！」

「いいえ、よく考えてごらんなさい、犬は怖がっているときや、こっちを信用できないときに人に嚙みつくわ。あの人はあたしたちがあの人に意地悪をするだろうと思って、先を越しただけよ。ねえ、仲直りしましょうよ」

「戦争の最中なんだよ。仲直りなんかできるものか」

「いいえ、できるわ。白い旗を作って出かけてって和議を申しこむの。お互いの名誉を傷つけずに休戦できないか、話し合ってみるのよ」

「そうだな」とヴァーノンはいった。「やってみてもいいよ。目先が変わって面白いかもしれないね。白旗は何で作る？　ぼくのハンカチか、きみのエプロンか？」

白旗を掲げて行進するのはなかなかスリルがあった。いくらもたたないうちに、二人は敵に出会った。レヴィン少年は目をまるくして見つめた。

「どうしたんだ？」

「和議を結びたいと思ってさ」とヴァーノンがいった。

「ぼくは構わないよ」一瞬の沈黙の後にレヴィンは答えた。

「あたしたちのいいたいのはこういうことなの」とジョーが口をはさんだ。「あなたがいやでなけりゃ、友だちになりたいのよ」

ぼくらは双方、じっと顔を見つめ合った。

「なぜ急に友だちになりたいなんていい出すんだい？」とレヴィンは疑わしげに訊いた。

「馬鹿らしいことみたいな気がしてきたからさ。隣り同士なのに仲よくしないなんて」

「きみたちのどっちがそんなこと、思いついたんだ？」

「あたしよ」とジョーが答えた。

たちまち小さな真黒な目が突き刺すように彼女を見つめるのを、ジョーは感じた。何て変てこな男の子かしら。大きな耳がいつもにもましてぬっと突き出しているようだった。

「いいよ、ぼくも和議に応じる」と少年はいった。

一瞬、どちらにとっても間の悪い沈黙が続いた。

「あなた、何て名？」とジョーが訊いた。

「セバスチャン」ほとんど気づかぬくらいだが、いささか舌足らずの発音だった。

「おかしな名！　あたしはジョー、この人はヴァーノンよ。ヴァーノンは学校に行ってるの。あなたも？」

「ああ、そのうち、イートンに入るんだ」

「ぼくもだよ」とヴァーノンが口をはさんだ。

ふたたびかすかな敵意の潮が高まり、さっと退き——それっきり影をひそめた。

「おいでよ。プールを見せてあげる」とセバスチャンがいった。「けっこう面白いよ」

第八章

1

セバスチャン・レヴィンとの友情は急速度で進展した。その魅力の半ばは、これが三人だけの秘密だという点にあった。もしもマイラがこうした友情に気づいたら、さぞかし度を失っただろう。セバスチャンの両親のほうはべつに驚きもしなかっただろう――むしろ息子に友だちができたことを喜んだかもしれないが、あまり喜ばれても、それはそれで厄介だったかもしれない。

学校があるあいだは、ジョーは時間がいっこうにはかばかしくたたないような気がして、休暇がきて少年たちが帰宅するのを、一日千秋の思いで待ちわびた。彼女自身は毎朝通ってくる家庭教師と退屈な時間を過ごさなければならなかった。この家庭教師は思ったことをはっきりいうこの反抗的な少女をあまりよく思っていなかった。だからジョーはただただ休暇のために生きているようなものだった。休暇になると、彼女とヴァーノンは秘密の合図に恰好な隙間のある、生け垣のところに出かけて行く。三人は口笛の特殊な吹きかた、その他なくもがなの合図を幾通りか、決めていた。セバスチャンはときおり早目にやってきて、蕨が密生している上に寝そべって二人の友人を待っていた。黄色い顔の両脇に突き出た大きな耳が、ニッカーボッカー姿と妙にちぐはぐな感じを与えた。

三人は一緒にゲームをして遊ぶこともあったが、もっぱら話をするだけのこともあった――三人とも何とよくしゃべったことか！　ときどきセバスチャンはロシアの話をした。ジョーとヴァーノンはロシアにおけるユダヤ人の迫害や、虐殺について、いろいろと聞くことになった。セバスチャンはロシアに行ったことはないが、他のロシア系ユダヤ人と一緒に数年間暮らしたことがあった。また彼の父親は、虐殺されるところをあやうく逃れたという経歴の持ち主であった。ときどきセバスチャンはロシア語でしゃべってみせて、ヴァーノンとジョーを喜ばせた。そうした未知の世界のことは、二人にとってひどく魅力があったのである。

「この土地の人たちはみんな、ぼくたちのことを嫌ってるがね」とセバスチャンはいった。「構やしないさ。いつまでもぼくらを仲間はずれにしてはいられないんだから。ぼくのおやじはたいへんな金持だからね。金さえ出せば、どんなものだって手に入るものさ」

セバスチャンには奇妙に尊大なところがあった。

「何もかも手にいれるってわけにはいかないよ」とヴァーノンは反対した。「ニコルじいさんの息子は戦争で片足をなくしたけど、いくら金があったって、もう一度足を生やすことはできないじゃないか」

「うん、まあね」とセバスチャンもそれは認めた。「そういうことをいってるんじゃないよ。しかし金があれば、とびきり上等の義足や松葉杖が買えるよ」

「ぼくもいっぺん松葉杖を使ったことがあるんだ。ちょっと面白かったよ。それにとてもやさしい看護婦がついてくれたっけ」

「そら、見ろ、金持でなくちゃ、そんな贅沢はできないじゃないか」

自分は金持なんだろうか、とヴァーノンは首を捻った。そうかもしれない。そんなことはついぞ、考えたこともないが。

「あたしも金持だとよかったわ」とジョーがいった。

「大きくなったらぼくと結婚すればいい。そうすれば、きみも金持になるさ」とセバスチャンがいった。

「きみと結婚したために誰も訪ねてこなくなったりしたら、ジョーだってつまらないだろう」とヴァーノンがいった。

「あたしはそんなこと、平気よ。マイラ伯母さまやほかの人が反対しても気になんかしないわ。もしかセバスチャンと結婚する気になれば、誰が何といったってするわよ」

「お客なんて、いくらでもくるようになるさ」とセバスチャンがいった。「きみらにはわからないかもしれないが、ユダヤ人にはたいへんな力があるからね。ぼくたちなしでは、世の中は立ちゆかないんだって、お父さんがよくいってるよ。それだからチャールズ・アリントン卿もディアフィールズを売ったのさ」

ヴァーノンは一瞬はっとした。そんなことをぬけぬけというなんて、結局セバスチャンは敵側の人間なんだ。しかし、彼はもうこの少年に対して何の敵意もいだいていなかった。二人の争いは過ぎ去った過去の出来事となり、ヴァーノンとセバスチャンは心を許し合う友人となっていた。それはどんなことが起ころうとも、永久に変わらぬ友情であった。

「金って、物が買えるってだけじゃないんだよ」とセバスチャンはまたいった。「ほかの人間に対して権力をもつってことだけでもない。美しいものをいろいろと集めることができるんだ、金があると」

こういってセバスチャンは外国人らしい、一種独特な身ぶりで両腕をひろげた。

「どういう意味だい、美しいものを——集めるって?」とヴァーノンは訊ねた。

セバスチャンにもわからなかった。無意識に口をついて出た言葉だったのだ。

「美しいものなんて、そうたくさんありゃしないよ」とヴァーノンは呟いた。

「あるさ。ディアフィールズは美しいよ。しかし、アボッツ・ピュイサンほどじゃない」

「アボッツ・ピュイサンがぼくのものになったら、きみもジョーも好きなだけ、きたらいいよ。ぼくら、いつまでも友だちでいようね。誰が何といおうと!」

「ああ、いつまでもね」とセバスチャンは答えた。

2

少しずつ、少しずつ、レヴィン一家は地域社会の中で地歩を確立した。手はじめに、かねてから老朽化していた教会のオルガンがレヴィン氏のおかげで新品に取り替えられた。聖歌隊の少年たちのピクニックにディアフィールズが開放され、苺クリームのおやつまで出た。プリムローズ・リーグにも多額の寄付金が贈られた。一事が万事、村人はどっちを向いてもレヴィン一家の惜しみない親切の証しを見出すことになった。

「ひどく変わった人たちですけど、でも」と人々はいいはじめた。「ミセス・レヴィンはそりゃあ親切な人ですからねえ」

「もちろん、あの人たちはユダヤ人よ。でも偏見をもつのも馬鹿げていやしません？　聖人のように善良な人たちの中にも、ユダヤ人はいたんですから」

ここで牧師が、「イエス・キリストご自身を含めて」といったとか、いわないとか、いや、うるさいことであった。もっとも誰もそんなたわごとは信じなかった。牧師は独身だというのでいささか変わり者扱いされているうえに、聖餐式についても奇妙な考え方をしているという。その説教はおりおりひどく難解であった。それにしても、牧師たる者がそれほど瀆神的な言辞を弄するとは！

隔週に開かれる〝前線の将兵のための縫物の集い〟にミセス・レヴィンを紹介したのは、牧師だった。二週間に一度顔を合わせる人によそよそしくすることはたしかに具合のいいことではない。とうとうターンバレー令夫人がプリムローズ・リーグへの多額の寄付に軟化して、思いきってレヴィン家を訪問した。そうなると誰も彼もその例にならった。

といってももちろん、レヴィン一家が村の人々とたちまち親密な間柄になったわけではない。しかし一応は受けいれられ、「とてもいい人ですよ。田舎暮らしには向かない、突拍子もないなりをしてはいるけれど」といった好意的な批評も囁かれるようになったのであった。

この突拍子もないなりというのも、おいおい改良されることになった。ミセス・レヴィンはいかにもユダヤ婦人らしく融通のきく人で、その後いくらもたたないうちに、生粋のイギリス人の隣人たちそこのけのイギリス風なツィードのスーツを着るようになった。

ジョーとヴァーノンは、やがてセバスチャン・レヴィンから四角張ったお茶の招待状を受け取った。

「一度だけは行かないとね」とマイラは溜息をついた。「でも親しくなる必要はないわ。本当に奇妙な様子の子ね、あのセバスチャンって。でも、あんまり失礼なことはしないでちょうだいよ、ね、ヴァーノン」

子どもたちはセバスチャンと真面目くさって初対面の挨拶をとりかわした、三人とも心中おかしくてたまらなかったのだが。

けれどもよく頭の働くジョーは、ミセス・レヴィンがマイラ伯母さんとは違って、彼ら三人の友情についてすでに感づいているのではないかと察していた。ミセス・レヴィンはセバスチャン同様、馬鹿ではなかったのだ。

3

ウォルター・デイアは休戦の数週間前に戦死した。壮烈きわまる最期であった。銃火をあびながら、傷ついた戦友を救い出そうとして敵弾に倒れたので、この結果、死後叙勲でヴィクトリア勲章を贈られた。連隊長からマイラ宛てに届いた手紙は、彼女のまたなき宝物となった。

ご夫君ほど、死を恐れなかった勇士は私の記憶にも例がありません。部下はことごとく彼を崇拝し、彼と一緒なら喜んで死地に赴いたことと思われます。ご夫君は何度も命を的にされました。奥さまはご夫君を誇りに思われて然るべきであります……」

マイラはこの手紙を繰り返し読み、友人たちにも読んで聞かせた。妻たる彼女に一言の言葉も手紙も遺さなかったというかすかな胸の痛みを、それは払拭してくれた。

「あの人らしいわ。デイア家の人間はとても控え目な人たちなんですもの」と彼女は呟いた。

しかしウォルターは、「私が万一戦死したら」と言い添えて、一通の手紙を遺していたのであった。それはマイラに宛てたものではなく、彼女はそれについてついに何も知らずじまいだった。悲しみに打ちひしがれながらも、彼女は幸福だった。生きているあいだはついに彼女のものとなることがなかった夫は、死においてはじめて彼女のものとなった。物事をすべて自分の願うように作り変えることのできるマイラは、幸せいっぱいだった自分の結婚生活について、いかにもそれらしいロマンスを織りなしはじめたのであった。

父親の戦死がヴァーノンにどんな影響を及ぼしたか、それを断言することはむずかしい。悲嘆は感じなかった――感情をもっとあらわに示せといわんばかりの母親の態度に反撥して、彼はかえって無表情に父の死を受けとめた。父を彼は誇りに思っていた。はげしく胸が痛むほどに。しかしジョーが彼女の母親について、死んだほうがよかったのだといったとき、ヴァーノンにはその言葉の意味が理解できた。父と共にした最後の散歩のことが胸に焼きついていた。父親がそのとき、いったこと——二人のあいだに通いあった気持を、彼はまざまざと思い出した。

父親は本当は帰ってきたくなかったのだということを、彼は知っていた。そしてそんな父親を気の毒に思った。思えば彼はいつも父親を気の毒に思っていた。父親に対して同情を感じていた。なぜかはわからないが。

父親に対して彼が感じたのは哀悼の思いではなかった。胸を絞めつける孤独感であった、お父さまは死んでしまった。ニーナ叔母さんも。もちろん彼にはマミーがいる。でも違うのだ、どういっていいか、わからないが。

彼には母親を満足させることができなかった——昔から。彼女はしょっちゅう彼を抱きしめ、涙を流し、お互いがすべてだといった。しかし母親がいわせたがっている言葉が彼にはいえなかった——どうしても。彼女の首のまわりに腕を投げかけて抱擁に応じるといったことは、金輪際できなかった。

休暇がいっそ早く終わることを彼は願った。どっしりしたクレープの喪服を着、目を泣き腫らしている母親。どういうわけか、その姿を見るとどうにもやりきれない気持になってしまうのであった。

ロンドンから弁護士のフレミング氏がやってきてしばらく滞在した。バーミンガムからはシドニー伯父さんがきて、二日泊っていった。ヴァーノンは二日目に書斎に呼ばれた。

二人の男は細長いテーブルに向かい合って坐っていた。マイラは炉の傍の低い椅子によって、ハンカチーフで目頭を押さえていた。

「やあ、坊や」とシドニー伯父さんがいった。「おまえに話があるんだ。こうなったからにはバーミンガムの私たちの家の近くに越してくることにしちゃ、どうかと思ってね」

「ありがとうございます。でもぼく、ここで暮らしたいんです」

「ちょっと陰気じゃないかね、この家は？　私が目をつけている家があるんだよ。大き過ぎず、小さ過ぎず、居心地もしごくいい。近所には従妹たちがいるんだから、休暇の遊び相手にこと欠かない。とてもいい思いつきじゃないかね？」

「ええ、本当に」とヴァーノンは丁寧にいった。「でもぼくはここがいちばん好きなんです。すみませんが」

「ふむ、なるほど」とシドニー伯父さんはいって鼻をかみ、弁護士のほうを物問いたげに見やった。弁護士はそれに答えるように軽く頷いた。

「ところが事はそう単純ではないんだよ」とシドニー伯父さんはまたいった。「おまえももう大きいんだから、私が説明すればわかってくれると思うが。おまえのお父さんが死んで——その——亡くなられてアボッツ・ピュイサンはおまえのものになったわけだ」

「知ってます」とヴァーノンは答えた。

「知っている？　どういうわけだ？　メイドたちが何かいったのか？」

ばならない。

「戦争に行く前にお父さまがぼくにそういいました」

「なるほど」とシドニー伯父さんはちょっと驚いた様子だった。「そのとおり、アボッツ・ピュイサン荘はおまえのものになったわけだが、こうした場所をもち続けて行くのは、なかなか金のかかるものでね。メイドの給料とか、その他いろいろ。それはわかるだろう？　それに相続税というものがある。誰かが死ぬと、たくさんの金を政府に払わなければならない。

おまえのお父さんは金持ではなかった。お父さんのお父さんが亡くなっておまえのお父さんが家を継いだとき、お父さんはここを売らなければならないのではないかと思われたくらいだった」

「ここを売るって？」とヴァーノンはとても信じられないというように大きな声を出した。

「そうだ。限定相続の対象ではなかったのでね」

「何ですか、げんていそうぞくって？」

フレミング氏が噛んで含めるように説明してくれた。

「でも――でも――今度だって売るってことになったわけじゃないんでしょう？」

ヴァーノンはうろたえて、嘆願するように弁護士を見つめた。

「もちろん、そんなことはありません。この屋敷はあなたに遺されたのです。あなたが成年に達するまでは――つまりあなたが二十一歳になるまでは何もできないのですよ」

ヴァーノンはほっと安堵の溜息をついた。「しかし、おまえたちがここで暮らしていくに充分なだけの金がないのだ」とシドニー伯父さんがいった。「さっきもいったように、おまえのお父さんがこの屋敷を売らなければならない破目になったとき、ちょうどいいことに、おまえのお母さんと会って結婚した。幸い、お母さんにはここをそのまま持ち続けて行くだけの金をもっていた。しかし、お父さんが死なれたので、事情がいろいろと変わってきた。一つには、お父さんはその——ある種の——負債を残した。それをおまえのお母さんが払うといってきかない」

マイラがここで大きく鼻をすすったので、シドニー伯父さんは間が悪そうな早口になって続けた。

「常識的にいちばん賢明なのは、一定期間、このアボッツ・ピュイサンを人に貸すことだ。つまり、おまえが二十一歳になるまでね。そのころになればどう事情が変わってくるか、わからない——事態は好転するかもしれない。当然ながら、おまえのお母さんは肉親の近くで暮らすことを望んでいる。お母さんのことを考えてあげなくてはいけないよ。わかるね？」

「ええ、お父さまもそういいました」とヴァーノンは答えた。

「とすると、これできまったわけだね？」

何て残酷なんだろう、この人たちは——とヴァーノンは思った。ぼくに訊くなんて——

はじめから許可を求めることなど、何一つありはしないのに。いいさ、好きなようにしたらいいだろう。どうせ、そうするつもりなんだろうに、なぜ、わざわざぼくを呼んで、意見を求めるふりをするのか！

見も知らない人たちがこのアボッツ・ピュイサンに住むことになるのだ。

構うものか！　いつかは——二十一になったら思うようにできるのだ。

「ねえ、ヴァーノン、何もかもあなたのためなのよ、わかるわねえ？　お父さまがいらっしゃらないと、ここはあまり淋しくて。そうじゃない？」

マイラはこういって手を差し伸べたがヴァーノンは気づかないふりをした。そしてやっとの思いで、「ありがとうございます。シドニー伯父さん、ぼくに話してくださって」といって部屋を出たのだった。

4

庭に出て歩き続けるうちに、崩れかけた僧院の脇に出た。ヴァーノンはその傍らに腰をおろして両手に顎を載せた。

「マミーはきっと引越すだろう」と彼は考えた。「そうすることもできるんだから。殺風景な赤煉瓦の家に、シドニー伯父さんのところのように鉛管を外の壁にくっつけた近代的な家とかに、住みたがっているんだから。マミーはこのアボッツ・ピュイサンが好きじゃないんだ。これまでだって嫌っていたんだ。だったら何も、ぼくのためだというふりをすることはないだろうに。それは嘘だ。マミーは本当じゃないことをいかにも本当らしくいう。いつだってそうだ……」

怒りが胸にくすぶっていた。

「ヴァーノンたら、そこいら中、探したのよ。いったいどうしたの？　何かあったの？」

ジョーだった。彼はジョーにすべてを打明けた。ジョーなら理解し、同情してくれるだろうと思ったのだ。しかし意外であった。

「何が悪いの？　マイラ伯母さまがそうしたけりゃ、バーミンガムに行って、暮らしたってちっとも構わないじゃない？」とジョーはいった。「ひどいのは、あなたよ。あなたが休暇で帰ってきたとき、ここで暮らせるようにっていうだけのために、なぜ、マイラ伯母さまがここで暮らしていかなきゃ、いけないのよ？　伯母さまのお金なのよ、もともと。どうして好きなことに使っちゃいけないの？」

「だってジョー、アボッツ・ピュイサンは……」

「アボッツ・ピュイサンはマイラ伯母さまにとって何なのよ？　心の中では伯母さまはこの家に対して、あなたがバーミンガムのシドニー伯父さんの家について感じるような気持をもってるんだわ。そうしたくもないのに、なぜこの家のために倹約して、けちけち暮らさなきゃいけないっていうの？　あなたのお父さまがここで伯母さまに幸せな生活を送らせてあげたのだったら——伯母さまもここで暮らしたいかもしれないわ。でもそうじゃなかったんですもの。あたしのお母さまも一度そういったことがあったけど。あたし、マイラ伯母さまのこと、大好きだってわけじゃないわ——そりゃ、親切な人だとは思うわよ、でも好きじゃないの——だけど公平な見かたはできるわ。伯母さまのお金なのよ。そのことを忘れるわけにはいかないでしょう？」

ヴァーノンはジョーを見やった。二人はまっこうから対立していた。二人とも自分の見かたを頑として変えず、相手の立場に立つことができなかった。どちらも激しい怒りに燃えていた。

「女って、とても損だと思うわ」とジョーがまたいった。「あたし、伯母さまの味方よ」

「いいよ、勝手に味方に立ちたまえ。ぼくの知ったことじゃない」

ジョーはぷいと立ち去ったが、ヴァーノンは古い僧院の崩れかけた塀によじのぼって腰をおろした。

生まれてはじめて彼は人生に疑問をもった……世の中にはたしかなものなんて、何一つない。どんなことが起こるか、わかったものではないのだ。

二十一になったら……

そうだ、しかし、あてにはできない！　何であれ、絶対に安全とはいえないのだ！　小さかったころのことを思い出してみるがいい。ナース、神さま、ミスタ・グリーン。不変の存在と思われた三者が、ことごとく消え失せてしまった。いや、すくなくとも神さまはいる——しかし、同じ神さまではない——昔と同じではないのだ。二十一になるまでに、事情はどう変わっているだろう？　とりわけ彼自身の身に、どんなことが起こっているか、わかったものじゃない。

ヴァーノンはたまらなく孤独を感じた。父親、ニーナ叔母さん——二人とも死んでしまった。シドニー伯父さんとマミーはいるが——彼とは世界を異にする人たちだ。混乱した気持で考えているうちにはっとした。ジョーがいるじゃないか！　ジョーならわかってくれる。しかし、ジョーはときどき妙な考えかたをする……

ヴァーノンは両手を握りしめた。大丈夫、そのうちには何もかもきっとよくなる。二十一になったら……

第二部　ネル

第一章

1

その部屋には、もうもうと煙草の煙がたちこめていた。煙は細い青い靄となって渦を巻き、漂った。そのよどんだ空気の中で三つの声が、人類の向上と芸術の振興について、とくにあらゆる既成の慣習に挑戦する芸術の奨励について論じ合っていた。

ここはミセス・レヴィンが新しくロンドンに構えた家だった。凝った大理石のマントルピースにもたれているセバスチャン・レヴィンは噛んで含めるような講義口調でしゃべり、煙草をもった黄色い細長い手をさかんに振りまわしていた。かすかに舌足らずにしゃべる癖はまだ残っていたが、今ではほとんど気づかぬくらいであった。黄ばんだモンゴル系の顔、びっくりしたようにそばだてられている耳は、依然として十一歳のころの面影を止めていた。二十二歳の彼はあいかわらず自信に溢れ、物事を正しい釣り合いのもとに見ることを知っていた。美に対するひたむきな愛、没感情的な、あやまたない価値の感覚も同じだった。

レヴィンの前に置かれた大きな革の肘掛椅子二つにヴァーノンとジョーが身を埋めていた。二人はたいそうよく似ていた。彫りの深い白皙の顔。黒い髪。しかし十年前と同じように、ジョーの風貌はより好戦的で、活力に溢れ、あいかわらず、反抗的で激しかった。ヴァーノンは長身をものぐさそうに椅子にもたせかけ、ひょろ長い足を別な椅子の背に載せていた。煙の環を吐きだしながら彼はひとり静かに微笑し、おりおり短く受け答えしたり、二言三言物憂げに意見を述べたりした。

「それじゃあ、まるで儲からないだろうね」とセバスチャンがきっぱりいったところだった。

予期どおり、ジョーが間髪をいれず、辛辣ともいえる口調で切り返した。

「誰が儲けたいなんていって？　下らないわ、そんな考えかた。何もかも儲かるかどうかという見地に立って眺めるなんて。あたし、そんなの、大嫌いよ」

セバスチャンは平然といった。

「それは、ジョー、きみがどうしようもなくロマンティックな人生観を抱いているからだよ。きみは、詩人が屋根裏で餓死し、画家が世に認められずに悪戦苦闘し、彫刻家が死後はじめて拍手喝采されるという筋書を好むんだから」

「だって――それが事実じゃありませんか。いつの時代も」

「いや、いつの時代も、なんてことはないよ。そういう例はしばしばあるかもしれないが、きまってそうなるというわけではない。すくなくともぼくはそう考えるね。世間は新しいものを好まない――しかし、好むように仕向けることはできる。適切な方法を使えばね。だがまず大向こうに受けるものと受けないものを見わける必要がある」

「歩みよりとか」とヴァーノンが聞きとれぬくらいの声で呟いた。

「いや、常識に頼るのさ。ぼくが自分の判断にしたがって行動して損をすると思うのかね？」

「セバスチャン！」とジョーが叫んだ。「あなたって本当に根っからの――」

「ユダヤ人だっていいたいんだろう？」とセバスチャンは落ち着きはらっていった。「そう、我々ユダヤ人にはものの値打ちがよくわかる。我々はすぐれたものと然らざるものを敏感に見わけることができるし、流行に左右されずに自分の判断にしたがって行動する。しかもその判断はつねに正しいんだよ！　世間のやつらは金銭的な面しか見ないが、そうでない面だってあるんだ、いつだって」

ヴァーノンが口の中で何か呟くのを無視して、セバスチャンは続けた。

「いいかい？　今ぼくらが論じていることには二つの面がある。新しいものや新しい方法を考え出し、まったく新しい思想をもっていながら、世間の人間が新奇なものを恐れているがゆえに機会を与えられない人々。しかし、他の人々もいるのさ。大衆が常に何を欲してきたかを知り、それを進んで彼らに与えようとする人々。彼らはそうした企てが安全であること、確実に利益をもたらすことを知っているからそうするのだが、今一つ別な道もあるんだよ――新しいもの、美しいものを見出して、それに賭けるという道がね。ぼくはその道を行こうと思っている。手はじめにボンド・ストリートに画廊をもち――きのう権利証書に署名したばかりだが――それから劇場を二つばかりね。そのうちには斬新な編集方針で週刊誌も一つ出してみようかと思っている。そればかりではない。手をつけたものは必ず採算がとれるようにするつもりだ。ぼく自身が讃美しているものはいろいろある――限られた数の教養人が価値を認めるものだ。だが、そうしたものを売り出す気はぼくにはない。ぼくが手をつけるものはすべて大衆の好尚に投ずるものだよ。わからないかなあ、ジョー、こうした企ての興味の半ばは、それを金銭的にも成功させるところにあるんだよ。成功によって、自分の正しさを立証するってわけさ」

ジョーはとてもとてもというように首を振った。

「きみは本当にそうしたことを全部試みる気なのかい？」とヴァーノンが訊いた。

ジョーとヴァーノンはかすかに羨望の色を浮かべてセバスチャンを見つめていた。セバスチャンの境遇は風変わりな、しかし、すばらしいものだと彼らはひそかに羨んでいた。彼の父は数年前に死に、セバスチャンは二十二歳にして息を呑むほどの富の所有者となっていたのである。

何年も前にさかのぼる彼らとセバスチャンとの友情は、時の試練に堪えてますます強固なものとなっていた。セバスチャンとヴァーノンはともにイートンに進み、ケンブリッジでも同じカレッジで学んでいた。休暇には、三人はいつも多くのときを共に過ごすように心がけた。

「彫刻はどうなの？」とジョーが突然訊いた。「それもあなたの計画に含まれていて？」

「もちろんさ。きみはいまでも彫刻家になりたいと思っているのかい？」

「ええ、それだけがあたしの望みなんですもの」

ヴァーノンが冷やかすようにわっと笑いだした。

「今のところはね。だが来年の今ごろは、その唯一の望みはどういったものに変わっているかな。たぶんすばらしく情熱的な詩を書くことだろうね」

「自分の使命を見出すのって、ずいぶん時がかかるものなのよ」とジョーは威厳をもっていった。「でも今度こそ、真剣よ、あたし」

「いつも真剣さ、きみは」とヴァーノンが引取った。「が、あのけたたましいヴァイオリンをやめてくれたのだけはありがたいね」

「なぜ、あなた、音楽をそう嫌うの、ヴァーノン？」

「さあね——昔からじゃないか」

ジョーはセバスチャンを振り返った。無意識のうちに声音が変わって、何となく構えているようだった。

「ポール・ラ・マールの作品をどう思って？　ヴァーノンとあたしは先週の日曜日にあの人のスタジオに行ったのよ」

「てんでいただけないね」とセバスチャンは言葉短かに答えた。

ジョーはかすかに頬を染めた。

「それは、あの人の目指しているものがあなたに理解できないからよ。あたしはすばらしいと思うわ」

「少しも訴えるものがない」とセバスチャンは平然といい捨てた。

「セバスチャン、あなたってときどき、ひどく癇にさわるわ。ラ・マールが伝統を脱却するだけの勇気をもっていたからって――」

「それどころか」とセバスチャンは答えた。

「クリームチーズのようにフニャフニャした塊りをこしらえあげて、それを水浴しているニンフだと称するのも結構さ。しかし、観る者をして納得させ得ないなら、感銘を与えないなら、失敗作ということだ。ほかの人間と違った手法を用いるからって、天才とは限らない。十中八、九までは安直に名をあげることを狙っているだけさ」

ドアがあいてミセス・レヴィンの顔が覗いた。

「お茶の用意ができたわ、みなさん」といって彼女は三人に笑顔を向けた。

ミセス・レヴィンの巨大な胸には黒玉が揺れて光り、念をいれて結いあげた頭の上には羽根飾りのついた大きな黒い帽子が載っていた。成功した子どもをもつ母親の満ち足りた感じを漂わせて、彼女はセバスチャンを、「なんてすばらしい子でしょう、わたしのこの息子は！」といわんばかりにうっとり眺めた。

若者たちは立ちあがってミセス・レヴィンの招きに応じた。セバスチャンが低い声でジョーの耳に囁いた。

「ジョー——本気で、怒っちゃいないだろうね？」

その声は突如若々しい、切なげな響きをおびた——嘆願するような口調が、このシニカルな青年にもまた未成熟な、傷つきやすい面があることをあらわに示していた。一瞬前には彼は自信に満ちて託宣を垂れていたのであるが。

「どうしてあたしが怒るわけがあるの？」とジョーは冷やかにいいはなった。

彼女はセバスチャンのほうを見返りもせずに戸口に歩を進めた。セバスチャンの目は物思わしげにその後ろ姿に注がれた。ジョーにはその若さですでに磁力のように人をひきつける暗い、円熟した美しさがあった。肌はあくまでも白く、黒い濃い睫毛が白皙の頬に影を落としていた。ジョーの身のこなしには魔力のようなものが、いまだにその力をまったく意識せぬ気だるげな、しかし、情熱的な雰囲気があった。二十歳の誕生日を迎えたばかりで、三人のうちでは一番年下だったが、ある意味では一番老成していた。彼女の目から見るとヴァーノンもセバスチャンもまだほんの子どもであった。セバスチャンの一種奇妙な、忠犬のような献身的愛情は彼女をいらいらさせた。ジョーは経験の豊かな、世慣れた男が好きだった。わくわくするような、意味のよくわからないことを口にする男にひかれた。彼女はそのとき瞼を伏せて、ポール・ラ・マールを思い出していたのだった。

2

ミセス・レヴィンの客間には金に飽かせた贅沢さと、ほとんど厳しいまでに高雅な趣味、とが奇妙に雑居していた。贅沢さはミセス・レヴィンのせいで、彼女はどっしりしたビロードのカーテンやごてごてしたクッション、大理石やめっき細工が大好きだった。高雅な趣味はセバスチャンに帰せられた。彼は母親が壁にかけた雑多な絵を取りおろし、代わりに彼自身が選んだ絵を二つだけ掛けた。この絵のために払われた途方もない金額を聞いて、ミセス・レヴィンはその彼女のいわゆる〝味も素っ気もない絵〟を許容することにした。古びたスペイン製の革の衝立は精緻な七宝焼の花瓶と同じく、セバスチャンから母親への贈り物だった。

ミセス・レヴィンは大きな銀盆を前にして坐っていた。彼女はティーポットを両手で持ちあげ、かすかに舌足らずの発音で客にさまざまな質問をした。

「お母さまはお元気なんでしょうね、ヴァーノン？　近ごろはめったにロンドンに出て見えないけれど。そんなにひっこんでいらっしゃると、錆びついてしまいますよって私から伝えてちょうだい」とふとった体を揺すって、ハアハア喘ぎながら彼女は人のいい笑いを洩らした。「ロンドンにこうして家をもう一軒構えたことを、わたし、ちっとも後悔していないんですよ。ディアフィールズもいいですけど、こうした賑やかな暮らしも悪かありませんわ。そのうちにはセバスチャンもずっと家で暮らすようになるでしょうしね——この人、今から目まぐるしいほどあれこれ計画を立てているんですからねえ。この人のお父さんがそうでしたよ。みんなの忠告に耳をふさいで危なっかしい取引きをして、それでいて、あなた、損をするどころか、そのたびに財産を二倍三倍にしたんですものねえ。抜け目のない人でしたよ、ヤコブは」

セバスチャンは心の中で呟いた。

〝母さん、いい加減にやめてくれたらいいのに。ジョーがいやがるのはこういう話なんだ。近ごろではジョーは、ぼくにたてついてばかりいる……〟

ミセス・レヴィンはお構いなしに続けた。

「水曜の晩の『桃源郷の王たち』にボックスを取ってあるんですけれど、いかが？　どなたか、いらっしゃらないかしら？」

「残念ですが、ミセス・レヴィン」とヴァーノンがいった。「ぼくら、明日バーミンガムに行くことになっているんです」

「まあ、お家にお帰りになるのね？」

「ええ」

自分はなぜ、あっさり、「家に帰る」といわなかったんだろう、とヴァーノンは考えた。そうしたいいかたがひどく場違いな感じがするのはどうしてだろう？　もちろん彼にとって家とはただ一つ、アボッツ・ピュイサンだけなのだ。家《ホーム》！　奇妙な言葉だ。じつにさまざまな意味合いがある。それは彼に、ジョーの取り巻き連の青年の一人がカラーに手をやりながら感傷的な目で彼女を見つめつつくちずさんだ歌（音楽って、何て不愉快きわまる代物だろう！）のセンチメンタルな文句を思い出させた。〝心のあるところぞ、わが家なる……心のおもむくところこそ、わが家なれ……〟

とすれば彼にとっての〝わが家〟は母親の住むバーミンガムにあるはずだった。

母親のことを考えるとき、きまってきざすかすかに落ち着かぬ思いを彼は嚙みしめていた。当然のことだが、彼は母親を愛していた。母親というのは、何かを説明しようとしてもいっこうにわかってくれない種族だが、それでも彼は母親が好きだった。好きでなかったらどうかしている。彼女には今となっては彼だけしか、いないのだから。

突然、あまのじゃくな考えが頭に浮かんだ。思いがけないことをひそかに囁く声があった。

〝何を下らないことをいってるんだ？　住むべき居心地のいい家があり、気分次第で話相手にしたり、剣突《けんつく》を食わせたりする召使がいる。噂話をかわす友だちにも事欠かない。近所には兄の一家が住んでいる。おまえの母親にとっては、そうしたものはおまえよりずっと大切なんだ。そりゃ、彼女はおまえを愛している。しかしおまえがケンブリッジに帰ると、いつもほっとしている——もっともおまえ自身、彼女以上にほっとしているだろうけれど！〟

「ヴァーノン！」腹立たしげな声でジョーが呼びかけていた。「何をぼんやり考えこんでいるのよ？　ミセス・レヴィンがアボッツ・ピュイサンのことを訊いていらっしゃるわ。まだ貸してあるのかって」

「何をぼんやりしているのか？」と人が訊くとき、考えていることを探り出そうとするほどの好奇心を示さないのはありがたいことだ。まともに訊かれても、「べつに何にも」と答えればすむのだ。幼かった昔と同じように。

彼はミセス・レヴィンに、彼女から母親への伝言を必ず伝えることを約束した。

セバスチャンは二人を戸口まで送った。さよならをいいかわしてロンドンの街路に出ると、ジョーはうっとりしたように鼻をうごめかした。

「ロンドンって、本当にいいわ！　あたしね、ヴァーノン、とうとう決心したのよ。ロンドンで勉強するわ。今度帰ったらマイラ伯母さまにうまくもちかけてみるつもりよ。でもエセル伯母さまの家で暮らす気はないわ。自分ひとりでやってみようと思うの」

「それはいけないよ、ジョー、女の子はそんなこと、するものじゃない」

「あら、近ごろは多いのよ、そういうのが。誰か、女の友だち、一人二人と一緒に部屋を借りるわ。エセル伯母さまのところじゃ、どこへ誰と行くかって出入りに一々うるさくて――それにあたしが婦人参政権論者だっていうんで、あちらさまもあたしを嫌っておいでよ」

エセル伯母というのはキャリー伯母の姉にあたる人で、彼らとは姻戚関係しかなかったが、ロンドンでは二人はこの伯母のもとに身を寄せているのだった。

「ああ、それで思い出したわ」とジョーがまたいった。「あなたに頼みたいことがあるんだけど、ヴァーノン」

「何だい？」

「あしたの午後、ミセス・カートライトがあたしをタイタニック・コンサートに連れて行ってくださることになっているのよ」

「それで？」

「ところがあたし、行きたくないの――それだけの話」

「何か口実を見つけて断ればいいじゃないか」

「そう簡単にはいかないのよ。なぜってエセル伯母さまには、あたしがコンサートに行ったものと思わせなくちゃ。どこへ行ったのか、ほじくりだされたくないのよ」

ヴァーノンはピューッと口笛を吹いた。

「なるほど、そういうわけか！　いったい、何を企んでいるんだね、きみは？　目下の相手は誰なんだ？」

「知りたければ教えてあげるけど、ラ・マールよ」

「あの騒々しい男か！」

「騒々しくなんかないわ。すばらしい人よ。あなたにはあの人がわかっていないのよ」

ヴァーノンはにっこりした。

「わからないね。もともとフランス人は好かないんだ」

「本当に島国根性ねえ。でもあなたの好き嫌いは関係ないわ。とにかくあの人、あたしを車で田舎のお友だちの家に連れて行ってくれることになっているの。あの人の傑作を見にね。あたし、とても行きたいのよ。エセル伯母さまにいったら、ぜったいに行かせてもらえっこないし」

「あんなやつと浮かれ歩くなんて」

「馬鹿なこと、いわないで、ヴァーノン、あたしがしっかりした女の子だってこと、知ってるでしょう？」

「まあね」

「世間知らずのおぼこ娘とは違いますからね」

「それでぼくの役回りはどういうんだね？」

「こういうことなの」とジョーがかすかに懸念らしくいった。「あなたがコンサートに行くのよ、あたしの代わりに」

「とんでもない。ぼくの音楽嫌いはきみだってよく知っているじゃないか」

「でも行かなくちゃだめよ、ヴァーノン。それしか方法はないんですもの。あたしが行かれないっていえば、ミセス・カートライトはエセル伯母さまに電話して、あそこの娘のうちの誰かが行かないか、訊くでしょうよ。そうなったら万事休すよ。でもあなたがあたしの代わりに現われれば——アルバート・ホールで待ち合わせることになっているの——そしてあたしが行かれないわけを取り繕っておいてくれれば、万事オーケーよ。ミセス・カートライトはあなたが好きだし——あたしよりずっとね」

「だがぼくは音楽が大嫌いなんだよ」

「わかっているわ。でも半日だけ、我慢してくれればいいのよ。正確には一時間半てとこだわ」

「何をいうんだい、ジョー、いやだよ、ぼくは！」

怒って手をぶるぶる震わせている従兄を、ジョーはふしぎそうに見つめた。

「音楽のこととなると、あなたは本当におかしいのねえ、ヴァーノン！　あなたみたいに音楽を——何というか——毛嫌いしている人、見たことがないわ。音楽なんか好かないっていう人はけっこういるけど。でも、今度だけ、代わりに行ってくれないかしら？　お願いよ。あたし、いつもあなたのためにずいぶんいろいろとやってあげているじゃない？」

「じゃあ、いいよ」

断りきれなかった。ジョーと彼はいつも助け合ってきた。ジョーのいうとおり、たかだか一時間半のことだ。それなのにどうして重大な決断でも下したような気がするのか？　心臓が鉛のように重く、気持がめいった。行きたくない！　ああ、行きたくない！

歯医者にでも行くときのような気持だった。いっそ、何も考えないほうがいい。彼は強いてほかのことを考えようとした。急にくすりと笑ったので、ジョーが見あげた。

「どうしたの？」

「子どものころのきみを思い出したのさ。男なんかとは何の関係ももたないって、偉そうにいってたっけね。それがどうだい、しょっちゅう男とかかりあっている。次から次へと飽きもせずに。一カ月に一度は恋に落ちたり、卒業したりしているじゃないか」

「いやなことといわないで、ヴァーノン。今までのは、いってみれば小娘のうたかたの恋よ。ラ・マールがいってたけど、情熱的な人間にはごく自然のことですって、でも本当の情熱はまったく違うたちのものよ」

「すくなくとも、ラ・マールをその対象にはしないでもらいたいね」

ジョーはしばらく沈黙した後にいった。「あたしは母とは違うわ。母は男の人のこととなると、まるっきり腰くだけだったけど。すぐに負けてしまうのよ。好きな相手のためなら、何でもやったわ。でもあたしは違うわ」

「そう」とヴァーノンはちょっと間を置いていった。「ぼくもそう思う。きみの場合は、ニーナ叔母さんのように一生をそのために棒に振るなんてことはないだろうよ。しかし、やっぱり嵐のような一生を送るだろうね、ある意味では」

「どんな意味で？」

「さあ、それはわからないな。誰かを情熱的に愛していると思いこんで結婚してしまう。それもほかの人たちがこぞってその当の男を嫌っているっていうだけの理由でね。そのうえで一生その男と喧嘩しながら暮らす。でなけりゃ、ほかの男と駆け落ちする。自由恋愛はすばらしいとか何とか思いこんでね」

「そのとおりじゃなくて？」

「それは否定しないよ——もっとも正直いって、反社会的だと思うがね、自由恋愛というやつは。しかしね、きみはいつも同じだよ。誰かがきみに何かを禁じると、たちまちそれがやりたくなる——自分がそれを本当に望んでいるのかどうか、そんなことには関わりなく。うまくいえないが、ぼくのいわんとしていることはわかるだろう」

「あたしが望んでいるのは、何かを達成することなのよ！　偉大な彫刻家になりたいの！」

「それはきみが目下、ラ・マールにまいっているからさ」

「違うわ。ヴァーノン、あなた、どうしてそう意地の悪いことばかりいうの？　あたし、いつだって何かをやりとげたいと思っていたわ——いつだってよ！　アボッツ・ピュイサンにいるころからそうだったじゃないの」

「奇妙だね」とヴァーノンはしみじみいった。「セバスチャンにしても、あのころも今とほとんど同じことをいってたっけ、人間って、思ったより変わらないものなんじゃないかな」

「とすると、あなたの場合は誰かとてもきれいな人と結婚して、いつまでもアボッツ・ピュイサンで暮らすんでしょうね」とジョーがかすかに軽蔑的な口調でいった。「まさか、いまだにそれが一生の夢ってわけじゃないでしょうね？」

「世の中にはそれより悪いことだってあるからね」

「怠け者——度しがたい怠け者だわ、あなたは！」

ジョーは苛立ちを隠さずに従兄を見つめた。二人はある点ではきわめてよく似ていたが、またある点ではまるで違っているのだった。

〝アボッツ・ピュイサン——〟とヴァーノンは考えていた。〝あと一年で、ぼくもいよいよ二十一歳だ〟

　歩いて行くと、広場で救世軍の集会が開かれていた。ジョーはふと足をとめた。痩せた、青い顔の男が木箱の上に乗ってしゃべっていた。甲高い、耳障りな声であった。

「なぜ、救われることを望まないのです？　なぜ？　イエスはあなたを己がものとすることを欲したもう！　イエスご自身が、あなたを欲したもうのですよ」〝あなた〟という一語におそろしく力をこめて彼は叫んだ。「そうです、兄弟姉妹、お聞きなさい。あなたもまたイエスを欲しているのです。自分ではそう決めようとは思わないでしょう。あなたは彼に背を向ける。恐ろしいからです。そう、恐ろしいからなのです。彼を欲する思いが強いから、自分でそうと気づいていないのです！」男は腕を振りまわした。青白い顔が恍惚と輝いていた。「しかし、今にわかります――きっと。いつまでも避けてはいられなくなります」彼はゆっくりと、脅すように力をこめていった。「われ、汝に告ぐ、今宵、汝の霊魂《たましい》、取らるべし」

　ヴァーノンはかすかに身を震わせて背を向けた。群集の後ろのほうにいた女がヒステリカルなすすり泣きの声を発した。

「胸が悪くなるわ」とジョーは怒ったようにいった。「聞き苦しいし、ヒステリックよ。あたしにいわせれば少しでも理性のある人間なら、無神論者以外のものにはなれないわ」

　ヴァーノンは何もいわずに静かに微笑した。二年前、ジョーが毎朝のように早起きして礼拝に出席していたことを思い出していたのであった。金曜日にはことさらに茹で卵しか食べず、ローマン・カトリックと同じくらい権威や儀式を重んずる聖バーソロミュー教会のハンサムなクスバート師の、あまり面白くない、きわめて独断的な説教にうっとり耳を傾けたものだった。

「〝救われる〟って、どういう感じがするものだろうね？」と彼はふしぎそうにいった。

3

翌日の午後六時半にジョーが例の秘密の遠出からもどってくると、エセル伯母が玄関で彼女を迎えた。

「ヴァーノンはどこですの？」音楽会のことについて訊かれては面倒と彼女はいきなり訊ねた。

「三十分ばかり前に帰ってきたようですよ。何ともないといっていたけれど、何だか気分でも悪いんじゃないでしょうかね」

「まあ」とジョーは目を見張った。「どこにいますの？　部屋ですか？　あたし、行ってみますわ」

「そうしてちょうだい。とても具合が悪そうでね」

ジョーは急いで階段を駆けあがり、形ばかりドアをノックして中に入った。ヴァーノンはベッドの上に坐っていた。その様子にジョーはどきりとした。こんな彼は見たことがなかった。

「ヴァーノン、いったい、どうしたっていうの？」

ヴァーノンは答えなかった。おそろしいショックを経験した人のような、ぼんやりとした表情が浮かんでいた。何をいっても届かぬ遠いところにいるようだった。

「ヴァーノンたら！」とジョーはその肩を摑んで揺さぶった。「どうしたのよ？」

今度は聞こえたらしかった。

「何でもないよ」

「何かあったに違いないわ。あなた、何だか——何だか——」

何といっていいのかわからなくて、ジョーは口ごもった。

「何でもないんだ」とヴァーノンはぼんやりいった。

ジョーはヴァーノンと並んでベッドの上に腰をおろした。

「話してちょうだい」

やさしい、しかし有無をいわせぬ口調であった。

長い、震えるような溜息がヴァーノンの口を洩れた。

「ジョー、きのうの男を覚えているかい？」

「きのうの男って？」

「救世軍の男だよ――陳腐な文句を並べていた。大見得を切って聖書を引用していたね。〝今宵、汝の霊魂《たましい》、取らるべし〟って。ぼくはその後でいったっけね、救われるって、どんな気持だろうって。何の気もなしにいったんだよ。それが――わかったんだ！」

ジョーは彼を見つめた。ヴァーノンが！　でも、そんなことがあるわけはない。

「つまり――あなた――」何となくいいにくかった。「宗教に入ったっていうの？　急に――信じたっていうの？」

こういいながらも、ひどく馬鹿げたことをいっているような気がした。そしてヴァーノンがわっと笑いだしたのでほっとした。

「宗教？　何をいっているんだい！　でもある人にとっては宗教みたいなものかな？　いや、ぼくのめぐり会ったのは――」ちょっとためらい、それから呟いた。まるでやっとの思いで口にするかのように大事そうに。「音楽だよ」

「音楽と？」ジョーはまだ怪訝そうだった。

「そうなんだ、ジョー。ナース・フランシスのことを覚えているかい？」

「ナース・フランシス？　いいえ、思い出せないわ。それ、誰なの？」

「知らないだろうな。きみのくる前だったから――ぼくが足を折ったときのことさ。今でもナース・フランシスのいったことを思い出すんだ。ものをよく見る前に慌てて逃げ出すのは間違っている——そう彼女はいった。今日のぼくに起こったことがまさにそれさ。ぼくにとっては逃げることは不可能だった。だから踏みとどまったんだ。音楽こそ、およそ世の中でもっともすばらしいものだよ」

「でも——でも——あなたはいつも——」

「そうなんだ。だからこそ、ショックだったんだ。音楽が今のままですばらしいっていうんじゃない。しかし、すばらしいものになる可能性をもっているんだよ。あるべき姿になればね。それを構成するものはむしろ醜いかもしれない。絵の近くに立って、灰色の絵具を塗りたくった細部に目を注ぐようなものでね。しかし遠く離れて見れば、各部はすばらしい陰翳を作り出してそれぞれの場所におさまっていることがわかる。全体として捉えなくては問題にならんのだよ。ヴァイオリン一つでは聞き苦しい。ピアノそれだけでは鼻もちならない——だがジョー、音楽はすばらしいものになる可能性をもっている——それは確かだよ」

ジョーは戸惑い、沈黙した。ヴァーノンのさっきの言葉の意味がはじめて頷けた。ヴァーノンの顔には、法悦にも似た、夢みるような表情が溢れているのであった。しかし彼女はまたかすかな恐れをも覚えていた。いつもはほとんど感情を顔に表わさぬヴァーノンであるのに、今その顔はあまりにも多くのものを示していたのである。見かたによっていいやな顔とも、すばらしい顔ともいえた。

ヴァーノンは、むしろ自分自身に向かってのように語り続けていた。

「オーケストラは、全部で九つあった。どれも、フル編成でね。音ってものは適切であれば、じつにすばらしい。もっとも、ただ音が大きいからいいってものじゃない――静かに演奏するときにこそ音楽の良し悪しはわかるものだ。しかし楽器は充分なくてはいけない。ぼくの聴いた曲目は何だったか、そんなことは知らない。ぼくはまだ何一つ知らないんだ。でもわかった――よくわかったんだ」

こういってヴァーノンは興奮にきらきら輝く目をジョーに向けた。

「知らなきゃならないこと――学ばなければならないことがたくさんある。自分で楽器を弾く気はない――ぜんぜん。しかし、あらゆる楽器について知りたいんだ。それぞれにどんなことができるか、どんな限界があるか、その可能性はどういったものか等々をね。音符についてもだ。みんなの使わない音がある――使うべくして、使われていない音が。ぼくにはわかるんだ。これからの音楽がどういうものか、きみは知っているかい、ジョー？それはグロースター寺院の地下聖堂に立っている、小さいががっしりしたノルマン朝の柱のようなものだ。まだ揺籃期にいるのさ」

坐ったまま、ヴァーノンは夢みるような表情で、少し体を乗りだした。

「どうやら、すっかりいかれちまったようね」

ジョーはわざと実際的な、さりげない態度を装っていたが、我にもなく強烈な印象を受けていた。平生物静かなこの従兄の白熱した信念は知らず知らず彼女を圧倒していた。彼女はいつもこの従兄をいささか反応の鈍い――偏見に満ちた、反動的な、想像力をまったく欠いた人間だと思っていたのだが。

「すぐ勉強をはじめなきゃならない。できるだけ早く。ああ、これまで二十年もの年月をむだに費やしてきたなんて！」

「馬鹿なことをいうものじゃないわ。ゆりかごに寝かされていたころから音楽の修業をはじめるってわけにもいかなかったでしょうに」

ジョーのいいぐさにヴァーノンは微笑した。少しずつ恍惚状態から抜け出しつつあったのである。

「ぼくはやるよ――猛勉強するんだ。あらゆる楽器について必要なことを残らず学ぶつもりだよ。ついでだが、楽器にはもっともっといろいろな種類のものがあるに違いない。何となく哀調をおびた音を出す楽器――どこかで聞いた覚えがあるんだ。そういうやつを十なり十五なり集めて。それからハープを五十ほど」

ヴァーノンはあれこれと細かい計画を練りはじめた。ジョーにはまるでたわごととしか響かなかった。しかしヴァーノンの内なる目には何かがはっきり見えているらしかった。

「あと十分で夕食よ」とジョーはおずおずいった。

「へえ、うんざりだな。ぼくはこのままここにいてじっと考えたり、頭の中に詰まっている音に耳を傾けていたいんだのに。エセル伯母さんにはぼくは頭痛がするんで失礼するとか、気分が悪くて寝ているとか、何でもいいから断っておいてくれたまえ。実際、何だか吐きそうなんだよ」

それを聞いてどういうわけか、ジョーはひどく感じいってしまった。そういうことはよくある。よかれ悪しかれ強く心を動かされると、そうした気分になるものだ。彼女自身も経験があった。

ジョーは何となく去りかねて戸口に佇んでいた。ヴァーノンは、ふたたび無我の境地に陥ってしまったようだった。何て妙な様子をしてるんだろう！　いつもの彼とはぜんぜん違う。まるで――まるで――ジョーは夢中で言葉を探した。――はじめて生命の通った人間になったかのように。

そして少し恐れを覚えた。

第二章

1

ケアリ・ロッジというのがマイラの新しい家の名であった。バーミンガムから八マイルの距離にあった。

ケアリ・ロッジの近くまでくると、いつも何となく気が重くなるのをヴァーノンは感じる。彼はその家が、その提供する堅実きわまる安楽さが、厚い真紅の敷物が、ラウンジ・ホールが、食堂の壁にかかっているマイラの選んだ狩猟の図柄の版画が、応接間に溢れんばかりの装飾品が――つまり、すべてがいやでたまらなかった。もっとも彼が嫌悪していたのは、そうした物よりも、その背後に厳として存在している事実だったのかもしれない。ヴァーノンはこう自問しつつ、生まれてはじめて正直に自分に立ち向かおうとしていた。彼自身の母親があの家に満足しておさまりかえっているということ、それが彼にはたまらなかったのではないだろうか？　彼は母親をアボッツ・ピュイサンと結びつけて――いわば彼自身と同じく亡命者として考えることを好んでいたのだった。

ところがマイラにはそんなところがおよそなかった。アボッツ・ピュイサンは彼女にとって、たまたま外国から嫁いできた王妃にとっての夫の国のようなものだった。彼女は自分の地位の重さを意識し、それなりに満足していた。はじめはすべてが目新しく、心をおどらせた。しかし、それはどこまでも異国であって、故郷ではなかったのである。

マイラはいつものように大仰に愛情をひけらかして息子を迎えた。ヴァーノンにはそれがいっそいとわしかった。そうした愛情の表現に応えることは、彼にとってますます堪えがたいことになっていた。母親と離れているときには、彼は愛情深い息子としてふるまっている自分を思い描くことができた。しかし一緒にいると、そうした幻想はたちまち消え去ってしまうのであった。

マイラ・デイアはアボッツ・ピュイサンを去ってからというもの、大いに変わった。ぐっと恰幅がよくなり、赤みがかかった美しい金髪にも白いものがちらほらとまじっていた。顔つきは以前より満足そうでずっと穏やかだったが、兄のシドニーとの相似が目立った。

「ロンドンでは楽しかったこと? それはよかったわ。でもあなたが立派になって本当にうれしくてたまらないわ。みんなに話していたのよ、あなたが帰ってくるって。母親なんて、馬鹿なものでねえ」

ヴァーノンは心の中で、本当にと相槌を打ちかけて、はっと恥じた。

「ぼくもうれしいですよ、お母さま」と彼は口の中で呟いた。

「とてもお元気そうね、マイラ伯母さま」とジョーがいった。

「あまり元気でもないのよ。グレイ先生はあたしの健康状態を、よくわかってくださらないようでね。アームストロング先生の後を引き受けたいいお医者さまがいらっしゃるんですって——リトルウォス博士——とかって、とても腕のいいお医者さまだそうよ。あたし、近ごろ心臓がどうもおかしいんじゃないかと思うの——消化不良だってグレイ先生はいうけど、まるで見当違いだわ」

という具合に、マイラは勢いよくぺらぺらとしゃべった。自分の健康状態を話題にすると、いつも夢中になるのだった。

「メアリは暇を取ったのよ——ほら、今までいたメイドよ——あの子には失望したわ。ずいぶんよくしてやったのに」

マイラの愚痴には際限がなかった。ジョーとヴァーノンは形ばかり傾聴していた。二人ともそこはかとない優越感を覚えながら。啓蒙された、新しい世代に属している彼らは、家事のこまごました事柄を得々と述べたてるといった、低い次元のことには関係がない、ありがたいことに！　彼らの前には新しい、すばらしい世界が開けている。彼らの前に坐って満足げにしゃべりたてているマイラに対して、二人の若者は深い、痛いほどの憐憫を感じていた。

ジョーはこう考えていた。

〝かわいそうなマイラ伯母さま！　本当にお気の毒だわ。でもいやになるほど女らしいのねえ。これじゃあ、ウォルター伯父さまはさぞかしうんざりさせられたに違いないわ。だからって伯母さまのせいじゃあない。ろくでもない教育を受けたんだから、無理もないでしょうけど——良妻賢母になることが始めであり終わりであるっていう。マイラ伯母さまはまだ若いわ——すくなくともまだお婆さんてほどじゃないわ——だのに、ただべったり坐りこんで噂話に花を咲かせたり、メイドのことをとやかくこぼしたり、自分の体の具合のことで大騒ぎする以外に気を紛らわすこともないんだから。二十年遅く生まれていれば、一生幸せに、思いのままに、独立した女として、暮らせたでしょうに〞

何も知らずにしゃべっている伯母に対する憐れみの思いに動かされて、ジョーはやさしく受け答えをし、興味を感じてもいないのに話に身をいれるふうを装ったのだった。

ヴァーノンはヴァーノンで考えていた。

〝お母さんはもともとこんなふうだったんだろうか？　アボッツ・ピュイサンにいたころには、それほどとも思わなかったが、それともあの時分はぼくが子どもで気がつかなかったのか？　でもお母さんはぼくにいつもよくしてくれる。何のかのあら探しをするのはよくない。しかし、いまだに六つの子どものように扱うのだけはやめてもらいたいな。お母さんにしてみりゃ、仕方ないんだろうが。おかげでぼく自身は結婚なんてとてもする気に

てしまったという感じだった。

なれなくなってしまった〟

突然ヴァーノンは唐突に口走った。心中落ち着かないものがあって、つい口をついて出てしまったという感じだった。

「お母さま、ぼく、ケンブリッジで音楽の勉強を始めようと思っているんですが」

アームストロング家のコックの話に夢中になっていたマイラは、ぼんやりした口調で答えた。

「だってヴァーノン、あなたは根っからの音楽嫌いだったじゃないの？　音楽は理屈抜きに嫌っていたわ」

「ええ、知ってます」とヴァーノンは素っ気なくいった。「しかし、人間の気持って、変わるものですから」

「それはうれしいことを聞くわねえ。音楽っていえば、若いころはあたしもかなりうまくピアノを弾いたものよ。でも結婚するといろいろなことを中断してしまうものでね」

「ええ、そうね、情ないことに」とジョーが勢いこんでいった。「だから、あたし、結婚なんて、しないつもりなの――もし結婚するとしても、自分の仕事を捨てる気はないわ。それで思い出しましたけど、マイラ伯母さま、あたし、どうしてもロンドンに行ってちゃんと勉強するつもりですの。一人前の彫刻家になろうと思うなら、そうしないと」

「でもブラッドフォードさんは――」

「ブラッドフォードさんなんて、先生としては最低ですわ。こんなことをいってごめんなさい、でも伯母さまには何もおわかりになっていないのよ。あたし、真剣に勉強しないと――それこそ、骨身を削って。それにこれを機会に独立したいと思っていますの。誰か女の友だちと部屋を借りて」

「まあ、ジョー、妙なことをいい出して、あたしを困らせないでちょうだい」とマイラは朗らかに笑った。「あたしのかわいいジョーはいつまでもこの家にいてほしいと思っているのに。血を分けた娘も同じなんですもの。わかるでしょう？」

ジョーはもじもじした。

「今度こそ、あたし、真剣ですのよ、マイラ伯母さま、これにはあたしの一生がかかっているんです」

ジョーの悲壮な宣言も、伯母をまたもや笑い出させただけだった。

「女の子ってよくそういうふうに思いつめるものよ。とにかく喧嘩はよしましょうよ。せっかく久しぶりで三人一緒になったっていうのに」

「でも伯母さま、本当に真面目に考えてくださいますわね？」

「シドド伯父さんが何ておっしゃるか」

「シドニー伯父さまには関係のないことですわ。本当いって、あたしの親戚じゃないんですもの。もちろん、そうしたければ自分のお金でやっていくこともできるでしょうけど」

「でもね、ジョー、あれはあなたのお金というわけでもないのよ。あなたのお父さまはあなたの費用に使ってくれって、あたしに託してお送りになっているんですからね。もちろん、あたしとしてはそんなものをいただかなくったって、あなたの面倒を喜んで見るつもりですけど——でもお父さまはあたしのところなら目も届くし、安心だということをご承知の上で、送っていらっしゃるんですからね」

「だったらあたし、父に手紙を書いたほうがよさそうですね」

とはいったものの、ジョーは内心がっかりしていた。父親には十年間に二回会っただけだが、昔ながらの敵意がどちらの側にも残っていた。現在、彼女がこうしてマイラのもとに身を寄せているというのはジョーの実の父ウェイト少佐にとってはいたって好都合なことのようであった。一年に二、三百ポンドほど送るだけで娘のことについて頭を悩まさなくてすむというのは、彼の意に叶っていた。ジョーには自分自身の金と名がつくものはまったくなかったし、彼女がマイラ伯母さまと別れて自分で暮らして行くといったら、父親は一文の金も送ってよこさないのではという気もした。

ヴァーノンが傍から低い声でいった。

「そんなにやきもきするのはやめたまえ。ぼくが二十一になるまで待てば、何とかなるよ」

ジョーは少し元気づいた。ヴァーノンはいつも頼りになる味方だった。

マイラはヴァーノンにレヴィン親子のことを訊ねた。ミセス・レヴィンの喘息は少しはいいようだったか、二人とも、このごろではほとんどずっとロンドンで暮らしているというけれど、など。

「そんなことはないと思いますよ。もちろん、冬のあいだはあまりディアフィールズにも行かないでしょうけれど、秋はあっちで過ごしていましたからね。ぼくらもいずれアボッツ・ピュイサンにもどるんだから、またあの二人と隣り同士で暮らすことになる。うれしいですね」

母親ははっとした様子を見せて、口ごもりがちにいった。

「ええ、そう――本当にねえ」

そしてほとんどすぐ付け加えた。

「そうそう、シドニー伯父さんがお茶にいらっしゃることになっているのよ。イニッドと一緒に。それで思い出したんだけど、家ではこのごろ、遅い晩餐をとるのはやめにしたのよ。六時にたっぷりお茶をいただいてすますほうが、あたしの体には合っているみたいでね」

「そうですか」とヴァーノンはちょっと驚いて呟いた。

彼はお茶兼夕食というそうした食事について、いわれのない偏見をいだいていた。お茶に炒り卵、こってりとしたプラムケーキなんて、ぞっとしない。どうしてお母さんはよその家のようにちゃんとした晩餐を出せないんだろう？　もちろん、シドニー伯父さんとキャリー伯母さんの家ではお茶と夕食を兼ねてすませてしまうが。お母さんときたら、何かというとすぐ、「シド伯父さまが何とおっしゃるか」とくる。まったくやりきれない。

こう考えかけて彼は急にやめた。「何かというと」とは、どういうことだ？　まあ、いい、とにかくアボッツ・ピュイサンにもどりさえすれば、万事一変する。

2

それから間もなくシドニー伯父がやってきた。わざとらしく磊落《らいらく》で威勢がよく、昔よりまた少しふとったようだった。彼は三番目の娘のイニッドを連れていた。上の二人の娘はすでに結婚し、下の二人はまだ学校に行っている。

シドニー伯父はやたらに冗談をとばし、洒落のめした。マイラはそういう兄を感に堪えたようにうち眺めた。本当にシドニーのような人も珍しいわ、いつも雰囲気を明るくする──こう彼女は思った。

一方ヴァーノンは伯父の冗談に礼儀正しく笑いながらも、よりにもよって、なぜこう愚にもつかぬことばかりいうんだとひそかにうんざりしていた。

「おまえ、ケンブリッジじゃ、煙草はどこで買うんだね？」とシドニー伯父は訊ねた。「おおかた、看板娘のいる店でだろうが？　ハ、ハ、ハ、マイラ、どうだ、この子は赤くなったぞ――真赤になったぞ！」

〝馬鹿な爺さんだ〟とヴァーノンは呆れはてたように口の中で呟いた。

「じゃあ、シドニー伯父さま、伯父さまはどこで煙草をお買いになりますの？」とジョーが健気にも調子を合わせた。

「ワッハッハッハ！」とシドニー伯父はラッパを吹き鳴らすような声で大笑いした。「いいぞ、なかなか。あんたは隅に置けん子だよ、ジョー。だがその話は、キャリー伯母さんには伏せておこうな？」

イニッドはあまりしゃべらないが、よくくすくす笑う娘だった。

「イニッド、おまえ、ヴァーノンに手紙を書くといい」とシドニー伯父はまたいった。「ヴァーノンはきっと喜ぶぞ。なあ、ヴァーノン？」

「ええ」とヴァーノンは熱意のない返事をした。

「そら、ごらん、父さんのいったとおりだろうが。ヴァーノン、この子は恥ずかしがりやでね。だが、おまえのことを、たいそう崇拝しとるんだよ。しかし、告げ口はやめておこう。そのほうがよかろうな、イニッド？」

雑多な皿の並んだたっぷりしたお茶が終わると、シドニー伯父はヴァーノンを相手に、ベント商会の繁栄について一席弁じた。

「前途洋々たるものさ、わが商会はね、ヴァーノン」と財政面について長広舌をふるいはじめた。近来利益は倍増し、会社の敷地もひろげつつあり、等々。

退屈であっても、こうした話のほうがヴァーノンには好もしかった。というのは関心がまったくないところから、話から完全に注意をそらしていられたのである。おりおり短く合の手をいれるだけでこと足りた。

シドニー伯父は、「力と栄は限りなくベント商会のものなればなり、アーメン」といわんばかりに、彼にとって尽きぬ魅力のあるその話題について、意見を開陳しつづけた。

ヴァーノンはその朝買って汽車の中で読みはじめた楽器に関する書物について考えていた。知る必要のあることがおそろしくたくさんあった。オーボエ——まずオーボエに関してひどくオリジナルな考えが湧くような気がした。それからヴィオラ——そう、ヴィオラについても。シドニー伯父の演説は遠くでコントラバスが鳴っているように、そうした黙考の快いバックミュージックとなってくれた。

やがてシドニー伯父はそろそろ引き揚げようといって、またしても下らない冗談口を叩いた。ヴァーノンはイニッドに別れのキスをしたほうがいいんじゃないかといった軽口である。

何て馬鹿げたことばかりいうんだろう。でもこれでやっと自分の部屋に引っこめる、とヴァーノンはほっとした。

ドアが締まるとマイラは幸せそうに嘆息した。

「お父さまもここにいらっしゃればねえ。本当に楽しかったわ。お父さまがいらしたら、さぞかしお喜びになったでしょうに」

「いなくてよかったですよ」とヴァーノンはつけつけいった。「シドニー伯父さんとお父さまは実際には、あまり気が合っていないように覚えていますからね」

「あなたは小さかったから覚えていないでしょうねえ。伯父さまとお父さまは大の仲よしだったのよ。それにお父さまはあたしが楽しい思いをしていると、それだけでとても喜んでくださったものだわ。あたしたちの結婚は、そりゃあ幸せな結婚だったのよ」

こういってマイラはハンカチーフを目に押し当てた。ヴァーノンはその母親の姿をつくづく見つめた。「驚くべき貞淑さだ」と彼は一瞬考えた。そして突然、「いや、そうじゃない。お母さんは心からそう信じこんでいるのだ」と思い直した。

マイラは思い出を追うような、しんみりした声音で続けた。

「本当いって、あなたはお父さまをあまり好きじゃなかったわね、ヴァーノン。ときどき、お父さま、淋しい思いをなさったでしょうね。でもあたしには、いつもとてもいい息子だった。あまり態度が違うんで、おかしいくらいだったわ」

ヴァーノンは急にはげしい語調でいった。「お父さまはお母さまにずいぶんひどい仕打ちをしましたからね」言葉と裏腹に、亡き父を弁護しているような奇妙な気持だった。

「まあ、どうしてそんなひどいことをいうの？　お父さまは世界一やさしい方でしたよ」こういって、異議があったらいってごらん、というように息子を見つめた。

〝やれやれ、お母さんは崇高な女性の役割を演じている自分に感じいっているんだ〟ヴァーノンはそう思った。『女の愛って——死者に忠実な女の愛って、すばらしいものよ』とか何とか。ああ、たまらない！〟

ヴァーノンは口の中でわけのわからないことを呟いて母親にキスをすると、そそくさと寝室に引きあげたのだった。

3

その夜遅く、ジョーは従兄の部屋のドアを叩いた。ヴァーノンは例の楽器に関する本を傍らの床の上に置き、椅子に長々と寝そべっていた。

「やあ、ジョー、ひどい晩だったね！」

「そんなにいやだった？」

「きみは平気かい？　まったく目もあてられなかったよ。シドニー伯父さんは本当に、どうしようもない馬鹿だね。下らない冗談ばかりとばして。安っぽい茶番劇よろしくさ」

「まあね」とジョーは呟いてベッドの上に腰をおろし、煙草に火をつけた。

「そうは思わないかい？」

「そうね――まあ、ある意味ではね」

「いいたいことがあるなら、早くいいたまえよ」とヴァーノンは水を向けた。

「あたしがいいたいのはね、あれであの人たちはけっこう幸せなんだってこと」

「幸せ？　誰のことだい？」

「マイラ伯母さまにシドニー伯父さま、それにイニッドよ。三人とも文句なしに幸せなご連中だわ。お互い同士にしごく満足しているし。調子の狂っているのは我々よ、ヴァーノン、あなたとわたしなのよ。あたしたち、かなり長くここで暮らしてきたのに――あいかわらずの風来坊だわ。だから――ここから出て行かなくちゃ、どうしようもないのよ」

ヴァーノンはしんみり呟いた。

「そう、そのとおりだよ、ジョー、ぼくらはここから出て行かなければね」と晴ればれ微笑した。自分の進むべき道がいかにもさだかに示されているように思えたからだった。

二十一になったら……アボッツ・ピュイサンに住む……そして音楽に身をささげる……

第三章

1

「すみませんが、もう一度おっしゃってくださいませんか、フレミングさん？」

「よろしいですとも」

正確に、およそ何の感情をまじえずに一言一言老弁護士は繰り返した。その意味するところは明確で、取り違えようもなかった。むしろ明確すぎるくらいで、疑念のきざす余地などまるでなかった。

ヴァーノンはじっと聞いていた。その顔は紙のように白く、両手で椅子の肘掛けを固く握りしめていた。

まさか、そんなことが――まさか！　しかし、考えてみればフレミング氏は何年か前にも同じことをいったのではなかったか？　そうだ、だがそのときには〝二十一歳になったら〟という言葉が呪文のように希望をもたせてくれた。〝二十一歳〟、それは天来の奇蹟かなんぞのように、一瞬にしてすべてをあるべき相にもどすはずであった。それなのに……

「たしかに事態はずっと好転しています。お父上が亡くなられたあの当時よりは。しかし、危機を完全に脱したといいきってしまうことはどうかと思われます。抵当権というものがありまして……」

屋敷が抵当に入っているなどということは初耳かもしれないが、九歳の坊ちゃんにそうしたことをいっても何の役にも立たないと思ったので、と弁護士は説明した。迂遠ないいまわしをしても始まらない。はっきりいって、アボッツ・ピュイサン荘に住むということは財政上、とてもできることではないのだ、こう彼はいうのであった。

フレミング氏が口をつぐむまで待って、ヴァーノンはいった。

「しかし、もしも母が……」

「ええ、もちろん、ミセス・デイアにそのご意向があれば別ですが……」といいかけて言葉を切り、少し間を置いて付け加えた。「けれどもこう申しちゃなんですが、何度かお母上にお目にかかる折を得ましたときの印象では、今のお住居にすっかりその、落ち着かれたご様子で。二年前にケアリ・ロッジをお買いとりになったことはご承知と思いますが？」

ヴァーノンはそのことをまったく聞かされていなかったが、それが何を意味するかをはっきり悟った。なぜ、母は自分に話さなかったのだろう？　勇気がなかったのか？　母が一緒にアボッツ・ピュイサンに帰ることを彼はいつも当然のことと考えていたのだったが。母にきてほしいというよりも、そここそ彼女の住まうべき家《ホーム》だと思ったからだったが。しかし、そうではなかったのだ。アボッツ・ピュイサンはケアリ・ロッジが彼女の家だという意味では、彼女にとってけっして家《ホーム》ではなかったのだ。

もちろん、母に訴えることはできる。懇願することはできる。自分に免じてそうしてほしい。それが何よりも自分の望むところなのだからと。

いやだ、絶対にそれはできない！　心から愛してもいない人に何かを頼むことなんてできるものではない。彼は母親を本当の意味では愛していなかった。愛したことなど、一度もなかったのだろう、おそらく。そう考えると奇妙な、物悲しい、少し空恐ろしい気さえする。だが本当なのだ。

母に二度と会えなかったら悲しいだろうか？　いや、そんなことはない。母が元気で幸せに暮らしていると聞けばうれしいだろう――母の幸福を祈るだろう。しかし、傍にいなくても淋しいとは思うまい。いてくれればと胸を痛めることもあるまい。それは――奇妙きわまることだが――彼が本当の意味では母親を好いていないからだ。彼は昔から母親に触られることを好まず、彼女におやすみなさいのキスをするに先だって、いつもひそかな嫌悪感を禁じ得なかった。母親に何かを打明けるなどということはしたためしがなかった。

母はこちらの気持をさっぱり理解しないし、ひそかな思いを感じとってくれることもない。しかし、愛情ゆたかな、善良な母親を、その息子たる者が好きになれないとは！　こんなことを聞いたら、たいていの人は呆れかえるに違いない……

彼は物静かな口調でフレミング氏にいった。「おっしゃるとおりでしょう。母はおそらくケアリ・ロッジを離れたがらないと思います」

「そこでデイアさん、一つ二つあなたに決めていただきたいことがあるんですが――アボッツ・ピュイサンを造作つきで借りておられるサモン少佐がぜひともあの屋敷を買いとりたいといっておられまして――」

「だめです！」ピストルでも発射するように、ヴァーノンはいきなり怒鳴った。

フレミング氏は微笑した。

「そうおっしゃるだろうと思っていました。正直申して、私もあなたのお気持をうれしく思います。アボッツ・ピュイサンにはかれこれ、そう――ほとんど五百年間にもわたってデイア家の方々が居住してこられたのですから。とはいえ、少佐の提案されている金額はかなりのものですし、後々売ろうと決心されても然るべき買い手を見つけることはそうたやすくはあるまいということも指摘しておかなければ、弁護士としての義務を怠ったことになりましょうから」

「しかし、まったく問題外なのです」

「よくわかりました。とすると、一番いいのはもう一度あそこをお貸しになることでしょう。サモン少佐はいずれにしろ、どこかに家を買うという意向をはっきりもっておられますから、新しい借り手を探さねばなりますまい。しかしおそらくその点はあまり困難ではないでしょう。問題はどのぐらいの期間、貸すことをお望みかということですが、長期間貸すことはあまり望ましくないように愚考いたします。人生にはいろいろのことが起こるものでして数年のうちに事情が——まあ、一変して、あなたご自身、あそこに住まわれるようにならないとも限りますまい」

〝そういうこともあり得るだろうな。しかし、おまえさんの考えていることとは違う。この狸じじいめ！〟とヴァーノンは思った。〝そうなるとしたら、ぼくが音楽家として名をあげるからで、お母さんが死んで口出しをしなくなるからではない。ぼくはお母さんが九十くらいまで長生きすることを心の底から願っているんだから〟

ヴァーノンはフレミング氏となお二言三言まじえて、それから暇を告げるべく立ちあがった。

「今日申しあげたことは、あなたにはちょっとしたショックでしたろう」と老弁護士は握手をしながらいった。

「ええ——いささか。どうやらぼくは空中楼閣を築いていたようです」

「二十一歳の誕生日は、お母上のもとで祝われるのでしょうな？」

「ええ」

「伯父上のベント氏とよくお話し合いをなさることです。あの方は抜け目のない実務家でいらっしゃる。たしかあなたと同い年くらいのお嬢さんがいらっしゃいましたね？」

「ええ、イニッドです。上の二人はもう結婚していますし、下の二人はまだ学校に行っています。イニッドはぼくより一つ年下です」

「ほう！　同年輩のお従妹さんがおられるのは結構なことですな。いいお話相手におなりでしょう」

「さあ、どうですか」とヴァーノンは曖昧にいった。

なぜイニッドと頻繁に会う必要があるのだ？　彼女はひどく退屈な娘だが、フレミング氏はよく知らないのだろう。

変な爺さんだ。なぜ、あんないわくありげな、ずるそうな目つきでぼくを見たんだろう？

2

「成年に達したからって、何も思うようにはならないみたいだな」とヴァーノンはいった。

「まあ、心配する必要はないわ。物事はひとりでにうまくいくものよ。とにかくシド伯父さまとよくお話しなさい」というのが母親の答だった。

下らない！　シドニー伯父と話したって何の役に立つというんだ。

幸いなことに、そのことはそれっきり話題にのぼらなかった。ジョーは案外あっさりロンドン暮らしを許された。もちろん、お目付け役つきではあったが、ともかくも我意を通すことができた。

近ごろマイラは友だちを相手によく意味ありげな内緒話をしているようだった。ある日、ヴァーノンはそうした打明け話を断片的に小耳にはさんだ。

「ええ……それは仲がいいんですのよ、あの二人は……ですからいっそそのほうが……だってもしも……残念ですものねえ、そんなことになったら……」マイラがこう声をひそめていうと、彼がひそかに〝牝猫〟と呼んでいる母親の友だちの一人が、従兄妹同士がどうとかするのはあまり賢明なことではないといった。マイラは急にいきり立って声高にいった。「でもそうとばかりは限らないでしょう？」

「従兄妹同士がどうかしたんですか？」とヴァーノンは客が帰ってから母親に訊いた。

「何をこそこそ話していたんですか？」

「こそこそって、何のこと？」

「ぼくが入って行ったら、急に黙ってしまったじゃありませんか？　何を話していたんです?」

「べつにどうってこと、ないわ。あなたの知らない人の話よ」

マイラは少し顔を赤くして、どぎまぎした様子で弁解した。

ヴァーノンは好奇心もなかったので、それ以上追及しなかった。

ジョーがいなくなって以来、彼は淋しさをもてあましていた。彼女がいないケアリ・ロッジはまさに索漠としていた。その代わりでもないだろうが、前よりもしばしばイニッドと顔を合わせるようになった。イニッドはしょっちゅうマイラのところにいり浸っているようで、ヴァーノンは彼女を新しいローラースケートのリンクとか、面白くもないパーティーなどに連れて行かざるを得ない破目になった。

マイラはヴァーノンに、今度のケンブリッジのボートレースの週間にイニッドを招待してはといった。あまりしつこくいうので、承知せざるを得なかった。別にどうってことはない、と彼は思った。セバスチャンはジョーを招待するだろうし、自分はどうせ、こうした行事にはとくに関心はないのだ。ダンスなんておよそ下らないし、音楽に使う時間が減るのだから、ありがたいことではないが。

彼がケンブリッジにもどる前の晩にシドニー伯父がやってきた。マイラは彼を伯父と二人、書斎に押しこむようにしていった。

「伯父さまからあなたに何かお話があるんですって、ヴァーノン」

ベント氏はしきりに咳払いをしたり、何やら口の中で呟くだけで、しばらく何もいわなかったが、ややあって案外単刀直入に切り出した。ヴァーノンは昔からこの伯父があまり好きでなかった。しかし今日ばかりはいつもの剽軽《ひょうきん》さの影もなく、伯父はたいそう率直であった。

「私はいいたいことをずばりいうつもりだ。だから私が話し終えるまで口を出さないでもらいたい。いいね？」

「わかりました」

「一口でいうとこうだ。私はおまえにベント商会に入社してもらいたいと思っている。——ああ、今もいったとおり、途中で邪魔は入れないでほしい。おまえとしてはこれまでそうしたことは考えてもみなかったろうし、今のおまえにはありありがたい提案とも思えんだろう。私は率直な男だ。事実は事実として受けいれることができる。おまえにかなりの収入があり、紳士にふさわしい生活をアボッツ・ピュイサンで送ることができるなら、何の問題もないわけだ。それは私も認める。おまえはおまえの父親の性格を受けついでいる。しかし同時におまえの体には、ベント家の血も流れているんだよ。血とは争えぬものだ。

私には息子がない。私はおまえを——もしもおまえに異存がなければだが——息子同様に見なしたいのだ。上の娘たちは持参金をつけて嫁にやった——すでに相当な金額のものを分けてある。断っておくが、おまえとしても一生あくせく働くだけというわけでもないのだ。私はもののわからぬ男ではない。おまえにとってアボッツ・ピュイサンがどういう意味をもっているか、おまえと同じくらいわかっているつもりだ。おまえはまだ若い。ケンブリッジを出たら私の仕事を手伝うのだ――それも下からやりあげてもらう。まあまあという程度の俸給から、だんだんやりあげていくんだ。四十前に退職したければ、それもよかろう。好きにするがいい。そのころにはおまえは金持になり、アボッツ・ピュイサンを然るべくもちこたえていけるだろう。

　結婚は若いうちにしたほうがいい。いいものだ、若いうちに家庭をもつってことはね。おまえの長男がアボッツ・ピュイサンを継ぎ、下の子どもたちは第一級の企業に地位を得る。そこで天賦の才能を十二分に発揮するというわけさ。私はベント商会を誇りに思っている。おまえがアボッツ・ピュイサンを誇りにしているのと同じくらいに。だから私には、あの屋敷に対するおまえのなみなみならぬ気持が理解できるのだ。おまえがあそこを売る破目になることは私の本意ではない。これまで長年にわたってもちこたえたあげくに手放すなんて残念きわまる。それだからおまえにこうして提案しているんだよ」

「いろいろとご親切に考えてくださって――」いいかけたヴァーノンを、シドニー伯父は大きな角ばった片手をあげて止めた。

「まあ、今日はここまでの話にしておこう。今すぐ返事を聞きたいというわけではないのだ。実のところ、今は何も聞きたくない。万事はおまえが大学を卒業してからでいい――急ぐことはないのだ」

シドニー伯父は立ちあがった。

「イニッドをボートレースの週間にケンブリッジに招いてくれてありがとう。ひどく楽しみにしておるよ。あの子がおまえのことをどんなに買いかぶっているか聞いたら、おまえもいい加減うぬぼれるだろう。まったく女の子というやつはな」

わっと哄笑しつつ、シドニー伯父は玄関のドアをバタンと締めて立ち去った。

ヴァーノンは眉根を寄せてホールに佇んでいた。あの伯父にしては親切きわまる申し出だ――まったく。

むろん、自分としては受けいれるつもりはない。世界中の富を積んでも音楽から彼を引き離すことはできないだろう。

といって、アボッツ・ピュイサンを捨てる気もない。何とか、もちこたえていこう、彼はそう考えていたのであった。

3

メイ・ウィークと呼ばれるボートレースの週間がきた。ジョーとイニッドがケンブリッジを訪れていた。付き添いとしてエセル伯母も招く破目になり、さしあたってベント家の勢力が強烈に感じられた。ジョーは着くといきなりいった。

「なぜ、イニッドなんか、呼んだのよ?」

「母がうるさくいったんでね——別に構わないだろう?」

ヴァーノンにとってはただ一つのことのほか、問題ではなかったのである。ジョーはこのことについてセバスチャンに向かってひそかに感想を洩らした。

「音楽のこと、ヴァーノンは本気なのかしら? いったい、ものになる見込みはあるの? たぶん一時のことだろうと、あたしは思っているんだけど」

しかし意外にもセバスチャンは真面目な面持で答えた。

「興味しんしんたるものだね。ぼくが理解し得たかぎりでは、ヴァーノンが目ざしているのは、まったく革命的なものなんだよ。奴さん、今のところはいわば基礎的知識をマスターしているだけだが、大した馬力で勉強を進めているよ。コディントン先生自身、これを認めている。むろん、あのじいさんはヴァーノンの考えを馬鹿にしているようだ——ヴァーノンが自分の考えをことごとく明らかにすれば、おそらく嗤《わら》いとばすだろうね。興味をもっているのはジェフリズ先生だよ——数学のね。ヴァーノンの音楽に関する考えは四次元的だといっている。

ヴァーノンが何かを達成できるかどうか、そいつはぼくにもわからない——単に毒にも薬にもならぬ狂人と見なされるかもしれないね。天才と狂人の境はきわどいものらしいからね。もっともジェフリズは深甚な関心を示しこそすれ、力づけるようなことは何一ついわない。新奇なものを見出し、それを世間に認めさせようというのは、ついぞ報われることのない大事業だと彼はいみじくも指摘するんだ。ヴァーノンが発見しかけている真理はすくなくとも二百年かそこらは受けいれられないだろうと予言してね。ジェフリズは変わったじいさんだよ。じっと坐って宇宙の曲率なんていうものについて冥想している。

しかし、彼のいうことはぼくにも頷ける。ヴァーノンは新しいものを創造しているわけではない。すでに存在していながら誰もその存在に気づかなかったものを発見しつつあるんだ。その点、科学者に似ている。ジェフリズはヴァーノンが子どものころ音楽を毛嫌いしたというのは理解できるという。彼の耳には音楽はおよそ不完全なものに——いわば不正確な絵のように感じられたんだろうとね。絵でいえば画法そのものが間違っていたということだ。おそらくヴァーノンにはこれまでの音楽は、ちょうど我々が原始的な民族の音楽を聞いて感じるように、堪えがたいほど不協和に響いたんだろう。

ジェフリズ自身、奇妙な考えをひねくりまわす男だ。正方形とか、立方体、幾何学的図形、光の速度といったものについて話すように水を向けると、火のついたようにしゃべりまくるよ。近ごろではアインシュタインとかいう名のドイツ人と文通しているらしいがね。奇妙なことに奴さん、およそ音楽的でないんだが、それでいてヴァーノンの目ざしているものを正確に見てとっているんだ。すくなくとも彼自身はそういっている」

ジョーはじっと考えこんだあげくにいった。

「あたしには何のことだか、ちっともわからないわ。でもまあ、あの人、成功しないともいえないってわけね」

セバスチャンは悲観的だった。

「そうはいわないよ。ヴァーノンは天才かもしれない——しかし、天才だということと、成功するということとはまったく別問題だからね。世間は天才を歓迎しないよ。もっとも彼は天才なんかじゃなく、ただちょっと狂っているだけなのかもしれない。今でも興が乗ってくると、常軌を逸したしゃべりかたをするからね——しかし、どういうものか、ぼくはいつも、彼のいっていることは正しいという直観めいたものを感じるんだ——天啓とでもいうかな、この男は自分の熟知していることについてしゃべっているんだという感じがするんだよ」

「シドニー伯父さまの提案のことを、あなた、聞いて？」

「ああ、ヴァーノンはしごく無造作に断るつもりらしいがね。悪くない申し出だよ」

「まさかあなた、あの人に説きつけて受けいれさせるつもりじゃないでしょうね？」とジョーは激した様子でいった。

セバスチャンはあいかわらず癪にさわるほど冷静だった。

「さあね。一考するだけのことはあるんじゃないかな。音楽についてのヴァーノンの新しい理論は驚嘆すべきものかもしれない――だがそれを実行に移すことができるという保証はないんだから」

「あなたって、本当に憎らしい人だわ」とジョーはくるりと背を向けながらいった。

近ごろ、セバスチャンは癇にさわるようなことばかりいう、と彼女は思った。冷やかな、分析的なところばかりが表面に出ているようで、たとえ情熱をもっていたとしても用心深く秘め隠して、けっして表わさない。

ところがジョーにとっては目下のところ、情熱こそがすべてだったのである。ジョーは成功の見こみのない主義主張や、永遠の少数派に熱い同情の念をもっていた。弱者、被圧迫者の熱烈な擁護者であった。

ところがセバスチャンは成功者にしか関心がない、と彼女は感じていた。すべての人間を、またすべてのものを金銭的な標準から判断すると思っていた。

二人は寄るとさわると喧嘩し、角突き合いばかりしていた。

ヴァーノンも今は遠い人になってしまったようだった。彼の話題にしたがるのは音楽のことばかりで、彼女にはさっぱりわからないような意見をとくとくとして開陳するのであった。

目下のところ、ヴァーノンはもっぱら楽器の可能性と効用に関心があるらしかった。楽器の中でも、ジョー自身が弾くヴァイオリンには、一番関心が薄いようだった。ジョーはクラリネットとか、トロンボーン、バスーンについて話す相手としてはおよそ適していない。ヴァーノンが今何よりも願っているのはそうした楽器の演奏家と親しくなり、実際的な知識を蓄えることらしかった。

「きみ、誰かバスーンを吹く男を知らないかね？」と彼は唐突にいった。

知らないとジョーがいうと、どうせのことならせめても音楽家と友だちになってくれれば、こっちとしてもありがたいのになどとぶつぶついった。あげくは、「フレンチ・ホルンの奏者だっていいぜ」などと大した恩恵でも施すようにいうのであった。

さて、今もこんなことをいいながらヴァーノンは指でしきりにフィンガーボールの縁をこすって音を立てていた。ジョーは大袈裟に身震いをして両手でぱっと耳を押さえた。音量は増し、ヴァーノンは物憂げな、恍惚とした表情で微笑した。

「こうした音を捉えて、うまく使えるといいんだが、どうしたらいいのかな？　まろやかなかわいらしい音じゃないか？　円のように」

セバスチャンがヴァーノンの手からむりやりフィンガーボールを引取ると、ヴァーノンは部屋の中をぶらぶらと歩きまわっていろいろな形のグラスを爪ではじいて鳴らしてみた。

「いいグラスがたくさんあるね、この部屋には」と彼は満足げにいった。

「うるさいのねえ。いい加減にしてちょうだい」とジョーが抗議した。

「ベルや、トライアングルだけじゃ、満足できないのかね？　それと小さなどらぐらいで？」とセバスチャンもいった。

「だめだよ。グラスの楽器が要るんだ……ヴェネチアグラス、ウォーターフォード・グラスと。きみにこういう審美的趣味があるのはうれしいな、セバスチャン。割っても構わないようなありふれたグラスはないかね。チャラチャラという音のするやつは。すばらしい材質だよ、ガラスというやつはね！」

「酒杯のシンフォニーってわけね」とジョーが辛辣な口調でいった。

「なぜ、いけない？　誰かが動物の腸線を張って引張るとキューキュー鳴ることを発見し、葦に息を吹きいれてみて、その音が気に入った――音楽はそうして始まったんだと思うのさ。しかし、真鍮や、金属で楽器を作ることを考え出したのはいつごろかな？　何かそんな歴史を書いた本があるんだろうがね」

「コロンブスの卵の話のようにね。ヴァーノン、あなた、セバスチャンの収集したグラスを使おうって気なの？　石板とか、石筆はどう、ものにならなくて？」

「その持ち合わせがあればね……」

「ヴァーノンったら、おかしなことばかり、いうのねえ！」とイニッドがくすくす笑いだしたので気をそがれて、議論は唐突に終わってしまった。すくなくともさしあたっては。

ヴァーノンはイニッドがきたことをとくにいやだとも思わなかった。自分の新しい考えに夢中になっていたので、客のことにまで頭がまわらなかったともいえる。イニッドもエセル伯母も笑いたければ好きなだけ笑うがいい――そんな気持であった。

彼はしかしジョーとセバスチャンのあいだがどうもしっくりいっていないのに気づき、少々気を揉んでいた。三人は昔から大の仲よしだったのに、と残念に思った。

「〝自分らしい生活をする〟っていうジョーの新しい試みは、どうもうまくいっていないようだね」とヴァーノンはセバスチャンにいった。「まるで不機嫌な牝猫みたいに四六時中、ピリピリしているじゃないか。母がなぜ許したのか、ぼくには合点がいかないよ、六カ月前までは頑強に反対していたのにね。どうして急に気が変わったのか――きみにはわかるかね？」

セバスチャンは黄色い顔をゆがめた。

「推測はできるね」

「どういうんだい？」

「ぼくは何もいうまい。第一、ぼくの推測が間違っていないとも限らんし、第二に、自然の成りゆきというものに口出しをしても始まらんからね」

「あいかわらずロシア人らしくひねくった見かたをするね」

「何とでもいいたまえ」

ヴァーノンはそれっきりそのことにはもう触れなかった。無精な彼のことで、理由を根掘り葉掘り探ってみる気もしなかったのだった。

その五月の週間はまたたく間に過ぎた。彼らはダンスに興じ、朝食をともにし、信じがたいスピードで田舎道をドライヴし、ヴァーノンの部屋に寛いで煙草をふかしたり、しゃべったり、そのあげくまたダンスをしたりした。眠らずに夜を明かすというのが、この週間の学生たちの心意気であった。というわけで、ある朝、まだ五時というのに彼らは川に出かけて行った。

ヴァーノンの右腕はずきずき痛んでいた。イニッドがパートナーなのだが、体がひどく重く、リードするのに骨が折れた。まあ、いいさと彼は思った。イニッドを招いたことをシドニー伯父はずいぶん喜んでいたようだし。あの伯父にもなかなかいいところがあるのだから。ベント商会に入ったらどうかというのは、彼にとっては親切な提案だった。自分があくまでもデイアであってベント的なところが少ないのは残念なことだが。

おぼろげな記憶が動いた——誰かがいったっけ、「デイア家の人間は幸せにはならないし、成功もしないわ。ものにならないのよ」と。誰だったろう、そういったのは？　誰か、女の声だった。たしか庭で——煙草の煙がゆらゆらと漂っていた……

セバスチャンの声が響いた。

「こいつ、眠りかけているぞ。起きろよ、しようがないなあ！　チョコレートをぶつけてやりたまえよ、イニッド」

チョコレートが一つ彼の頭の脇を掠めて飛んだ。イニッドがくすくす笑いながらいうのが聞こえた。「だめなのよ、あたし、てんで当らないの、こういうとき」

ひどくおかしなことでもいったように、イニッドはまたひとしきりげらげら笑った。イニッドにはうんざりさせられるな、始終笑ってばかりいて。それに少し出っ歯だ。

ヴァーノンは寝そべったまま、横向きになった。普段はあまり自然の美しさをしみじみ味わうたちではなかったが、この早朝、彼はあたりの世界の美しさに強烈な印象を受けていた。ほの白く光る川、岸辺のあちらこちらに立っている花咲く木々……

ボートはゆっくりと川下に向かって漂っていた……魔法にかかったように奇妙に静かな世界。人間が多すぎるんだ、いつもは。やたらにやかましい連中。しょっちゅうしゃべったり、笑ったり、そっとしておいてほしいときに、「何を考えているのか？」と穿鑿したり。

子どものころもよくそう思ったものだ。ほっておいてくれたらいいのにと。ヴァーノンは当時自分の発明した遊びを思い出して微笑した。ミスタ・グリーン！　そうだ、それから三人の遊び友だち——何という名前だったっけ？

子どもの世界は奇妙だ。竜や王女が出てくるかと思うと、ひどく具体的な現実が混在している。誰かの聞かせてくれたお伽噺があった——小さな緑色の帽子をかぶり、ぼろぼろの服を着た王子と高い塔に住む王女の話。王女が長い美しい金髪を梳くと、まわりの四つの王国にまでその光が届いたという。

ヴァーノンは頭をもたげて川岸に目をやった。木の下に一艘の平底舟がつながれていた。舟の上には四人の人影があったが、ヴァーノンの目は、ふとそのうちの一人にひかれた。ピンクのイヴニングドレスを着た美しい金髪の少女が、ピンクの花をたわわにつけた木の下に立っていた。

ヴァーノンは息を呑んで見つめた。

「ヴァーノン」ジョーが脇からいらいらといった。「目を大きくあけているところをみると、眠っているわけじゃないんでしょう？　四度目よ、これで。さっきから話しかけているのに」

「ごめん、あそこの連中を見ていたんだよ。あの女の子はちょっとした美人じゃないか」

さりげなくいおうとしたが、その胸の中で激しい声が叫んでいた。〝ちょっとした美人だって！　それどころじゃない、何という美しさだ。あんな美しい人は見たことがない。知りあいになりたい。いや、結婚したい……〟

ジョーは肘をついて身を起こし、ちらりと岸に目を走らせるなり叫んだ。

「まあ、驚いた！　あれはもしかしたら——そうよ、ネル・ヴェリカーじゃないの！」

4

まさか、そんなことが！　ネル・ヴェリカーだって？　青白い顔の、手足ばかりひょろ長かったネル。鼻の頭を赤くし、遊び着にはおよそ向かない糊のついた白いドレスを着ていたネル。まさか、そんなことがあるわけはない。時というものはそうした思いがけぬいたずらをするのだろうか？　とすれば、この世の中には確実なものなんて何一つないことになる。幼いころのネルと今のこのネルとでは——まるで別人ではないか。

夢を見ているようだった。ジョーの声がまた聞こえた。

「ネルだとすれば、あたし、あの人と話がしたいわ。ボートを岸に着けましょうよ」

しばらくぶりの再会。驚きと喜びの言葉がかわされた。

「まあ、ジョー・ウェイトね。それにヴァーノン！　何年ぶりでしょうねえ」

低いやさしい声だった。ネルの目が彼の目を見つめて笑いかけた——少し恥ずかしそうに。美しい、じつに——はじめ思った以上に、ネルはあでやかだった。何を馬鹿みたいに黙っているんだ？　何かすばらしい、機知に富んだ、魅力のあることをいえないものか？

やわらかい金茶色の睫毛に縁どられた目の深い青さ。頭上の花そのままの無垢な早春の美しさが、その全身にみなぎっていた。

たちまちヴァーノンは気持が沈むのを覚えた。結婚したいって？　ネルはぼくのような

つまらない男とはけっして結婚しないだろう。思うこともろくにいえない、不細工な男を、こんな美しい人がなぜ、夫に選ぶわけがある？　しかし、ネルは彼に話しかけていた。ああ、何という幸せ！　しっかりしろ。ちゃんと受け答えするんだ。

「あなたがたがバーミンガムにお移りになった直後に、あたしたちもあの土地を引払いましたのよ。父が仕事をやめたものですから」

いつか聞くともなく聞いた噂話が頭に浮かんだ。

ヴェリカーがくびになったそうですわ。どうしようもなく無能でしたもの、いずれこうなることはわかってましたのよ。

ネルはなお話し続けた。何という愛らしさだ。言葉でなく、ただその声音に耳を傾けていたいと思うような声だ。

「あたしたち、今ではロンドンに住んでいますの。父は五年前に死にました」

冴えないきまり文句だと思いながら彼は答えた。

「そりゃあ、いけませんでしたね。ご愁傷さまです」

「住所、お教えしますわ。訪ねてくださいますわね？」

ヴァーノンはへどもどしながら、今夜また会いたいのだがといい、どのダンス・パーテ

ィーに出るのかを訊ねた。ネルの返事を聞いて彼はがっかりしたが、翌晩は同じパーティーに行くことになっているのを知って、多少元気づいた。彼は早口にいった。

「ねえ、ぼくとも、一つ二つ踊っていただきたいんですよ。予定に入れてくれますか？本当に久しぶりに会えたんですから」

「ああ、でもあたし、もう約束があって」とネルは気掛かりらしくつぶやいたが、ヴァーノンが請け合った。

「大丈夫、ぼくに任せてください」

時はたちまちのうちに過ぎ、別れの挨拶をかわすと、ネルの一行はふたたび上流へと漕ぎ出した。

彼女たちが去るとジョーがすぐ、ヴァーノンの感激をぶちこわすようにいった。

「ふしぎねえ、ネル・ヴェリカーがあんな美人になるなんて、思いもしなかったわ。あの人、今でも昔のように気の利かないのろまかしら？」

何てことをいうんだ、とヴァーノンは憤慨して、ジョーをひどく遠い存在に感じた。ジョーのようなわからずやには何も見えはしないのだ。

ネルは自分と結婚してくれるだろうか？　ひょっとしたら……いや、おそらく、自分など、眼中にないだろう。いろいろな男たちが彼女を恋しているに違いないのだから。

ひどく気持が沈んだ。暗いみじめな思いが胸にひろがった。

5

ヴァーノンはネルと踊っていた。こんな至福にひたることがあろうとは思いもしなかった。ネルの体は彼の腕の中で羽のように、薔薇の葉のように、軽かった。彼女はその夜もピンクのドレスを着ていた――この前とは違う服だったが。ダンスのステップにつれて、ドレスの裾がふうわりひろがって揺れた。

人生がいつもこのようだったら……永久に……

しかし、もちろん、そんな瞬間が永続きするわけはなかった。あっと思う間に音楽はやみ、二人は並んで椅子に腰をおろした。

ヴァーノンはさまざまなことを彼女にいいたいと思ったのだが、どんなふうに口を切ったものか、わからなかった。パーティーの会場について、音楽について、愚にもつかぬことをいっている自分の声を彼は聞いた。

馬鹿だ――いいようのない馬鹿者だ、ぼくは！　あと二、三分で次のダンスが始まってしまう。そうすれば彼女はぼくの傍から連れ去られてしまうだろう。何か考え出さねば――再会のチャンスを作らなければ。

ネルは何か話していた。ダンスとダンスのあいだを埋めるとりとめのない会話であった。ロンドンのこと、この社交シーズンのこと、毎晩のようにダンスに行き、一晩に三つもパーティーをまわることさえあるという。呆れた話だと彼は思った。が何一つ、気の利いたことがいえなかった。

ネルはおそらく誰か金持の、抜け目のない、面白い男と結婚するだろう。そんなことを考えながら彼が、ロンドンに行ったら訪ねてもいいかと口ごもりながら訊くと、ネルは住所を教えて、母がきっと喜びますわ、といった。ヴァーノンはそれを書きとめた。

ふたたび音楽がはじまった。ヴァーノンは必死の思いでいった。

「ネル——あの——ネルと呼んでも構わないでしょうね？」

「あら、もちろんよ」と彼女は笑った。「ほら、犀に追いかけられていると思って夢中で逃げたときのことを覚えていらして？　あなたはあたしの手をぐいぐい引っ張って、柵を乗り越えさせてくださったわ」

そのころはネルのことをつまらない厄介な子だと思ったものだ。ネルをつまらないなんて！　ネルはまたいった。

「あたし、小さいころ、あなたのことをとても崇拝していましたのよ、ヴァーノン」

本当だろうか？　でも今は？　ヴァーノンはまたもや心が沈みこむのを覚えつつ、「さぞかし威張ったいやな子だったんでしょうね、ぼくは」としどろもどろにいった。どうしてもっとすっきりと気の利いたことがいえないんだろう？

「あら、あなたはとてもいい子だったわ。セバスチャンも昔とちっとも変わっていないようね」

セバスチャンだって？ あいつのこともそんなに親しげに呼ぶのか？ まあ、当然だろう。ぼくのことだってヴァーノンと呼んでくれたのだから。セバスチャンがジョー以外の女に目もくれないのはありがたい。才気のある、富裕な男だ。ネルもセバスチャンに好意をもっているのかもしれない。「どこにいても、あの耳ですぐわかりますわね、セバスチャンは」とネルは笑った。

ヴァーノンはほっとして、セバスチャンにたいして暖かい気持になった。そうだ、あの耳に気づいた女の子はけっして彼を恋したりはしないだろう。気の毒に！ あんな耳をもっているなんて、よくよく運が悪い男だ。

次のダンスのパートナーが近づくのを見て、ヴァーノンは早口にいった。

「会えてとてもうれしかったですよ。ネル。ぼくのこと、忘れないでいてくれますか？ そのうち、ロンドンに行きます。とてもうれしかった、久しぶりでお目にかかれて（何て間が抜けているんだ、同じことばかりいっている！）あの――ぼくがどんなに喜んでいるか、あなたには察しがつかないでしょうが。ぼくのこと、忘れないでくれますね？」

ネルはバーナードの腕にすがって旋回しながら踊りの群れの中に加わった。よもや、バーナードを好いているなんてことはあるまい、とヴァーノンは思った。まさか、あんな下らない男を。

バーナードの肩ごしに彼のほうを見てネルがにっこりしてくれたので、たちまちヴァーノンは有頂天になった。ぼくに好意をもってくれたらしい。笑顔を向けてくれた。

6

その週が終わったとき、ヴァーノンはテーブルに向かって一通の手紙を書いた。

シドニー伯父さま

この間のお申し出について熟考したすえ、今でもぼくを受けいれてくださるおつもりがあるならベント商会に入ろうと決心しました。あまりお役に立たないのではないかと心配ですが、できるだけ努力します。本当にご親切なお申し出は感謝に堪えません……

ふとペンを止めて顔をあげると、セバスチャンが落ち着かない様子で部屋の中を歩きまわっていた。

「お願いだから坐ってくれよ」とヴァーノンはいらいらした口調でいった。「いったい、どうしたっていうんだい?」

「何でもないよ」

セバスチャンはいつになくおとなしく腰をおろし、パイプに煙草を詰めて火をつけると、もうもうと煙幕を張りながらいった。

「ゆうべ、ジョーに結婚を申しこんだんだが、あっさり断られたよ」

「そりゃ気の毒だな」とヴァーノンはせいぜい同情を示そうとつとめながら答えた。「そのうちにはジョーも気が変わるかもしれないよ」と曖昧に慰めた。「女の子なんて、気紛れだからね」

「金がいけないんだよ」とセバスチャンは腹立たしげにいった。

「金がどうしたというんだい?」

「ぼくのもっている金のことさ。ぼくら三人が子どものころ、ジョーは大きくなったらぼくと結婚するといってくれた。今でも彼女はぼくを好いている——それはたしかだ。しかし今は——ぼくのすること、なすこと、彼女の気に入らないらしいんだ。ぼくが迫害を受けたり、軽蔑されたり、社交界から締めだされたりすればすぐにでもぼくと結婚してくれると思うんだが。ジョーはいつも敗者の味方に立たなければおさまらないんだからね。ある意味ではすばらしい美点だが、度が過ぎると理屈も何もあったものじゃない。理不尽だよ」

「なるほどね」とヴァーノンはぼんやりいった。

利己的だと思いながら彼はろくに聞いていず、自分自身の思いを追っていたのだった。ジョーとの結婚にセバスチャンがなぜこんなに執着をもっているのか、ふしぎであった。妻にするのは何もジョーに限ったわけではない。ほかにもっとふさわしい女の子がいるだろうに。ヴァーノンは書きかけの手紙を読み返して、もう一言書き加えた。

きっと骨身を惜しまず働くつもりです。

第四章

1

「もう一人男の人がいないと困るわ」とミセス・ヴェリカーは美しく描いた眉を寄せた。「ウェザヒル青年が今になってこられないといってきたのよ。迷惑だわ」

ネルは気がなさそうに頷いた。彼女はまだピンクのドレスで椅子の肘掛けに腰をおろしていた。長い美しい金髪が流れるように肩に垂れかかり、いかにも愛らしく、若々しく、たおやかに見えた。

ミセス・ヴェリカーは象眼細工の机に向かって眉を八の字に寄せながら思案するようにペン軸の先をかじった。昔からきわだっていた非情な感じは年とともに減ずるどころか、いわば結晶化していた。ここにいるのは間断のない戦いのうちに世を渡ってきた女性、今も今とて熾烈《しれつ》きわまる戦いにたずさわっている女であった。ミセス・ヴェリカーは自分の資力にあまる家賃の家に住み、代金を払えるはずのない高価な衣裳を娘に着せていた。彼女は信用借りで品物を手にいれるのに妙を得ていた——どこかの人間のように甘言によってではない。その強烈な意志の力によってであった。債権者に対しても哀願などはせず、むしろ彼らを威しつけて自分の意を通すのだった。

その結果、ネルはどこへでも行き、ほかの女の子たちがするようなことは何でもやった。しかもその服装はほかのたいていの女の子のそれより垢ぬけていた。

「お嬢さまは本当にお美しくて」とドレスメーカーはいいながらミセス・ヴェリカーと目を見合わせる。わかっておりますといいたげな表情をこめて。

こんなに美しく、スマートな娘は、社交界にデヴューしたとたんに結婚するだろう。遅くとも二度目のシーズンには。そうなったら彼らもまた豊かな収穫を刈りとることになるのだ。ドレスメーカーたちはこの種の賭けに慣れていた。娘は美しく、母親は世知に長け、しかも企てたことには必ず成功するたちの女性である、こう彼らは見てとっていた。娘が有利な結婚をするように——まかり間違っても、無名の男などと結婚しないように、この母親がきっと目を光らせるだろう。

自ら選びとった戦いの苦しさ、度重なる挫折、心痛む敗北をその胸ひとつにおさめているミセス・ヴェリカーであったのだ。

「アーンズクリッフ青年に声をかけようかしら」とミセス・ヴェリカーは考え考えいった。

「でもあの人にはアウトサイダーって感じが強過ぎるし、それにとくにお金持でもないんだし」

ネルはピンク色に塗った爪に目を落としていった。

「ヴァーノン・デイアは？　週末にはロンドンに出てくるそうよ」

「あの人も悪くはないけれど」といいながらミセス・ヴェリカーは鋭い目で娘を見やった。

「ネル――でもあなた、まさか、あの人を好きになるなんて、馬鹿なことはしないでしょうね？　近ごろ、ずいぶんしげしげ訪ねてくるみたいだけれど」

「ダンスは上手だし、とても便利な人なんですもの」

「そうね。残念なことだわ」と母親は呟いた。

「何が残念なの？」

「もう少し財産でもあるとねえ。アボッツ・ピュイサンを維持して行くには金持の娘とでも結婚しなければどうにもならないでしょうからね。抵当に入っているのよ。わたしも最近知ったんだけれど。もちろん、あのお母さんが死ねばべつだわ……でもミセス・デイアは八十か九十まで長生きするタイプの、大柄な丈夫な人だしね。それにいつ再婚しないとも限らないわ。ヴァーノン・デイアは花婿としては落第ね。かわいそうに、あんたのことをずいぶん好きらしいけれど」

「そう思う？」とネルは低い声でいった。

「誰だって気がつきますよ。あの人の顔に書いてあるわ。あの年ごろの青年はみんな、ああね。子どもじみた恋はいずれ卒業するでしょうが。とにかくあんたは馬鹿な真似をするんじゃありませんよ、ネル」

「でもお母さま、ヴァーノンはまだ子どもよ。とてもいい人だけれど、結婚なんて考えてやしないわ」

「ひどくハンサムな子どもには違いないわね」とミセス・ヴェリカーは素っ気なくいった。「わたし、ただあなたに注意しておきたいと思ったの。恋は苦しいものよ。でもそれより悪いのはね」

といいかけてミセス・ヴェリカーは言葉を切った。母親が何を考えているのか、ネルにはよくわかっていた。彼女の父のヴェリカー大尉はかつては青い目の、なかなかハンサムな、しかし貧しい中尉であった。ネルの母親は恋ゆえにこの中尉と結婚するという過ちをおかしたのであった。彼女はその愚かしい決断を一生悔やむことになった。彼は気弱な人生の落伍者で、酒飲みで、ミセス・ヴェリカーはひどい幻滅を味わった。

「でも献身的な人は役に立つわね」とミセス・ヴェリカーは功利的立場にもどっていった。「もちろん、あなたがほかの人とつきあう機会を邪魔されては困るけれど。あなたは利口だから、あの人一人にいいように引きまわされたりはしないでしょう。いいわ、ヴァーノンに手紙を書いて、次の日曜にわたしたちと夕食をご一緒にとお誘いなさい」

ネルは頷いて立ちあがり、自分の部屋に行って着替えをした。まず長い金髪に毛の剛いブラシをかけて、かわいらしい頭のまわりにくるくる巻きつけた。

あいている窓から煤けたロンドン雀の生意気な甲高い囀り声が聞こえてきた。何かがネルの胸を疼かせていた。ああ、なぜ何もかもこんなに――こんなに――こんなにどうだというのだ？　わからなかった。彼女は突然彼女を襲った感情を言葉に表わすすべを知らなかった。どうして世の中にはうれしいことばかりじゃなく、嫌なこともあるのかしら？　神さまにはどっちも同じようにたやすく配分なされるんだろうに。ネルは神さまのことなど、あまり考えたことがなかったが、もちろん神さまの存在は信じていた。たぶん、神さまが彼女のためにすべてをよく取りはからってくださることだろう。

ロンドンのその夏の朝のネル・ヴェリカーには、どこかひどく子どもらしいものが感じられた。

2

ヴァーノンは天にものぼる心地だった。その朝公園で、ネルと会うことができたうえに、今夜は今夜で彼女と一緒にすばらしいひとときを過ごすことができるのだ。あまり幸せだったので、ミセス・ヴェリカーに対してすらほとんど愛情に近いものを感じたほどだった。〝あの女はまさにゴルゴンだ〟いつもの彼ならそう呟くところだが、〝結局のところ、そう勘定高い女でもないのかもしれない。とにかくネルを愛していることはたしかなのだし〟と考えたりした。

晩餐の食卓で、彼は他の客たちを仔細に観察した。緑色の服を着た、ネルとはくらべるほうが気の毒なくらい、平凡な娘が一人。

背の高い、浅黒い男はなんとか少佐といった。水際だった仕立ての服を着て、やたらにインドの話をしている。鼻もちならぬうぬぼれ屋だ。いかにも見てくれよがしに気取った、高慢ちきなやつだ。ヴァーノンは急に心配になった。

ネルはひょっとするとこの男と結婚してインドに行ってしまうのでは？　そうだ、そうにきまっている。彼はたまたま自分の前に置かれようとしていた料理を断り、隣席の緑色の服の娘が努力して話しかけるのに対して、「はあ」とか、「いや」とか無愛想な返事ばかりして彼女を困惑させた。

もう一人の男はもっと年輩の――ヴァーノンの目にはいい加減年寄りに見えた――面白くなさそうな、謹直な男だった。白髪まじりの髪、青い目、角張った意志の強そうな顔。アメリカ人だということだったが、まったく訛りのない英語を話すので、そう聞かされなければわからなかった。

このアメリカ人のチェトウィンド氏は、しかつめらしい、少々勿体ぶった話しかたをした。相応の資産家らしく、ミセス・ヴェリカーにはうってつけの相手だとヴァーノンは思った。あの母親にだって再婚する気がないとはいえない。そうなればネルのことでやたらに気を揉んだり、今のような馬鹿げた生活を強いることもなくなるだろう……

チェトウィンド氏はネルの美しさに感銘を受けたらしく、昔者らしいお世辞を一つ二ついっていた。彼はミセス・ヴェリカーとネルのあいだに座を占めていた。

「この夏、ネルさんをディナールにお連れになりませんか、ミセス・ヴェリカー、かなり大勢で出かけるつもりです。あそこはすばらしいですから」

「とても楽しそうでございますね、チェトウィンドさま。でも伺えますかどうか。あちこちの友だちと約束してしまいましてね、それにいろいろと用事もございますので」

「あなた方はそれこそ引く手あまたでしょうから、独占するのは骨が折れますな。このシーズンきっての美女などと軽口を申しあげたのがお耳に入って、お嬢さんに嫌われていないといいんですが」

デイカー少佐が何やら高声でしゃべるのも聞こえた。

「そこで馬丁《サイス》にいってやったんです……」

デイカー家は軍人の家柄らしかった。自分もバーミンガムで実業につく代わりにいっそ軍人にでもなればよかったかもしれないと、ヴァーノンは思った。そしてすぐ自分を笑った。何をそうやきもちをやくことがある？　それに金のない下級将校ほどいじけたものはないのだ。ネルを得る望みなどまったくないだろう。

アメリカ人はとかく長広舌をふるう。彼はチェトウィンドの声に少々うんざりしていた。晩餐が早く終わらないものか、ネルと一緒に木立の下を散歩したい。

そうは思ったものの、ネルを連れ出すのは容易なことではなかった。ミセス・ヴェリカーが邪魔をしたのである。彼女はミセス・デイアやジョーのことを問いかけて、彼を傍から放さなかった。こうした戦術にかけてはミセス・ヴェリカーはしたたか者だった。ヴァーノンはそこに坐って、表面唯々として受け答えしなければならなかった。ネルはデイカー少佐ではなくチェトウィンドと散歩していた。

そのうちに一行は友人と出会い、みんながあちこちでかたまって立ち話をしはじめた。絶好のチャンスだ。ヴァーノンはようやくネルに近づいた。

「きたまえ、ぼくと——さあ、早く！」

うまくいったぞ！　彼はまずネルを他の客から引き離すことに成功した。あまり急がせたので、ネルはほとんど走らなければならないほどだった。しかしネルは何もいわなかった——抗議もしなければ、冗談扱いして斥けもしないで黙ってついてきた。

人声は次第に遠ざかった。ほかの音が耳に入った——せわしげな、不規則なネルの息遣いであった。あまり急いで歩いたからか？　何となくそのせいではないような気がした。

ヴァーノンは足どりをゆるめた。彼らは二人だけだった——世界中でただ二人。絶海の孤島でもこうではあるまいと彼は思った。

何かいわなければ——平凡な、ありきたりのことをいわなければ。さもないとネルはみんなのところに帰ってしまうだろう。そんなことがあってはならない。幸い、彼の胸の高鳴りをネルは知らない——それは彼の咽喉もと近くでドキドキと脈打っているようだった。

彼は唐突に口を切った。

「今度、伯父の会社に入ったんです。このことはもう話しましたっけ？」

「ええ、お仕事は面白いんですの？」

涼しい、美しい声だった。動揺している気配はもう感じられなかった。

「いえ、あんまり。おいおい慣れるでしょうが」

「お仕事の内容がわかってくれば、それなりに面白くなるんじゃありません？」

「興味がもてるかどうか、今のところ、あやしいものですが。何しろ、ボタンなんてものを作る会社なんですからね」

「まあ、スリルはあまりないでしょうけれどね」

ちょっと沈黙が続いた。やがてネルは低い声で呟くようにいった。

「そんなにおいや、ヴァーノン？」

「どうもね」

「お気の毒だわ。あたしにも、お気持はわかるような気がしますわ」

誰かが理解してくれるというだけですべてが一変する。じつにすばらしい人だ、ネルは！　彼は震える声でいった。

「ありがとう——あなたは本当にやさしいんだなあ」

ふたたび沈黙が続いた。ひそかな、しかし激しい感情の波に揺さぶられる沈黙であった。

ネルはドギマギしたように、やや早口にいった。

「あなたは——あの——音楽を勉強していらっしゃったんじゃありませんの？」

「ええ——でもやめました」

「どうしてですの？　残念じゃありません？」

「ええ、何よりも音楽をやりたかったんですから。でも今は何とかして金を作らないと」

あなたのためにというべきだろうか？　いや、いえない。そんな勇気はない。彼はしどろもどろに口早にいった。

「なぜって——その——アボッツ・ピュイサンが——あなたも覚えていらっしゃるでしょう、あそこのことは？」

「もちろんよ。あら、ヴァーノン、そのころのこと、この前にもいろいろ話したじゃありませんか」

「失敬、ぼくは今夜どうかしているんですよ。つまり、ぼくはもう一度あそこで暮らしたいんです、いつかまた。だから金が要るんです」

「あなたって、すばらしいと思うわ」

「すばらしい？」

「ええ、好きなものを思いきりよく捨てて——誰にでもできるってことじゃありませんわ」

「あなたにそういってもらうとうれしいですよ——あなたにはわからないだろうけど、おかげでずっと気持が楽になった」

「本当？」とネルは低い声でいった。「だったらうれしいわ」

ネルは心の中で思った。

「もどらなくちゃいけないわ。本当にもう。お母さまがさぞ怒っているだろう。本当にあたし、何をしているのかしら？　もどってジョージ・チェトウィンドの話を聞いてあげなくちゃいけないのに。でもあの人、とても退屈なんだもの。ああ、神さま、お母さまがどうかあまり不機嫌な顔をしませんように」

こんなことを考えながらも、ネルはヴァーノンの腕にすがって歩き続けた。胸がわくわくして息苦しかった。おかしいこと——あたし、本当にどうしたのかしら？　ヴァーノンが何か話してくれたら。黙りこくって、いったい何を考えているんだろう？

ネルは強いて冷静を装っていった。

「ジョーはお元気？」

「ええ。目下のところ、彼女、大いに芸術づいているんですよ。あなたもジョーもロンドンにいるんだから、たまには行き会うことがあるんじゃありませんか？」

「一度、姿を見かけたと思いますけど。それだけよ」ふと立ち止まっておずおずと付け加えた。

「ジョーはあたしを嫌ってるんじゃないかしら」

「馬鹿な！　もちろん、好きにきまっていますよ」

「いいえ、ジョーはあたしを軽薄だと思っているわ。華やかな交際が——ダンスやパーティーばかり好きな、浮わついた娘だと」

「あなたのことを本当に知っている人はそんなこと考えませんよ」

「さあ。あたし、ときどき、自分がつくづく馬鹿だって気がして」

「あなたがですか？」

信じられないといわんばかりの暖かい声だった。うれしいわ。ヴァーノン。あなたはあたしを本当にすてきだと思ってくれるのね、とネルは心の中で呟いた。

二人は流れの上にかけた小さな橋の上に並んで立ち、下の水を見つめた。

ヴァーノンがかすれた声でいった。

「ここはとてもいいですね」

「ええ」

じき――もうじきそれはくる。何がくるのか、自分でもわからなかったが、ネルはただそう感じていた。世界が爪立って、飛躍の瞬間を待ち受けているようだった。

「ネル……」

自分の声がこんなに遠く響くのだろうか？

「ええ」とネルは蚊の鳴くような声でいった。

この奇妙な、小さい声、これがあたしの声なのだろうか？

「ああ、ネル……」

今こそいわなければ、いうべきことを、とヴァーノンは思った。

「ぼくはあなたを愛しているんです……心から」

「本当？」

あたしの声だろうか？　でも何て馬鹿げた返事だろう！

「本当に！」我ながら固い、不自然な声であった。

ヴァーノンの手が彼女のそれを探り求めた。彼の手は熱く、彼女のそれは冷たかった。

どちらの手も震えていた。

「あなたも――あなたも――そのうち、ぼくを愛するようになってくれるでしょうか――もしかして――」

たが。

「あたし、わかりませんわ」とネルは夢中で呟いた。

二人は手をつないで茫然と子どものようにすべなげに佇んでいた。ほとんど恐れにも似た激しい喜びにひたりつつ。

何かが起こらなければいけない、すぐに。それが何であるかはどちらにもわからなかったが。

闇の中から二つの人影が現われた。しゃがれた男の笑い声。くすくす笑う女の声。

「何だ、こんなところにいたんですか、ご両人。まことにロマンティックな場所ですからな」

緑色の服の娘と、あの愚かしいデイカーだ。ネルが何かいった。気の利いたことを、いかにも落ち着きはらった様子でいった。女というやつには、とヴァーノンは感嘆した。ネルは月光の中に——平静な、くつろいだ物腰で歩み出た、そして四人は一緒に歩き出した。からかったり、からかわれたり、賑やかにさざめきながら。ジョージ・チェトウィンドはミセス・ヴェリカーと並んで芝生の上に立っていた。妙にむっつりした顔をしているとヴァーノンは思った。

ミセス・ヴェリカーは娘に対してあからさまに不興げな態度を示し、ヴァーノンにはいかにもつんけんと別れの挨拶をした。

構うものかと彼は思った。ただこの場から逃げ出して甘い思い出にふけりたかった。

とうとう打明けた。彼女に打明けたのだ。愛してくれるかと訊いた——敢えて訊いた。そして彼女は笑いに紛らしてしまわずに、「あたし、わかりませんわ」といった。しかし、それは——その言葉の意味するのは……信じられない！　あのネルが、妖精のように愛らしいネルが、近づきがたい、すばらしい彼女がこの自分を愛しているとは——すくなくとも愛してくれる気があるとは。

夜を徹して歩き続けたいくらいだったが、夜汽車でバーミンガムに帰らなければならなかった。このまま歩き続けることができたら、とつくづく思った。あのお伽噺の中の、緑色の小さな帽子をかぶり、魔法の笛をもった王子のように。そのときだしぬけにヴァーノンはすべての幻を音楽の中に見たのであった——高い塔、滝のように流れる王女の金髪、その彼女を塔から誘い出すこの世ならぬ笛の調べ、耳について離れぬ、その音色を。

彼自身も意識しなかったが、この音楽はヴァーノンのそもそもの着想にくらべて、はるかに規範にかなっていた。内なるヴィジョンは変わらなかったが、それは既知の次元の限界にずっとよく適応していた。彼は塔の調べを耳の底に聞いた——王女の胸に輝く宝石の完璧な旋律を、さすらいの王子の陽気な、いささか狂気じみた、大胆な歌を。「きたれ、わが愛する者よ、わがもとにきたれ……」

人気のない、がらんとしたロンドンの街路を、ヴァーノンは魔法の国をさまようように夢見心地で歩いた。やがてパディントン駅の大きな建物が彼の前に黒々とそそり立った。

車中、ヴァーノンは一睡もせずに、虫の這うような小さな文字で持ち合わせの封筒の裏に頭に浮かんだことをかたっぱしから書きつけた。「トランペット……フレンチ・ホルン……イングリッシュ・ホルン……」そしてその傍らに、耳について離れぬ調べを表わす線や曲線を描いた。

このうえなく幸せな気持であった。

3

「呆れてものもいえないわ。よくよく分別がないのね、あんたって子は！」

ミセス・ヴェリカーは激怒していた。ネルは母親の前に押し黙って立っていた。可憐な立ち姿であった。

母親はもう二言三言毒のある、辛辣な言葉を浴びせかけたあげく、くるりと背を向けておやすみなさいもいわずに部屋を出て行ってしまった。

十分後、寝支度をすませたミセス・ヴェリカーはふとくすりと笑った——ちょっと凄みの感じられる笑いであった。

〝何もそう腹を立てることはなかったんだわ。ジョージ・チェトウィンドにはかえってい い薬だとも考えられる。うかうかしてはいられないって気持にさせるかもしれないもの。ああいう人は、ちょいと突ついて刺激を与えたほうがいいんだわ〟

ミセス・ヴェリカーは明りを消して、しごく満足した思いで眠りについた。

一方、ネルは眠れなかった。何度も何度も、彼女はその夜のことを思い返して、そのときどきの感情の動き、かわされた言葉の一つ一つを胸に呼びもどそうとした。

ヴァーノンは何といい、自分は何と答えたのだろう？　何も思い出せないなんておかしなことだ。

自分を愛しているか、と彼は訊いた。あたしは何と答えたのだったか？　思い出せない。しかし今暗闇の中で、その光景は瞼の裏に生き生きと浮かびあがった。彼女は自分の手がヴァーノンのそれに握られているのを感じ、彼のかすれた、自信なげな声をもう一度耳もとに聞いた……ネルは目を閉じて薄靄に包まれたような甘美な夢に身を任せた。

人生ってすばらしいわ――本当に。

第五章

1

「それじゃあ、やっぱり、あなたはぼくなんか、愛していないんだ！」

「いいえ、ヴァーノン、愛しているわ。どうしてわかってくださらないの？」

二人は苦しげな表情で向かいあっていた。二人とも突然彼らの間に生じた亀裂に——人生の奇妙な、予想だにしなかった、気紛れな展開に困惑しきっていたのである。さっきまではお互いがいかにも親しく近く思われ、一つ一つの思いをともにしているようだった。それが今は北極と南極といえるほどに離れ、相手が理解してくれないということで、どちらも腹を立て、傷ついているのだった。

ネルは悲しげに小さく肩をすくめて、崩れるように椅子に腰をおろした。

なぜ、こうなんだろう？　どうして物事を今のままにしておいてはいけないのだろうか？　いつまでもこのままでいられればと思ったのに。ラニラでのあの宵——幸せな夢に包まれてまんじりともしなかった夜半。あの夜は、愛されているということを知っているだけで充分だった。母親の刺のある言葉も彼女を動揺させはしなかった。その声はどこか遠くでしゃべっているように、輝かしい蜘蛛の糸に包まれたようにかすかで、彼女の夢の奥までは浸透しなかった。

翌朝もネルは幸せな気持で目を覚した。

母親の機嫌もよく、昨夜のことにはもう触れなかった。ひそかな喜びに浸りつつ、ネルはいつものように、日を過ごした。友だちとしゃべったり、公園を歩いたり。食事をし、お茶を飲み、ダンスをしたが、彼女のうちに起こった変化に気づいた者はいないようだった。しかしそのあいだ中、彼女自身は、すべてのものの下に深い一つの流れがあることを意識していた。おりおり、ほんの一瞬ではあるが、誰かに何かいいかけて、彼女はふと思い出した……「ああ、ネル、ぼくは心からあなたを愛している……」という叫びを、暗い水の上にさす月光を、彼女の手が握っている彼の手を……かすかに身を震わせて彼女は慌てて我に返ってしゃべりだし、笑った。ああ、このうえない幸せってあるものなのだ——ゆうべは本当に幸せだった、そう思いながら。

ヴァーノンは手紙をよこすだろうか？　彼女は郵便屋がくるたびに胸をときめかせた。それは二日目に届いた。ネルはそれをほかの手紙の束の下に隠して、寝室に引取るまで待って、わくわくしながら開封した。

ああ、ネル、愛するネル！　あなたは本気だったんでしょうか、あの夜、ぼくに答えてくれたとき？　ぼくは三通手紙を書き、かたっぱしから破いてしまいました。あなたの気を悪くさせるようなことを書いてはと心配だったのです。だって、もしかしたら、本気でいったのではないかもしれないから。でも本当でしょう？　心の底からそういってくれたのでしょうね？　あなたは本当に美しい、ネル。ぼくはあなたをどうしようもないほど愛しています。絶えず、そう、四六時中、あなたのことばかり考えています。会社でも、あなたのことが頭に浮かぶせいか、ひどい失策ばかりやっています。でも、ネル、ぼくは一生懸命働きます。あなたに会いたくてたまりません。いつロンドンに行けるでしょうか？　一刻も早くあなたに会わなくては。いろいろなことを話したいのです。手紙ではうまく書けませんし、あなたを退屈させるといけません。いつ会えるか、どうか手紙で知らせてください。なるべく早く。さもないとぼくは気が変になってしまうでしょう。

いつまでもあなたの
ヴァーノン

ネルは手紙を何度も読み返して枕の下に置いて眠り、翌朝また出して読んだ。何とも幸せな気持だった。翌日、彼女は返事を書いた。ペンを手にすると妙にぎごちない気持になって、何と書いていいか、わからなかった。

ヴァーノン、お元気ですか？

こんな書き出しは月並みかしら？　そんなこと！　いとしいヴァーノンとでも？　だめ、とても書けないわ、そんなこと！

ヴァーノン、お手紙ありがとうございました。……

長いこと、ネルはペン軸の先をかじり、目の前の壁を悩ましげに見つめた。

あたしたち、金曜日にみんなでハワード家のダンス・パーティーに行くことになっています。家で夕食を召しあがってご一緒にいらっしゃいませんか？　夕食は八時ですって。……

そこまで書いて、長いこと、彼女はペンを止めて考えた。何か書かなければ——何か一言書き加えたいが。身をかがめてネルは走り書きした。

あたしもお目にかかりたいのです——とても。

あなたのネル

ヴァーノンからは次のような返事が届いた。

愛するネル、金曜日にはぜひ伺いたいと思います。どうもありがとう。

ヴァーノン

短い手紙を読んでネルは少し、狼狽を感じた。あの人を怒らせてしまったのかしら？ もっと情のこもった手紙を書いてくれればと思っただろうか？ 幸せな気持はたちまちにして消え、ネルは惨めな、不安な思いをかかえてベッドの上で転々とした。自分が悪かったのかもしれないと自らを責めながら。

そして金曜日がきたのだった。ヴァーノンの顔を見たとたんに彼女は安堵した。二人は部屋の向こうとこちらから目と目を合わせた。世界はふたたび輝かしい至福の状態にもどった。

二人は晩餐のときにも近くには席を取らなかった。ハワード家のパーティーでも、三つ目のダンスのときまでは組まなかった。それまでは言葉をかわすチャンスもないくらいだった。ワルツのセンチメンタルな深い調べにあわせて旋回しつつ、こみあった部屋の中を二人はまわった。ヴァーノンが囁いた。

「ぼく一人があまりあなたを占領し過ぎているってことはないでしょうね？」

「いいえ」

ヴァーノンといると、どうしてこう思うように口がきけないのか、ネルはふしぎに思った。音楽が終わったとき、ヴァーノンはちょっとのあいだ彼女を抱えたままでいた。彼の指が彼女の指を固く握るのを感じて、ネルは見あげてにっこりした。二人は夢の国を手をとりあって歩いているように幸福だった。数分後には、彼は別な女の子と踊りながら快活に何か話しかけていた。ネルはジョージ・チェトウィンドと踊った。一、二度ネルはヴァーノンと目を合わせて、かすかに微笑をかわした。秘密を共有しているということはすばらしかった。しかし次に踊ったときには、ヴァーノンの気分は先刻と違っていた。

「ネル、どこかで話ができないかな？　話したいことが山ほどあるんだ。この家はじつに愚劣な構造だな――ゆっくり話をすることもできやしない」

二人はまず階段のほうに行ってみた。しかしいくら昇っても人ごみから逃れることはできないようだった。そのときふと屋上に通ずる小さな鉄梯子が目に入った。

「ネル、あの上に昇ってみよう。それともドレスが汚れるかしら？」

「ドレスなんて、どうなっても構いませんわ」

ヴァーノンが先に昇り、落とし戸の差し金をはずした。屋上に出ると、彼は跪いてネルを助けあげた。

ロンドンの街路を見おろしながら二人はその屋上に立って、無意識のうちにより近いものを感じていた。彼女の手はいつの間にかヴァーノンの手に握られていた。

「ネル——ぼくのネル」

「ヴァーノン……」

囁くように低い声だった。

「じゃあ、本当なんだね？　きみはぼくを愛してくれるんだね？」

「ええ、愛してるわ」

「とても信じられないよ。ネル、キスをしてもいい？」

ネルが顔を仰向けると二人はキスをかわした。少し震えながらおずおずと。

「きみの顔は柔らかくて、とても美しいね」とヴァーノンは呟いた。

塵や煤に汚れることも忘れて、二人は小さな突きだしの上に並んで腰をおろした。ヴァーノンの腕はネルの腰にまわされ、しっかりと彼女を抱き締めた。ネルは顔をあげて彼の矢継早なキスを受けた。

「ぼくは本当にきみが好きなんだよ、ネル、触れるのも恐ろしいくらい、愛しているんだ」

ネルにはその意味がわからなかった――ふしぎな気がした。彼女はもう少しぴったりと彼により添った。その夜の織りなした魔術は二人のキスによってまったきものとなったように思われた。

2

二人はやがて幸福な夢から醒めた。

「たいへんよ、ヴァーノン、あたしたち、ずいぶん長いことここにいたに違いないわ」

良心の咎めを感じて、二人はあたふたと落とし戸のところに急いだ。下の踊り場におりたとき、ヴァーノンは心配そうにネルを見やった。

「きみ、ひどく煤だらけのところに腰かけていたみたいだなあ、ネル。服が汚れちまった」

「まあ、いやあね」

「ぼくが悪かったんだ。でもネル、それだけのことはあったと思うよ。そうじゃないかいネルはやさしく、幸せそうにヴァーノンを見あげて微笑して、「ええ、たしかに」と低い声でいった。

階段をおりながらネルは低い声で笑った。

「あなた、さっき、たくさん話したいことがあるっておっしゃったんじゃなかったの？」

二人はお互いの気持がひとつに溶けあっているのを感じて一緒に笑った。そしてみんながダンスをしている部屋に少しおずおずと入って行った。すでに六つのダンスが終わっていた。

美しい晩だった。ネルはその夜、さらに多くの甘美なキスを夢に見た。

土曜日の朝、ヴァーノンが電話してきた。

「話があるんだ。そっちに行ってもいいかな？」

「あら、ヴァーノン、あたし、今出かけるところなの。人と会う約束があって、とても抜けられそうにないわ」

「なぜ、だめなの？」

「だって、お母さまに何て断ったらいいか」

「じゃあ、まだ何も話してないんだね？」

「もちろんよ！」

「もちろんよ」といった彼女の声の激しさにヴァーノンははっとした。しかし、〝かわいそうに、無理もない〟こう思ってすぐにいった。

「ぼくから話したほうがいいんじゃないかな。すぐそちらへ行くよ」

「あら、だめよ、ヴァーノン、もっと二人でよく話し合ってからにしましょう」

「いつ、話し合えるんだい？」

「わからないわ。あたし、今日はいろいろな人と昼食をすることになっていて、その後はマチネー、夜もまたお芝居に行くの。あなたがこの週末にロンドンにいらっしゃるってわかっていたら、何とか都合したんだけれど」

「あしたはどう？」

「あしたは教会だし――」

「わかった。教会に行くのをやめたまえ。頭痛がするとか何とかいって、ぼくがそっちに行くから二人でよく話し合おう。きみのお母さんが教会から帰ってこられたら、ぼくがすべてを打明けるよ」

「でもヴァーノン、そんなこと――」

「できるとも。それ以上何か厄介なことをいう前に電話を切るよ。じゃあ、あすの十一時に」

ヴァーノンはこういって電話を切った。どこに滞在しているのかも告げなかった。ネルは彼の男らしさに感銘を受けながらも、気が気でなかった。彼の出かた一つで何もかも台なしになってしまうと心配だった。

次の日、会うとすぐ二人は口論をはじめてしまった。ネルは母親にはまだ何もいわないでくれと懇願した。

「とんでもないことになるわ。とても許してもらえないでしょうよ」

「何を許してもらえないっていうのさ？」

「あなたと会ったり何かすることよ」

「しかし、ネル、ぼくはきみと結婚しようと思っているんだよ。きみだってそうだろう？少しでも早く結婚したいんだ」

そのときはじめて、ネルは苛立ちを感じたのであった。ヴァーノンには現実の厳しさが見えないのだろうか？　まるで子どものように聞き分けのないことをいって。

「でもヴァーノン、あたしたち、お金ってものがぜんぜんないのよ」

「わかっている。しかし、ぼくは一生懸命働くつもりだよ。きみは貧乏って、そんなに怖いのかい、ネル？」

「いいえ」と答えたのはそう答えることが予期されていると感じたからだった。しかし心からそういったのではないということを、意識していた。貧乏はおそろしいものだ。ヴァーノンは知らないだろうが。突然彼女はヴァーノンよりずっと年長で、経験に富んでいるような気がした。この人ったら、まるでロマンティックな少年のようなことをいって。物事の本当の姿がちっとも見えていないんだわ。

「ねえ、ヴァーノン、このままじゃ、どうしていけないの？　あたしたち、今のままで幸せじゃありませんか？」

「もちろん幸せさ。でも、ぼくらはもっともっと幸せになれるんだよ。ぼくはきみと正式に婚約したい。きみがぼくのものだということをみんなに知ってもらいたいんだよ」

「そんなこと、どうだっていいじゃないの」

「たぶんね。しかしぼくはきみに会う権利をもちたいんだ。きみがあのデイカーのような阿呆と出歩いていると考えて憂鬱になったりする代わりに」

「あら、ヴァーノン、あなた、それ、嫉妬？」

「馬鹿げているってことはわかっているよ。しかしきみがどんなに美しいか、きみ自身は知らないんだ。誰もがきみに恋をしているに違いないよ。あの真面目くさったアメリカの朴念仁でさえもね」

ネルはかすかに顔を赤らめた。

「でも今、お母さまに話したら何もかもぶちこわしだわ」

「お母さんが怒ると思って心配しているんだね？　お母さんを怒らせるのは、もちろん、残念なことさ。お母さんには、みんな、ぼくが悪いんだって、そういうよ。ぼくらとしても話す義務があるわけだしね。お母さんとしてはきみが誰か金持の男と結婚することを望んでおられたんだろうから、むろん、失望されるだろう。それはしごく当然のことさ。でも金があるからって、幸せとは限らないだろう？」

ネルは突然固い、悩ましげな声で呟いた。

「そうはおっしゃるけど、貧乏について、あなた、何を知っていらして？」

ヴァーノンは呆気にとられた。

「ぼくは現に貧乏じゃないか？」

「いいえ、違うわ。あなたはちゃんとした学校にも、大学にも行ったし、お休みというと、お金持のお母さんのところで過ごすんでしょう？　貧乏のことなんか、何もご存じないのよ——」

ネルは度を失ったように言葉を切った。彼女は口下手で、自分のよく知っていることでもなかなかうまくいい表わせなかった。やりくり算段、駆引き、債権者をうまくかわす手だて、必死で体裁を取り繕う苦労、体面を維持できなくなったとたんに人が見向きもしなくなる無念さ、冷遇、軽蔑——それよりもっと腹に据えかねる保護者的態度！　父親の生前も死後も、そういうことの連続だった。もちろん田舎の小さな家に引っこんで他人といっさい会わずに暮らすことはできる。ほかの娘たちのようにダンスにも行かず、美しい服ももたず、収入に応じた生活をして、次第に年を取って行くこともできる。でもどっちにしろ、みじめな生活だということには変わりないのだ。世の中は不公平だ——金がなければ話にならない。どんな場合にも結婚は唯一の逃げ道ということになっている。いい結婚をすれば、いたずらに苦労することも、冷たくあしらわれることも、取り繕う必要もなくなるのだ。

財産目あての結婚——そんなことを考えているわけではない。ネルは若い娘らしくあくまでも楽観的に、すてきな金持の男と真実の恋をして結婚する自分を思い描いてきた。ところが彼女はヴァーノン・デイアと恋に落ちてしまったのだ。しかし、まだ結婚までは考えていなかった。彼女はただ幸せだった、この上もなく。

そのように漠然とした幸福な思いから引きおろしたことについて、ネルはほとんどヴァーノンを憎んだ。自分のためなら貧乏など気にかけないだろうときめこんでいるのが腹立たしかった。彼がもう少し違ったいいかたをしたなら——「こんなこと、きみにいえた義理じゃないんだが——でもぼくのために我慢してくれないか？」とでもいったら。

そうすれば、自分の払っている犠牲について彼が感謝しているということが感じられただろうに。だって結局のところ——犠牲には違いないのだから！　ネルは貧乏がいやだった——貧乏になるということを考えただけで、ぞっとした。恐ろしかった。それに対するヴァーノンの軽蔑的な超然としたような態度が彼女を苛立たせた。金がないということに附随する惨めさを味わったことのない者だけが、金を問題にせずにいられる。ヴァーノンはそういう人間なのだ。自分では気がつかないらしいが、それは事実だ。彼は何不自由のない生活を送ってきた。これまでずっと安楽な、豊かな暮らしをしてきたのだ。

ヴァーノンは今、心から驚いたように叫んでいた。

「ネル、きみ、まさか、貧乏な暮らしがいやだっていうんじゃないだろうね？」

「あたしはずっと貧乏だったのよ。それがどんなことか、あたしにはよくわかっているのよ」

彼女はヴァーノンよりはるかに年長の世慣れた女のような気持になっていた。ヴァーノンは子どもだ——まるで赤ん坊だ！　あなたは掛け買いのむずかしさについて何を知っていて？　あたしたち親子がどのぐらい負債を負っているか、あなたはご存じないわ。ネルは急にひどく孤独な、みじめな気持に襲われた。男の人なんて！　男は調子のいいことを囁く。愛しているという。でも理解してはくれないのだ。ヴァーノンだって、ただあたしを責めるようなことばかりいい、こんな娘とは思わなかったといわんばかりの態度をとっているのだ。

「そんなことをいうようじゃ、きみはぼくを愛していないんじゃないかなあ」とヴァーノンはいった。

ネルは途方に暮れたように力なく答えた。

「あなたにはわからないのよ」

二人は絶望的なまなざしでお互いの顔を見つめた。いったい、何が起こったんだろう？どうしてこんなことになったのか？

「やっぱり、きみはぼくを愛してなんかいないんだよ」とヴァーノンはもう一度怒ったようにいった。

「いいえ、ヴァーノン、愛しているわ、本当よ！」

たちまちにして魔力のように愛が二人の恋人を捕えた。二人は抱きあい、夢中で接吻をかわした。愛しあっているという、ただそれだけの理由ですべてがうまくいくに違いないという、古来多くの恋人たちのいだいてきた幻想を信じた。ヴァーノンが勝ったのだった。彼はミセス・ヴェリカーにすべてを打明けることを主張した。ネルももうあらがわなかった。彼に抱かれ、彼の唇を自分の唇の上に感じ……あらがうことなどできるものではなかった。愛されるという喜びに身を任せて、「いいわ、あなたがそうなさりたいなら……あなたがいいとお思いになることなら」と呟くほうがたやすかった。

けれども彼女自身の意識にものぼっていなかったが、彼女の愛の蔭にはかすかに恨みがましい思いがひそんでいたのだった。

3

ミセス・ヴェリカーはすこぶる賢明な女性だった。事の意外な進展に驚きはしたが、おもてには少しも表わさず、ヴァーノンの予期したのとはおよそ違った態度をとった。かすかに嘲っているような、いや、むしろ、面白がっているような態度だった。

「つまり、あなたたちはお互いに愛しあっているという結論に達したわけね、なるほど」

自分の言葉にいかにもやさしい皮肉な表情で耳を傾けているこの女性を前にして、ヴァーノンは我知らずまごつき、どもった。

ヴァーノンが口をつぐむと、ミセス・ヴェリカーはほっと小さな溜息を洩らした。

「本当に若いっていうことはねえ！　いっそ羨ましいくらいだわ。ではまあ、今度はわたしのいうことを聞いてくださいね。わたしは結婚の予告をしてはいけないとか何とか、メロドラマティックなことは申しませんわ。ネルが本当にあなたと結婚したいというなら、それもいいでしょう。わたしが失望していないとは申しませんけれど。あの子はわたしのひとり娘です。あの子に最上の物を与えることのできる人、安楽と贅沢で包んでやれる人、そういう人と結婚させたいと思うのは当然です。母親としてはね」

ヴァーノンもこれには同意せざるを得なかった。ミセス・ヴェリカーのわけのわかった態度は彼を大いにまごつかせていた。まったく予想外だったからだ。

「とにかく今も申しあげたように、わたしはただ許さないといっているのではありません。わたしのいいたいのはこういうことです。ネルは何よりも、自分の気持を確かめてみなければなりません。あなたも、それには同意してくださるでしょう？」

ヴァーノンは、さしあたっては逃れることのできない厄介な網にひっかかったという不安な気持を感じながらも、ふたたび同意した。

「ネルはまだ若いんです。これがあの子の最初のシーズンですから、わたし、あの子にほかの誰よりもあなたが好きだということを自分ではっきり確かめる機会を、充分に与えてやりたいんです。あなた方二人のあいだで婚約したという黙契をもつことは構いません――でも公けに発表するとなると別問題です。わたしはそれには同意を与えることができません。つまり、二人のあいだの諒解はあくまでも秘密にしておいていただきたいの。それが公平なことだということはわかってくださるでしょうね。ネルは、もしも気持が変わったら、はじめの決心をひるがえすという、あらゆるチャンスを与えられねばなりません」

「そんなこと、ネルは望んでいやしませんよ！」

「だったら反対なさる理由もありませんわね。あなたは紳士として、ほかの種類の行動をお取りになるわけもないんですし。今いった条項に同意してくださるなら、わたしとしても、あなたがネルにお会いになるのを邪魔しませんわ」

「でもミセス・ヴェリカー、ぼくはネルとなるべく早く結婚したいんです」

「そう。でもどういう経済的基盤の上に立って?」

ヴァーノンは伯父からもらっている俸給の額を告げ、アボッツ・ピュイサンに関するとりきめについて説明した。

彼が言葉を切るとミセス・ヴェリカーはすぐ口を開き、家賃や召使の給料、衣服費などのかかりについて簡潔に総論し、そのうちに子どもが生まれるということも考慮にいれなければという意味のことを婉曲に匂わせ、それを今ネルが置かれている状況と比較した。

ヴァーノンはソロモンの前のシバの女王のように——まったく圧倒されてしまった。事実の非情なロジックが彼を打ち負かした。恐ろしい女性だ——ネルの母親は——とても太刀打ちできない。しかし彼女のいっていることが理に叶っていることは認めざるを得なかった。彼らは待たなくてはいけない。決心をひるがえすあらゆるチャンスをネルに与える必要がある——ミセス・ヴェリカーの言葉によれば——というなら、それもやむを得ない。もちろん、彼女が心変わりするわけはない。あの愛らしいネルが心変わりするなんて!

ヴァーノンはもう一度だけ、抵抗を試みた。

「そのうちに伯父が給料を上げてくれないとも限りません。早く身を固めたほうがいいと、これまでにも何度かいいましたし。とても気にかけているようでした」

「そう!」とミセス・ヴェリカーはちょっと首をかしげた。「伯父さまにはお嬢さまがおありなんでしょう?」

「ええ、五人。二人はもう結婚しています」

ミセス・ヴェリカーはなるほどというように微笑した。何て単純な青年だろう。わたしの質問の意味をすっかり取違えて。でも知りたいと思ったことがこれでわかった。

「じゃあ、今日のところはこれだけにしておきましょうか」

ミセス・ヴェリカーはじつに賢明な女性であった。

4

ヴァーノンは落ち着かぬ気持でミセス・ヴェリカーのもとを辞した。同情してくれる人間と話がしたかった。ジョーは、と考えて、彼はすぐ首を横に振った。ジョーとはネルのことでいさかいをしたばかりだった。ジョーはネルのことを、「どこにでもいそうな、頭のからっぽなお嬢さん」と軽蔑したようにいっていた。不公平な、偏見にみちた見かただ、とヴァーノンは憤慨した。ジョーに気に入られるには断髪にして、芸術家気取りの上っ張りを着こみ、チェルシーにでも住まなければいけないのだ。

セバスチャンがまあ、一番いい聞き手だろう。セバスチャンはいつもこっちの観点に立って考えてくれる。その実際的な見解は、時として驚くほど的を射ている。いいやつだ、セバスチャンは。

それにあの男は金持だ。まったく妙だ、世の中って。ぼくがセバスチャンぐらい金持なら、おそらく明日にでもネルと結婚できるのに。しかし、あんなに金をもっていても、自分の求めている女の子と結婚できないのだ。気の毒に。ジョーにしても、芸術家気取りのろくでもない男と結婚するくらいなら、セバスチャンと結ばれるほうがどんなにいいか知れないのに。

セバスチャンは残念ながら留守で、ヴァーノンはミセス・レヴィンのもてなしを受けた。奇妙なことに、彼はこの恰幅のよい女性を前にして何となく慰められるものを感じた。おかしな、巨大なミセス・レヴィン。その黒玉、ダイヤモンド、油っぽい黒髪。ミセス・レヴィンはどういうわけか、彼自身の母親よりも、はるかによく彼を理解してくれるように思えた。

「そんなにしょげこむことはないでしょうに、すっかり元気をなくしていらっしゃるようじゃなくて？　誰かお嬢さんのこと？　ええ、ええ、セバスチャンも、ジョーのこととなると同じでねえ。忍耐しなくてはって、わたし、あの子にいいますんですよ。ジョーはまだ反抗期なんだからって。そのうちには落ち着いて、本当に自分の望んでいるものを求めはじめますわ」

「ジョーがセバスチャンと結婚するといいんですけど——そうすればぼくら三人とも、離れずにすむんですが」

「ええ——わたしもジョーは大好きですよ。もっともセバスチャンの妻としてふさわしいという気はしないんですけれどね。理解しあうには、あまり違い過ぎてやしませんかしら、あの二人は。わたしは昔気質《かたぎ》ですからね。わたしの息子には同じユダヤ人の娘をと思うんです。それが一番いいんですわ、結果的にいって。利害の点でも、本能においても、一致してますしね。それにユダヤ人の女はいい母親になりますわ。ひょっとしてそうならないとも限りませんわね。ジョーがセバスチャンとは結婚すまいと決心しているとすれば。あなたにしたって、そうですよ、ヴァーノン、お従妹さんと結婚することもあながち悪いとはいえませんわ」

「ぼくが？　ジョーとですか？」

ヴァーノンはびっくりしてミセス・レヴィンを見つめた。ふとった、気のいいミセス・レヴィンは三重顎を震わせてくすくす笑った。「ジョーですって？　いえ、イニッドさんのことですよ、わたしのいっているのは。バーミンガムではそんな思惑がおありじゃありませんの？」

「まさか——すくなくとも——ぼくはそんな——」

ミセス・レヴィンはまた笑った。

「あなたご自身は今の今までそんなこと、夢にもお考えにならなかったようね。でも賢明な計画かもしれませんよ——つまり、あなたの想っていらっしゃるお嬢さんがあなたを受けいれないならば。第一、お金を家族内にとどめて置けますものね」

ヴァーノンはかっかと血ののぼった頭をかかえて退散した。なるほど、そういうことだったのか。シドニー伯父のからかいやほのめかし。イニッドが、おりさえすれば彼に押しつけられていたこと。ミセス・ヴェリカーが遠回しにいったのも、このことだったのだ。みんなは彼をイニッドと結婚させたがっているのだ。よりにもよってイニッドと！

別な記憶が胸によみがえった。彼の母親とその友人が何やらこそこそ囁きあっていた、従兄妹同士がどうのこうのと。そこまで考えて、彼ははっとした。それでジョーがロンドンに行くことを許されたのだ。母親が気をまわしたのだろう、もしも彼とジョーが……

ヴァーノンはふと高笑いした。彼とジョー！　母には何もわかっていないというい証拠だ。まかり間違ってもジョーと恋に落ちるなんてことは考えられない。二人はいつでも兄と妹のようだった。これからもそうだろう。ジョーとは多くのものをともにする一方、ひどく違った嗜好をもち、何についても意見を異にしている。それに同じ鋳型からできた二人はお互いに対して魅力を感じず、ロマンスの実りようもなかった。

それにしてもイニッドとは！　シドニー伯父はそんな目論見をいだいていたのか。気の毒に、さぞかしがっかりするだろう。馬鹿なことを考えたものだ。

しかし性急にきめこんではいけない。シドニー伯父でなく、母が勝手に計画しただけなのかもしれない。女ってしょっちゅう心の中で誰かを誰かと縁組させて悦にいっているんだから。とにかくシドニー伯父にはそのうち、事情を説明しよう。

5

ヴァーノンと伯父の会見はあまり満足すべきものではなかった。甥の話を聞いて、シドニー伯父は立腹し、動揺した。もっとも彼はその事実をヴァーノンに示すまいと努力していたが。はじめのうち、彼はどういう態度をとるべきか、決めかねている様子で、さまざまな方面から漠然と反対を試みた。

「とんでもない話だ。おまえたちはまだ若すぎる。馬鹿なことをいうものじゃない」

ヴァーノンは、かつては伯父自身、早く身を固めるよう勧めたと思うがといった。

「何をいう！　私のいったのはこんなたぐいの結婚のことではない。社交に憂き身をやつする浮気娘――それがどんな手合いか、私はよく知っているからね」

ヴァーノンは憤然として抗議した。

「気を悪くさせたら謝る。気持を傷つける気はない。だがこの種の娘は金持との結婚を望むものだ。おまえなんぞ、まだまだあちらさんのお役には立てんよ」

「もしかして、その――」

ヴァーノンは途中で言葉を切った。恥ずかしく、きまりが悪かった。

「私がおまえの給料を上げるとでも期待しているのか？　その娘さんがそういうのかね？　じゃあ訊くが、若いの、第一、それは私にとっていい商談だと思うかね？　いやいや、そうでないことぐらい、おまえにだってわかるだろう」

「むろん、今いただいている給料だって分不相応だと思っているくらいですから」

「そんなことはいっておらん。おまえはなかなかよく働いている。手始めとしてはね。ただ、私としてはこのことに関しては遺憾というほかない――おまえはこのためにいろいろと悩むだろう。私の忠告は、いっそ諦めてしまえということだ。それがいちばんだよ」

「それはできません、伯父さま」

「まあ、私の知ったことではないがね。ところで、お母さんにも話したのかね？　まだだって？　だったらよく話し合いなさい。お母さんも私と同じ意見でないかどうか。おそらく同じだろう。昔からよくいうよ、母親にまさる友は世になしだ。そうじゃないか？」

シドニー伯父はどうしていつもこう下らないことばかりいうのだろう？　ヴァーノンの記憶にある限り、伯父はいつだってこうだった。それでいて抜け目のない、辣腕な実業家で通っているのだからふしぎだ。

がまあ、どうしようもない。仕事に身をいれて——時機を待つほかない。恋の最初の絶妙な魔力は次第に薄れつつあった。天国の至福と地獄の責苦が二つながら彼を待っているような気がした。彼はネルが欲しかった——むしょうに欲しかった。

ヴァーノンは次のような手紙をネルにあてて書いた。

愛するネル、今のところ、忍耐して待つほかない。できるだけしょっちゅう会うことにしよう。きみのお母さんは本当いって、公明正大な態度をとってくださったと思う——ぼくが予想した以上に。お母さんのおっしゃったことをよく考えてみると、一々もっともだと思う。もしもきみがぼくより誰かほかの男が好きになったら、それに気づくチャンスをもつべきだというのは、正当きわまることだ。しかし、そんなことにはならないだろうね？　どう？　ぼくは知っている。きみがほかの男に心を移すことなんて、けっしてないと。ぼくらはいつまでも愛しあうだろう、永久に。どんなに貧乏だって、構うことはない……どんなに小さな家だってきみが一緒なら……

第六章

1

ネルは母親の態度に大きな安堵を感じた。恨みごとや叱責を予期していたからだった。自分では気づかなかったが、彼女は意地の悪い言葉やヒステリックな態度を前にするといつもひどく動揺した。おりおり彼女は情ない思いで考えた。〝あたしってつくづく臆病だわ。いやなことには耐えられないんだもの〟

彼女はたしかに母親を恐れていた。物心ついたころから母親は常に彼女を支配してきた。ミセス・ヴェリカーは非情な、権高《けんだか》な性格の持ち主で、彼女より気の弱い人間と相対すると、ほとんどぐうの音も出させなかった。ネルは母親が彼女を熱愛していること、愛しているが故に、自分がついに得ることのできなかった人生の幸せを娘につかませてやりたいとかたく決心していることを知っていた。それだけに、母親には一も二もなかったのであった。

というわけで母親が叱りもせずにただ次のようにいったとき、彼女は何ともいえずほっとした。

「あんたが敢えて馬鹿な真似をする気なら、それもいいでしょう。たいていの女の子にはちょっとした恋愛沙汰の一つや二つはあるものだしね。結局は何てことはないんだけれど。わたし自身はこうしたセンチメンタルなたわごとは我慢ならないわ。ヴァーノンは、どうせまだ何年も結婚できやしないんだし、あんたはいろいろと悲しい思いをすることになるでしょうよ。でもまあ、好きなようにしたらいいわ」

知らず知らずのうちに、ネルは母親の見くだしたような態度に影響された。そしてままならぬこととは知りながら、ヴァーノンの伯父が何とか助けてくれないものかと望みをかけた。ヴァーノンからの手紙はその望みを打ち砕いたのだった。

待たなければいけない——それもおそらくずいぶん長いこと。

2

一方ミセス・ヴェリカーは彼女なりのやりかたで画策していた。ある日彼女はネルに古い友だちを訪ねるよう勧めた。数年前に結婚したこのアメリー・キングはネルが学生時代に崇拝していた、才気溢れる華やかな美少女だった。それこそどんなにいい結婚でもできたはずなのに、誰もが驚いたことにアメリーは金も後ろだてもなく、あくせく働いている青年と結婚して、かつて彼女の君臨した陽気な世界からぷっつり姿を消してしまったのであった。

「古い友だちとつきあわなくなるのはいいことではないわ」とミセス・ヴェリカーはいった。

「あなたが訪ねてあげれば、アメリーはきっと喜ぶでしょう。それに昼からは別に予定もないんだし」

というわけで、ネルは母にいわれるままに、イーリング、グレンスター・ガーデンズ三五番地にアメリー・ホートンを訪問したのであった。

暑い日だった。ネルはロンドン市外に向かう鉄道に乗り、イーリング・ブロードウェイ駅で道順を訊いた。

グレンスター・ガーデンズは駅から一マイルばかりの距離にあり——あまりぱっとしない街路に同じ造りの小さな家がごたごたと並んでいた。三五番地の玄関の扉をあけたのは汚らしいエプロンをかけただらしのないメイドで、ネルを狭苦しい客間に案内した。一つ二つ趣味のいい家具も置いてあり、クレトン更紗を張った椅子もカーテンも、色あせてはいても趣味のよいものだったが、全体にごみごみと汚れていて、あたりには子どもの玩具や繕いものが散らかっていた。家のどこからか、子どものむずかる声が聞こえたと思うとドアがあき、アメリーが入ってきた。

「ネル、まあ、よくきてくださったわねえ！　ずいぶん長いこと会わなかったじゃないの」

友だちを見て、ネルは大きなショックを感じた。これがあのいつも身なりのよかった、チャーミングなアメリーだろうか？　スタイルまでどこか崩れて、明らかに手製のブラウスをだらしなく着ている。疲れた、やつれた顔には、昔の颯爽たる小意気さの影もなかった。

アメリーが坐ると、二人は四方山《よもやま》の話をはじめた。やがてネルは二人の子どもを見に奥に連れて行かれた。男の子と女の子で、女の子のほうはまだゆりかごに寝かされていた。

「散歩に連れて行ってやるはずなんだけれど」とアメリーはいった。「今日はもうすっかり疲れてしまって。朝のうち買物に行って、暑い道を店から乳母車を押して帰ってきたのよ。あなたにはとても察しがつかないわ、こういうことがどんなにくたびれるか」

上の男の子はかわいらしかったが、女の子は病身らしく、すぐむずかった。

「歯が生えかけているせいもあるの。お医者さまはこの子は消化器が弱いからっておっしゃるのよ。夜中にあまり泣かないといいんだけれど。ジャックが機嫌を悪くしてね。一日働いて帰るんだからせめても夜はぐっすり眠らないと」

「子守りは置いていらっしゃらないの?」

「雇えないのよ。あの薄のろのメイドがいるだけで。さっきあなたを案内した子よ。あの子本当に何もできないの。でも給料が安くてすむし、けっこう働く気はあるから、近ごろのたいていの女の子よりはましだわ。このごろのメイドって、子どものいる家はみんな敬遠するのよ」こういってアメリーは声をあげてメイドを呼んだ。

「メアリ、お茶を持ってきてちょうだい」そして先に立って客間にもどった。

「ああ、ネル、あたし、あなたに訪ねてほしくなかったくらいよ。ある意味では。だってあなたはいかにもスマートで涼しそうに見えるんですもの——その昔の楽しかったころのことを思い出してしまって。テニスや、ダンスや、ゴルフや、パーティーや」

ネルはおずおずといった。

「でもあなた、お幸せなんでしょう?」

「そりゃ、もちろんよ。わざと不平をいってみてるようなものよ。ジャックはいい人だし、子どもたちもいるし——ただときどきはね——誰のことも、何も、まるで考えたくないほど疲れきってしまうことだってあるのよ。タイル張りの浴室と、いい匂いの浴槽剤。髪にブラシをかけてくれるメイドがいて、きれいな絹の服を着ることができるなら、血を分けたわが子でも売りとばす——そんな気持に駆られることだってあるわ。お金を唸るほどもっている人は、お金では幸福は買えないなんて世迷言を吐くけれどね。そんな人たちに何がわかるでしょう！」と笑った。「ネル、何か最近のニュースを聞かせてちょうだい。誰が結婚したとか、誰がご主人と喧嘩をしたとか、赤ちゃんが生まれたとか、誰かについてすごいスキャンダルがあるとか」

メイドが汚らしい銀の盆にごたっと厚切りのバタつきパンと茶碗を載せて運んできた。食べ終わったころに玄関のドアの鍵がカチャリと鳴って、ホールから苛立たしげな男の声が叫んだ。

「アメリー、ひどいじゃないか、頼んだことを頭から忘れちまうんだから。けさ、この包みをジョーンズのところに持ってってくれと頼んだとき、きみは二つ返事で請け合ったじゃないか」

アメリーはぱっとホールに走り出た。ひそひそと囁きあう声がして、やがてアメリーは夫を伴って部屋に入ってきた。彼がネルと挨拶をかわしたとき、子ども部屋でまた赤ん坊が泣き出した。

「ちょっと見てくるわ」とアメリーはそそくさと走り去った。

「何て生活ですかね！」とジャック・ホートンは呟いた。服はいかにも見すぼらしく、口のまわりに癇癪もちらしい皺が刻まれていたが、いまだになかなかハンサムな男であった。大した冗談でもいうように、彼は高笑いした。「わが家がひどい混乱状態にあるときにいらしたわけで、お気の毒しました。といってもまあ、いつものことなんですがね。この暑い時候の汽車通勤はひどく疲れましてねえ——帰れば帰るで、この騒ぎですから！」

こういって笑う彼と一緒に、ネルも礼儀正しく笑った。そのうちにアメリーが子どもを抱いてもどってきた。ネルが立ちあがって暇《いとま》を告げると、三人は戸口で別れの挨拶をかわした。アメリーはミセス・ヴェリカーによろしくといって手を振った。

門のところで振り返って、ネルはアメリーの顔に浮かんでいるものを見てとった。飢えたような、羨ましげな表情であった。

ネルは我知らず気持の沈むのを覚えた。こういう結果は避けられないものなのだろうか？　貧乏は愛をさえ、殺してしまうのか？

大通りに出ると彼女は駅の方角に歩き出したが、思いがけない声に呼びとめられて、はっとして立ちどまった。

「ミス・ネル、これは奇遇です！」

大きなロールス・ロイスが縁石のところに止まり、ジョージ・チェトウィンドが運転席からほほえみかけていた。

「とても本当とは思われませんね！　ひどくよく似たお嬢さんだ——すくなくとも後ろ姿はと思ったので、ちょっと速度をゆるめて走ってきたんですよ。そうしたら本当にあなただった。ロンドンにお帰りですか？　だったらどうぞお乗りください」

彼女はいわれるままに車に乗り、ほっとして運転席の隣りに坐った。車は音もなく滑り出し、たちまちスピードをあげて疾走した。何ともいえないいい気持だわ、とネルは思った。何の努力もいらない。ただ任せていればいいのだ。

「イーリングなんぞで何をしていらしたんです？」

「友だちに会いにきましたの」

何とはない衝動に促されて、ネルはその訪問について語りだした。チェトウィンドは思いやりにみちた表情で耳を傾け、車をたくみに操りつつ、おりおり首を振った。

「それはいけませんでしたねえ。聞くも痛ましい限りです。女の人にはよく面倒を見てあげる者がいなくてはいけない――安楽な生活が送れるように。欲しいと思うものに取巻かれて何不自由なく暮らす――はたの者がそう計らってあげなくては」

ふとネルを見やって、ジョージ・チェトウィンドは親切な口調でいった。「ショックを受けられたんですね。あなたはやさしい心をおもちだから、ミス・ネル」

ネルは心暖まるものを感じて傍らの男を見やった。ジョージ・チェトウィンドは本当にいい人だ。やさしくて、頼りになって、強くって。無骨な顔、こめかみから無造作に掻きあげられている白髪まじりの髪、肩を張って坐り、いかにも几帳面にハンドルを動かす様子、どんな非常事態にも対処できる、全面的に頼れる男という気がする。彼ならすべてを自分で引き受けて、女には軽い荷も負わせないだろう。そうだ、ジョージはいい人だ。うんざりするような一日に疲れきった娘が出会うには、このうえない人だ。

「私のネクタイ、曲っていますか？」とチェトウィンドは見返りもせずに訊ねた。

ネルは笑った。

「あたし、そんなにじろじろ見ていまして？　失礼しましたわ」

「あなたの視線を感じたんですよ。何を考えていらしたんです？　私という男を検討していらしたんですか？」

「そのようですわね」

「で、まったく落第ということなんでしょうね？」

「いいえ、それどころか」

「そんなやさしいことをおっしゃらないでください。本気でおっしゃっているんじゃありますまい。興奮してもう少しで市街電車と衝突するところでした」

「あたし、嘘は申しませんわ」

「本当ですか。さあ、どうかな」ふと声音が変わった。「ずっと前からあなたに申しあげたいと思っていたことがあるんですよ。こんなところでいうのも妙ですが、思いきっていってしまいます。私と結婚してくれませんか、ネル。私はあなたが欲しいんです、とても」

「まあ！」とネルは驚いて叫んだ。「だめですわ、そんな！」

ふたたび運転に集中する前に、彼はちらっと彼女の顔を見やった。そして車の速度を少しゆるめた。

「そうお思いですか？　もちろん、私はあなたの相手として年を取り過ぎているし――」

「いいえ、そんなこと――あの――それだからじゃありませんわ」

チェトウィンドは口もとをゆがめた。

「私はあなたよりすくなくとも二十は年上に違いない。それはずいぶんな差です。しかし、私はあなたを幸せにしてあげられると心から信じているんですよ。ふしぎなことだが、そう確信しているんです」

ネルは一、二分答えなかった。それから少し力ない声で彼女はいった。

「ああ、でも、だめですわ」

「すてきだ！　今度はさっきほど、きっぱりいわれませんでしたね」

「でも、あたし、本当に――」

「今はこれ以上あなたを悩ますつもりはありません。今回はノーといわれた。それでいいんです。自分がぜひ手に入れたいと思ったもののためには、私はずいぶんと辛抱強く待てるんですよ。いつかはきっとイエスといってくださるでしょう」

「そんなこと、あり得ませんわ」

「いや、ある。ほかに特別な人はいないんでしょうね？　それともいるんですか？　いや、いるわけはありませんね」

ネルは答えなかった。何と答えていいか、わからないからだと自分で自分に弁解していた。ヴァーノンとの結婚については人にいわないと暗黙のうちに母に約束していたのだった。

しかしどこか心の奥深くで、彼女は自分を恥じていた。

ジョージ・チェトウィンドは当りさわりのない話題について快活に話しはじめた。

第七章

1

八月はヴァーノンにとって凌ぎにくい月だった。ネルは母親とディナールに出かけていた。彼は彼女に手紙を書き、彼女からも返事がきた。しかしその返事からは彼の知りたいことはほとんど何もわからなかった。

ベント商会でのヴァーノンの仕事はまったく単調なきまりきったものだった。ほとんど頭を使う必要もなく、ただきまった手順をきちんきちんと踏む、それだけだった。ほかに気を紛らすものもなかったので、ヴァーノンは彼がひそかな愛をいだき続けている音楽へともどった。

彼はオペラを書くことを思いつき、その主題として小さいころに聞いて半ば忘れかけていたあのお伽噺を取りあげた。それは今や彼の心の中でネルと結びついていた。秘めた心のたけが、ことごとくこの新しいチャンネルに注ぎこまれた。

彼は夢中で働いた。「お母さんと安楽に暮らしているくせに」というネルの言葉が頭にひっかかっていたので、部屋を借りて母親と別居するといい張った。見つけた部屋は安部屋だったが、それは彼に思いがけないほどの解放感を味わわせてくれた。ケアリ・ロッジでは彼は一瞬も集中できなかった。母親がつきまとい、早く寝ろの何のという。しかしこのアーサー・ストリートの部屋では、そうしたければ朝の五時まで起きていることもできた。

彼はしだいに憔悴した。マイラは息子の健康状態を心配して、いろいろな強壮剤を服《の》むようにせっついた。ヴァーノンは母親に言葉短かに、自分のことなら大丈夫だ、心配しないでくれ、といった。何をして時を過ごしているかは打明けなかった。おりおり彼は絶望に打ちひしがれたが、溢れる充実感を覚えることもあった。自分の音楽にほんの少しにしろ、いい部分があることを知っているからだった。

たまにはロンドンに行って、週末をセバスチャンと過ごした。二度ばかりはセバスチャンがバーミンガムにやってきた。この時期、セバスチャンはヴァーノンのかけがえのない味方であった。彼の示す関心は嘘偽りのない心からのもので、二つの面をもっていた。すなわち友人としてのそれと、専門家の見地からのものである。ヴァーノンはすべての芸術的なものに対するセバスチャンの鑑賞眼に絶大な尊敬の念をいだいていた。賃借りのピアノに向かって自分の作曲した曲の幾小節かを弾きながら、ヴァーノンは、管弦楽の編成について説明した。セバスチャンはじっと耳を傾けて静かに頷いたが、あまり多くを語らなかった。ヴァーノンが弾き終わると彼はいつもいった。

「なかなかいいよ、ヴァーノン、もっと聴かせてくれたまえ」

けなすようなことは一言もいったためしがなかった。セバスチャンはそうした批評はヴァーノンにとって致命的だと考えていた。ヴァーノンは励ましを必要としている。もっぱら励ましだけを、そう彼は考えていたのであった。

ある日セバスチャンは訊いた。

「きみがケンブリッジで考えていたのはこれだったのかね？」

ヴァーノンはちょっと考えてから答えた。

「いや、すくなくとも初めはこんなものではなかった。あのコンサートの直後にはね。そのとき、ぼくに見えたものはもう消えてしまったんだ。いつか、もう一度もどってくるかもしれないが。今のこれはかなりありきたりのものだよ——慣習に従っていて。しかしところどころにぼくの意図するものを注ぎこんでおいた」

「なるほど」

ジョーに向かってセバスチャンは率直にいった。

「ヴァーノンはありきたりだなんていっているが。それどころじゃない。まったく画期的なものだよ。全体の組立てからして斬新だ。しかし、それは未熟だ。才気に溢れてはいるが、青臭い」

「あなた、ヴァーノンにもそういったの？」

「まさか。一言けなしてみたまえ、たちまち意気沮喪《そそう》して、何もかも紙屑籠にほうりこんでしまうよ。ああいう連中はみんなそうだ。今のところ、ぼくはもっぱら褒めそやすようにしているんだ。手痛い批評や、どぎつい言葉は後でいい。妙ないいかただが、きみにはわかるだろう」

九月のはじめにセバスチャンは有名な作曲家のラードマーガーを招いてパーティーを催した。ヴァーノンとジョーも招かれた。

「十二人ばかりのほんの小さな集まりさ」とセバスチャンはいった。「ぼくが今注目している舞踊家のアニタ・クアールがくる――とんだあばずれ女だがね。ジェーン・ハーディングにはきみらも好感をもつだろう。今度の英語のオペラに出演することになっている。職業を誤ったという感じの女でね。歌手よりは女優に向いている。それにきみとヴァーノン――ラードマーガー――あと二、三人だ。ラードマーガーはヴァーノンに興味を示すだろう――若い世代に好意的でね」

ジョーもヴァーノンも大喜びだった。

「ぼくにも何かやりとげられると思うかい、ジョー？　何か意味のあるものを？」

ヴァーノンは元気のない口調で訊ねた。

「あたりまえじゃないの」ジョーはわざと勢いよくいった。

「ぼくには自信がないんだよ。近ごろはどうも思うようにいかない。はじめのうちはけっこう自信があったんだが、今ではすっかり意気沮喪している。ろくすっぽ手をつけないうちから疲れを感じてしまうんだ」

「それはあなたが一日中働きづめだからだと思うわ」

「まあ、そうだろうけれど」

ヴァーノンはちょっと沈黙していたが、ふたたび口を開いた。

「ラードマーガーに会えるのはすばらしいな。彼は音楽と呼べるものを書いている、ごく少数の人間の一人だよ。自分の思っていることを彼にすっかり話せたらね。しかし、ずいぶん鉄面皮に聞こえることだろうよ」

パーティーはごくささやかな、非公式なものだった。セバスチャンは大きな壇とグランドピアノ、乱雑に置かれたクッションのほかは何も置いていない広いスタジオをもっていた。部屋の一方の端に急拵えのテーブルがあり、さまざまな食べものが載っていた。好きなものを皿に取り、クッションを勝手な場所に置いて坐るという趣向であった。ヴァーノンとジョーが着いたときには一人の少女が踊っていた——小柄な赤毛の娘で、いかにもしなやかな筋肉質の体つきであった。品のよい踊りではなかったが、ひどく魅力があった。

少女は拍手のうちに踊り終えて、壇から跳びおりた。

「すばらしかったよ、アニタ」とセバスチャンが声をかけた。「やあ、ヴァーノン。こんにちは、ジョー、好きなものを取ったかい？　よしよし、ここに坐りたまえ。ジェーンを紹介するよ」

二人はいわれるままに坐った。ジェーンと呼ばれたのは、濃い栗色のたっぷりした髪の毛を襟足でまとめた、美しいスタイルの背の高い女性だった。美人というには顔が大き過ぎ、尖った顎をもち、緑色の目は深くくぼんでいた。年のころは三十歳ぐらいかと思われた。あまり愛嬌のない感じだが、なかなか魅力がある、とヴァーノンは思った。

ジョーはすぐ彼女と熱心に話しはじめた。近ごろではジョーの彫刻に対する熱情は薄れかけており、生まれつき高いソプラノの声をもっているところから、オペラ歌手になったらどうかと真剣に考えはじめていたのであった。

ジェーン・ハーディングはかなり身をいれてジョーの話に耳を傾けながら、おりおり興味ありげに短く受け答えしていた。一通り、話を聞いてから彼女はいった。

「そのうち、わたしのアパートにいらっしゃれば、声をテストしてさしあげますわ。あなたの声が何に向いているか、二分間で申しあげられると思います」

「本当にお願いできます？　どうもありがとう」

「いいえ、どういたしまして。わたしは信用なさって大丈夫よ。教えることを職業にしている人は本当のことをいいませんものね」

セバスチャンが近づいていった。

「ジェーン、この辺でどう？」

ジェーンは美しい身ごなしでさっと立ちあがった。そしてぐるりと見まわして、犬にでも呼びかけるような短い命令口調でいった。

「ヒルさん！」

地を這う、白っぽい虫のような感じの小男が、取りいるように身をくねらせてあわただしく進み出て、ジェーンの後について壇上にあがった。

ジェーンはヴァーノンが聞いたことのないフランス語の歌を歌った。

きみ、逝きぬ、
帰らぬ旅にいで行きしごとく
人の世の最後の愛を
我より奪い――
むごきかな、あえなき別れ、
きみ、逝きぬと人のいえば

げに逝きぬとただ繰り返すわれ
涙しつつ、すべもなげに。

ジェーン・ハーディングの歌をはじめて聞いた人はたいていそうだが、ヴァーノンにも彼女の声を批判することはできなかった。彼女は一種情緒的な雰囲気を作り出すことに成功していた——その声はいわば楽器に過ぎなかった。何ともいえぬ喪失感、目もくらむような悲しみ、そして最後に身も世もない涙に昇華された嘆き。

拍手の中でセバスチャンが呟いた。

「物凄い迫力だろう——否応なしに人を感動させる」

ジェーンの次の歌は、降る雪にことよせたノルウェーの歌だった。その声は今度はまったく無表情だった——降りしきる白い雪びらのように単調な、えもいわれぬほど澄みきった声。最後の一節はかぼそく消えた。

拍手に応えて彼女は三つ目の歌を歌った。ヴァーノンは突然坐り直した。

あでなるひとをわれは見き
白きうなじと丈長き髪
えもいわず心を誘う

この世ならぬそのほほえみ……

あたかも耳もとに呪文が囁かれたようだった。魔術にかかったような恐ろしい魅力であった。ジェーンは顔を前に突き出すようにして歌っていた。その目は見えないかなたに注がれていた。ものに怯えたように、まさにこの世ならぬ力に動かされるように、彼女は歌った。

歌い終わったとき、人々は思わずほっと溜息を洩らした。背の低い、がっしりした男がつかつかとセバスチャンに近づいた。

「やあ、セバスチャン、私はつい今しがたきたところだ。とにかくあの若い婦人と話をしたい――今すぐ」

セバスチャンはその男――ラードマーガーを伴ってジェーンのところに行った。ラードマーガーはいきなりジェーンの両手を摑み、真剣な表情で見つめた。

「そう」と彼はようやくいった。「あんたの体格は理想的だ。消化器も循環器も丈夫なんだろう。住所を書いてもらおう。いずれ訪ねて行く。いいだろうね？」

〝まるで奇人変人だな、こういった連中は〟とヴァーノンは思った。

しかしどうやらジェーン・ハーディングはラードマーガーの唐突な申し入れを当然のこととして受けいれたようだった。いわれるままに住所を書き、ラードマーガーともう数分ばかり、何か話していたが、やがてジョーとヴァーノンのところにもどってきた。

「セバスチャンは頼りになる友だちですわ。ラードマーガーさんが新作の『ペール・ギュント』のためにソルヴェーグの役を演ずる歌手を探しておいでになることを知って、わたしをここに呼んでくれたんですの」

ジョーが立ちあがってセバスチャンのところに行ったので、ヴァーノンはジェーン・ハーディングと二人だけになった。

「ちょっと伺いたいんですが」とヴァーノンは少し口ごもりながらいった。「さっき歌われた歌のことです——」

「雪の歌ですの？」

「いや、最後の歌です——何年も前に、まだほんの子どものころに聞いた覚えがあります」

「まあ、ふしぎですわ。わたしたちの家にだけ伝わっている歌だと思っていましたのに」

「昔ある看護婦が歌ってくれたんです。ぼくが足を折って寝ているときでした。たまらなく好きだったんですが、もう一度聞くことができるとは思いませんでした」

ジェーン・ハーディングは考えこんだようにいった。

「ひょっとしてわたしのフランシス叔母がその看護婦だったって可能性があるでしょうか？」

「たしかナース・フランシスといいました。あなたの叔母さまですか？　その後どうなさいました？」

「だいぶ前に亡くなりましたわ。患者からジフテリアに感染して」

「それは残念です」ヴァーノンはふと言葉を切り、ちょっとためらってからいいにくそうに続けた。「あの人のことはよく覚えているんです。ナース・フランシスは子どものぼくにとって——すばらしい友だちだったものですから」

彼はジェーンの緑色の目が自分を眺めているのを感じた。落ち着いた、やさしいまなざしだった。彼女に会った瞬間に誰かに似ていると思ったのだが、今やっとわかった。ジェーンは彼の記憶にあるナース・フランシスにたいへんよく似ていた。彼女は静かな口調でいった。

「作曲をなさるんですって？　セバスチャンから聞きました」

「ええ、まあ——まだ手探りの段階ですが」彼はふと押し黙り、何かいいかけようとしてためらった。〝じつに魅力的な人だ。好きかといわれるとそれはわからないが。いったい、ぼくは何を恐れているんだろう？〟

彼は急に興奮と激しい喜びを覚えた。ぼくにはできる、いろいろなことができる。確信があるんだ……

「ヴァーノン！」

セバスチャンが彼を呼んでいた。立って行くと、セバスチャンは彼をラードマーガーにひきあわせた。大作曲家は親切で、彼の仕事に興味を示してくれた。

「きみの仕事については、ここにいる若い友人から聞いている」とセバスチャンの肩に手を置いた。

「この人はとても抜け目がない。若いのに、じつに正確な鑑賞眼をもっている。きみともそのうちゆっくり会って、仕事を見せてもらいたいと思っている」

ラードマーガーの後ろ姿を見送って、ヴァーノンは、興奮にぶるぶる震えていた。本気だろうか？　静かにほほえんでいるジェーンのところにもどって腰をおろすと、さっきまでの浮き浮きした気分は、どこへやら急に心が沈むのを覚えていた。認められたからって、いったい何になるだろう？　手も足も出ないようにシドニー伯父やバーミンガムに縛りつけられているのでは。時間も思いも、それこそ、全身全霊をささげるんでなければ、作曲などできるものではないのに。

彼は心を傷つけられ、惨めだった。同情に飢えてもいた。ネルが今もしここにいたら。ネルならいつでもわかってくれる。

見あげるとジェーン・ハーディングがじっと彼を見ていた。

「どうなさって？」

「いっそ死にたいような気分なんですよ」とヴァーノンは苦々しげにいった。

ジェーンはちょっと眉をあげた。

「だったらこの建物のてっぺんにのぼって、ひと思いに身を投げればいいでしょ」

思いがけない返事にヴァーノンは気を悪くしたように見あげたが、冷静な、親切なまなざしに武装を解いた。

「ぼくには世界でたった一つ、したくてたまらないことがあるんです」と力をこめていった。「作曲をしたいんですよ。できるんです。ぼくには。それなのにいやでたまらない実務に縛りつけられている。くる日もくる日もただあくせくと。胸が悪くなってくるんですよ！」

「おいやなら、どうしておやめにならないの？」

「仕方ないからです」

「本当はそうなさりたいんでしょう？　そうでなかったら、とうにやめていらっしゃるでしょうもの」とジェーンは無関心な口調でいった。

「世界中で何よりも作曲をしたいんだって、今もいったはずです」

「だったらどうしてそうなさいませんの？」

「できないからですよ。それもいったと思いますが」

ヴァーノンはこの女性に対して、むらむらと腹が立つのを覚えた。この人は何もわかっていない。何かしたいと思うなら、ただ手をつければいいといった、単純な人生観をもっていらしい。

しかし、彼は堰を切ったように話し出した。アボッツ・ピュイサンのこと、タイタニック・コンサートの夜のこと、伯父の提案――そしてもちろん、ネルのことを。

語り終えるとジェーンはいった。

「あなたは人生がお伽噺のように都合よく展開すると思っていらっしゃるようね」

「どういうことです？」

「どうって、それだけのことですわ。先祖代々の由緒ある屋敷で暮らし、愛しているお嬢さんと結婚し、大金持になったうえに大作曲家になる。そのうちの一つだけに集中なさるなら、できない相談ではないかもしれません。でも何もかも手に入れることは、無理でしょうね。人生は三文小説とは違うんですから」

その瞬間、ヴァーノンはこの女性をはげしく憎んだ。しかし、同時に我にもなく魅かれるものを感じてもいた。彼女がさっき歌っていたときにかもしだされた、ふしぎな情感。

〝まるで一種の磁場だ〟とヴァーノンは考えた。〝ぼくはこの人が嫌いだ。何だか恐ろしい〟

このとき、長髪の青年が近づいて彼らの脇に腰をおろした。スウェーデン人だが、英語を上手に話した。

「セバスチャンから聞いたところでは、あなたは明日の音楽を書かれるそうですね。ぼくも未来について、それなりの理論をもっています。時は空間のもう一つの次元に過ぎません。人間は空間において自由に行動できるように、時の中でも動けるんです。あなたの夢の半ばは、未来に属する混濁した記憶にほかなりません。空間において愛する者と離れることがあるように、時において隔てられていることもある。それこそ、人間最大の悲劇というべきものでしょうね」

この青年は明らかに気がおかしいと思ったので、ヴァーノンは何の注意も払わなかった。時空の理論にはまるで関心がなかったのだ。しかしジェーン・ハーディングは身を乗りだした。

「時において隔てられるって、そんなこと、わたし、考えたことがありませんでしたけどねえ」

彼女の関心に勇気を得てスウェーデン人は滔々と述べ立てた。時について、極限空間について、時I、時IIといった言葉を使って。ジェーンにその話が理解できたのかどうか、それはわからなかったが、目の前をじっと凝視して、彼の話をほとんど耳にいれていないようにさえ見えた。時IIIまで議論が進んだとき、ヴァーノンはその場から逃げ出した。

ジョーとセバスチャンのところに行くと、ジョーはジェーン・ハーディングのことを熱狂的に讃めたたえていた。

「すばらしいと思うわ。あの人。そう思わないこと、ヴァーノン？　あたしに歌を聞いてあげるからいらっしゃいっていってくれたわ。あたしもあんなふうに歌えたらすばらしいんだけれど」

「ジェーンは本来は女優で、歌手ではないんだ」とセバスチャンはいった。「いい女だよ。とにかく。かなり悲劇的な半生を送ってきた。何しろ五年間にわたって彫刻家のボリス・アンドロフと同棲したんだからね」

ジョーはいっそう興味を感じたようにジェーンのほうをちらりと見やった。ヴァーノンは急に自分を若い、青臭いものに感じた。皮肉な彼女の声が面白そうに呟くのが聞こえるような気がした。

「あなたは人生がお伽噺のように展開するとでも思っていらっしゃるようね」いまいましいいいかただ！

しかし彼はもう一度、ジェーン・ハーディングに会いたくてならなかった。

また会えるかどうか、訊いてみようか？

いや、そんなことはできない。

それにこのごろでは、めったにロンドンに出てこないのだし。

後ろでジェーンの声がした。少しハスキーな、歌手らしい声であった。

「おやすみなさい、セバスチャン。どうもありがとう」

ジェーンは戸口のほうに歩きながら肩ごしにヴァーノンを振り返った。

「いつか、わたしのところにもいらしてくださいな」さりげない声であった。「住所はお従妹さんにお渡ししておきました」

第三部　ジェーン

第一章

1

ジェーン・ハーディングは川を見下ろす、チェルシーのマンションの最上階に部屋をもっていた。

パーティーの翌晩、セバスチャン・レヴィンはここを訪れた。

「うまく持っていけたよ、ジェーン、ラードマーガーは明日ここにきみを訪問するそうだ。自分のほうからくる気と見える」

「どんな暮らしをしているか、ひとつ見てやろうってわけね」とジェーンは答えた。「このとおり、わたしはしごく居心地よく、またせいぜい身持ちよく暮らしているわ。たった一人でね。何か召しあがる、セバスチャン？」

「何かできるのかい？」

「マッシュルームいりの炒り卵、アンチョヴィー・トースト、それにブラック・コーヒーといったところね。わたしが支度するあいだ、おとなしく坐って待っていてくだされば」

ジェーンは煙草の箱とマッチを客の傍に置いて部屋を出た。十五分ばかり後に、質素な夕食の用意ができた。

「きみに会いにくるのはうれしいよ、ジェーン」とセバスチャンはいった。「きみはぼくをサヴォイの肉料理にしか食指を動かさない、腹の出っぱった、小生意気なユダヤ人の若者のようには遇さないからね」

ジェーンは何もいわずに微笑したが、しばらくしていった。

「あなたのガールフレンド、気に入ったわ、セバスチャン」

「ジョーのことかい？」

「ええ」

セバスチャンはしゃがれた声でいった。

「で——彼女をどう思う？」

ジェーンはまたもや沈黙し、それからやっと答えた。

「若いわね。おそろしく若いわ」

セバスチャンはくすりと笑った。

「ジョーが聞いたらさぞ怒るだろうな」

「たぶんね」ちょっと間を置いてジェーンは言葉を続けた。「あなたはあの人に夢中なのね。そうでしょう、セバスチャン？」

「ああ。ふしぎじゃないかね、人がどんなすばらしいものをもっていようと、そんなものはその人にとっておよそ何の値打ちもないというのは？　ぼくは自分の欲するほとんどすべてのものをもっている。ジョーを除けば。しかしジョーこそ、ぼくにとって、ただ一つ重要なものなんだからね。自分でも度しがたい馬鹿者だと思うが、どうしようもないんだ！　ジョーとほかの百人の女の子との違いは何なのだ？　たいした違いなんぞ、ありはしない。しかし、今のぼくにとっては彼女こそ、世界でただ一つのものなんだよ」

「手に入らないからこそってこともあるわね」

「あるだろうね。しかし、そのせいばかりとは思わないよ」

「わたしもそうは思わないわ」

「ヴァーノンについてはどう思う？」少ししてセバスチャンは訊ねた。

ジェーンは火の照り返しをまともに顔に受けないように、坐り直した。

「面白そうな人だわ」とゆっくりいった。「一つには、あの人にまるで野心というものがないからかもしれないけれど」

「野心がないって？」

「ええ。むしろ、らくに生きていくのが好きなたちのようね」

「だとしたら、音楽家としては何も達成できないだろうね。それには強力な推進力がいるから」

「推進力——そうね。でもあの人にとっては音楽こそが推進力になるんじゃなくて？」

セバスチャンはジェーンの顔を見あげた。その顔は我が意を得たように輝いていた。

「きみのいうとおりだと思うね」

ジェーンは微笑したが、それっきり何もいわなかった。

「彼には婚約者がいるんだが、どういうたちの娘か、実のところ、ぼくにはよくわからないんだよ」とセバスチャンはふといった。

「どんなひと？」

「きれいな娘だ。とびきりの美人だという者もいるだろうが、ぼくにいわせれば一通りきれいだというだけだよ。女の子なら誰でもするようなことを、ひどく愛らしいしぐさでする。意地の悪いところは少しもない。それに困ったことにヴァーノンに心底参っているらしいんだ」

「あなたが気を揉むことはないわ。あなたのいわゆる天才は、何が起ころうともけっして目的からそれたり、抑圧されたりしないでしょうからね。天才は抑えつけようとしても抑えることができないものよ。わたし、近ごろますますそう確信するようになったわ」

「きみ自身を目的からそらすものもないだろうね、ジェーン、きみの場合にはまさに強力な推進力がある」

「でも本当いって、セバスチャン、わたしはあなたの大事なヴァーノンより、はるかにやすやすと目的からそれる可能性があるんじゃないかしら？ わたしは自分の欲するものを知っているし、それを追求するわ——ヴァーノンはそれを知らない。いえ、むしろ欲しないかもしれない。でも目的のほうであの人をしっかり捉えるのよ……それは是が非でも彼を従えるわ。仕えさせるわ——どんな代価を払わせてもね」

「誰がその代価を払うんだい？」

「さあ、誰でしょうね……」

セバスチャンは立ちあがった。

「もう帰らなければいけない。ご馳走さま、ジェーン」

「ラードマーガーのことでは本当にありがとう。頼りになる友だちだわ、あなたって。あなたはどんなに成功しても、けっしてそれにスポイルされない人ね」

「成功か……」と呟きつつ、セバスチャンは手を差し出した。ジェーンは両手をセバスチャンの肩に載せてキスをした。

「ジョーがあなたのものになるといいけれど。でもたとえそれがだめだとしても、あなたはそのほかのものはすべて手に入れるでしょうよ。それだけは確かだわ！」

2

ラードマーガーはほとんど二週間近くもジェーンを訪ねてこなかったが、ある日の午前十時半に何の予告もなしにやってきた。一言の弁解もせずにいきなり入ってきて、居間の中をぐるりと見まわした。

「あんたは自分でこの部屋の壁紙を貼ったり、装飾をしたりしたんだろうね？」

「ええ」

「ここに一人で住んでいるのかね？」

「はい？」

「しかし、ずっと一人で暮らしてきたというわけでもないんだろうな？」

「いいえ」

ラードマーガーは思いがけないことをいう男だった。

「それはいい」それから命令口調でいった。「ここにきなさい」

ジェーンの両腕を摑むと、彼は彼女を窓際に引っ張って行った。そして頭のてっぺんから爪先までじろじろと検分し、親指と人指し指で腕の肉をつねり、口をあけさせて咽喉を覗き、最後に大きな手を彼女の腰にあてがった。

「大きく息を吸ってごらん――よろしい！　さあ、吐いて――強く」

ポケットから巻尺を出してラードマーガーはジェーンの胸のまわりにまわし、深呼吸を繰り返させつつ、息を吸ったときと吐いたときと両方測った。それから巻尺をまたポケットにしまったが、彼自身もジェーンも、この彼の行動をしごく当りまえのことと思っているらしかった。

「なかなかいい。とくに胸はすばらしいし、咽喉は強い。それにあんたは利口だ――私の邪魔をしなかったところからもそれがわかる。私はあんたより声のいい歌手をいくらでも見つけることができる。あんたの声は純粋で美しいが、銀の糸のようだ。無理に声を出せば、つぶれてしまう。そうなったらあんたはどうするね？　あんたが今歌っている音楽はその意味で馬鹿げている――あんたがとんだ強情っぱりでなかったら、ああいった役は引き受けないだろう。しかし、私はあんたを尊敬する。あんたが本当の芸術家だからだ」

ちょっと言葉を切って、ラードマーガーはまた続けた。

「まあ、聞きなさい。私の音楽は美しい。それにあんたの声を傷つけることもないだろう。イプセンがソルヴェーグを創造したとき、彼はこれまでついぞ存在したことのないすばらしい女性の性格を創造したのだよ。私のオペラの成否はソルヴェーグにかかっている――それにはただ上手な歌手を確保するだけでは充分ではない。カヴァロッシ、メアリ・モントナー、ジャンヌ・ドルタ――みんながソルヴェーグの役を欲しがっている。しかし、私がうんといわない。彼らは何者だ？　立派な声帯をもった阿呆に過ぎぬ。私のソルヴェーグはまったき器を必要とする。知性を備えた器をね。あんたは若い。無名だ。もしあんたが私を満足させれば、来年コヴェント・ガーデンで上演される私の『ペール・ギュント』に出演させる。まあ、聴きなさい……」

ラードマーガーはピアノの前に坐って弾きはじめた――奇妙な、リズミカルな、単調な調べであった。

「これは雪だ。わかるね？　北国の雪だ。あんたの声もこんなふうでなくちゃいけない。緞子《どんす》のように白く――模様が一面に浮き出している。しかしその模様は音楽自体にあるので、あんたの声にあるのではない」

彼はなお弾き続けた。いつ終わるとも知れない単調な調べ、繰り返し。けれども突然、その調べの中に織りこまれている何かが聴く者の耳を捉えるのだった――ラードマーガーのいわゆる模様だろう。

彼は弾く手を止めた。

「どうだ？」

「これを歌いこなすのはむずかしそうですね」

「そのとおりだ。しかし、あんたはいい耳をもっている。ソルヴェーグの役を欲しいと思うだろうな――？」

「当然ですわ。一生に一度のチャンスですから。もしもあなたにご満足いただければ」

「あんたなら大丈夫だろう」ラードマーガーは立ちあがって両手をジェーンの肩に置いた。

「あんたはいくつだね？」

「三十三歳です」

「これまで非常に不幸だった——そうだろう？」

「ええ」

「何人の男と一緒に暮らした？」

「一人です」

「善良な男ではなかったんだね？」

ジェーンは落ち着いた声で答えた。

「たいへん悪い男でした」

「なるほど。あんたの顔に、そうした経験がはっきり出ているよ。さあ、私のいうことを聞きなさい。あんたの苦しんだこと、喜びとしたこと、それをことごとくあんたの音楽に注ぎこむんだ——奔放にではなく、抑制をもって、鍛えあげた、抑えた力をこめて。あんたには知性も勇気もある。勇気がなくては何ごとも達成できない。勇気のない者は人生に背を向ける。あんたはけっして逃げ出さないだろう。何がこようとも、しっかりとその前に立ちはだかり、顎をあげ、静かにそれに目を注ぎつつ、立ち向かうだろう……だがああ、願わくはその際、あんたがあまり傷つかずにすむように」

客はもう後ろを向いて帰りかけていた。

「楽譜は後で届ける」と肩ごしにいった。

「よく研究しておくように」

ラードマーガーは出て行き、大きな音を立ててドアが締まった。

ジェーンはテーブルの脇に腰をおろし、目の前の壁を見るともなく凝視した。ついにチャンスが到来したのだ。

「わたし、怖いわ」と彼女はそっと呟いた。

3

一週間というもの、ヴァーノンはジェーンの招きを額面どおりにとって彼女を訪問すべきかどうか、しきりに迷っていた。週末にロンドンに行くことはできる――しかし、ジェーンのほうが出かけているかもしれない。彼は自意識過剰な、内気な自分をもてあまして鬱々としていた。訪ねてくれといったことなど、彼女自身はもうとうに忘れているかもしれない。そうも思った。

その週末は無為のうちに過ぎてしまった。彼はジェーンが自分のことをすでに忘れているだろうと決めこんでいた。そこへジョーから手紙がきた。ジェーンに二度会ったと彼女は書いていた。その手紙がヴァーノンに決心させたのだった。翌土曜日の六時に彼はジェーンのフラットのベルを鳴らした。

ジェーンが自分でドアをあけた。訪ねてきたのが誰だか知ると少し目を大きく見開いたが、とくに驚いた様子は見せなかった。

「どうぞ、お入りになって。もう少し練習を続けますが、気になさらないでしょうね」

ヴァーノンは彼女の後にしたがって細長い部屋に入った。窓からテムズ川が見下ろせた。いかにもがらんとした感じで、グランドピアノと背なしの長椅子が一つ、椅子が二、三脚、置かれているだけだった。壁にはブルーベルとラッパスイセンを一面に描いた壁紙が貼ってあったが、一方の壁だけはくすんだ緑色の壁紙で、絵が一つ掛かっていた——葉の落ちた木の幹を幾本か描いた習作であった。その絵の何かがヴァーノンに幼時のあの〈森〉の探検を思い出させた。

ピアノの前の椅子に、あの白い虫のような感じの男が坐っていた。

ジェーンは煙草の箱をヴァーノンのほうに押しやり、前にもヴァーノンが聞いた二の句をつがせぬ命令口調で伴奏者にいった。「さ、ヒルさん」

ヒル氏はピアノの上に身を投げかけるようにして弾きはじめた。その両手は目まぐるしい速さ、巧みさで鍵盤の上に右に左にひらめいた。ジェーンは歌いだした。おおかたは低い声で、ほとんど囁くようだった。しかし、おりおりはせいいっぱい声を張りあげて歌った。一、二度は中途で歌いやめて、いかにも苛立たしげな、激しい声で叱咤し、ヒル氏に数小節前から繰り返させた。

やがてジェーンは唐突に手を叩いて炉の前に行って呼鈴を押すとヒル氏を振り返って、はじめて彼に人間らしく話しかけた。

「お茶を召しあがってらしてくださいな、ヒルさん」

ヒル氏はしかし、残念だが失礼するといって数回すまなそうに身をくねらせ、ドアの隙間からすり抜けるようにして帰って行った。メイドがブラック・コーヒーとバターを塗った熱いトーストをもって入ってきた。これがジェーンの〝お茶〟というものらしかった。

「いま歌っていらしたのは?」とヴァーノンが訊いた。

「エレクトラですわ——リヒァルト・シュトラウスの」

「ああ、あれはいいな。犬が喧嘩しているような感じですね」

「シュトラウスがそれを聞いたら喜ぶでしょうね。でもあなたのおっしゃる意味はわかりますわ。いかにも戦闘的ですものね」

ジェーンは彼にトーストを勧めて付け加えた。「お従妹さんは二度ほどここを訪ねていらっしゃいましたわ」

「知っています。手紙をよこしましたから」

ヴァーノンは思うように口がきけず、何となく居心地の悪いものを感じていた。ひどくジェーンに会いたかったのだが、いざきてみると、何を話していいかわからない。ジェーンのもっている雰囲気が彼をどぎまぎさせるのだった。しばらくして彼はようやくいった。

「あなたのお考えを聞きたいんです——ぼくは会社をやめて音楽に専心したほうがいいでしょうか？」

「どうしてわたしにそんなことがわかりまして？　あなたが何をなさりたいのか、知らないんですもの」

「このあいだの晩もそんないいかたをなさいましたね。まるで誰でも好きなことをやればいいのだといわんばかりに」

「そのとおりですわ。もちろん、いつだってそうとはいえませんけれど——でもたいていの場合は。あなたが誰かを殺したいと思えば、あなたを止めるものは何もないはずですわ。もっともその結果、絞首刑になるでしょうね——当然ながら」

「ぼくは誰も殺したくなんかありませんよ」

「そうね、あなたはご自分のお伽噺がめでたしめでたしで終わることを望んでいらっしゃるだけですものね。伯父さまが亡くなってあなたに全財産を遺すとか。愛する人と結婚し、あなたのアボッツ何とかに住んで末長く幸せに暮らすとか」

ヴァーノンはかっとなっていった。

「ぼくを笑いものにしないでいただきたいですね」

ジェーンはちょっと口をつぐみ、それから違う声音でいった。

「笑いものになんかしていませんわ。でも、わたしのすべきでないことを——人のことに干渉しようとしていたとはいえますわね」

「干渉って——どういうことです？」

「あなたを現実に立ち向かわせようとしたんですもの——あなたがわたしより——八つも年下だってことを忘れて——あなたの時がまだきてもいないのに」

ヴァーノンは突然はっとした。そして思った。

〝この人になら何でもいえる——どんなことでも。ぼくが望むような答はしてくれないかもしれないが〟

ジェーンに向かって彼はいった。

「どうぞ続けてください。自分勝手だとは思います——こんなふうに自分のことばかりしゃべるなんて。でもぼくは本当に悩んでいるんですよ。このあいだ、あなたはぼくの望んでいる四つのものはどれでもぼくの手に入るだろうが、全部は無理だといわれましたね？」

ジェーンはちょっと首をかしげた。

「どんな意味でいったのかしら？　ああ、そう、こういうことですわ。ほしいものを手に入れるにはたいていの場合、何らかの代価を払うなり、危険をおかすなりすることが必要です——ある場合にはその両方がね。たとえばわたしは音楽を愛しています——ある種の音楽を。わたしの声はそれとはまったく違う種類の音楽に向いているんですの。わたしの声はコンサートで歌うにはなかなか良い声ですけれど——オペラ向きではありません——軽いオペラは別として。でもわたしはこれまでワグナーやシュトラウスのオペラを歌ってきました。自分の好きな役をね。代償というほどのものは払いませんでしたが——でも大きな危険はおかしました。わたしの声はいつつぶれるか、わからないのです。自分でもよく知っています。わたしはその事実をはっきりと直視しながら、それだけの危険をおかすだけのことはあると判断したのでした。

　さて、あなたの場合ですが、あなたは四つのものをおあげになった。その第一は、伯父さまの会社である年月のあいだ働いたら、お金持になって生活の心配がなくなるだろうというのでした。もっともそんな生活はあまり面白くないでしょうけれどね。第二に、あなたはアボッツ・ピュイサンに住みたいと思っていらっしゃる。それはお金持の娘さんと結婚なされば、明日にでも可能になるでしょうね。それからあなたの愛していらっしゃる娘さん、結婚したいと思っておいでのお嬢さんのことですが——」

「やっぱり明日にでも、手に入れることができるといわれるのですか？」とヴァーノンはむっとしたように皮肉たっぷりいった。

「たぶん――しごく簡単でしょうね」

「どうやってです？」

「アボッツ・ピュイサンをお売りになるのよ。あなたのものなんでしょう？」

「ええ。しかし、それはできません。どうしても――どんなことがあっても……」

ジェーンは椅子の背に身をもたせかけて微笑した。

「それくらいなら、人生をお伽噺のように思ってこれまでどおりに暮らすほうがいいって
おっしゃるのね？」

「まだほかに方法があるはずです」

「もちろん、もう一つありますわ。しかもいちばん簡単な方法でしょうね。あなたがたお二人がすぐにでも手近の登記所にいらっしゃることを止めるものは何一つありませんもの。あなたがたには足があるんですから」

「あなたにはわからないんですよ。それにはいろいろな障害があります。ネルに貧乏な生活をしてくれと頼むことはできません。貧乏をいやがっているんですから」

「というより、貧乏な暮らしができないんでしょうね」

「できないって――どういうことです？」

「ただそれだけのことですわ。ある人たちは貧乏に堪えられないのです」

ヴァーノンは立ちあがって、部屋の中をぐるぐると二回、歩きまわった。それからもどってきて、炉の前の、ジェーンの椅子の傍らの敷物の上に腰をおろして、彼女を見あげた。

「四つ目はどうなんです？　つまり、その——音楽は？　ぼくにできると思いますか？」

「それはわたしにも何ともいえませんわ。その場合は欲するとか欲しないとかいうことは問題でないかもしれませんもの。でも音楽があなたを捉えれば、ほかのすべてのものを呑みつくしてしまうと思います。あなたは何もかも捨てるでしょう——アボッツ・ピュイサン、富、あなたの愛する娘さん。あなたにとって人生は容易なものではないような気がしますわ。ああ、わたし自身、何だかぞっとしてきました。もうやめましょう。あなたはオペラを書いていらっしゃるって、セバスチャン・レヴィンに聞きましたけれど、そのことをわたしに話してくださいな」

ヴァーノンが語り終えたときには時計はすでに九時を指していた。二人はびっくりしたように声をあげ、近くの小さなレストランに食事に行った。別れを告げたとき、ヴァーノンはふたたび気後れを感じていた。

「あなたはぼくがこれまでに会った、いちばんすばらしい人の一人だと思います。また伺って話を聞いていただけるでしょうか？　今晩のぼくがあなたをひどく退屈させたのではなかったら」

「どうぞ、いつでもいらしてくださいな。おやすみなさい」

4

マイラからジョー宛てに次のような手紙が届いた。

愛するジョゼフィン

近ごろあたし、ヴァーノンと、あの子がロンドンでしょっちゅう会っている女のことが心配でたまりません——オペラ歌手か何かで、ヴァーノンよりずっと年上なんです。あんなたちの女が若い男の子をひきつけるのは恐ろしいほどなんですから、母親として本当に心を痛めているのです。どうしたらいいか、わからなくて。シドニー伯父さまにもお話ししたのですが、あまり力になっていただけそうにありません。男の子はそうしたものだとか何とかおっしゃるだけで。あたしの息子がそんなふうになるのなんて、たまらないのです。その女に会って、あたしの息子に構わないでくれと頼んでも何にもならないでしょうか？ どんな性悪女でも、母親の心からの願いには耳を傾けるのでは？ ヴァーノンはまだ若いんです。一生をめちゃめちゃにされてはあまりにもかわいそうです。いろいろと思い迷って途方に暮れています。このごろではあたしのいうことなど、あの子には何の影響力もないように思えます。
心配でたまらない
あなたのマイラ伯母より

ジョーはこの手紙をセバスチャンに見せた。

「性悪女って、ジェーンのことらしいね。ミセス・デイアとジェーンの対決の場面は見ものだろうね。はっきりいって、ジェーンはむしろ面白がると思うよ」

「馬鹿らしいわ！」とジョーは激昂したようにいった。「あたしはヴァーノンがいっそ、ジェーンを好きになってくれたらと思っているのに。ネルみたいな馬鹿な女の子に恋をするよりずっといいじゃないの」

「きみはネルが嫌いなんだね、ジョー？」

「あなただってそうでしょう？」

「いや、ぼくは好きだよ、ある意味ではね。あまり面白いとは思わないが、それなりに魅力的だよ」

「ええ、チョコレートの化粧箱みたいな魅力があるわね」

「ネルがぼくをひきつけないのは、それだけのものがまだ彼女にないからだと思うよ。本当のネルはまだ生まれ出てないんだ。今後とも生まれないかもしれない。ある種の人々にとっては、そこが魅力的なところなんだろうな。あらゆる種類の可能性を秘めているという意味でね」

「とにかく、あたしはジェーンはネルを十人合わせたよりずっとすばらしいと思うわ。ヴァーノンも、甘ったるい子どもじみた情熱を早く卒業してジェーンと恋に落ちればいいのに」

セバスチャンは煙草に火をつけてゆっくりした口調でいった。

「ぼくは必ずしもきみに賛成しないね」

「なぜ？」

「説明するのはちょっと骨が折れるな。とにかくね、ジェーンは血の通った人間だよ――めったにいないくらい、人間らしい人間だ。ジェーンと恋をするのは、片手間ではすまないかもしれない。きみとぼくはヴァーノンが天才ではあるまいかと考えている点で一致している。しかしぼくにいわせれば、天才というやつは現実の人間とは結婚したがらないものだ。彼の結婚しようと思う女性はどっちかというと弱い性格の、相手に干渉するほど強烈な個性をもたない人間だ。シニカルに聞こえるかもしれないが、ヴァーノンとネルの結婚は、その意味ではまことに当を得ているのさ。目下のところネルは――どこかにそんな詩があったね、そう、〝林檎の木と歌と黄金……〟を代表しているんだ。もっともいったん結婚してしまえば、魅力は失せる。彼女は気のいい、かわいらしい美女に過ぎない。

もちろん、彼はそうした彼女を熱愛しているんだがね。しかしとにかくネルは干渉しない。彼と仕事のあいだに立ちふさがるようなことはないだろう。ジェーンならそうするかもしれない。その気はなくても、知らず知らず干渉しないとはいえない。ジェーンの魅力は顔かたちの美にあるのではない。彼女の個性が人をひきつけるんだよ。ジェーンはヴァーノンにとっては致命的かもしれないね」

「とにかくね」とジョーはいった。「あたしは賛成しなくてよ。ネルみたいな馬鹿な人と結婚するなんて、とんでもないことだわ。二人のあいだのことがいっそ、うやむやになってしまうといいけれど」

「まあ、そんな形勢ではあるね」とセバスチャンは答えた。

第二章

1

ネルがロンドンにもどってきた。ヴァーノンは彼女が帰ってきた翌日に会いに行った。ネルは恋人の変わりようにすぐ気づいた。ヴァーノンはやつれた顔をしてひどく興奮しているようだった。ネルに会うといきなり彼はいった。

「ネル、ぼくは会社をやめようと思うんだよ」

「何をおっしゃるの？」

「まあ、聞いてくれたまえ」

ヴァーノンは熱っぽい口調で熱心に話した。彼の音楽——今はそれに身も心もささげなければならない。こういって彼は自分の頭の中にあるオペラについて話し出した。

「いいかい、ネル、これがきみだよ——高い塔に住んでいる王女だ。長い金髪が日の光を受けてきらきら輝いているんだ」

彼はピアノのところに行って説明しながら、弾きだした。

「これはヴァイオリンだ——それからこれはハープ……まるい宝石の調べだ……」

ネルの耳にはそれはいささか聞き苦しい不協和音と聞こえ、ひそかに耳をふさぎたくなった。オーケストラが演奏すれば違った感じがするのかもしれないが、と彼女は思った。けれどもネルは彼を愛していた——だから彼のすることはみな、いいに違いないと思った。ネルはにっこりほほえんでいった。

「すてきだわ、ヴァーノン」

「本当にそう思う、ネル？　ああ、きみはすばらしいよ！　いつでもわかってくれるんだね。何についても、きみらしい、やさしい見かたをしてくれるんだね」

ヴァーノンはつかつかと彼女に近づいて跪き、その膝に顔を埋ずめた。

「ぼくはきみが好きだ……心から愛しているよ」

ネルは彼の黒い髪を撫でた。

「オペラの筋を話してくださらない？」

「塔の上に金髪の王女が住んでいるんだ。世界の果てばてから王や騎士が彼女の手を求めてやってくる。しかし気位の高い王女は誰にも会おうとしない——まあ、古いお伽噺によくある筋さ。おしまいにジプシーの若者がくる——ぼろぼろの服を着て小さな緑色の帽子をかぶり、フルートに似た笛を吹いて聴かせる。そして、自分の王国は世界一広大だ、全世界が自分の国なのだから、自分の宝石にまさる宝石は世にない、なぜならそれは露の玉なのだから、と歌う。人々は彼を狂人扱いして城から追い出してしまう。しかしその夜、王女はみんなが寝静まってから、この若者が城の庭で吹く笛の調べを聴く。

さて、この町に年とったユダヤ人の商人が住んでいて、王女の心を得るために黄金と富を与えようと若者にいう。若者が笑って、その代償に何を求めるのかと訊くと老人は、おまえの緑色の帽子と笛をくれ、という。しかし若者は、この二つだけは手離すわけにはいかないとはねつける。

その後も若者は、毎夜、城の庭で笛を吹いていた。城に一人の年とった吟唱詩人がいて、ふしぎな話をして聞かせる。百年前にこの王家の王子がジプシーの娘の魔法に誘われて城を出たまま、帰らなかったというのだ。王女はその話を聞き、ある夜、起きだして窓べに立つ。ジプシーの若者は、美しい服も宝石もすべて捨てて、質素な白い衣を着て自分のもとにこいと王女を誘う。誘いに応じながらも王女は、万一のときのために服の裾に真珠を縫いこむ。二人は月光の中をあいたずさえて旅立ち、若者は愛の歌を歌う。しかしいくらも行かないうちに真珠は重さを増し加え、王女は疲れて一歩も進めなくなる。しかし若者は王女がついてこないことに気づかずに旅を続ける……とまあ、こんな筋だ」とヴァーノンはいった。

「ぼくの話しかたはひどく散文的だが、第一幕はここで終わる——若者が月光の中を去り、王女がむせび泣きつつ残されるという場面でね。場面は三度変わる。まず城の大広間、それから町の広場、王女の窓の外の庭」

「でもそんなオペラ、とてもお金がかかるんじゃなくて——舞台装置や何かに？」とネルはいった。

「さあ——そんなこと、ぜんぜん考えなかったな——まあ、どうにかなるだろう」とヴァーノンは、何を下らないことをというように苛立った口調でいった。「第二幕は広場の近くだ。こわれた人形を修繕するのを仕事にしている娘がいる。黒い髪が顔のまわりに垂れさがっている、美しい娘だ。そこへ若者が通りかかって何をしているのかと訊ねると娘は、子どもの玩具を直しているんだと答える。世界一すばらしい針と糸でと。若者は娘に王女のことを話して、旅の途中で彼女を見失ってしまったことを告げて嘆く。そしてこれからユダヤ人の商人のところに行って帽子と笛を売るつもりだという。娘は若者を止めるが、若者はほかに方法がないのだからときかない」

「どうもうまく話せないな。これはほんの筋書きだけだよ」ヴァーノンは少し恥ずかしそうに続けた。この話をどういうふうにオペラに構成するかは、まだ自分でもはっきりしていないんでね。もっとも、およその構想は浮かんでいる。城の広間に響く荘重な音楽——笑いさざめくように賑やかな広場の音楽。王女の登場する場面は詩の一節のようだ。〝静かな谷を歌いつつ流れる小川〟といったところかな。人形を修繕する娘の場面の調べは、アボッツ・ピュイサンの森のざわめきだ。

暗い森の丈高い木々。魔法にかかっているような、神秘的な、少し恐ろしい雰囲気……楽器をそのためにとくに調整しなければね。まあ、くわしいことはいわないでおこう。専門的過ぎてきみには退屈だろうから。

さてどこまで話したっけ？　そうだ、若者は今度は威風あたりを払う王子として城にやってくる。見事な剣を幾ふりもはき、馬具も美しく、宝石をきらめかせて。王女は大喜びで彼を迎える。二人は結婚することになって万事めでたしめでたしと思われたのだが、王子は日に日に痩せ衰え、何かしきりに思い悩んでいる様子だ。臣下がわけを訊ねても、『べつに』というばかりで……」

「あなたが小さいころ、よくいったようにね？」とネルは微笑した。

「そんなこと、いったかな？　覚えていないよ。さて、結婚式の前の晩、王子はとうとう堪えられなくなって、城を出て広場に行き、ユダヤ人の老人を起こして、帽子と笛を返してほしいと頼む。自分のもっているものは何なりと与えるからといって。ユダヤ人は笑って破れた帽子と折れた笛を投げてよこす。

王子は失意に沈む――世界のたががが弛んでしまったような気がする。彼は帽子と笛を手にさまよい歩き、ふと気がつくと目の前に、人形を修繕するあの娘が坐っている。王子が娘に一部始終を告げると、娘は横になって少し眠れという。朝になって目を覚すと新品同様に修繕のできた緑色の帽子と笛が枕もとに置いてある。

王子がうれしげな声をあげると、娘は戸棚から彼のものとよく似た帽子と笛を出し、二人は連れだって森を歩く。ちょうど森のはずれまできたときに日が昇り、王子は娘を見て、すべてを思い出す。『そうだ、百年前、ぼくはきみのために城も王位も捨てたのだ』、彼がこういうと娘は答える。『ええ、でもあなたは臆病な心から上衣の裏に金の塊を縫いこみました。その黄金の光があなたの目をくらまし、わたしたちは離ればなれになってしまったのでした。でも今、全世界はわたしたちのものです。一緒に世界中を旅しましょう。そしていつまでも幸せに暮らしましょう』」ヴァーノンは言葉を切り、熱っぽい顔をネルに向けた。「最後の場面はすてきに美しいと思うよ……ぼくの目に見えるもの、耳に聞こえているものを残らず音楽のうちに注ぎこむことができれば――小さな緑色の帽子をかぶった、二人の恋人が笛を吹いているところ……森、そして日の出……すべてをね……」

夢でも見ているような恍惚とした表情であった。ヴァーノンは目の前のネルのことさえ、すっかり忘れてしまったようだった。

ネルは、何とも説明しがたい感情を経験していた。この奇妙な、心ここにあらずと見えるヴァーノンを、彼女は恐れた。前に彼の口から音楽の話を聞いたことはあった。しかし、こんなふうに情熱的な、昂ぶった様子は見たことがない。セバスチャン・レヴィンはヴァーノンが他日何かすばらしいことをやってのけると信じているらしい。しかしネルはこれまで読んだことのある大音楽家たちの伝記を思い出して、突然心の底から、どうか、そんなすばらしい天分をヴァーノンが与えられていないようにと願った。これまでのように少年じみた一途な愛を彼女に寄せるヴァーノンのほうがどんなにいいか、知れない。一つ夢をわかちあう恋人のままでいられたら。

音楽家の妻はいつの世にも不幸だ。どこかでそんなことを読んだような気がする。ヴァーノンはえらい音楽家になんか、ならないほうがいい。一日も早くまとまった金を作って彼女と一緒にアボッツ・ピュイサンで暮らしてほしい。健全な、平凡な生活こそ、望ましい。愛と——そしてヴァーノンと。

この種の——何かにとりつかれたような執心は危険だ。たしかに危険だ。

といっても、ネルにはヴァーノンの熱情に水をさす気はなかった。そんなことをするには、彼女はヴァーノンを愛しすぎていた。せいぜい共感をこめ、関心を装いつつ、ネルは呟いた。

「変わったお伽噺ね。子どものときからずっと忘れなかったの？」

「きれぎれに覚えていたんだ。川できみと再会した朝も、この物語のことを思い出していたのさ。きみが木の下に立っているのを見るちょっと前のことだ。あのときのきみは輝くように美しかった。いや、きみはいつまでも変わりなく美しいだろう。そうでなくなったりしたら、ぼくはとても我慢できないよ。ああ、何て下らないことばかりいっているんだ、ぼくは！　それからあのラニラの夜、ぼくがきみに愛を打明けたとき——あのときもぼくの胸にはこの音楽が押し寄せていた。塔の部分をほんの少し記憶していただけで、話の筋ははっきり思い出せなかったが。

ところが運のいいことにね、昔、ぼくにその物語を話して聞かせてくれた看護婦の姪って人に会ったんだ。おまけに彼女はこの話をすっかり知っていてね、ぼくが思い出せるように助けてくれた。ふしぎなめぐり合わせってあるものなんだね」

「誰なの、その姪って？」

「すばらしい女性だよ。親切で、頭がよくて。ジェーン・ハーディングって名の歌手だ。エレクトラやブリュンヒルド、イゾルデを、新イギリス・オペラ協会のオペラで歌っている。来年はコヴェント・ガーデンに出演するかもしれないそうだ。セバスチャンのパーティーで会ったんだが。そのうち、きみにもひきあわせたいよ。きっと好きになるだろうよ」

「年はいくつくらい？　若いの？」

「さあ――三十ぐらいかな。彼女と一緒にいると妙な気持になるんだ。反撥も感じるが、その一方、自分にはどんなことでもやれるという昂揚した気持がこみあげてくるんだ。ずいぶん世話になった、いろいろな意味で」

「そうのようね」

なぜ、そんな含むところありげないいかたをしたのか？　ジェーン・ハーディングに対して、なぜ理由もない偏見をいだいたのだろう——とネルは自分でも説明のつかない気持だった。

ヴァーノンは困惑したように恋人を見つめた。

「どうしたの？　何だかおかしないいかたをしたね？」

「わからないわ」とネルは笑いに紛らそうとした。「何となくぞっとしたのよ」

「おかしいな」とヴァーノンは眉を寄せた。

「ついこのあいだも、誰かが同じようなことをいったっけ」

「よくあるわ。そういうことって」とネルは笑ったが、ふと語調を変えていった。「あたしもその人に会ってみたいわ」

「ああ、ぼくもぜひ紹介したいんだ。きみのことをいろいろと話したからね」

「あたしのことなんか、黙っていてくださればよかったのに。誰にもいわないって、お母さまに約束したんじゃなかった？」

「外部の人間は誰も知らないよ——でもセバスチャンは知っているし、ジョーだって」

「あの人たちは特別だわ。小さいころからの知りあいですもの」

「そうだったね。ごめんよ、ついいっちまったんだよ。でも婚約者だなんて話してないし、きみの名前や、その他詳しいことは何一ついってないんだよ。まさか、怒ってるんじゃないだろうね？」

「もちろんよ、怒ってなんかいないわ」

けれども彼女自身の耳にもその声はいかにもとげとげしく響いた。生きていくって、どうしてこんなにむずかしいのかしら？　ヴァーノンの音楽が彼女には恐ろしかった。そのために彼は安定した地位を棒に振ろうとしている。音楽がそうさせたのか？　それともジェーン・ハーディングか？

ネルは狂おしい思いで心に呟いた。〝いっそ、ヴァーノンになんか、会わなければよかった。いいえ、愛さなければよかったんだわ。すくなくともこんなに愛していなければ。あたし、怖い。とても怖い……〟

2

すべて終わった！　思いきって伯父に話してしまったのだ。もちろん、いろいろと不愉快なことはあった。シドニー伯父は激怒した——理由のないことではない、母親も涙ながらに彼を責めた。あまりあれこれいわれて、何度か決心をひるがえしかけたが、どうにか頑張りとおしたのだった。

彼はそのあいだ奇妙な孤独感に苛まれ続けた。ネルは彼への愛ゆえに、彼の決意を一応支持した。しかしそれが彼女を悲しませ、動揺させ、将来について不安を抱くようにさえさせていることを、ヴァーノンは感じていた。セバスチャンはセバスチャンで、決定的な行動に出るのは時期尚早だと考えているらしかった。当分は二つの世界を何とか両立させる、そのほうがずっと賢明だと。もっとも口に出してそういったわけではなかった。セバスチャンはだいたい、誰に対しても助言など与えたためしがなかった。いつも一貫して彼の味方に立ってくれるジョーさえも懐疑的であった。彼女は、ヴァーノンにとってベント家とのつながりを断ち切ることは問題だと考えていたし、ヴァーノンの音楽家としての将来についても、絶対の確信はもっていなかったのであった。それさえ確かなら、むろん彼女とて喜んでヴァーノンを支持したのだろうが。

これまでヴァーノンは誰に対しても正面切って反対するだけの勇気がなかった。だからこれまでの生活と訣別し、物価の高いロンドンで軽い財布と相談しながら借り受けることのできた安い貸間に落ち着いたとき、とうてい勝ち目のない戦いに勝ったような、意気軒昂たるものを感じたのであった。そのうえではじめて彼はジェーン・ハーディングに会いに行ったのである。

いかにも子どもらしいことだが、心の中で彼はあらかじめジェーンとの会話を想像していた。

「あなたがいったとおりにしましたよ」

「すばらしいわ！　あなたにはそれだけの勇気があるに違いないと思っていたのよ」

彼は謙遜し、彼女は彼の行動を讃える。彼女の讃辞が彼を支え、いっそう昂揚させるだろう。

現実は、いつもながら、まったく期待はずれだった。ジェーンと彼の触れあいは常にそうだったのだが。

彼が然るべく慎ましく事の次第を物語ると、彼女はそれをしごく当然のこととして受けとり、格別に英雄的な行動とは考えないらしかった。

「前々からそうしたいと思っていらしたんでしょうね。そうでなかったらそんなこと、するわけがありませんもの」

ヴァーノンは拍子抜けがして、ほとんど怒りさえ感じた。ジェーンの前に出ると、手も足も出ないような気持になるのはどういうわけだろう？　何となく自然にふるまえないのだ。いいたいことがたくさんあるのに、どうもうまくいえない。口もろくにきけない始末で——どぎまぎしてしまう。しかしそのうちに急に、これという理由もないのに、曇り空が晴れあがるように爽やかな気分になって気楽に、楽しく、頭に浮かんだことをしゃべっている自分に気づくのだ。

「なぜ、ぼくはいつもこの人の前に出ると気後れを覚えるのだろう？　彼女のほうはごく自然なのに」

どうも釈然としなかった。彼女とはじめて会った瞬間から、ヴァーノンは不安を——恐れをさえ覚えた。ジェーンが自分におよぼす影響が腹立たしく、その影響力の強さを認めたくない思いだった。

ジェーンとネルを親しくさせようという試みは失敗に終わった。二人をひきあわせたヴァーノンは、礼儀の命ずる慇懃さにいかに真情が伴っていないかを敏感に感じとった。

ジェーンをどう思うかとネルに訊ねると彼女は答えた。

「ええ、大好きよ。とても面白い人のようね」

ジェーンに対してはそう気易く率直に訊けなかったが、彼女のほうで助け舟を出してくれた。

「あなたのネルをわたしがどう思ったか、お訊きになりたいんじゃなくて？　きれいな人ね——それに気持もとてもかわいらしいわ」

「仲よくなれると思いますか？」

「もちろんなれっこないわ。それになぜ、仲よくしなきゃいけないの？」

「なぜって——」と彼は思いがけぬ返事にまごついた。

「友情はね、等辺三角形ではないのよ。A、もしBを好み、Cを愛するとす。然りとせば、CとBは……第一、あなたのネルとわたしは何一つ共通するものをもっていないんですもの。ネルもやっぱり人生をお伽噺のように思っているわ。結局はそうではないのかもしれないと考えて、不安を感じはじめているらしいけれどね、かわいそうに。ネルは森の中を夢うつつで歩いている眠り姫よ。愛はネルにとって、世にもすばらしいものに思えるんでしょうね」

「あなたにとってはそうじゃないんですか？」ついそう訊かずにはいられなかった。知りたくてならなかったのだった。ヴァーノンはボリス・アンドロフについて、それまでにもしばしばいろいろと思いめぐらしていたのだった。

ジェーンはおよそ無表情に彼を見返した。

「いつか――お話しするわ」

「今、話してください」――そういいたかったのだが、そんな自分を抑えて彼はいった。

「ジェーン、あなたにとって、人生とは何なのですか？」

ジェーンはちょっと沈黙していたが、やがて答えた。

「困難な、危険な、それでいて興味の尽きない冒険、わたしは人生をそう考えていますの」

3

ヴァーノンは本格的に仕事にとりかかれるようになって以来、自由の喜びを満喫していた。神経をやたらに磨りへらすことも、エネルギーを浪費することもなく、すべては問断のない、ゆるやかな流れのように仕事に注ぎこまれた。気を散らさせられるものもほとんどなかった。さしあたってはかつかつ生きていくだけの金しかなかったからで、アボッツ・ピュイサンは依然として借り手がきまっていなかったのである。

秋が去り、冬もあらかた過ぎた。ネルとは週に一、二度会った。慌しい、満ち足らわぬ逢瀬だった。ネルも、彼も、最初のあの何ともいえない喜びが遠いものになったのを意識していた。ネルはオペラの進捗《しんちょく》ぶりについてあれこれと問いただした。どんな具合か？ いつ完成するつもりか？ 上演される見こみはどのくらいあるかなど。

そうした実際的な面については、ヴァーノンはいっこうはっきりしたことをいわなかった。目下のところ、作品の創造そのものについてしか、関心がなかった。オペラは無数の痛みや困難を伴って緩慢に形をとりつつあった。ヴァーノンの経験とテクニックの不足から、その進行はしばしば阻害された。ヴァーノンは口を開けばそれぞれの楽器のもつ難点や可能性について語り、あちこちのオーケストラのメンバーとしばしば一緒に出かけた。ネルはコンサートに足しげく行き、音楽がかなり好きではあったが、オーボエとクラリネットの違いがわかるかどうかは疑問だったし、ホルンとフレンチ・ホルンも似たようなものだと思っていた。楽譜を書くのにどれだけの専門的知識が要るかを知って、彼女は一驚した。オペラがどのようにしていつ上演されるかということに関して、ヴァーノンがいかにも無関心なのが彼女を不安にさせた。

　ヴァーノンは自分のあやふやな答がネルを憂鬱にさせていること、彼女の気持が彼から離れかけていることに、いっこう気づいていなかった。ある日ネルがほとんど泣かんばかりに次のように訴えたとき、彼はひどく驚いた。

「ああ、ヴァーノン、あたしをあまり苦しめないでちょうだい。いろいろ辛いのよ。少しは希望ももたせてくださらない？　あなたはわかっていらっしゃらないのよ、あたしの立場が」

　ヴァーノンはびっくりした顔で見つめた。

「しかし、ネル、本当に何の心配もいらないんだよ。ただ忍耐――して待てばいいんじゃないか」

「わかっているわ。こんなこと、いっちゃいけないんでしょうけど。でもねえ――」といいかけてやめた。

「ぼくがそれだけ辛くなるんだよ。きみが悩んでいると思うと――」

「あら、あたし、悩んでなんか――」

　しかしその言葉の下から、抑えつけられた憤懣の気持がまたもや頭をもたげた。ヴァーノンは彼女がどんなに辛い思いをしているか、さっぱり理解していない。気にもかけない。

彼女の直面しているさまざまな困難な事情をちっともわかってくれないのだ。おそらく彼はそうしたことを馬鹿げた、下らぬ些事だと思っているのだろう。ある意味ではそうかもしれないが、そうとばかりはいいきれない。そうしたものの総計が彼女の現実の生活を作りあげているのだから。ヴァーノンは、彼女が戦いに従事していることをわかってくれない。いや、気づいてもいない。実際、彼女は不断の戦いにたずさわっているのだ。くつろぐゆとりもなく。もしも彼がそれに気づき、励ましてくれたら、どんなにたいへんかよくわかっているといってくれさえすれば。でも彼はけっしてわかってはくれないのだ。

何ともいえぬ孤独感がネルを打ちひしいだ。男はみんなこうなのだ。愛だけで、すべて解決できると思っている。事はそう簡単ではないのに。ヴァーノンが憎らしくさえ思われた。自分のことにかまけ、仕事にばかり熱中している。自分の心を乱すという理由で、彼女が悩むことまで禁ずるのだ……

〝女だったら、誰だってわかってくれるだろうに〟そう彼女は思った。

漠然とした衝動に促されて、ネルは自分の意志でジェーン・ハーディングに会いに出かけた。

ジェーンは在宅していた。ネルを見て驚いたとしても、顔には出さなかった。二人はしばらくとりとめのない話をした。けれどもネルはジェーンが待っている、じっと様子を窺いながら待ちかまえているという印象を受けた。

なぜ、あたしはここにきたのだろうとネルは自問した。自分でもわからなかった。彼女はジェーンを恐れ、不信の念をいだいている——だからきたのかもしれない！　ジェーンは彼女の敵だ、疑いもなく。しかしこの敵は彼女のもちあわせていない知恵をもっている。ジェーンは頭がいい。悪い女かもしれないが——おそらく悪女だろうが、この悪女から何か学ぶことがあるかもしれないのだ。

ネルは口ごもりながら訊ねた。あなたはヴァーノンのオペラが成功すると思うか——それもすぐ？　ふるえる声を抑えようとむなしく努力しながら、彼女は訊いた。

ジェーンの冷やかな緑色の目がじっと彼女に注がれていた。

「いろいろとお困りらしいわね」

「ええ、そうなんですの——」

いったん口を切ると、次から次へときりなく繰りごとが出てきた。さまざまないいぬけ、苦労、母の無言の圧力、ある人——名前はあげなかったが——理解してくれる、親切な、金持のある人の存在。

同性を相手にそうしたことをいうのは気楽だった。ジェーンのような、何も知るはずのない第三者が相手でも。女なら、理解してくれる。下らないことを一笑に付したり、軽くかたづけたりはしない。

語り終えるとジェーンがいった。

「あなたとしてはちょっとつらいでしょうね。はじめてヴァーノンに会ったときには、この音楽への執着については何も知らなかったんでしょうから」

「こんなことになるとは夢にも思わなかったんですもの」とネルは苦々しげにいった。

「それにしても、夢にも思わなかったことを悔やんでみてもはじまりませんわね」

「そうでしょうね」とネルはジェーンの口調を、何となく腹立たしく思いながらいった。

「でもあなたはもちろん、あの人の音楽の前には何もかも犠牲にされて当然だとお思いでしょう? あの人は天才なんだから——どんな犠牲でも喜んで払うべきだって」

「いいえ、そうは思いませんよ」とジェーンはいった。「ちっとも。むしろ天才なんて、何の役に立つのかって思いますわ。芸術作品にしてもね。ある人たちは、自分はほかの何ものよりも重要だと考えているようね。そんなこと、およそ考えもしない人たちもいるけれど。どっちが正しいか、いいきることはできないわ。ただあなたにとって一番いいことはね、ヴァーノンに音楽を捨てるように説きつけることでしょうね。音楽を捨て、アボッツ・ピュイサンを売って、そのお金であなたと結婚生活をするように。でもわたしにはわかっているの。あの人に音楽を捨てさせることなんて、とてもできることではないわ。天才とか、芸術なんてものは、あなたよりずっと強い力を持っているんですから。海辺のあのカヌート王の話じゃないけれど、ヴァーノンを音楽から引き離そうとしても無駄でしょうよ」

「だったらあたし、どうしたらいいんでしょう?」とネルは途方に暮れたようにいった。

「そうね、あなたが今話していらした、もう一人の紳士と結婚して、相応に幸せに暮らすか、ヴァーノンと結婚して、ときたまこのうえない幸せを感じることはあっても実際には不幸な境涯に入るか」

ネルは相手の顔を見つめた。

「あなただったらどうなさいます?」と囁くようにいった。

「ああ、わたしだったら、ヴァーノンと結婚して不幸になりますわ。悲しみのうちに喜びを求める人間だっているのですからね」

ネルは立ちあがって帰りかけたが、ふと戸口で足を止めて、壁にもたれて半眼を閉じ、煙草をくゆらしているジェーンを見返った。その姿はちょっと猫のように、あるいは中国の仏像のように見えるとネルは思った。突然、激しい怒りがネルを捉えた。

「あたし、あなたが憎らしいわ! あなたはヴァーノンをあたしから奪おうとしているわ。そうよ——あなたは悪い人よ——怖い人だわ。あたしにはわかるの。感じられるのよ。あなたはとても悪い人だわ」

「わたしに嫉妬しているの?」とジェーンは静かにいった。

「じゃあ、認めるのね、嫉妬するだけのことがあるって?」とネルはいった。「でもヴァーノンはあなたを愛してなんかいないわ、けっして。これからだってね。あなたが一方的に彼を捕まえたがっているだけで」

沈黙が続いた——どきどきと脈打つような沈黙であった。ふと身じろぎもせずジェーンが笑った。ネルは無我夢中でフラットから走り出たのであった。

4

セバスチャンはしばしばジェーンを訪ねる。たいていは夕食後に、まず電話をかけて在宅かどうかを確かめてからやってくるのだった。二人ともお互いの友情に奇妙に慰められるものを感じていた。ジェーンはセバスチャンに、ソルヴェーグの役づくりの苦労について話した。曲そのものがむずかしいところへもってきて、ラードマーガーがなかなかいいといってくれず、自分でこれならと思うことはいっそうまれだった。セバスチャンはジェーンに自分の野心や、目下進行中の計画、まだ海のものとも山のものともわからない理想について語った。

ある晩長いこと話しこんだすえに、二人はひとしきり黙って向かいあっていた。しばらくしてセバスチャンがいった。

「ぼくはきみが相手だと、つい何でも話してしまうようだね。どうしてだろう？」

「それは、ある意味ではわたしたちが似た者同士だからじゃなくて？」

「似た者同士？」

「ええ、そう。表面的には似ていないかもしれない。でも根本的には同じ鋳型で作られているのよ、わたしたちは。二人とも真実を愛しているし、かなりの程度、物事をありのままの姿で見るし」

「たいていの人はそうじゃないっていうんだね？」

「もちろんよ。たとえばネル・ヴェリカーは物事を自分に示されたとおりに、希望的観測にしたがって眺めるわ」

「慣習にとらわれた見かたってことかい？」

「ええ、でもそれには二通りあるわね。ジョーは慣習を無視していると気負っているわ。でもそれだって偏見にとらわれていることには変わりないんですもの」

「そう、あらゆるものに反対しているという点ではね。必然的に反逆者なんだな、彼女は。物事をそれ自体のメリットにしたがって吟味するということをしないからね。だから彼女の目から見ると、ぼくは救いがたい罪人なのさ。ぼくは成功者だが、彼女は失敗者を讃美する。ぼくは富んでいる。だからぼくと結婚することによって彼女は損をせずに得をするわけだ。ユダヤ人だということも、近ごろでは大したマイナスではないしね」

「むしろ流行の尖端のようね」とジェーンは笑った。

「そのくせ、ジェーン、奇妙なことに、ジョーは本当いって、ぼくを好いているんじゃないかという気がするんだよ」

「たぶんそうでしょうね。ジョーはあなたとはいわば時を異にして生きているのよ、セバスチャン。あなたのパーティーにきていたスウェーデン人がとても的を射たことをいっていたわ——時において隔てられていることは、場所において隔てられているより、深刻だって。ある人とあなたとのあいだに時のずれがあると、二人はどうしても一緒になれないでしょうね。あなたがたはお互い同士のために作られているかもしれない。でも人間、お互いにちぐはぐな時に生まれたってことがあるのよ。わたしが愚にもつかないことをいってると思って？　三十五にでもなれば、ジョーはあなたを愛するかもしれないわ——現実の、本質的なあなたを——狂気のように。あなたを愛することのできるのは成熟した女よ——青臭い小娘ではなしに」

セバスチャンは炉の火を見つめた。二月の寒い日で、石炭の上に丸太がうず高く積まれていた。ジェーンはガス暖房を嫌っていた。

「きみはふしぎに思ったことがあるかい、ジェーン、ぼくらが——きみとぼくが——どうして恋に落ちないのかと？　プラトニックな友情なんてものはたいていは成立しないものでね。しかもきみはとても魅力的だ。人を深淵にひきこむ魔女のようなところがある。自分では意識していないんだろうが」

「わたしたちがノーマルな状態にあったら、そうなっていたかもしれないわね」

「我々はノーマルな状態にはいないっていうのかね？　いや、ちょっと待ちたまえ——きみのいおうとしていることがわかった。つまり先口があったからって、いいたいんだね？」

「ええ、もしもあなたがジョーを愛していなかったら——」

「そしてもしもきみが——」と釣りこまれたようにいいかけて、セバスチャンは急に黙った。

「ね、わかるでしょう？」

「たぶんね。もう少しそのことを話しても構わないんだね？」

「ちっとも。だって、あることが現実に存在しているのなら、そのことを話題にしようが、しまいが、どうってことはないでしょうからね」

「きみも何かを強く望めば、必ずそうなると信じている口かい？」

ジェーンはちょっと考えてから答えた。

「いいえ。次々にいろいろなことが起こるから、これ以上何かを——求めるまでもなく結構忙しいのよ。でも何かが差し出されれば——そう、受けるにしろ、拒絶するにしろ、何らかの選択はしなければいけない——それが運命ってものでしょう？　いったん選択をしたら、後ろを振り返らずに歩き続けることね」

「それこそ、ギリシア悲劇の精神だな。きみは骨の髄までエレクトラになりきっている」とテーブルの上の本を取りあげた。『ペール・ギュント』か。きみは今、ソルヴェーグに首までどっぷりつかっているんだね」

「ええ、もともとこのオペラはペールよりはソルヴェーグのものなのよ。ねえ、セバスチャン、ソルヴェーグは何ともいえないくらい、魅力のある人柄よ。受動的で、物静かで、ペールに対する自分の愛こそ、天にも地にもかけがえのない、唯一のものだと確信しきっている。口に出してはいわないけれど、ペールが自分を欲し、必要としていることを知っている。彼に捨てられ、ないがしろにされながら、捨てられたという、そのことを彼の愛の最高の証左にすることに成功している。そういう人間なのよ、ソルヴェーグは。そうそう、ラードマーガーの聖霊降臨祭の場面の音楽はすばらしいものよ。ほら、ソルヴェーグが〝わが生涯を祝福されたるものとせし彼に幸いあれ〟と歌うところよ。男への愛を、情熱を内に秘め隠した尼僧のように表現し得るということを示すのはむずかしいけれど、でもたしかにやり甲斐があるわ」

「ラードマーガーはきみに満足しているのかね？」

「ときどきはね。でも昨日なんか、地獄に落ちろと怒鳴りつけられて、歯がガチガチいうくらい揺さぶられたわ。当然だったのよ。わたしがメロドラマティックな、かけだしの新人みたいな歌いかたをしたんですもの。強靭な意志の力、抑制こそ、必要だったのに。ソルヴェーグは物静かで、あくまでもやさしいわ。でも本当は恐ろしいほど強い娘よ。はじめて会った日にラードマーガーがいったとおりの性格だわ。雪——なめらかな雪——しかも驚くほど、明徹な意図が終始一貫しているというわけ」

ジェーンはついでヴァーノンの作品について話しはじめた。

「もうほとんど完成したのよ。ラードマーガーに見せるといいんだけれど」

「見せるだろうかね？」

「たぶんね。あなたは見たの？」

「一部だけね」

「どう思って？」

「まずきみの意見を聞きたいね、ジェーン。きみの判断は音楽に関する限り、ぼくと同じぐらい正しいからね」

「荒削りだわ。あまり多くのものが盛りこまれ過ぎているのよ——その一つ一つはいいものには違いないけれど。あの人はまだ自分の素材をどう扱ったらいいか知らないわ。でも素材はそこにあるのよ——それも大量にね。あなたもそう思うでしょう？」

セバスチャンは頷いた。

「まったく同意見だよ。ヴァーノンが革命児だということを、ぼくはますます強く確信している。しかし、失意のときがくるのは必然的だ。ヴァーノンは自分の作品が結局のところ、商品としては成り立たないという事実に直面しなければならない」

「つまり、上演できないってこと？」

「そのとおり」

「あなたなら上演できるでしょうに」

「つまり、友情に免じてってことかい？」

「ええ、そう」

セバスチャンは立ちあがって部屋の中を行ったりきたり歩きまわりはじめた。

「ぼくにいわせれば、それは反倫理的だね」と彼は長い沈黙のすえにいった。

「損をしたくないってわけね」

「まさに」

「でもある程度の金額は――それほど痛痒を感ぜずに損することができるんじゃなくて？」

「ところがね、いつも痛痒を感じるんだな。何ていうか――自尊心を傷つけられるんだよ」

ジェーンは頷いた。

「それはわかるわ。でもセバスチャン、あなたって人は損をする必要があるのよ」

「ジェーン、きみは――」

「まあ、議論はわたしのいうことを聞いてからにしてちょうだい。あなたはホルボーンの小劇場で〝高踏的〟な劇を上演しようと計画しているわね。だったらこの夏――七月のはじめごろに、『塔の王女』を上演するのよ。そうね、二週間ぐらい。オペラとしてでなく（このことはもちろん、ヴァーノンには内緒よ。むろん、何もいわないでしょうけど。あなたは馬鹿じゃないから）ミュージカルとして。斬新な舞台装置や不思議な効果を出す照明を使ってね。あなたは照明にはもともと関心があるんだし。ロシアン・バレエといったものになるでしょうね、全体の基調としては、いい歌手を選ぶことはもちろんだけど、とくに美人をたくさん揃えるの。謙遜してみせるなんてことはやめにして、はっきりいいますけれど、わたし、きっと成功させるわ、あなたのために」

「きみが――つまり、王女として出演するっていうのかね？」

「とんでもない。人形を修繕するジプシーの娘としてよ。あの娘はふしぎな雰囲気をもっているわ――人をひきつけ、とらえる魅力をね。彼女の登場する場面の音楽はヴァーノンの今度の作品中でも最上のものよ。セバスチャン、あなたはいつもわたしには演技ができるはずだといっていたわね？　今度のシーズンにコヴェント・ガーデンで歌わせてもらえるのも、わたしに演技ができるからなのよ。ヴァーノンのオペラはきっとヒットするわ。わたしには演技ができるんですから――オペラでは演技はとても重要よ。わたしは――観客を動かすことができるわ。わがことのように感じさせることができるの。ヴァーノンのオペラは劇としてはいろいろな点でもっと形を整える必要があるんじゃないかしら。それはわたしに任せてちょうだい。音楽の方面では、あなたとラードマーガーが助言を与えることができるでしょうから——ヴァーノンがそれを受けいれるとすればだけれど。音楽家なんて、取扱い注意を要する、気むずかしい代物ですからね、わたしたちみんな知ってのとおり。でも大丈夫、うまくいくわ、セバスチャン」

ジェーンは身を乗りだしていた。その顔は生き生きと輝き、印象的であった。セバスチャンのほうは、彼が何かを真剣に考えているときにいつもそうであるように無表情だった。彼はジェーンをじっと見つめた。個人的見地からでなく、客観的に彼はジェーンを評価していたのだった。セバスチャンはジェーンのダイナミックな力、内なるその磁力、観客の共感を呼び起こすすばらしい能力を信じた。

「考えてみるよ」と彼は静かにいった。

「きみのいうことにも一理ありそうだ」

ジェーンは突然笑いだした。

「それにわたしをひどく安く手に入れるチャンスよ、セバスチャン」

「わかっている」とセバスチャンは真面目な口調でいった。「ぼくのユダヤ人としての本能も、どこかで満足させてもらわなければね。きみがぼくに押しつけたんだよ、ジェーン——ぼくがそれに気づいていないなんて思い違いをしないでくれたまえ!」

第三章

1

『塔の王女』はついに完成した。ヴァーノンは昂揚した気持の反動でひどく気落ちしていた。全然なっていない。駄作だ。火の中にでもほうりこんだ方がいい。

ネルのやさしさと励ましはこの時期の彼にとってこのうえない慰めであった。ネルはいつも本能的に、ヴァーノンがいちばん聞きたいと思っていることをいった。彼女がいなかったらとうの昔に絶望していただろうと彼はしばしばありがたそうにいったものだった。

冬のあいだ、彼はジェーンとはあまり会わなかった。ジェーンはイギリス・オペラ協会の一行と巡業の旅に出ていた。バーミンガムで彼女が『エレクトラ』を歌ったとき、彼はわざわざ聴きに出かけた。そして強い感銘を受けた。音楽もよかったが、エレクトラを演じたジェーンに強い印象を受けたのである。〝何もいわずに踊れ〟という雄々しい叫び声。肉体よりも精神を感じさせる演技だった。彼は本当のところ、ジェーンの声はその役には弱すぎるのではないかと思ったが、どういうわけか、そんなことは問題ではないような気がしていた。ジェーン自身がエレクトラ、苛酷な運命を象徴する狂信的な焔のごとき精神であったのだ。

ヴァーノンはその後の数日を母親のもとで送った。やり切れない、耐えがたい日々であった。シドニー伯父の家も訪ねたが、うってかわって冷やかに迎えられた。イニッドはある弁護士と婚約したが、それは伯父にとって、あまり好もしい縁組ではなかったのである。ネルと母親はイースターの週間にはロンドンを留守にしていた。ヴァーノンは二人が帰るのを待ってネルに電話し、すぐ会いたいといった。彼は青ざめた顔に目ばかりぎらぎら光らせて現われた。

「ネル、とんでもないことを聞きこんだんだ。きみがジョージ・チェトウィンドと結婚するってもっぱらの噂だ。人もあろうに、ジョージ・チェトウィンドと！」

「誰がそんなことをいったの？」

「いろいろな人がさ。どこへ行くにもあいつと一緒だって」

ネルは怯えた、悲しそうな顔をした。

「人の噂なんか、信じないでくださるといいのに。ねえ、ヴァーノン、そんな責めるような顔をしないでちょうだい。あの人はたしかにあたしに結婚を申しこんだわ――本当のところ、二度」

「あんなじいさんがきみに？」

「ヴァーノン、馬鹿なことをいうもんじゃないわ。ジョージは、まだ四十一か、二よ」

「きみの年のほとんど二倍じゃないか。てっきりあいつ、きみのお母さんを狙っているのかと思っていたのに」

ネルは思わず笑った。

「いっそ、そうだったらいいのに。お母さまはあれでまだずいぶんきれいだし」

「ぼくもラニラの夜にはそう思ったものだった。まさか――きみを狙っていたとは思わなかったよ！　あのときからだったのかい？」

「ええ、あの夜からよ――そんないいかたをなさりたいならね。だからお母さまはあんなに怒ったんだわ――あたしがあなたと二人きりで消えたとき」

「そんな思惑があるなんて、思いもしなかったよ！　ネル、なぜ、ぼくに話してくれなかったんだい？」

「話すって、何を？　話すことなんて、何もなかったんですもの――そのときには」

「まあ、そうだろうな。こんなことをいうなんて、ぼくはよくよく馬鹿だ。しかし、チェトウィンドはたいへんな金持だっていうから、ときどきひどく心配になるんだよ。ああ、ネル、ほんの一分たりともきみを疑うなんて、われながらひどいと思うよ。どこのどいつがどんなに金持だろうが、きみは気にもかけないにきまっているのに」

ネルはいらいらと呟いた。

「金持、金持って、あなたはひとつことばかりいうのね。ジョージは親切な、とてもいい人よ」

「そうだろうとも」

「本当よ、ヴァーノン、めったにないくらいいい人だわ」

「やつの味方をするのも結構さ。しかし、二度も断られたのに、性懲りもなくきみに付きまとうなんて、よっぽど鈍感な阿呆には違いないね」

無言で見返したネルのまなざしがヴァーノンには何とも不可解だった。悲しげな、訴えるような、それでいてどこか挑むようなものが、謎のようなその凝視に感じられたのであった。遠く離れた別世界から彼を見ているようだった。

ヴァーノンはまたいった。

「こんなことをいうなんて、ぼくは自分で自分が恥ずかしいよ。しかし、男という男がみんなきみを欲しがるに違いないと思うと気が気でないんだ」

ネルがだしぬけに精も根も尽きはてたように泣きだしたので、ヴァーノンはびっくりした。ネルは彼の肩に頭を載せてむせび泣いていた。

「あたし、どうしたらいいの？　本当にどうしたら——苦しくてたまらないのよ。あなたと、もっとよく話し合えればいいんだけれど」

「話ならいくらでもできるじゃないか。ぼくはちゃんと聞いているよ」

「だめなのよ。それにあなたはわかってくださらないんですもの。話そうとしてもむだなのよ」

ネルは泣き続けた。ヴァーノンはキスの雨を降らせ、なだめすかし、愛の言葉を囁いた。

ヴァーノンが帰ると、母親が開封した封筒を手に部屋に入ってきた。涙に濡れた娘の顔には気づかぬふうを装っていた。

「ジョージ・チェトウィンドが五月三十日にアメリカに帰るそうよ」と机に近づきながら母親はいった。

「そんなこと、あたしには関係ないでしょ」とネルは突っぱねるようにいった。

ミセス・ヴェリカーは何もいわなかった。

その夜ネルはいつもより長いこと、自分の白い狭いベッドの傍らに跪いて祈った。

「ああ、神さま、どうか、ヴァーノンと結婚させてください。あたし、それを心から願っています。あの人を愛しているんです。どうか、何か思いがけないことが起こって、何もかもうまくいきますように……」

2

四月の末にアボッツ・ピュイサンに借り手がついた。ヴァーノンはいささか興奮した面持でネルのところにやってきた。

「ネル、ぼくとすぐ結婚してくれるかい？　何とか生活していけると思うんだ。あまりいい条件じゃなかった——割りの悪い条件といってもいいだろう——でも承諾するほかなかったんだ。抵当の利子や家屋の維持費やらで、借り手がつかないあいだ、かなりのものいりだったからね。借金で凌いできたんだが、それもすっかり返してしまわなければならないし。一、二年はかなり苦しいが、まあ、それがすめば何とかやっていけるだろう……」

といった具合に、ヴァーノンは金銭上のことを詳細に説明した。

「いろいろと検討してみたんだよ、ネル、慎重に考えてみた。小さなフラットを借りてメイド一人ぐらいなら雇うことができる。楽しみに使う金も少しは残るよ。ぼくと一緒なら、貧乏なんてちっとも気にしないだろう、ネル？　ぼくが貧乏を知らないっていったことがあるけど、今ではきみにもそんなことはいえないだろう。ロンドンに出てきて以来、ぼくはおそろしく僅かな金で暮らしてきたんだからね。それにそんなことはちっとも気にならなかったよ」

たしかにヴァーノンは貧乏をまるで問題にしていなかった。それは何となく彼女自身に対する遠回しの非難のようにさえ思えた。ネルは、どう表現していいか、よくわからなかったが、自分とヴァーノンの場合を同一視することに疑問をもった。女の場合には、大きな違いがあるのだ。陽気に楽しげにふるまい、面白おかしく過ごすこと——そういったことは男にとっては大した意味もないことだろう。女の場合と違って服のことなど気にしないでいいのだし——男が少しぐらい、見すぼらしいなりをしていたって、誰も何とも思わないのだから。

けれどもそうしたことを、ヴァーノンにどう説明するのだ? ヴァーノンはジョージ・チェトウィンドとは違う。ジョージなら、何でもわかってくれるだろうに。

「ああ、ネル」

ネルは彼の腕に抱かれたまま、あやふやな気持でじっとしていた。決断しなくてはいけない。さまざまな幻が目の前を掠めた。アメリー……あの小さな家、泣きわめいている子どもたち……ジョージ・チェトウィンドとロールス・ロイス……蒸し暑い狭いフラット、だらしのない、役立たずのメイド……ダンス……衣裳……ドレスメーカーの請求書……ロンドンの借家住まい、家賃の滞納……アスコット競馬場の自分……美しい流行のガウンを着て笑顔を振りまき、楽しげにしゃべっている姿……と思うと突然、ラニラのあの夜、橋の上にヴァーノンと並んで立っている自分が目に浮かぶのだった……

その夜とほとんど同じあやふやな口調で彼女は呟いた。「ああ、ヴァーノン、わからないわ。あたし、どうしたらいいの？」

「ネル！」

ネルは恋人の腕から身を引き離して立ちあがった。

「ヴァーノン――あたし、考えてみなければいけないと思うの……よく考えてみなければ。あなたと一緒だと、ちっとも考えがまとまらないのよ」

その夜、ネルはヴァーノンに宛てて次のような手紙を書いた。

ヴァーノン

もう少し待つことにしましょう――六ヵ月ぐらい。すぐには結婚したくないのです。そのころにはあなたのオペラも発表の道が開けるかもしれないし。あたしが貧乏をただ怖がっているとお思いになるでしょうけれど、そういうことじゃないんです。あたし、これまでいろいろな人を見てきました――心から愛しあっていたのに、心配や気苦労のせいで愛の冷えてしまった人たちを。もう少し辛抱して待てば、何もかもきっとうまくいくでしょう。ああ、ヴァーノン、それが一番いいと思うのです――忍耐して時を待てば……

ヴァーノンはこの手紙を受け取って腹を立てた。ジェーンには見せなかったが、不用意に感情を爆発させたので、彼女にもおおよその察しがついた。ジェーンはすぐいかにも彼女らしく、ヴァーノンが気を呑まれたほど率直にいった。

「あなたは自分のことを、どんな女の子も夢中になるほどすてきな男性だと思っているようね？」

「どういう意味です？」

「だって、そうでしょう？　ダンスに明け暮れ、パーティーというパーティーに行き、さんざんみんなにちやほやされてきた女の子が、一つも面白い目を見ずに狭苦しい穴蔵みたいな家の中に閉じこめられて、何の楽しいことがあると思って？」

「お互い同士ってものがあれば充分じゃないですか？」

「二十四時間ぶっ続けに恋を語るってわけにもいかないわ。あなたが作曲に没頭しているあいだ、ネルは何をしていたらいいの？」

「貧乏な暮らしの中にも、女の幸せというものは味わえると思いますがね」

「ある条件のもとにおいてはね」

「つまり――？　愛とか、信頼があればってことですか？」

「いいえ、そんなことじゃないわ。ユーモアのセンスとか、タフな精神、自足という貴重な資質があったらという話よ。あなたは小さな家での結婚生活を、愛の多少に左右される情感の問題として考えようとしているわ。でもそれはむしろ、精神的視野の問題じゃなくて？　あなたにとっては、どこに住もうが、およそ問題ではないでしょうね——バッキンガム宮殿だろうが、サハラ砂漠だろうが——あなたには精神を集中できる音楽というものがあるから。でもネルは境遇に左右されるたちの人よ。あなたと結婚したら友だちと縁を切ることになるでしょうし」

「どうしてそんな必要があるんです？」

「収入のひどく違う人たちが友だちであり続けることほどむずかしいことは、世の中にないからよ。しょっちゅう、同じことをしてばかりもいられませんからね。当然ながら」

「あなたはいつもぼくのほうを非難するんだな」とヴァーノンは荒々しい口調でいった。

「すくなくとも、非難せんばかりだ」

「そうね、あなたが理由もないのにぬくぬくと自己満足に浸っているのを見ると、むらむら癪にさわってくるのよ」とジェーンは平然といった。「あなたは、ネルが友だちや自分自身の生活をあなたのために犠牲にすることを期待しているわ。それでいてあなた自身、犠牲を払う気はまったくないんですからね」

「どんな犠牲です？　ぼくはどんなことでもしますよ」

「アボッツ・ピュイサンを売る以外はね！」

「あなたにはわからないんだ」

ジェーンは静かに彼を眺めた。

「さあ、どうでしょう？　いえ、わかるわ。とてもよく。ただね、そんな高潔そうな顔をしないでちょうだい。わたし、人格高邁でございって顔をしている人を見るといつも腹が立ってたまらないのよ。その話はもうやめて、『塔の王女』のことを話しましょう。あれをラードマーガーにお見せなさい。どんなことをいわれるにしろ、彼の意見は聞くだけのことはあってよ、きっと」

ヴァーノンは渋々ながら承知した。

「あつかましいと思われるだろうな」

「いいえ、そんなことはないわ。ラードマーガーはセバスチャンの意見を高く買っているし、セバスチャンはいつもあなたを信じているんですもの。ラードマーガーはね、セバスチャンの判断は若いに似合わず、驚くべく的確だといっているわ」

「セバスチャンは本当にいいやつですよ。すばらしい男だ」とヴァーノンは熱っぽい口調でいった。「何を手がけても、ほとんどみんな成功させている。金のほうから、どんどん転げこんでくるんだから、ときには羨ましいくらいですよ」

「羨ましがることはないわ。本当のところ、あの人はあまり幸せともいえないようよ」

「ジョーのことをいってるんですか？　いや、それだっていずれは落ち着くべきところに落ち着きますよ」

「さあ、どうかしら。あなた、ジョーとはよく会ってるの？」

「かなりね。以前ほどしょっちゅうじゃあないが。ジョーがこのごろ親しくつきあっている、奇妙な芸術家気取りの連中がぼくには我慢ならないんですよ——髪の毛をやたら伸ばし、洗ったか洗わないかわからないような顔をして、口を開けば鼻もちならぬたわごとばかりいっている。あなたがた——本当の芸術家とはまるで違う」

「わたしたちは、セバスチャンにいわせれば、商業的成功者ですからね。それはともかく、わたし、ジョーのことを心配しているの。何か馬鹿げたことをやるんじゃないかって気がして」

「つまり、あのろくでもないラ・マールのことですか？」

「ええ、そう。女にかけてはしたたか者よ、あのラ・マールは。ああいうたちの男がいるのね、手管に長けた」

「ジョーがあの男とどこかへ行ってしまうと心配しているんですか——？　もちろん、ジョーはある点ではひどく考えがないが」とふしぎそうにジェーンを見つめて、「しかし、まさかあなたが——」といいかけて赤面し、言葉を切った。ジェーンはかすかにおかしそうな顔をした。

「わたしの倫理感について気をまわしてくださるにはおよばないわ」

「いや、ただ——いつもふしぎに思っていたんです——いろいろ……」

ヴァーノンの声は途中で消え、沈黙が続いた。ジェーンは背筋をしゃんと伸ばして坐り、じっと前方を凝視していた。やがて彼女は静かな、落ち着いた声で語りだした。まるでほかの人間の身に起こった出来事でも話すように、およそ何の感情もまじえぬ平板な声であった。ぞっとするような内容を冷やかに、簡潔に、ひとごとのように語る彼女に、ヴァーノンは何がなしぞっとするものを覚えた。まるで科学者のような超然とした話しぶりだった。

聞くうちにヴァーノンは両手で顔を覆った。

ジェーンはやっと話し終え、静かな声がとだえた。

ヴァーノンは身を震わせながら低い声で呟いた。

「そんな経験をしたんですか？——そんなひどいことって、聞いたこともない」

ジェーンは落ち着いた声でいった。

「ロシア生まれのデカダンですからね、彼は。アングロ・サクソンには、ああいった洗練されたサディズムはとてもわからないでしょうよ。暴力は理解できても、別の形の残酷さはね」

ヴァーノンは我ながらひどく子どもらしく、気が利かないと思いつつ、口走った。

「とても——その——愛していたんでしょうね？」

ジェーンはゆっくり首を振り、口を開きかけて、急にやめた。

「なぜ、過去を分析するの？」一、二分後彼女はいった。「あの人はすばらしい作品を作ったわ。サウス・ケンジントンにあの人の作った彫像があるわ。無気味な感じはするけれど、でも傑作よ」

彼女はふたたび『塔の王女』のことを話しだした。

ヴァーノンは二日後にサウス・ケンジントン美術館に出かけた。ボリス・アンドロフの彫刻はすぐ見つかった。女性の溺死体を主題としたもので――水ぶくれした、腫れぼったい顔は損傷して、見るも恐ろしかった。しかしその体は美しかった……じつにすばらしい裸像であった。ヴァーノンは本能的にジェーンがモデルだと思った。

彼はその青銅の裸像を見つめて佇んでいた。両腕を大きくひろげ、長い、真直ぐな髪の毛が悲しげになびいている。

何年ものあいだ忘れていた、あの〈獣〉に対する奇妙な恐怖が彼を襲った。ヴァーノンはその美しい裸像に慌てて背を向けて、美術館をほとんど走らんばかりに後にしたのだった。

3

ラードマーガーの新作『ペール・ギュント』の初日であった。ヴァーノンはラードマーガーから、はねた後のパーティーに招かれていた。劇場に行く前に彼はネルの家で彼女と食事をすることにしていた。もっともネルはオペラには行かないといっていたが。

ネルが驚いたことにヴァーノンはなかなか姿を現わさなかった。少し待ってから親子は食事を始めた。ヴァーノンはちょうどデザートがテーブルに出たときに到着した。

「本当にすみません、ミセス・ヴェリカー、お詫びの言葉もないほどです。ひどく突発的な――ことが起こったものですから。後でお話しします」

彼の顔は真青で、見るから気が転倒している様子だったので、ミセス・ヴェリカーも苛立ちを忘れた。彼女は世慣れた女性だったから、いつもの分別を発揮してさりげなくいった。

「せっかくきてくださったんだから、ネルと少し話していらっしゃいな。オペラに行くつもりなら、あまり時間がないんでしょう？」

こういってミセス・ヴェリカーは部屋を出て行った。ネルは問いかけるようにヴァーノンを見やった。ヴァーノンはそのまなざしに答えていった。

「ジョーがラ・マールとどこかへ行ってしまったんだ」

「まあ、ヴァーノン、まさか！」

「本当なんだよ」

「つまり、駆け落ちしたってこと？　結婚したの？　それともいずれそのつもりで――？」

ヴァーノンは苦々しげにいった。

「ラ・マールはジョーと結婚なんてできないよ。もうすでに結婚しているんだから」

「ヴァーノン、だったらたいへんじゃないの！　どうしてまたジョーは――」

「ジョーはいつも無分別だからね。きっと後悔するだろう――ぼくにはわかるんだ。あいつが心から好きってわけじゃないんだし」

「セバスチャンはどうしていて？　ひどいショックを受けたでしょうね？」

「ああ、かわいそうに。ぼくは今までセバスチャンと一緒にいたんだよ。奴さん、すっかり取り乱している。あんなにジョーを愛していたとは知らなかった」

「あたしは知っていたわ」

「ぼくら三人はいつも一緒だったんだよ――。ジョーとぼくとセバスチャンは。一種の連帯感があるんだ」

嫉妬のかすかな痛みがネルの胸に走った。

「何だかぼくが悪かったんだって気がしてならないんだよ。このところ、ジョーとあまり接触がなかったからね。かわいそうに、ジョーはいつもぼくの味方に立ってくれた――実の姉妹でもああはいかなかったろう。子どものころ、ジョーがいっていたことを思い出すと胸が痛くなるよ――男とはけっして何の関係ももたないって、ませた口調でいったものだった。そのジョーがこんなことになるなんて」

ネルは呆れたように呟いた。

「奥さんのある人なんかと。それが問題だわ。子どももいるのかしら？」

「やつの子どものことなんか、どうしてぼくが知っているわけがある？」

「ヴァーノン――そんなに不機嫌にならないでちょうだい」

「ごめん、ネル、ぼくは動転しちまっているんだよ。それだけだ」

「それにしても、どうしてそんな馬鹿なことをしたんでしょうねえ」とネルはいった。ネルはジョーが彼女を暗黙のうちに軽蔑していることを意識し、ひそかに腹に据えかねていた。いま彼女がジョーに対してかすかな優越感を感じたとしても、それはまあ、人情自然のことだったろう。

「結婚している男の人とどこかへ行ってしまうなんて。お話にもならないわ！」

「まあ、勇気はあったってことだろうね」とヴァーノンはいった。

彼は突然ジョーを弁護したいという思いに矢も盾もなく駆りたてられていたのだった――ジョーはアボッツ・ピュイサンと彼にとってのなつかしい少年時代に属していたのである。

「勇気ですって？」

「そう、勇気さ」とヴァーノンはいった。「すくなくとも分別に引きとめられて、損得を計算するようなことはしなかったからね。ジョーは愛のためにあらゆるものを捨てた。誰にでもできることではないよ」

「ヴァーノン！」

ネルが喘ぐように立ちあがるのを見ながら、「そうじゃないか」とヴァーノンはいった。胸のうちでくすぶっていた憤懣があっと思う間に迸り出ていた。「ネル、きみはぼくのためにほんの僅かな不快だって忍ぼうとしないじゃないか。いつも待ってくれとばかりいう。〝慎重にしましょう〟って。誰かへの愛のために何もかも捨てるなんてことのできない人だ、きみは」

「ヴァーノン、あんまりだわ——残酷よ、あなたは！」

彼女の目に見る見る涙が溢れるのを見て、ヴァーノンはたちまち後悔した。

「ああ、ネル、そんなつもりじゃなかったんだ——本当だよ」

ヴァーノンはネルをひしと抱きしめた。すすり泣きの声が低くなった。ヴァーノンはちらりと時計を見た。

「いけない、もう行かなけりゃ。さようなら、ネル、ぼくを愛していてくれるね？」

「ええ、もちろんよ——きまっているでしょう」

ヴァーノンはもう一度彼女にキスをして慌しく出て行った。ネルは取り散らかっている食卓の脇にもう一度腰をおろし、思いに沈んだ……

4

ヴァーノンがコヴェント・ガーデンに着いたときには『ペール・ギュント』はすでに始まっていた。イングリードの結婚の場面だった。彼はちょうど、ペールとソルヴェーグの最初の短い出会いのときに到着したのであった。ジェーンはあがっていないだろうか？金髪を二つに編み、無邪気な、落ち着いた態度のジェーンは、びっくりするほど若々しく見えた。十九ぐらいの少女に見えるとヴァーノンは思った。ペールがイングリードを連れ去るところで、その一幕は終わった。

ヴァーノンは、音楽よりもジェーンにより多くひかれている自分に気づいた。これはジェーンにとって辛い試練のときだ。成功するか、失敗するか、すべては今夜にかかっているのだ。何よりもラードマーガーの自分に対する信頼を正当化したいと、ジェーンはどんなに思いつめていることだろう。

やがて彼はすべてが申し分なくうまくいっていることを悟った。ジェーンはソルヴェーグになりきっていた。澄んだ、誠実な——ラードマーガーにいわせれば——あたかも水晶の糸のように清らかな声が少しの淀みもなく歌っていた。その演技もまたすばらしかった。

ソルヴェーグの穏やかな、それでいて、ゆるがぬ性格が圧倒的な印象を与えた。

ヴァーノンは嵐にもてあそばれる弱いペールに、このときはじめて興味を感じた。それは、ことごとに現実から逃避し続けてきた臆病者の物語であった。ペールが魔王と争う場面の音楽は彼を激しく揺さぶった。幼いときの、あの〈獣〉に対する恐怖心をそれは思い起こさせた。妖怪に対する子ども時代の漠然とした恐怖がそこにあった。姿を見せぬソルヴェーグの澄んだ歌声がそこから彼を救いだした。ソルヴェーグがペールのもとに赴く森の場面はえもいわれず美しかった。ペールがソルヴェーグに荷物を取ってくるから待っていてくれというと、彼女は、「重たい荷なら、二人で一緒に背負いましょう」と答える。しかし結局、ペールは去って、もう一度だけ現実を避けようとする。「彼女に悲しみをもたらすのか？　いや、いけない。回り道をしろ、ペール、回り道を」

聖霊降臨祭の音楽は絶妙の美しさをもっていた。しかし雰囲気はあくまでもラードマーガーらしいとヴァーノンは思った。それは結末の場面を導きだし、その効果を準備するものであった。疲れはてたペールがソルヴェーグの膝に枕して眠っている。すでに白髪となったソルヴェーグは、名画の中でマドンナがまとっているような青色のマントに身を包んで舞台の中央に坐っている。昇る朝日の前にその頭の輪廓がシルエットのように浮かびあがる。ソルヴェーグは、シドニー伯父のような生きかたを蔑む歌を昂然と歌う。

すばらしい二重唱であった。ロシアの生んだ著名なバスのカヴァラノフの声はあくまでも深く、さながら銀の糸のようなジェーンの声は高く、いよいよ高く響いた。最後は彼女ひとりの声になって、驚くほど高く、信じられないほどの純粋さで続いた……そして日が昇ったのだった……

幕がおりると、ヴァーノンは少年のように気負った気持で楽屋に行った。オペラは大成功であった。熱狂的な拍手喝采はなかなか鳴りやまなかった。ラードマーガーはジェーンの手を握り、芸術家らしく熱烈に、キスの雨を降らせていた。

「あんたは天使だ——すばらしかった——本当に！　あれこそ、芸術家というものだ。ああ！」興奮のあまり、ラードマーガーはロシア語で逆るようにしゃべりだし、それからまた英語にもどった。「褒美をあげるよ、かわいい人——嘘はいわない。どうしたら一番いいか、私にはわかっている。セバスチャンがぐずぐずいったら説き伏せてあげる。二人してあの——」

「黙って！」とジェーンが囁いた。

ヴァーノンがどぎまぎしながら進み出て、恥ずかしそうにいった。

「じつにすばらしかった！」

ジェーンの手を握りしめると、彼女は愛情をこめてちょっとほほえみ返した。

「セバスチャンはどこかしら？　今、ここにいたように思ったんだけれど？」

セバスチャンの姿はもう見えなかった。ヴァーノンは彼を探してパーティーに連れてこようと申し出た。どこにいるか、だいたいの見当はつくと曖昧にいった。ジェーンはジョーのことは何も知らないらしい。場合が場合だけに、ジェーンにどう話したらいいかわからなかったのだ。

タクシーをつかまえてセバスチャンの家に急いだが、いなかった。もしかしたらまだ自分のアパートにいるのかもしれない、夕方やってきたのをおいて出かけたのだが——そう思ってすぐまたタクシーを飛ばした。

ヴァーノンは今になって勝ち誇ったような気持の昂ぶりを感じていた。しばらくはジョーのことすら、さしたる大事ではないように思えた。自分の仕事がいいものだという——すくなくとも他日きっと不世出の傑作になるという確信がこみあげていた。そればかりではなく、どういうわけかネルとのこともうまくいくという気がした。今夜の彼女はいつもと違って彼に必死で取りすがっていたように思えた。彼を去らせるに忍びないというように……そうだ、何もかもきっとうまくいく。

ヴァーノンは階段を駆けあがった。部屋は闇に包まれていた。とするとセバスチャンはここにはいない。明りをつけて部屋の中を見まわすと、テーブルの上に走り書きした封筒が載っている。ネルの手蹟で彼に宛てたものであった。彼は急いで封を切った……

読み終わると、ヴァーノンは長いことそこに立ちつくした。それからそろそろと注意深くテーブルの前に椅子を引き寄せて、まるでそうすること自体がひどく重要な意味をもっているかのようにそれをきちんと据え直し、手紙を鷲摑みしたまま腰をおろした。そして十回目か、十一回か、もう一度読みくだした。

愛するヴァーノン

どうか——赦してください。あたし、ジョージ・チェトウィンドと結婚しようと思います。あなたを愛したようにあの人を愛することはできませんが、あの人と一緒だと何だか安心していられるのです。もう一度、お願いします——どうか、赦してください。

いつまでもあなたを愛している
ネル

「安心していられる——」と彼は呟いた。「どういう意味だ？　ぼくと一緒なら、それこそ安心していられただろうに。あの人と一緒なら安心していられるって。ひどい……」

彼はただぼんやりと坐っていた。何分か経ち、何時間かが過ぎた……彼は身動きもせず、ほとんど考えることもできずにそこにいた……一度彼は考えるともなく考えた。

「セバスチャンもこんなふうに感じたんだろうか？　わからなかった……」

戸口に人の気配がしたが、彼は顔もあげなかった。ジェーンがテーブルのまわりをまわって彼の脇に跪いたとき、彼ははじめて彼女に気づいた。

「ヴァーノン、どうしたの？ パーティーにもどってこなかったから、何かあったのだと心配になってきてみたのよ」

力なく、機械的に、彼は手紙を差し出した。彼女はそれを受け取って読み、ふたたびテーブルの上に置いた。

途方に暮れたようにぼんやりと彼は呟いた。「ぼくと一緒だと安心できないなんて、そんなことを――そんな心配はなかったのに……もちろん、ぼくと一緒なら……」

「ああ、ヴァーノン、かわいそうに……」

ジェーンの腕がそっとまわされるのを感じたとき、ヴァーノンはだしぬけに彼女にしがみついた――怯えた子どもが母親にすがりつくようなしぐさだった。ヴァーノンは嗚咽した。ジェーンの輝くような、白い頸に顔を押しつけて口走った。

「ああ、ジェーン……ジェーン……」

ジェーンは彼をさらに固く抱きしめてその髪を撫でた。ヴァーノンは呟いた。

「ここにいてください。行かないで。ぼくと一緒にいてください」

「大丈夫、行かないわ」とジェーンは答えた。

やさしい――母親のような声だった。ダムが決壊するように、何かが彼のうちで音を立てて崩れた。頭の中でいろいろな思いが渦巻き、駆けめぐった。アボッツ・ピュイサンでメイドのウィニーにキスをしていた父親……サウス・ケンジントン美術館の彫像……ジェーンの体……その美しい裸体。

かすれた声で彼は囁いた。

「行かないでください」

腕を彼に巻きつけ、唇をその額に押し当てて、彼女は囁き返した。

「大丈夫、わたしはここにいるわ」

まるで母親が子どもにいうように。

彼は急にがばと身を捥《も》ぎはなして叫んだ。

「そうじゃない——そうじゃないんだ。こんなふうに」

ヴァーノンははげしく、飢えたように唇を彼女の唇に押しつけた——片手がジェーンの豊かな胸を探っていた。欲しかったのだ。ずっと、彼女が、彼女のたおやかな体が。ボリス・アンドロフがよく知っていたその美しい体が。

「ぼくのそばにいてください」と彼はふたたび囁いた。

長い沈黙があった——彼には何分も、何時間も、いや、何年も経過したように思われた長い長い間を置いて、彼女は答えた。

「ええ、わたし、ここにいるわ……」

第四章

1

七月のある日、セバスチャン・レヴィンはジェーンのフラットに向かってテムズ川ぞいに歩いていた。夏というよりは初春のような感じの日で、冷たい風がまともに吹きつけて目をしばたたかせた。

セバスチャンは目に見えて変わった。年齢的にも老けたようで、以前おりおり見せた若々しさはもうほとんど感じられなかった——もともとそんなところの少ない男で、昔からユダヤ人特有の、奇妙に老成したところがあったのだが。眉を寄せて何かしきりに考えこみながら歩いている様子は、三十をとうに越えた男の感じだった。

ドアをあけて彼を迎えいれたのはジェーン自身だった。いつもと違うしゃがれた、低い声で、彼女はいった。

「ヴァーノンは出かけたわ。あなたを待っていられなかったの。三時って約束だったでしょう？　もう四時過ぎですもの」

「なかなか抜けられなくってね。だが、そのほうがよかったかもしれないよ。ヴァーノンの神経にさわらないようにするにはどうしたらいいか、自信がないんでね」

「またべつな危機の到来っていうんじゃないんでしょうね。わたし、とても耐えられそうにないわ」

「そのうちには慣れるさ。ぼくなんか、危機に遭遇するなんて、日常茶飯事だよ。そりゃそうと、その声はどうしたんだい、ジェーン？」

「風邪をひいたの。咽喉を痛めたんでしょうね。でも大丈夫、摂生しているから」

「そりゃ、一大事じゃないか！『塔の王女』が明日の晩、蓋明けだっていうのに。きみが歌えなかったらどうするんだい？」

「あら、もちろん、歌うわ。心配はいらないことよ。今のうち、内緒声で話すのを勘弁してちょうだい。できるだけ大事をとっておきたいの」

「そりゃそうだとも。医者には診てもらったのかい？」

「いつものハーレー・ストリートの先生にね」

「何といった？」

「いつもと同じこと」

「明日、歌っちゃいけないとはいわなかったのかい？」

「そんなこと、いうもんですか！」

「嘘がうまいね、ジェーン」

「嘘をいうほうが面倒がないと思ったんだけれど、でもあなたを騙せないってことぐらい、わかっているはずだったわね。正直にいうわ。先生はね、わたしがもう何年も自分の声を酷使しているっていったわ。明日の晩歌うなんてとんでもないって。でも構うものですか」

「ジェーン、きみに声をつぶす危険をおかさせるわけにはいかないよ」

「ほうっておいてちょうだいな、セバスチャン、わたしの声はわたしの問題よ。わたしだってあなたの計画に口を出したりはしないわ。わたしのことにも口出しはお断りよ」

セバスチャンはにやりと笑った。

「牝虎はその本性をあらわしか。しかし、ジェーン、危険をおかすのはよくないよ。ヴァーノンは知っているのかい？」

「もちろん、知らないわ、きまってるじゃありませんか。あの人に話したりしたら承知しなくてよ、セバスチャン」

「ぼくは干渉はしない。そんなたちじゃないからね。だが、ジェーン、つくづく惜しいと思うよ。ヴァーノンのあのオペラにはそんな値打ちはない。ヴァーノン自身にもそれだけの値打ちがあるものか。こんなことをいって腹が立つなら、いくらでも怒りたまえ」

「なぜ腹を立てるわけがあって？　本当のことですもの。わたしにはよくわかっているの。でもわたし、やっぱりやり通すわ。うぬぼれのエゴイストって、罵りたければいくらでもどうぞ。でもとにかく、『塔の王女』はわたしなしじゃ、とうてい成功しないわ。わたしはイゾルデとして成功し、ソルヴェーグとして熱狂的な賞讃を浴びたわ。今度のことはわたしの見せ場、またヴァーノンにとっての見せ場よ。すくなくともあの人のために、それだけはしてあげられると思うの」

セバスチャンはさりげない言葉の蔭にひそむ感情を、〝すくなくとも〟といういいまわしに知らず知らず表われているものを感じとった。しかしその意味に気づいたということはおくびにも出さず、あいかわらず無表情な顔で聞いていた。しかしもう一度静かにいった。

「ヴァーノンにはそんなにまでしてやる価値はないよ、ジェーン。もっと自分のことに専心したまえ。きみはすでに立派な成果をあげたんだ。ヴァーノンはまだそこまで到達していない。永久に到達しないかもしれないんだ」

「わかっているわ、ようく。でもだいたい、あなたのいう〝価値〟ある人間なんてどこにもいないわ――たった一人のほかは」

「誰のことだい？」

「あなたよ、セバスチャン、あなたはそれだけの値打ちのある人だわ――もっともわたし、今度のこれも、あなたのためにやっているわけじゃないけれど」

セバスチャンは驚きもし、我知らず感動した。ふと涙がこみあげてきて、彼は片手を差し伸べてジェーンの手を取った。二人は押し黙ったまま、一、二分じっと坐っていた。

「やさしいことをいってくれるんだね、ジェーン」と彼はやっとぽっつりいった。

「本当のことですもの。あなたにはヴァーノンを十二人集めただけの値打ちがあるわ。頭はいいし、創意は豊かだし、性格は強いし……」

しゃがれた声がとぎれた。もう一、二分してからセバスチャンはそっといった。

「で、どんな状況なんだい？　あいかわらずかい？」

「まあ、そんなところね。ミセス・デイアがわたしに会いにきたって話はしたかしら？」

「いいや。何だって彼女、ここへやってきたんだね？」

「息子を諦めてくれって。わたしがあの人の一生をめちゃめちゃにしているって。わたしが今やっていることは自堕落な、腐れはてた女にしかできないことだって。およその察しはつくでしょう？」

「で、きみは何と答えた？」とセバスチャンは好奇心を示した。

「わたしに何がいえて？　今のヴァーノンにとっては、わたしに代表される売笑婦が必要なんだって、そんなことがいえると思って？」

「やれやれ！」とセバスチャンは低い声でいった。「そんな口汚いことまで、あの婆さん、いったのか！」

ジェーンは立ちあがって、煙草に火をつけると、部屋の中を落ち着きなく歩きまわった。セバスチャンはその顔がひどくやつれて見えるのに気づいた。

「ヴァーノンは――一応立ち直ったのかね？」と彼は話題を変えた。

「近ごろはちょっと飲みすぎているようね」とジェーンは言葉短く答えた。

「きみにも止めさせることはできないんだね？」

「ええ」

「ふしぎだね。きみはヴァーノンに対して大きな影響力をもっていると思っていたのに」

「だめなのよ。今のところはね」ジェーンは一瞬、口をつぐみ、すぐにいった。「ネルは秋に結婚するそうね？」

「ああ、そうなれば――何もかもいくらか落ち着くと思うかい？」

「さあ、どうかしらね」

「早く立ち直ってくれるといいんだが。きみさえ、お手あげだというなら、まさに絶望的な状況だね。遺伝的なものなんだろう、こういうことは」

ジェーンはセバスチャンに近づいて、もう一度、その傍らに腰をおろした。

「話してちょうだい――あなたの知っていることを何もかも。ヴァーノンの肉親について――お父さんのこと、お母さんのことを」

デイア家について、セバスチャンがかいつまんで話すのをジェーンはじっと聞いていた。

「きみは彼のお母さんに会ったわけだが、奇妙なことに、あのお母さんからはヴァーノンは何一つとして受けついでいないようだ。彼はどこまでもデイアだ。あの一族は芸術的で、音楽をよく理解し、意志が弱く、気儘で、かつ女性にとって、ふしぎな魅力があるらしい。遺伝とはおかしなものだね」

「わたしは少し違う意見をもっているわ。ヴァーノンはお母さんに似てはいないけれど、彼女から受けついでいるものはたしかにあってよ」

「何だい？」

「生命力よ。あのお母さんはまれに見るほど、見事な生きものだわ——あなたはそんな見かたをしたことはなくて？　ヴァーノンにもそういうところがあるの。それがなかったら、作曲家になんぞ、ならなかったでしょうからね。純血種のデイアなら、音楽をたしなむ程度にとどまったでしょう。創造する力を彼に与えたのはベント家の血だわ。あの人の母方のお祖父さんは独力で財産を作ったっていったわね？　ヴァーノンにも同じようなところがあるわ」

「まあ、そういうことはいえるかもしれないが」

「わたしはそう確信しているのよ」

セバスチャンはしばらく黙って考えている様子だった。

「酒だけかな、問題は？」と彼はやっといった。「それとも――何ていうか――ほかにも誰か――」

「ええ、ほかの女性もね」

「で、きみは平気なんだね？」

「平気かっていうの？　もちろん、平気じゃないわ。わたしが木や石でできていると思うの？　平気じゃないからこそ、死ぬほど苦しんでいるわ……でも、わたしに何ができて？　愁嘆場を演じるの？　罵りちらしてヴァーノンをわたしからすっかり遠ざけてしまうの？」

美しい、しゃがれた声が次第に高くなった。セバスチャンがはっと手をあげると、ジェーンは急に言葉を切った。

「そうね。わたし、もっと気をつけなければ」

「ぼくにはわからないよ」とセバスチャンは不機嫌に呟いた。「彼自身の音楽ですらも、今のヴァーノンには何の意味ももっていないように見える。ラードマーガーのいうことをすべて、はいはいとおとなしく受けいれている。彼らしくないよ！」

「わたしたち、待たなきゃいけないわ。そのうちに何もかももどってくるわ。反動なのよ。反動と、そしてネルの一件と。『塔の王女』が成功したら、ヴァーノンはきっと立ち直る――わたしはそう考えずにはいられないの。ある程度の自尊心と――何かを達成したという満足感が味わえるでしょうからね」

「だといいが」とセバスチャンは重々しくいった。「しかしぼくは将来について少々危惧しているんでね」

「どんな意味で？　何を恐れているの？」

「戦争さ」

ジェーンは驚いたように友人の顔を見つめた。聞き違いだろうか？

「戦争ですって？」

「ああ。サライェヴォ事件の一結果としてね」

「どことの戦争？」

「ドイツだよ――主として」

「まさか、セバスチャン、そんな――バルカンなんて遠い場所で起こったことが――」

「きっかけなんざ、何でもいいのさ」とセバスチャンはいらいらといった。「とにかく金はそのほうに動いているんだ。金ってやつは、いろいろなことを教えてくれる。ぼくは金を扱っている――ロシアにいるぼくの親類の多くも金を扱っている。ぼくにはわかるんだ。我々ユダヤ人は金の動きから、前もって情勢を推測できる。戦争は起こるよ、ジェーン、早晩必ず」

ジェーンはセバスチャンを見つめてはっとした。セバスチャンは真剣だ。彼はいつも自分がよく理解していることしか話さない。戦争が不可避だとセバスチャンがいうなら、たとえ今、それがいかに荒唐無稽に思えようと、必ずそうなるだろう。

セバスチャンは思いに沈んだ様子で坐っていた。金、投資、さまざまな貸付け金、彼に全責任のある企業、彼の傘下にあるいくつかの劇場の前途、その所有にかかる週刊誌のとるべき編集方針。それにもちろん、実際の戦闘。彼はイギリスに帰化した男の息子だ。戦争に行きたくはない。しかしそうしなければならないだろう。一定の年齢以下の男は、当然のこととしてそうするに違いない。彼を悩ましているのは生命の危険ではなかった。さまざまな大切な企業を他人に任せなければならないという腹立たしさだった。「やつらに任せたら目も当てられないことになる」と彼は苦々しい思いで考えた。この戦争は長期にわたるだろう――二年か、それ以上、かかるだろう。ついにはアメリカまで引っぱりこまれないとも限らない。

政府は国債を発行するに違いない。戦時公債はいい投資だ。劇場でもインテリ向きのものは上演できない。賜暇《しか》で帰ってくる兵隊は軽いコメディーを見たがるだろう。きれいな女の子が形のよい足をあげて踊るというたぐいのものを。彼は慎重にすべてを検討した。妨げられずに沈思黙考する機会をもてるのはありがたい。ジェーンと一緒にいるのはひとりでいるのとほとんど同じだ。話しかけてほしくないときを、ジェーンはちゃんと心得ている。

視線を移すと、彼女もじっと考えこんでいるようだった。いったい、何を考えているんだろう？　ジェーンの場合はいつも見当がつかない。その点、ヴァーノンとよく似ている。心の中にあることを人に見せないのだ。おそらくジェーンはヴァーノンのことを考えているに違いない。ヴァーノンが戦争に行って戦死するようなことがあったらと。しかし――そんなことがあってはならない！　セバスチャンの中の芸術愛好家が激しく抗議していた。ヴァーノンは死んではならないのだ。

2

『塔の王女』の上演については、今ではもうすっかり忘れられている。とにかく時期が悪かった。戦争はそのわずか三週間後に勃発したのだから。

当時それはまず〝好感をもって〟迎えられた。批評家の中には、既成の概念をことごとく改革することができると思いあがっている〝青臭い若い音楽家連中〟について皮肉った者もいた。しかし未熟なところはあるが前途有望な作曲家の作品として、心からの賞讃を呈した人々もあった。演出の完全無欠な美しさと芸術性については、誰もが口をきわめて讃めちぎった。「例のホルボーンのあれにいらした？　交通の便の悪いところだけど、それだけのことはあってよ」と。人々は競って、その魅力的なファンタジーを見物に行った。「新人歌手のジェーン・ハーディングはじつにすばらしい。とくにあの顔は！　中世的っていうのかな。彼女を欠いたら、まるで違ってしまうだろうね」それはジェーンの勝利であった。しかしあまりにも短命な勝利だった。五日目に彼女は舞台をおりることを余儀なくされたのだったから。

セバスチャンはヴァーノンの留守のときを選んで電話で呼びだされた。にこにこと彼を迎えたジェーンを見てセバスチャンは、心配したほどのことはなかったのだろうと安心しかけたくらいだった。

「ついにだめよ、セバスチャン、メアリ・ロイドに代わってもらわなくちゃ。あの人、そう悪くもないわ、代役としてはね。声は私よりいいくらいだし、見てくれも悪くないほうだし」

「なるほどね、医者のハーシェルが禁止令を出すとは思ったよ。ぼく自身、彼と話したいんだが」

「ええ、ハーシェルもあなたに会いたいといっているわ。まあ、手の下しようはないでしょうけれど」

「どういう意味だい、それは？　手の下しようがないなんて」

「とうとうつぶれてしまったのよ、わたしの声は。それも永久に。ハーシェルは正直だから、希望をもたせてはくれなかったわ。もちろん、絶対に確実とはいえない、少し休養すればとか何とか。一通りのことをね。でもわたしがそういっている彼の顔をつくづくと見て笑うと——きまり悪そうな顔をして白状したわ。ほっとしたらしいの、わたしが冷静に受けとめたことで」

「しかし、ジェーン、これはたいへんなことだよ……」

「ああ、そんなに気にしないでちょうだい、セバスチャン、そのほうがわたしには耐えやすいから。いってみればはじめから一種の賭けだったんですもの——わたしの声は本当いって、こういう役に充分なほど強くないし。わたしは賭けをしてきたのよ。今まではわたしの勝ちだった——それが負けた。それだけよ！　賭けるなら、すべからくいい賭博師になって、負けてもあたふたしないことね。モンテ・カルロでは、そういういいかたをするんじゃなくて？」

「ヴァーノンは知ってるのかな？」

「ええ、取り乱しているわ。あの人、わたしの声を愛していたから、すっかり悲嘆に暮れて」

「しかし、あのことは知らないんだろう？」

「わたしがもう二日待って、初日に歌うのをやめていたら、こんなことにはならなかったってこと？　いいえ、知らないわ。あなたがわたしの忠実な友だちなら、今後も知らずにすむでしょうね」

「約束はしないよ。知らせるべきだと思うからね」

「いいえ、いけないわ。だってわたしのしたことは許しがたいことなんですもの。あの人の知らないところで恩を売ったようなものだわ。それは公明正大なことではないわ。わたしがヴァーノンのところに行ってハーシェルのいったことを告げたら、あの人、わたしが歌うことに賛成したと思って？　力ずくでも止めさせたでしょうよ。今ぬけぬけとヴァーノンに、『わたしがあなたのためにしたことを見てちょうだい』といったとしたら、こんな卑怯な、残酷なことはないわ。泣き声を出して彼の同情を乞い、感謝を求めるなんて」

　セバスチャンはちょっと黙っていた。

「ね、わたしのいうとおりにしてちょうだい」

「そうだな」とセバスチャンはやっといった。「きみのいうとおりだろう。きみのしたことは倫理に反するからね。ヴァーノンに知らせずにしたことだったんだから、今になって知らせるわけにはいかない。しかし、ジェーン、なぜ、あんなことをしたんだ？　ヴァーノンの音楽に、それだけの価値があるのだろうか？」

「たぶんね――いつかはわかるわ」

「だからやったっていうのかい？」

　ジェーンは首を振った。

「そうじゃないと思うけど」

短い沈黙の後、セバスチャンはいった。「それでこれからどうするんだい、きみは？」

「たぶん声楽を教えることになるでしょうね。女優になるかもしれないわ。ほかにどうしようもなくても、コックぐらいできるわ」

二人は笑ったが、ジェーンはほとんど涙を抑えかねていた。

テーブルごしに彼女はセバスチャンを見つめ、突然、つと立って彼のところにきて跪いた。そしてその肩に顔を埋めた。セバスチャンは腕をそっとまわした。

「ああ、セバスチャン……セバスチャン……」

「ジェーン、かわいそうに！」

「気にしないようなふりをしているけれど――本当は……本当は。わたしは歌うことが大好きなんですもの。心から、何よりも……ソルヴェーグのあの聖霊降臨祭の歌。あれももう二度と歌えないんだと思うと」

「わかっているよ。しかし、なぜ、あんな馬鹿なことをしたんだね？」

「さあ。狂気の沙汰ね」

「もしきみがもう一度その選択をする破目に立ったら――」

「やっぱり同じことをするでしょうね」

沈黙が続いた。ジェーンは頭をあげていった。

「覚えていて、セバスチャン？　いつかあなたが、わたしの中には強い推進力があるといってくれたのを？　何ものもわたしを目的からそらせないだろうといったのを？　わたしはそのとき、あなたに、わたし自身はあなたが考えるよりずっとたやすく目的からそれてしまうかもしれないといったわね？　ヴァーノンとわたしでは、わたしのほうが失敗者になる可能性が強いといったことを覚えている？」

「おかしなものだね」とセバスチャンは呟いた。

ジェーンは彼の傍らの床の上に腰を落とした。その手はまだ彼の手に預けられていた。

「きみは利口に立ちまわることもできる人だ」とセバスチャンは沈黙を破っていった。「物事を予見するだけの頭もあるし、計画を立てる機知も、成功するだけの力もある。それなのにどういうわけか、苦しみを回避することができないのだ。それはいかにも奇妙なことだ。ぼくには知力がある。手がけたものについては何でもトップに達する自信がある。ぼくはヴァーノンとは違う。ヴァーノンは不世出の天才か、放縦な怠け者か、どっちかだ。彼に天賦の才があるように、ぼくには能力がある。しかし、そのすぐれた能力をもってしても、ぼくは傷つかないわけにはいかないのだ」

「誰だってそうだわ」

「生活全体をあげてそれにつとめれば、傷つかずにすむかもしれないよ。安全を――安全のみを追求するならね。翼は焦げるかもしれない。しかしそれだけだ。つるつるした、見事な防壁を作ってその蔭に身を隠せばね」

「誰かのことを考えていっているのね？　誰のこと？」

「想像してみたまえ。はっきりいえというならいうよ。未来のミセス・ジョージ・チェトウィンドさ」

「ネルのこと？　ネルが自分の意志で人生から閉じこもるほど強い性格だと思うの？」

「ネルは保護色の開発にかけては驚くべき能力をもっているよ」とちょっと言葉を切って、またいった。「ジェーン、ジョーから――たよりがあるかい？」

「ええ、二回手紙をもらったわ」

「何と書いてよこした？」

「ほんの少しばかりよ。楽しくやってるとか、すこぶる元気だとか、慣習に挑戦する勇気が自分にあると感じることはすばらしいとかね」思い出したように彼女は付け加えた。

「でもあの人、幸せじゃないようよ」

「そう思うんだね？」

「それは確かよ」

長い沈黙があった。二つの不仕合せな顔が火のない炉を見つめていた。外の提防の上を疾走しているタクシーの警笛の音が聞こえた。人々の生活は何の変哲もなく続いているらしかった。

3

八月九日だった。ネル・ヴェリカーはパディントン駅を出て、公園のほうにゆっくりと歩いていた。ハムを積みこみ、老婦人を乗せた四輪馬車がガラガラと通り過ぎた。街角にはけばけばしいプラカードが立ち、あちこちの店頭には日用品を買いこもうとする人々が行列していた。

ネルは何度か自分にいい聞かせた。

「戦争なんだわ。本当に戦争が始まったんだわ」とても信じられないような気持だった。しかし今日という今日、それははじめて実感を伴って胸に迫った。汽車に乗ろうとして切符売場で五ポンド札を出して断られたのがきっかけといえば、何だか滑稽だ。しかし本当なのだ。

通りかかった一台のタクシーを呼びとめて乗り、ネルは運転手にチェルシーのジェーンのフラットの住所を告げた。時計をちらっと見ると十時半だった。この時間なら、ジェーンはきっと在宅しているだろう。

エレヴェーターで階上にのぼり、ベルを鳴らしてドアの外で待った。胸がどきどきと高鳴っていた。もう一分もすればドアはあくだろう。ネルの小さな顔は青ざめ、緊張していた。ああ、ドアがあく！　彼女はジェーンと顔と顔を合わせて立っていた。

ジェーンはほんの少し目を見張ったようだったが、それだけだった。

「ああ、あなただったの」

「ええ、ちょっとお邪魔してもよろしいかしら？」

一歩さがって彼女を通す前に、ジェーンは一瞬躊躇したようだった。しかしすぐホールにひっこみ、向こうの端のドアを締めると、居間のドアをあけてネルを招じいれた。そして彼女が中に入ると後ろのドアを締めた。

「何かご用？」

「ジェーン、あたし、ヴァーノンがどこにいるか、あなたならご存じかと思って伺いにきましたの」

「ヴァーノンの居どころ？」

「ええ、あの人の部屋に行ってみたんです――きのう。もう引き払っていましたわ。家主の女の人はどこへ行ったか知らないといいました。手紙はお宅の気付で送ることになっているって。家に帰ってからあなたに手紙を書いて伺おうと思ったんですけど、教えてくださらないんじゃないか、返事もいただけないかもしれないと思って、やってきましたの」

「なるほどね」

知っているともいないとも、ジェーンははっきりしたことをいわなかった。ネルは早口で続けた。

「あなたならヴァーノンがどこに行ったか、ご存じだと思って。知っていらっしゃるんでしょう?」

「知っているわ」

ゆっくりした返事だった。不必要にのろのろ答えているようだ、とネルは思った。ジェーンは本当に知っているのかしら?

ちょっと黙っていた後にジェーンは訊いた。「で、なぜ、ヴァーノンに会いたいの、ネル?」

ネルは青ざめた顔をあげた。

「あたしがひどいことをしたからです――あの人に。今やっと、それがわかりました。この恐ろしい戦争が始まったために。あたし、しようのない臆病者だったわ。自分で自分が憎くて。ジョージが親切でやさしいからって――金持だからって! ねえ、ジェーン、あたしを軽蔑していらっしゃるでしょうね? わかっています。当然ですわ。でもこの戦争が、すべてをはっきりさせてくれたんです。あなたもそんな気持がなさいません?」

「べつに。戦争は以前にもあったし、これからもあるでしょうよ。表面的なもの以外は、なかなか変わらないものよ」

ネルはろくに聞いていなかった。

「愛する人以外の男と結婚することは間違っていますわ。あたし、ヴァーノンを愛しています……前からわかっていましたの。でも勇気がなかったんです……ああ、ジェーン、今からじゃもう、遅いでしょうか？　そうでしょうね。もうあたしになんか、用はないかもしれませんわね。でも、あたし、あの人に会わなくては。おまえにはもう用はないといわれても、一言悪かったっていわなければ」

ネルは悲しみに打ちひしがれた面持でジェーンを見あげて立っていた。ジェーンは助けてくれるだろうか？　だめなら、セバスチャンのところに行ってみよう——しかし彼女はセバスチャンが恐ろしかった。にべもなく断られてしまうかもしれないと思った。

「ヴァーノンと連絡を取ってあげられるかもしれないわ」と一、二分の間を置いて、ジェーンはゆっくりいった。

「ああ、本当？　ありがとう、ジェーン、そして、あの人——戦争には？」

「志願したかってこと？　ええ、したわ」

「そうでしょうね。恐ろしいわ。もしもあの人が戦死するようなことがあったら。でもいくら何でもそう長いことは続かないでしょうね。クリスマスまでには終わるって——みんな、いっていますもの」

「セバスチャンは、二年は続くっていっているようよ」

「まあ、でもそんなこと、セバスチャンにわかるわけはありませんわ。あの人、本当はイギリス人じゃなくて、ロシア人ですもの」

ジェーンは首を振っていった。

「わたし――電話をかけてくるわ。ここで待っていてちょうだい」

ドアを締めて部屋を出ると、彼女は廊下の突き当りの寝室に行った。ヴァーノンはクシャクシャの頭を枕からもたげた。

「お起きなさい」とジェーンは素っ気ない声でいった。「顔を洗って髭を剃り、できるだけきちんと身仕舞するのよ。ネルが訪ねてきてあなたに会いたいといってるわ」

「ネルが！　しかし――」

「あの人、わたしがあなたに電話していると思っているわ。用意ができたら、玄関から出てベルをお鳴らしなさい――後は運を天に任せるのね」

「しかしジェーン、ネルが……いまごろ何だって――」

「彼女と結婚したいなら、最後のチャンスよ」

「でもまず何もかも彼女に話さなきゃならない――」

「何を？　放蕩三昧に日を送ってきたってことを？　せいぜい婉曲ないいかたをすることね。あの人としてもそれぐらいは覚悟しているでしょうよ。でもそんなことはできるだけ、強調しないほうが、彼女としてもありがたいのよ。とくにわたしとのことは話してはだめよ。一般論から具体的なことに話を転じることは、あの人に地獄の責苦を味わわせることになるんだから。あなたの高潔な良心に箝口令をしいて、ネルのことを思いやっておあげなさい」

ヴァーノンはのろのろと起きあがってベッドを出た。

「きみって人がぼくにはわからないな」

「そうね、たぶん、いつまでもわからないでしょうね」

「ネルはジョージ・チェトウィンドをふったのかしら？」

「詳しいことは訊かなかったわ。さ、わたし、もう、あっちにもどりますから、急いでね」

ジェーンは部屋を出て行った。ヴァーノンは考えた。

〝ジェーンはぼくには不可解だ、いつも。これからだってそうだろう。こっちの気をくじくようなところがある。彼女にとってはぼくなど、行きずりの遊び相手に過ぎなかったんだろう。いや、それは恩知らずというものだ。じつによくしてくれた。誰だってああはできない。しかし、ネルにはわかってもらえないだろう。ジェーンをひどい女だと思うだけだろう……〟

急いで髭を剃り、顔を洗いながら、ヴァーノンは胸に呟いていた。

〝しかし、そんなことは問題外だ。ネルとぼくはとても元通りになんかなれっこない。どうせ、そんなことをいいにきたんじゃないだろうが。ただ赦しを乞い、ぼくがこのろくでもない戦争で死んでも、良心が咎めないようにと思っているだけだろう。女の子はよくそんなことをするものだから。いずれにせよ、彼女のことなど、もうどうでもよくなっているんだ〟

しかし別な声が胸の奥で皮肉そうに囁いていた。〝いや、それどころか。そうだとしたら、なぜ、そんなに胸がどきどきしているんだ？　なぜ、手が震えているんだね？　馬鹿者、もちろん、おまえがいまだに彼女を愛しているからだ！〟

用意ができて外に出て、ベルを鳴らしつつ、ヴァーノンは恥じていた。卑怯な、恥知らずなごまかしだ！　ジェーンがドアをあけて、まるでメイドのような口調で、「どうぞこちらへ」と居間のドアのほうに手を振った。ヴァーノンは部屋に入ってドアを閉ざした。ネルはぱっと立ちあがった。両手を前で握り合わせて、弱々しい、聞きとれぬほどの声で、まるで悪いことをした子どものように口ごもった。

「ああ、ヴァーノン……」

あたかも時が逆流したかのようだった。彼はケンブリッジの川の上のボートの中にいた……あのラニラの夜の橋の上にいた。ジェーンのことも、いや、すべてを忘れた。世界中に彼とネルしかいないかのようだった。

「ネル！」

二人は抱きあった。走り続けてきた子どものように息を弾ませて。ネルの唇からとりとめのない言葉が洩れた。

「ヴァーノン——今からでも遅くないなら——あたし、あなたを愛しているの——本当よ、いつでも結婚するわ——すぐに——あすにでも。貧乏だって構わないわ」

ヴァーノンはネルを抱きあげ、その目に、髪に、唇に矢継早にキスをした。

「ダーリン——ああ、ダーリン、もう一分だってむだにするのはよそう。結婚の手続きについてはぼくはまったく知らない。これまで考えたこともなかったんだ。でもすぐ行って調べよう。カンタベリーの大主教のところへでも行って——特別の許可を得るんだ。世の中のやつはどうやって結婚するのかなあ？」

「牧師さんに訊けばいいわ」

「それとも登記所に。それがいちばん手っとり早い」

「登記所はいやだわ。まるでコックやメイドのような気がして」

「それとは違うと思うよ。でもきみが教会のほうがいいなら、そうしよう。ロンドンには幾千も教会があって、みんな、暇で困っているよ。どこかの教会が我々を引き受けて結婚させてくれるだろう」

二人は幸せそうに笑いながら出て行った。ヴァーノンはすべてを忘れていた——後悔も、良心も、ジェーンをも……

その日の午後二時半に、ヴァーノン・デイアとエリナー・ヴェリカーはチェルシーの聖エセルレッド教会で結婚式をあげたのだった。

第四部　戦　争

第一章

1

セバスチャン・レヴィンがジョーから手紙を受けとったのはそれから六カ月後のことだった。

ソーホー、セント・ジョージ・ホテルにて

セバスチャン
三、四日の予定でイギリスにきています。お会いできたらと思いますが。
ジョー

セバスチャンはその短い手紙を何度も読み返した。ちょうど数日間暇を見つけて母の家で過ごしていたところだったので、手紙をすぐ受けとることができたのだった。朝食の食卓の向こうから、自分の椅子をそれとなく見守っている母親のまなざしを彼は意識した。お母さんはもう気づいている。セバスチャンは今さらながら彼女の勘の鋭さに感服した。たいていの人が何も読みとることのできない彼の無表情な顔を、母親はちょうど彼が手にした手紙を読むように、難なく読みとってしまうのだ。

息子に話しかけたミセス・レヴィンの声音は、しかし、ごくありきたりの、さりげないものだった。

「もう少しマーマレードをどう？」

「いや、もういいです、ありがとう」といわれたことに対してまず返事をした上で、彼は無言の問いに対しておもむろに答えた。「ジョーから手紙がきましたよ」

「そう」その声からはあいかわらず何の感情もうかがえなかった。

「ロンドンにきているそうです」

ちょっと沈黙があった。

「そうなの」

何気ない声だった。けれどもセバスチャンはそこに激しい感情の嵐を感じとっていた。あたかも、「ああ、セバスチャン、わたしの息子、あなたはジョーをやっと忘れかけたところだったのに！　どうしてあの人、こんなふうにひょっこり帰ってきたんでしょう？

どうしてあなたをほっておいてくれないのかしら？　わたしたち親子とも、わたしたちの属する民族とも、何の関わりもない娘――あなたにとってふさわしい伴侶ではない、これからもそうなりっこないあのひとは？」と叫んでいるように。

セバスチャンは立ちあがった。

「行って会ってくるつもりです」

先刻と同じ声音で母親は答えた。

「そのつもりでしょうね」

それっきり二人とも何もいわなかった。二人はお互いをよく理解していた。どちらも相手の内なる思いに敬意を払っていたのだった。

通りをぶらぶらと歩きながらセバスチャンは突然、ジョーが何という名のもとにホテルに投宿しているか、手紙からは何の手がかりも摑めないことを思い出した。ミス・ウェイトか、マダム・ド・ラ・マールか？　もちろん、そんなことは大した問題ではない。しかし、馬鹿げた慣習だとしても、こういうことを知らないとひどく間が悪いものだ。まあ、どっちかの名で当ってみよう。あらかじめ知らせるということを思いつかないなんて、いかにもジョーらしい！

けれども結局のところ、彼は少しも間の悪い思いをせずにすんだ。ホテルのドアを押して中に入ってすぐ目についたのがジョーだった。ジョーは驚いたようにうれしげな叫び声をあげて彼を迎えた。

「セバスチャン、あたしの手紙がそんなにすぐ届くとは思わなかったのに！」

ラウンジの奥の片隅に案内するジョーのあとに、セバスチャンは黙ってしたがった。

最初、彼はジョーがひどく変わったという印象を受けた。まるで彼と遠く離れて、ほとんど他人になってしまったような気がした。一つには着ている服のせいだ、と彼は思った。いかにもフランス的で、静かな、くすんだ、センスのある落ち着いたものではあったが、一目でイギリス女性と違うところが感じられた。化粧は一段と濃く、地肌の青ざめたクリーム色がいっそう目立ち、口紅はびっくりするように鮮やかで、目尻にも入念に手が加えられていた。

〝変わったなあ。しかしあいかわらずの、昔と同じジョーだ。だが遠くに行ってしまったような気がする。あまり遠く懸け隔たってしまったので、接触を保つのがやっとだ〟

二人はしかし、かなり気軽に話しだした。どちらも細い触角を伸ばして、二人を隔てている距離を探っているようだった。そして突然その距離がぐっとせばまり、エレガントなパリジェンヌはなつかしいジョーになった。

二人はまずヴァーノンのことを話題にした。ヴァーノンはどこにいるのか、と、ジョーは訊ねた。手紙もこないし、何の消息もないと。

「ソールズベリー平原にいるよ。ウィルツベリーの近くにね。じきフランスに渡るんだろう」

「結局のところ、ネルはヴァーノンを選んだのね。ネルにはあたし、ちょっと酷だったと後悔しているのよ。ヴァーノンと結婚する勇気があるとは思わなかったの。もっとも戦争が起こらなかったら、決心はつかなかったでしょうけどね。セバスチャン、この戦争は、すばらしいと思わない？　つまりいろいろな人にふんぎりをつけさせたという点で」

セバスチャンが、戦争なんて、みんな似たようなものだと思うと素っ気なくいうと、ジョーはたちまち噛みついた。

「違うわ！　大違いよ！　この戦争が終わったら新しい世界が生まれるわ。人間にはいろいろなものが見えるようになったわ、前には見えなかったようなものがね。戦争の残虐さ、悪、荒廃――すべてに終止符が打たれるわ。人間は手をつないで立ち、過去の愚を二度と繰り返さないようになるわ」

ジョーの顔は興奮したように上気していた。戦争に対する熱狂がジョーをとらえていることをセバスチャンは見てとった。ジョーばかりではない。それは一般的な現象だった。彼はジェーンとそのことについて論じ、なげいたものだった。戦争について報道されること、語られることに彼は吐き気を催した。〝英雄にふさわしい世界〟、〝戦争を終わらせる戦い〟、〝民主主義のための戦闘〟。実際は昔と同じ、流血の惨事にほかならないのに。なぜ、みんなはそれについて本当のことがいえないのだろう？

ジェーンは彼とは意見を異にしていた。戦争について書かれる〝はったり〟は不可避なのだ、と彼女はいった。いわばそれに必然的に伴う現象、人間に逃げ道を与える自然の便法なのだと。人は、冷厳なる事実の重みに耐えさせてくれる幻想と虚偽の壁を必要とする。わたしはそれを哀れだと――いえ、むしろ美しいと思うとジェーンはいった――人間が信じたいと願い、自分自身に大真面目でいって聞かせる偽りを、いとしく思うと。

それに対してセバスチャンはいった。

「まあね。しかし、この戦争の結果、イギリスがどんなひどい状態になるか、わかったもんじゃないんだよ」

ジョーの炎のような熱狂ぶりを目のあたりにして、彼は悲しくもあり、少し憂鬱にもなった。とはいえ、それはいかにもジョーらしかった。彼女は昔からすぐ夢中になるたちだった。彼女がどっちの側を支持するかは前もって予測できない。狂信的な平和主義者になって、進んで殉教者の死をとげることだって充分考えられただろう。

ジョーは非難がましくセバスチャンを見やった。

「あなたは違うご意見のようね。どうせ何もかも変わりばえのしない結末になると勝手にきめているんでしょう?」

「戦争はいつの時代にもあったよ。しかし、いつの時代にも大した変化は生まれなかったからね」

「ええ、でも今度の戦争はこれまでとはまったく違う性質のものよ」

セバスチャンは思わず微笑した。

「ジョー、我々自身の身に起こることはいつだって斬新な感じがするものなんだよ」

「ああ、あなたには我慢ならないわ。あなたのような人が――」といいかけて急にやめた。

「ぼくのような人間がどうだっていうんだい？」とセバスチャンは水を向けた。

「あなたも昔はこうじゃなかったわ――あなたにも思想はあった。それが今は――」

「今ではぼくは金に埋もれている」とセバスチャンは真面目な口調でいった。「れっきとした資本家だ。資本家が豚だということは周知の事実だからね」

「妙なこと、いわないでちょうだい。でも本当いってお金って――何ていうか、人を圧迫するものだわ」

「たしかにね」とセバスチャンは頷いた。「だが問題は、貧乏が個々の人間に与える影響だってことを忘れないでほしいな。〝幸いなるかな、貧しき者〟という意味は、ぼくにもわかる。芸術に関していうならば、貧乏はたしかに肥料の役をする。しかし、ぼくが金をもっているからって、未来について――とくに戦後の状況について――予測する資格を欠いているときめつけるのはナンセンスだよ。金をもっているからこそ、的確な判断がくだせるんだ。金と戦争とは大いに関係があるからね」

「そりゃそうよ。でも何もかもお金の面からばかり考えるからこそ、戦争は今後もなくならないなんていうんじゃないの？」

「そんなことはいわなかったよ。戦争は結局はなくなるさ。そうだな、二百年ばかり後にはね」

「じゃあ、そのころには人間もずっと高邁な理想をもつようになるかもしれないということは認めるのね？」

「理想は、このこととは何の関係もないと思うね。むしろ運輸交通の手段が発達する結果としてだよ。航空輸送が商業ベースで行なわれるようになれば国家間の和平が促進される。エアバスが水曜と日曜に定期的にサハラに向かって飛ぶといった具合にね。国々が次第に融合し、より親密になり、貿易が変革され、つまり世界がちんまりまとまって、やがては州の集合体である国家といった感じになるんだ。人間はみんな兄弟といった現実が、ただ聞こえのいい思想から生まれるものだとはぼくは思わない――それはむしろ良識の問題だよ」

「セバスチャン！」

「怒らせてしまったか。残念だな、ジョー」

「あなたは何も信じないのねえ」

「無神論者はきみのほうじゃないか。もっとも今じゃそんな言葉は流行遅れになっているが。今日では神以外の何かを信じるのがはやりだ。ぼく自身はヤーウェの神にけっこう満足しているがね。しかし、ぼくが何も信じないと今きみがいったのがどういう意味か、それはわかる。だが、きみは誤解しているよ。ぼくは美を、創造を、ヴァーノンの音楽のようなものを信じている。そうしたものがたとえ、経済的には成りたたないにしても、世界の何ものにもまさる価値をもっていることを確信している。そのためには惜し気なく金を投ずる用意も（ときには）ある。ユダヤ人としてはこれは感心していいことじゃないかな」

ジョーは思わず笑った。

「そりゃそうと、『塔の王女』はどうだったの？　正直なところを教えてちょうだい、セバスチャン」

「そう、巨人の揺籃期とでもいうかな——まあ、大向こうを唸らせるとまではいかなかったが、とにかく画期的なものだった」

「じゃあ、あなたはいつかはヴァーノンが——」

「それは信じている、心から。ヴァーノンがこの糞いまいましい戦争で死ななければだが」

ジョーは身を震わせた。

「恐ろしいわ。あたし、パリのいろいろな病院で働いてきたんだけれど。見るに耐えないことがたくさんあるのよ！」

「わかっている。だが彼にとって不具になるくらいは何でもない――右手をなくしたらそれっきりというヴァイオリニストとは違うからね。体は切りきざまれたっていいんだ。頭が正常ならね。ひどいことをいうと思うだろうが、ぼくのいいたいことはわかるだろう？」

「わかるわ。でも、それでも――ときどき」といいかけてやめて、急に語調を変えていった。

「セバスチャン、あたし、結婚したのよ」

心中たじろいだとしても、セバスチャンはそれを面《おもて》に示さなかった。

「そうだったのか。ラ・マールがとうとう細君と離婚したのかい？」

「いいえ、あの人とは別れたわ。ひどい男だったのよ、ラ・マールは」

「そうだろうね」

「でも後悔なんかしていないわ。人間は自分なりに生きていくほかないんですもの――人生経験を豊富にするために。どんなことだって、人生から尻ごみするよりはましだわ。マイラ伯母さまのような人にはそれがわからないのよ。今度もあたし、バーミンガムには寄りつかないつもり。自分のしたことを恥じてもいなければ、後悔してもいないんですもの」

こういって、挑戦するように見つめるジョーを見返しながらセバスチャンは、アボッツ

・ピュイサンの森の彼女を思い出していた。〝昔とまるで同じだ。考えなしで、反逆的で、それでいてじつに魅力がある。ジョーがこうした破目に陥ることはそのころから予見できたはずだったのだ〟しかし彼は静かにいった。
「それにしてもきみがラ・マールのことでいやな思いをしたのは気の毒だな。だって幸福じゃなかったんだろう?」

「ひどいものだったわ。でもあたし、今度こそ、本当の生活を見出したのよ。今の夫は重傷を負ってあたしのいた病院に運ばれてきたの。モルヒネの注射を打たなければならなくて。結局除隊になったのよ。傷はよくなったんだけれど、もう兵役はむりだったから。そうこうするうちにモルヒネ中毒になって。それだからあたしたち、結婚したのよ。つい二週間前のことだわ。これからは力を合わせてモルヒネと戦う覚悟よ」

セバスチャンは二の句がつげなかった。何ということだ、懲りもせずに。モルヒネ中毒だなんて、いっそ障害のある男と結婚するほうがいいくらいだ。

突然激しい痛みが胸に走った。あたかもジョーを得る最後の望みを放棄したかのようだった。二人の道はまるっきり逆の方向に向いている——ジョーは世にいれられぬ主義を次々に信じ、人生の敗残者のあいだに埋もれ、彼はといえば、一路、成功者の道を歩んでいる。もちろんそのうちに彼も出征して戦死しないとはいえない。しかしどうしてか、そんなことにはならないだろうという気がするのだった。おそらく軽度の負傷さえしないだろう。多少とも戦功をあげて、無事に帰還し、ふたたび自分の企業に専心してそれを再編成したり、改革したりするに違いない。失敗を許容しない厳しい世の中で、彼は成功をおさめるだろう。はなばなしく成功するだろう。しかし高くのぼればのぼるほど、ジョーから遠く離れてしまうことになろう。

彼は苦々しい思いで考えた。

〝窮地に陥ったときに男を助けてくれる女はいないわけではない。しかし、山の頂上に達した男の道づれになってくれる女はめったにいない。人は山の頂きでこそ、恐ろしい孤独を感ずるに違いないのに〟

ジョーに対して、とっさに何といったらいいのか、彼にはわからなかった。せっかくの意気ごみをくじくのもかわいそうだという気もした。セバスチャンは力なくいった。

「それで、今度の苗字は何というの？」

「ヴァルニエールよ。いつか、フランソアに会ってちょうだいね。今度は法律的にちょっとこみいったことがあって帰ってきたの。父が一カ月前に死んだので。そのことは知っているでしょう？」

セバスチャンは頷いた。ウェイト少佐が亡くなったことは聞いていた。

「ジェーンに会いたいわ。もちろん、ヴァーノンとネルにも」

そこで翌日、セバスチャンが自動車でウィルツベリーにジョーを連れて行くことになった。

2

ネルとヴァーノンはウィルツベリーから一マイルばかり離れた村の小ぎれいな家に部屋を借りていた。日焼けして健康そうなヴァーノンはジョーを見ると狂喜して抱きしめた。

四人は背覆いをかけた椅子のごたごた並んでいる部屋に行き、ちょうど昼どきだったので、羊肉の煮こみにケパ・ソースをかけた料理を食べた。

「ヴァーノン、あなた、とても元気そうね――それにまあ、ハンサムといってもいいくらいの男ぶりよ。ねえ、ネル？」

「軍服のせいじゃないかしら？」とネルはつつましくいった。

ネルは変わった、とセバスチャンは思った。結婚以来会っていなかったのだが。これまでネルは彼にとってただチャーミングな娘というに過ぎなかった。それが今はじめて個性を備えた人間として彼の目に映ったのであった。蛹から出た蝶のように真のネルが生まれ出ていた。

しっとりと落ち着いた輝きがこの若妻をひときわあでやかに見せていた。以前より静かな物腰だったが、それでいて生気に溢れていた。二人は見るからに幸せそうだった。たまさか二人の目が合うとき、はたの者はここにまさに結婚の幸福があることを感じた。何かが二人の間にかよっていた。微妙な、瞬間的な、しかし、まぎれもない愛の火花であった。楽しい食事だった。誰もが昔がたりをし——アボッツ・ピュイサンのことを話した。

「これで幼馴染が四人、勢揃いしたってわけね」とジョーがいった。

暖かいものがネルの胸にこみあげた。ジョーはあたしも仲間にいれてくれた。「幼馴染が四人」——そういってくれたのだ。いつかヴァーノンが、「ぼくら三人は」といったのを、ネルは覚えていた。嫉ましさに胸が疼いたものだったが。でもそれももう過去のことだ。仲間にいれてもらえたのだ。それが彼女の受けた褒美だ——褒美の一つだ。人生は今や、そうした褒美でいっぱいのように思えた。

彼女は幸せだった——何ともいえないほど幸せだった。もう少しでこの幸福を取り逃すところだったのだ、とネルはしみじみ思い返していた。戦争が勃発しなかったらジョージと結婚していたかもしれない。自分にとってヴァーノンと結婚するよりもいいことがあると思うなんて、あたしは信じられないほどの馬鹿だった、と彼女は思った。この法外なほどの幸せ。貧乏なんか、気にすることはないといったヴァーノンの言葉は本当だったのだ。

それに彼女だけでなく、多くの娘たちがすべてを捨て、貧乏をものともせずに愛する男との結婚に踏みきっていた。戦争が終わればどうにかなるだろうと楽観的に考えていたのだった。そうした態度の背後には、彼女たち自身が秘め隠し、正視し得ない不安があった。「何が起ころうと、あたしには思い出がある」、そう挑むように考えて、後は成りゆきに任せていた。

〝世界は変化しつつある〟とネルは思った。〝何もかも以前とは違う。後もどりすることはもうけっしてないだろう〟

テーブルの向こうのジョーを見やってネルは、ジョーも変わったという気がした。何というか、熱にうかされているような感じだ。いったいこれまでどんな生活を送ってきたのだろう。ラ・マールのようないやらしい男と一緒に暮らすなんて……でもまあ、そのことはもう考えないほうがいい。第一このごろでは、どんなことも大した問題ではなくなっているのだし……

ジョーはとてもやさしくしてくれる。昔は見くだされているような気がしたものだったが。でも当然だったのだろう。あたしは本当に臆病な娘だったのだから。

もちろん、戦争は恐ろしい。しかし、ある意味ではそれは物事を簡単にした。たとえばお母さまだ。うるさいことをあまりいわずに妥協してくれた。ジョージ・チェトウィンドとの婚約を解消したことについては当然ながら失望したようだが（気の毒なジョージ、あのやさしい人にあたしはひどい仕打ちをしてしまった）、でも良識を示して事をまるく納めた。

「こうした戦時の花嫁はねえ」とミセス・ヴェリカーは肩をすくめていったものだ。「もっともあの子たちを責めても始まりませんものね。賢明なことではないけれど、でもこんなときには分別など何になります？」当てのはずれた債権者をなだめるのに彼女はもちまえの機知と術策のすべてを必要とした。そしてかなりうまく急場を切り抜けた。債権者のある者は、そんな彼女に同情を感じたくらいだった。

実のところ、ミセス・ヴェリカーとヴァーノンはお互いにあまり好感をもっていなかったのだが、二人ともそれをおおっぴらに示さないようにつとめた。もっとも結婚以来、二人が顔を合わせたのはほんの一度だけだった。何もかもすらすらと運んだ。

勇気さえあれば物事はいつだってちゃんと解決するものなのかもしれない、とネルは思った。それが人生を渡る秘訣ではないだろうか。

こんなことを考えていたネルは、白昼夢から醒めたようにふたたびみんなの話に耳を傾けた。セバスチャンがしゃべっていた。

「ロンドンにもどったら、ジョーと一緒にジェーンに会いに行こうと思っている。このところ、ずっと消息を聞いていないが、きみはどうだい、ヴァーノン？」

ヴァーノンは首を振った。

「いや、ぼくも知らない」

自然な態度を装おうとつとめたのだが、うまくいかなかった。

「ジェーンはとてもいい人だけれど――でもちょっと気がおけるわね」ネルがいった。

「何を考えているか、よくわからないような気がするわ」

「どぎまぎさせられることはあるね」とセバスチャンも認めた。

「どうしてそんなことをいうの？　あんないい人はいないわ」とジョーが激しい口調で弁護した。

ネルはヴァーノンの表情を見守っていた。何かいってくれればいいのに……どうして何もいわないのだろう？　あたしはジェーンが怖い。はじめて会ったときから恐ろしかった。悪魔的なところがあるのだ、あの人には……

「今時分はロシアか、ティンブクトか、モザンビークにでも行っているかもしれない。ジェーンの場合は、何をしようとあまり驚かないよ」とセバスチャンがいうと、

「この前、会ったのはいつのこと？」とジョーが訊いた。

「正確にいってかい？　そう、三週間ばかり前だ」

「だったら、ついこの間じゃないの。もっと長いこと、会っていないのかと思ったわ」

「何年も会っていないような気がしてね」とセバスチャンは答えた。

話題はジョーの病院のことから、マイラとシドニー伯父のことに移った。マイラは丈夫で、信じられないほどたくさんの滅菌ガーゼを作るほか、週に二度、酒保（軍隊営内の日用雑貨店）でも奉仕しているという。シドニー伯父の会社は第二の爆弾の製造をはじめて第二の隆盛期

を迎えようとしている。

「ああ、あの人は出足が早かったからね」とセバスチャンが註釈を加えた。「この戦争はすくなくとも三年は続くだろうよ」

彼らはついでその点に関してあれこれと論じた。六カ月でかたがつくという楽観的な見解はすでに影をひそめていたが、三年とは悲観的に過ぎると思われた。セバスチャンは爆弾のこと、ロシアの内情、食糧問題、潜水艦について、いろいろなことをいった。自分のいうことが正しいと確信しているらしく、少々独断的な話しぶりだった。

五時にセバスチャンとジョーは車でロンドンへの帰途についた。ヴァーノンとネルは街道に出て手を振った。

「よかったわね」とネルはヴァーノンの腕に自分のそれをそっと掛けていった。「今日、あなたがお休みをとれてよかったわ。あなたに会えなかったら、ジョーはきっとがっかりしたでしょうよ」

「ジョーは変わったと思うかい？」

「少しね。あなたは？」

二人は道路ぞいに歩き、丘を越えて続いている細い道に折れた。

「そうだな」とヴァーノンはほっと溜息をついた。「仕方のないことだろうがね」

「ジョーが結婚したって聞いてうれしかったわ。それにそんな人と結婚するなんて勇気があると思うわ。そうじゃない？」

「ああ、ジョーは昔から気持がとても暖かかったからね」

ぼんやりと呟いた夫をネルは見あげた。そしてその日ずっと何となく彼が言葉少なだったことを思い出した。話の大部分はほかの者がしていたようだった。

「うれしかったわ、あの人たちが訪ねてくれて」とネルはもう一度いった。

ヴァーノンは答えなかった。ネルが組んでいた腕に力をこめると、ヴァーノンもそれに応えるように組み合わせた腕を締めつけた。けれどもあいかわらず何もいわなかった。あたりは暗くなりかけ、大気が突き刺すように冷たく感じられた。けれども二人は踵を返さずに黙って歩き続けた。前にも何度か、そうして散歩したことがあった――黙って、しかし、限りなく幸せな思いに浸りながら。けれども今の沈黙はそれとは違っていた。何か重苦しく、のしかかるようだった。

突然ネルははっとして叫んだ。

「ヴァーノン！　とうとうきたのね！　あなた、いよいよ前線にいらっしゃるんでしょう……」

ヴァーノンは彼女の手をいっそう固く握りしめたが、あいかわらず沈黙していた。

「ヴァーノン……いつなの？」

「来週の火曜日だ」

「ああ！」ネルははたと立ち止まった。胸のきりきり痛む思いがした。とうとう。いつかはそのときがくると思っていた。でも知らなかった――はっきりとは――そのときがきたらどんな気持がするのかを。

「ネル、ネル……そんなに悲しまないでくれたまえ。お願いだ」ヴァーノンはやっきになってしゃべりだした。「大丈夫だよ。ぼくにはわかるんだ。ぼくはぜったいに死にはしない。きみが愛してくれるのに――こんなにも幸せなのに、死ぬわけにはいかないよ。これで一巻の終わりだと感じながら出征する者もいるだろう……だがぼくは違う。無事にもどってくるという、一種の確信があるんだ。きみにもそう思ってもらいたいんだよ」

ネルは凍ったように、そこに佇んでいた。これが戦争なのだ。心臓を切り取られ、血を絞られるようなこの思い。ネルはすすり泣きの声をあげて夫にとりすがった。ヴァーノンは彼女を抱き寄せていった。

「大丈夫だよ、ネル。いずれくることはわかっていたはずじゃないか。それにぼくは本当に行きたいんだよ――きみを置いて行くことを思うと辛いけれど。しかしきみだって、ぼくが一年中、イギリスの橋かなんぞを守っているほうがいいと思ってるわけじゃないだろう？　それに賜暇《しか》の楽しみだってある。そのときには、二人でせいぜい楽しく過ごそうよ。金もたくさん入るだろうし、それを湯水のように使って楽しもう。ねえ、ネル、今ではぼくにはきみがいる。もうぼくの身には悪いことなんぞ、何一つ起こらないような気がするんだ」

ネルもそれに同意した。

「そうよ、起こるはずがないわ。そんな残酷なことを神さまがお許しになるわけがないんですもの」

しかし、彼女はふと、神さまはたくさんの残酷なことを見過ごしにしていらっしゃるようだと思った。

「それに――」とヴァーノンは続けた。「たとえ何が起ころうとも、覚えていてほしいんだ。ぼくらが完全に幸福だったということを……きみも幸せだったろう？　そうじゃないかい？」

ネルは夫と唇を合わせ、無言のまま抱きあった。最初の別れの影に怯えて、二人とも胸を引裂かれる思いであった。

どのくらいそうして立っていたか――二人とも時のたつのを忘れていた。

3

家にもどってから、二人はごくありきたりのことを快活に話し合った。ヴァーノンは将来について一度だけ軽く触れた。

「ネル、ぼくが行ってしまったら、きみはお母さんのところにもどるかい？　それとも——？」

「あたし、ここにいたいの。ウィルツベリーでいろいろすることもあるし——病院とか、酒保とか」

「そうだね、でもそんなことをきみがするのは、ぼくにとってあまりうれしいことじゃないな。ロンドンに帰るほうが気が紛れるんじゃないか。劇場もまだ開いているし」

「いいえ、ヴァーノン、じっと手をつかねてもいられないわ——あたしだって働かなくっちゃ」

「だったらぼくのソックスでも編んでいたまえ。きみが看護婦になるなんて、ぼくはいやだな。必要なことかもしれないが、どうもね。バーミンガムには行きたくないんだね？」

ネルは、行きたくないときっぱり答えた。

最後のときがきたとき、二人は思ったよりさっぱりと別れることができた。ヴァーノンはむしろ無造作に妻にキスをした。

「じゃあね。元気を出したまえ。何もかもうまくいくよ。手紙はできるだけ書くようにする。どうせ面白いことはあまり書けないんだろうけれど。きみもできるだけ体を大事にしたまえ」

彼は妻をひしと抱きしめ、それから押しやるように離した。

そして行ってしまった。

〝今晩はあたし、眠れそうにないわ……とても……〟とネルは思った。

しかし彼女は眠った。深く、重たい眠りであった。まるで深淵に落ちこむように、ネルはぐっすりと寝いった。さまざまな幻が――不安と危惧にみちた夢が果てると、疲労困憊して前後不覚に眠り続けた。

目が覚めると、剣《つるぎ》で刺し貫かれるような痛みが胸を締めつけていた。

「ヴァーノンは前線に行った。あたしも何かしなくては」こう彼女は考えたのだった。

第二章

1

ネルはこの地方の赤十字の部長であるミセス・カーティスに面会に行った。ミセス・カーティスは愛想のよい、やさしい取りなしの女性だったが、自分の地位の重要さを大いに楽しんでおり、生まれながらのオルガナイザーを以て自任していた。本当はそんなことにはおよそ不向きな人柄だったのだが。しかし誰も彼も、彼女が如才ないという点では意見が一致していた。彼女はネルを機嫌よく迎えてくれた。

「ええと、何ておっしゃったかしら？　そうそう、ミセス・デイアでしたね。救急隊員の資格と、看護婦の免状をもっていらっしゃるのね？」

「はい」

「この地方の救急隊には属していらっしゃらないの？」

という具合にひとしきりネルの隊員としての身分がいろいろと論議された。

「そう、あなたに何をさせてあげられるか、調べてみましょう。今のところ、病院のほうは人数が揃っていますけれど、抜ける人もよくありますからね。最初の負傷兵が入ってきて二日後には十七人もやめたんですよ。一定の年齢以下の人たちはどうしてもね。シスターたちの口のききかたに腹を立てたり。わたしにしても、シスターたちがああまで厳しく女の子たちを叱りとばさないでもいいのにと思いますけれどね。赤十字に対する嫉みもあってね。でも頭ごなしに叱りとばされることを快く思わない裕福な婦人もいることですし。その点、あなたはいかが、ミセス・デイア？　小さいことが気になるたちじゃないでしょうね？」

ネルは自分は何があっても気にしないと答えた。

「それはいいこと」とミセス・カーティスは我が意を得たようにいった。「わたし自身はそうしたことを、必要欠くべからざる訓練の一部と見なしていますわ。訓練なしではどんなこともうまくいきませんものね」

ネルはふと、ミセス・カーティス自身は厳しい訓練に堪える必要がないからそんなことがいえるのだろうと思った。その彼女が訓練を云々することは、発言の重みをそぐことになろうと。けれどもそんなことはおくびにも出さずに、いかにも感心したような顔をしてつつましく耳を傾けた。

「では予備要員のリストにあなたの名を加えておきましょう」とミセス・カーティスはい

った。

「二日後に市立病院の外来診療部に出頭してください。そこで少し経験を積んでいただきましょう。あそこは人手不足で困っていますのよ。だから喜んでわたしたちの援助を受けいれてくれるでしょう。それからミス——ミス・カードナーと一緒に火曜と金曜に保健婦に同伴して患家を訪問していただきます。制服はもちろんもっていますね？　よろしい。ではお願いしますよ」

メアリ・カードナーは感じのよい、丸ぽちゃの娘で、父は肉屋だったが、もう商売はやめて隠退していた。彼女はネルにすぐ気軽に話しかけて、巡回は水・土で火・金ではないと説明した。

「あのカーティス婆さんときたら、しょっちゅう何かしら勘違いしているのよ」と。保健婦はやさしい人で、やたらに怒ったりしないが、病院のシスター・マーガレットはよく雷を落とす、こうもいった。

水曜日にネルははじめて巡回診療に同行した。保健婦は気忙《きぜわ》しそうな小柄の女で、過労気味だった。その日の仕事が終わると、彼女はネルの肩をやさしく叩いていった。

「あなたは頭もなかなか働くたちね。ありがたいわ。ときどき薄馬鹿じゃないかと思うほど、気が利かない娘さんたちがくるんですよ。見かけはちゃんとしたレディーのようなのに——といっても生まれはそうよくないんでしょうが。でも看護って、ただ病人の枕を直したり、葡萄を食べさせたりするだけだろうと思いこんでいる、ろくすっぽ事前教育を受けていない娘たちには手を焼いているのよ。あなたはすぐ慣れるでしょうよ」

この言葉に勇気づけられ、ネルは所定の時間に外来診療部に比較的楽《らく》な気持で出頭した。意地悪げな目つきの背の高い、痩せたシスターが彼女を迎えた。

「また新米ね」とシスター・マーガレットはぶつぶついった。「ミセス・カーティスがよこしたんだね。あの婆さんにはうんざりだわ。万事心得ていると知ったかぶりばかりする馬鹿な女の子にむだな時間をつぶさせるくらいなら、自分で何もかもやったほうがずっとましなくらいなのに」

「すみません」とネルはおとなしく呟いた。

「免許状を一つ二つもち、十ばかり講義を聞いただけですべて呑みこんだつもりになっているんだからね」とシスター・マーガレットはなおも吐き出すようにいった。「ほら、患者がきたわ。あんたはなるべくわたしの邪魔をしないでもらいたいわね」

外来にはじつにいろいろな症状の患者がいた。脚に潰瘍のできている少年、やかんをひっくり返して火傷を負った子ども、指に針を刺した少女、耳の悪い患者、足や腕にけがをした者。

シスター・マーガレットはきつい声でネルにいった。

「耳から血をとることは知っていて？　知らないんでしょうね。わたしのすることをよく見ていなさい――この次はあんたにやってもらいますからね。その男の子の指の包帯をほどいて熱い硼酸水の中に浸させなさい、わたしが診てやれるまで」

ネルは思うように手が動かないのでまごまごした。シスター・マーガレットの権幕に怯えてしまったのだ。いくらもたたぬうちに、シスターは彼女の脇に立ってがみがみといった。

「まる一日中かけてのんびり診療するわけにはいかないのよ。わたしがやりましょう。本当に不器用ったら、ありゃしない。それはいいから、あの女の子の脚の包帯を微温湯でぬらしてほどいてちょうだい」

ネルはぬるま湯の洗面器を持ってきて女の子の前に跪いた。まだ三つばかりのいたいけな子だった。ひどい火傷で包帯が足にくっついて離れない。スポンジでそっと濡らしたが、子どもは火のついたように泣きだし、痛さと恐ろしさに長く尾を引くように絶叫した。

ネルは突然吐き気と眩暈を覚えた。あたしにはとてもやれそうにない。一歩後ろにさがったとき、シスター・マーガレットが見ているのに気づいた。意地悪そうに目を輝かして彼女の様子を窺っていた。

「あんたには我慢できっこないと思っていたのさ」とその目は嘲笑っているようだった。

その嘲笑が何ものにもましてネルを立ち直らせた。ネルは頭を垂れ、歯を食いしばって、子どもの泣き声には注意を払うまいと努力しつつ、仕事を続けた。やっと終わってネルは立ちあがった。青ざめた顔でぶるぶる震え、気分の悪さにやっとの思いで耐えていた。

シスター・マーガレットが近づいた。拍子ぬけしたような表情だった。「お子さんがやかんになん
「ああ、すんだのね」こういって子どもの母親をたしなめた。「お子さんがやかんになんぞ触らないように、これからはもっと気をつけてもらいたいですね、ミセス・ソマーズ」

なんせ忙しいもんでとミセス・ソマーズは弁解した。

ネルは次にかぶれた指に罨法《あんぽう》をほどこし、それからシスターを手伝って潰瘍の足を洗った。さらに若い医師が少女の指に刺さった針を取り出す介添もした。医師があちこちと探ったり、切開したりするので、少女は苦痛にたじろぎ、指を引っこめようとして怒鳴りつけられた。

「じっとしていたまえ。それぐらいの我慢ができないのかね？」

〝お医者さまのこういう一面は普通は知られていないわ〟とネルは思った。『ちょっと痛むかもしれませんが、できるだけ動かないでください』とやさしくいう——お医者ってそんなものだと思っていたら大間違いなのね〟

若い医師はついで歯を二本抜き、抜いた歯を無造作に床に投げだした。それから事故で腕を砕かれた患者の処置に当った。

その医師の腕前が悪いからではなく、患者に対する彼の粗野な態度が、これまで彼女が医師というものに対していだいていた観念を揺るがした。けれどもシスター・マーガレッ

トはいそいそと彼を手伝い、医師がたまに冗談をいうと機嫌をとるようにくすくす笑った。医師はネルには目もくれなかった。

その一時間がやっと終わったとき、ネルはつくづくほっとした。シスター・マーガレットにおずおず挨拶すると、主任は意地悪げににやりと笑っていった。

「仕事はどう、気に入って？」

「あたし、気が利かなくてお役に立てないんじゃないかと心配ですわ」とネルは答えた。

「そんなこと、当りまえでしょうが」と主任は答えた。「どうせ赤十字なんて、あんたみたいなずぶのしろうとの寄り合いだからねえ。それでいて何でも知っている気でいるんだから始末が悪い。でもあんたは、この次はもうちょっとましになるかもしれないわ」

ネルの病院における奉仕はざっとこんな振りだしだったのである。

しかし時がたつにつれ、最初ほどみじめな思いをしなくなった。シスター・マーガレットもおいおい軟化し、はじめほど猛烈な警戒心を示さなくなり、たまにはネルの質問にも答えてくれた。

「あんたは赤十字のよこす、たいていの見習看護婦ほど、お高くとまっていないようだね」とさえのたもうた。

ネルはネルで、この主任が短時間に山のような仕事をてきぱきとやってのけるのに感服した。いわゆる素人について彼女が苦々しくいう理由も、少しは理解できるようになった。

ネルの印象では病院にくるのは〝足の悪い〟患者が圧倒的に多いようだった。それも持病という例が大部分だった。ネルはシスター・マーガレットにおそるおそるその理由を訊いてみた。

「たいていは遺伝よ。悪い血が伝わっているので治らないのよ」

もう一つ、ネルが感銘を受けたのは、貧しい人たちが泣きごともいわずに、じつに雄々しく苦痛に耐えることだった。治療は多くの場合、ひどい痛みを伴ったが、たいていの患者は、処置がすむと数マイルの距離を平気で歩いて帰って行った。

患家を訪問する折にも、ネルは同じような印象を受けた。メアリ・カードナーと彼女はやがて二人一組で保健婦の仕事の一部を引受けるようになった。寝たきり老人の体を洗ったり、〝具合の悪い足〟に罨法を施したり、ときには病気の若い母親に代わって赤ん坊にお湯を使わせたり、何かと世話をしたりもした。彼女たちの巡回する家々はどれも狭く、窓は多くの場合、ぴたりと閉ざされ、居住者にとって貴重ながらくたがごたごたと取り散らかり、空気はむっとするように濁っていた。

ネルがもっともひどいショックを受けたのは、仕事をはじめて二週間後のことだった。寝たきりの婆さんが床《とこ》の中で死んでいるのを見つけて、入棺の支度をしなければならなかったのだ。メアリ・カードナーがしごく朗らかに、かつ実際的な態度で先に立って働かなかったら、ネルはとてもやりおおすことができなかっただろう。

保健婦はこのことについて二人を褒めてくれた。

「よくやったわ。あなたたちがいるので、本当にずいぶん助かっているのよ」

二人は満足な思いに顔を輝かして家に帰った。熱いお湯と、いい香りの入浴剤がこれほどありがたく思えたことはなかった。

ヴァーノンからは葉書を二枚受けとっていた。もっとも、「こちらは元気だ。何もかもすばらしい」といったことが走り書きされているだけだったが。ネルは毎日夫にあてて手紙を書いて自分の新しい経験について語り、そうした日常をできるだけ面白く書き送ろうとした。ヴァーノンからは次のような返事がきた。

フランス国内の某所にて

愛するネル

元気でいる。気分も爽快だ。すばらしい冒険を地で行っているとは思うが、きみに会いたくてたまらない。きみがみじめったらしい、ちっぽけな家を次々に訪問したり、病人のことを何やかややったりするのはぼくにとってうれしいことではない。第一、病気がうつったりしたらどうする？　なぜ、そんなことがやりたいのか、ふしぎだよ。そんな必要もないんだし、早くやめたまえ。

ここではみんな、食べもののことばかり考えている。兵隊はお茶に何が出るかということにしか、関心がない。一杯の熱いお茶のためなら、爆弾で吹きとばされる危険でもおかすだろう。ぼくは彼らの手紙の検閲をやらされている。ある兵隊は手紙の終わりにいつも、〝地獄が凍りつくまできみのものである……〟と書いて署名する。ぼくも同じことを書こうと思う。

いつまでもきみのものである
ヴァーノン

ある朝、ミセス・カーティスからネルに電話がかかった。

「病棟の下働きに一人、欠員ができました。二時半に陸軍病院に行ってください」

病院はウィルツベリーの公会堂を模様変えしたものだった。寺院広場にある大きな、まだ新しい建物で、寺院の高い尖塔の影がさしていた。

見るからにスポーツマンらしい、ハンサムな将校が制服に勲章をつけて入口に立っていたが、ネルを見て親切にいった。

「この入口じゃないんです。職員は補給倉庫のほうの戸口から出入りすることになっています。いま、ボーイスカウトに案内させましょう」

小柄なスカウトの少年に導かれてネルは階段をおり、地下墓所のような薄暗い広間を抜けた。赤十字の制服を着た年輩の婦人が白衣の山に囲まれて坐っていたが、ショールをいくつも巻きつけて、それでも寒そうにがたがた震えていた。そこからさらに敷石を敷いた通廊を通り、同じく薄暗い地下室に行った。見習看護婦の取締り役をしているミス・カーテンがここでネルを迎えた。夢みる公爵夫人といった感じのしとやかなチャーミングな、すらりとした女性だった。

ネルは彼女から仕事の説明を聞いた。仕事は簡単で呑みこむには手間どらなかった。体を使って働かなければならないが、とくに困難なことはない。石畳の廊下と階段を拭き、看護婦たちのお茶の支度と給仕をし、終わってからかたづける。その上で自分たちもお茶を飲む。夕食時にも同じような役目があった。

ネルはすぐに仕事の手順を呑みこんだ。新しい生活の主要な問題点はまず賄い方との戦いであり、第二にシスターたちのそれぞれに気に入るようなお茶をいれることだった。

正看護婦にあてられた長いテーブルに腹をすかせた女たちがずらりと列を作って入ってくる。最後の三人が席につく前に、食べものはいつもなくなってしまうのだった。送話管を通じて賄いに追加を申し入れると、噛みつくような答が返ってくる。バタつきパンは三枚ずつ、ちゃんと出したはずだ。誰かが余計に食べたにちがいないと。一同は口々に自分ではないといいあった。誰も彼もお互いを苗字で呼んで、屈託なげに愛想よくしゃべっていた。

「あなたのパンなんか、食べやしなくてよ、ジョーンズ、そんなずるいこと、あたしがするものですか！」「賄いが間違えたのよ。いつだってそうなんだから」「ねえ、キャットフォードに何か食べさせなくちゃ。三十分後に手術があるんですもの」「急がなけりゃだめよ、バルジー、これからあたしたち、ゴム布を山ほど洗わなきゃならないんじゃないの」

部屋のもう一方の側のシスターたちの食卓はまったく違う空気だった。会話はひそひそと冷やかな低い声で、しごく上品に運ばれた。めいめいの前に小さな茶色のティーポットが置かれるのだが、どのシスターがどのくらいの濃さのお茶を好むかを覚えることがネルの役目の一つとなった。薄いお茶は問題外で、「水っぽいお茶」をシスターに出すことは永久に面目を失墜することであった。

ひそひそ声の会話がひっきりなしに続いていた。「それでわたし、あの人にきっぱりいってやりましたのよ、『当然、外科的処置が優先しますよ』って」「わたしはただ、いわれたとおり、伝えただけなのに」「あの女、出しゃばりったらないわ。いつだってああなのよ」「呆れるじゃありませんかねえ、先生のお手拭き用のタオルも用意していないなんて」「けさもわたし、先生にそう申しあげたんですよ……」「ナース××にちゃんと伝えたのに……」

「誰々に伝えた」という言葉が何回となく繰り返された。今度は何の苦情かと耳をそばだててしまうのだが、しかしネルがシスターたちの食卓に近づくと囁き声は急に低くなり、シスターたちはうさんくさげにじろりと彼女を見やるのであった。彼女たちの会話はいつも秘密めかしく、いかめしかった。互いにお茶を勧めあうにも、いかにも儀式ばった態度をとった。

「わたしのを少しいかが、シスター・ウェストヘイヴン？　まだたくさんありますのよ」

「お砂糖を取ってくださる、シスター・カー？」

「まあ、すみませんわね」

看護婦の一人が急病になって代わりに病棟づきになったとき、ネルは病院の雰囲気や小さないがみあい、嫉妬、派閥、数限りない底流をようやく理解するようになった。

彼女の受持はずらりと一列に並んだ十二のベッドで、多くは外科の患者だった。グラディス・ポッツという小柄な、よくくすくす笑う娘が相棒で、彼女はなかなか利口だが、怠け者だった。この病棟の主任はシスター・ウェストヘイヴンで、いつもしかめ面《つら》をしている。背の高い、痩せぎすの、辛辣なシスターだった。彼女にはじめて会ったとき、ネルは、こんな気むずかしい人の下で働くのかと気持が沈んだのだが、後ではむしろありがたいと思った。シスターの中でも、シスター・ウェストヘイヴンはよほどましなほうだった。

病棟の主任看護婦はシスターと呼ばれ、全部で五人いた。丸ぽちゃで、一見人のよさそうなシスター・カーは男たちの受けがよく、いつも彼らと談笑したり、冗談をいいあっていたが、そのために患者の手当が遅れて、とかくいい加減になった。見習看護婦にもやさしく話しかけたり、親しげに肩を叩いたりしたが、ひどく気紛れで、急に不機嫌になったりするので扱いにくかった。おまけに時間にだらしなく、何かうまくいかないことがあると、みんな見習いたちのせいにされるので、彼女の下で働くと気が狂いそうな思いをした。

シスター・バーンズもどうしようもない人だった。誰もがそういった。朝から晩まで目下の者を怒鳴りつけたり、怒ったりしていた。とくに救急隊の見習看護婦を目の敵にしていて、それをおおっぴらに示した。「知ったかぶりのずうずうしい連中を叩き直してやるのよ」というのが彼女の口癖だった。しかし辛辣な皮肉をいうが、看護婦としてはすこぶる有能で、気概のある者は、頭ごなしに叱りとばされても彼女のもとで働くことを好んだ。

シスター・ダンロップは親切で穏やかな人柄だったが、たいへん無精だった。お茶をやたらに飲み、仕事はできるだけ怠けた。

シスター・ノリスは手術室係で、有能だったが、口紅を濃く塗り、目下の者にひどく意地悪だった。

シスター・ウェストヘイヴンは五人の主任の中では一番いい人柄だった。仕事熱心で、自分の下で働く者について誤たぬ判断を下した。有望だと見こんだ者にはかなり愛想よく接したが、彼女にしようのない馬鹿だと見切りをつけられた者はみじめな生活を送ることになった。

働き出して四日目にネルはこういわれた。「あんたはものの役にも立たないかと思ったけど、案外やるじゃないの」

病院を支配する空気に馴染みはじめていたネルは、その日、気むずかしいシスターのこの褒め言葉に天にものぼる心地で家路についたのであった。

こんなふうにして、彼女は少しずつ新しい生活に慣れた。はじめのうちは負傷兵を見て胸を引裂かれるような思いがして、傷の手当をするシスターの介添をするのが辛かった。〝傷ついた将兵のお世話をしたい〟という思いで志願した女たちは、ある程度感情的になっているのが常だった。しかしそうしたセンチメンタリズムはすぐに一掃されてしまった。血、傷、苦痛はここでは日常茶飯事だったのだ。

ネルは兵士たちに人気があった。お茶の後、暇があると、彼女は彼らの代筆をして手紙を書いたり、彼らの気に入りそうな本を病棟の隅の書棚から借りてきてやったり、家族や恋人についての打明け話の聞き手になったりした。また他の看護婦たちとともに、親切ごかしの外部の人間たちの愚かしさや残酷さから兵士たちを守ろうとやっきになった。

訪問日には年輩の婦人たちがぞろぞろと繰りこんできた。ベッドの脇に坐りこんで、〝勇敢な兵隊さんたちを元気づけ〟ようと、いろいろな話をする。誰もが口にするきまり文句があった。

「一日も早く前線に復帰なさりたいんでしょうね？」兵士たちは一様に、「はあ、一日も早くもどりたくあります」と答える。白衣の天使たちのモンズにおける働きぶりについて、聞きたがる人たちもいた。

コンサートもおりおり開かれた。あるものは周到に計画され、なかなか楽しかったが、ひどいものもあった。ネルの受けもっているベッドの次の列の受持であるフィリス・ディーコンは、「自分じゃ歌がうまいとうぬぼれているのに家族の反対で音楽家になれなかったような連中が、このときとばかり押しかけてくるんだから恐れいるわ！」と皮肉ったものだった。

牧師さんたちも厄介な手合いであった。こんなにたくさんの牧師は見たことがないとネルは思った。同情心に富み、人情の機微を理解する牧師も少しはいた。そうした聖職者は適切な話をし、宗教的な面を過度に強調することをしなかった。けれども何ともやりきれない連中もいた。

「ナース！」

病室の中を急ぎ足で歩いていたネルは、一人の患者に呼ばれて足を止めた（シスター・ウェストヘイヴンから「ナース、あなたの受持のベッドはちゃんと並んでいませんね。七号ベッドが突き出していますよ」といわれていた）。

「はい？」

「これから清拭をしてもらえませんか？」

ネルはびっくりして見つめた。

「まだ七時半にもなっていませんけれど」「牧師がくるんです。聖信礼を受けろってうるさいんですよ。じき、やってきそうなんでね」

ネルはふと哀れを催し、清拭の支度をした。やがて到着したエジャトン師はお目当ての回心候補者のまわりに衝立がめぐらされ、水をたたえた洗面器がいくつも置いてあるのを見出した。

「すみません、ナース」牧師が帰ると患者はしゃがれた声でいった。「何しろ足の自由がきかず、逃げるわけにはいかないんだから、うるさく責めたてるのは酷ってもんですよ。そうじゃありませんかね？」

清拭、清掃は間断のない行事だった。患者の体の清拭。病室の清掃。さらにまた、時間を問わず、ゴム布を洗う仕事が加わった。

清潔整頓も際限がなかった。

「ナース――ベッドをきちんとしてください。九号の掛布が垂れさがっていますよ。二号のベッドは曲がっています。こんなだらしのないことでドクターが何とおっしゃるでしょう？」

ドクター、ドクター、朝、昼、晩、何をするにもドクターだった。ドクターは一種の神格だった。一介の見習看護婦がじかに話しかけることは不敬罪に当り、シスターに厳しくたしなめられた。見習看護婦の中にはそんなこととは知らずに彼女たちの逆鱗に触れる者があった。ウィルツベリーの娘たちは、ドクターを普通の人間として個人的によく知っていた。だからはじめのうち彼女たちは何の屈託もなく、「おはようございます」とドクターたちに呼びかけていたが、やがてそれが、〝出しゃばり〟という万死に価する罪であることを知った。メアリ・カードナーがこの罪を犯した。あるドクターが彼女に鋏を取ってくれといったのに対し、メアリは自分のもっていた鋏をじかに手渡した。シスターは後にその罪状をこと細かに摘発してこう結んだ。

「渡したのをいけないといっているわけじゃありません。まずわたしに小声で、『これのことでしょうか、シスター？』と訊くのです。そうしたらわたしが受けとってお渡しします。それならどこからも文句は出ないはずです」

ドクターの連発にナースたちはうんざりさせられた。シスターたちは一言いってはドクターと合の手をいれた。

「はい、ドクター……けさは脈搏がちょっと……、いいえ、そんなことはございません、ドクター……すみませんがもう一度おっしゃっていただけませんか、ドクター……ナース、ドクターにお手拭きを……」

こちらは命ぜられたようにお手拭きなるタオルをつつましやかに捧げ持って、さながら名誉あるタオル掛けと化したように直立不動の姿勢で立っていなければならない。ドクターは神聖な手を拭いたタオルを床にぽんと投げだす。それをおとなしく拾うのも駆けだしの救急隊員の役である。ドクターの手に水を注ぐのも、石鹸を渡すのも彼女たちであり、それがすむと、「ナース、ドクターにドアをお開けして！」と声がかかる。

「あたしが懸念しているのはね」とフィリス・ディーコンが憤然といった。「こんな調子じゃ、お医者さんに対していつまでも卑屈な気持が抜けないんじゃないかということよ。もう二度と自然な態度がとれないわ。この分だと医大ぽっと出の藪医者にも、へいこらするんじゃないかしら。お医者さんが家にお客にこようものなら、慌ててドアを開けて最敬礼でもしてしまうに違いないわ」

救急隊員のあいだでは社会上の身分の差別はまったく存在せず、自然な友情があった。司祭長の娘も、肉屋の娘も、服地屋の店員の妻であるミセス・マンフレッドも、准男爵の令嬢であるフィリス・ディーコンも――みな一様に苗字で呼びあい、夕食に何がでるだろうかとか、みんなにまわるだけの分量があるだろうかとか、他愛のない話題に喜んだり悲しんだりした。たしかにずるい連中もいた。よくくすくすと意味もなく笑うグラディス・ポッツはいつも人より一足早く食堂におりて行き、バタつきパンを一枚失敬したり、ご飯を人より余分によそったりした。

「あたし、このごろメイドたちに同情するようになったわ」とフィリス・ディーコンがつくづくいった。「前にはあたし、召使が食べもののことに大騒ぎするのを馬鹿にしたものだけれど――あたしたちだってここにきてからってもの、まるでそんなふうになってきているわ。ほかに楽しみがないからなのね。昨夜、炒り卵がみんなにゆきわたるだけなかったとき、あたし、泣きそうになったもの」

「炒り卵を出すなんて、だいたい不都合よ」とメアリ・カードナーがぷんぷんしていった。「ポーチド・エッグとか茹で卵とか、めいめいに一つずつわたるんでなけりゃ。炒り卵はガッツキ屋にはまたとないチャンスですものねえ」

こういって意味ありげにグラディス・ポッツをじろりと見やった。グラディスは落ち着かない様子でくすくす笑い、そそくさとどこかへ消えてしまった。

「あの人、本当にしようのないぐうたらよ。清拭のときになると、きっとほかの用事を作って逃げだすの。それにシスターにおべっかを使って。もっともウェストヘイヴンにはおべっかはてんできかないわね。あの人は公平だから。でもカーをおだてて楽な仕事ばかりまわしてもらってるわ」

ちびのポッツは不人気だった。たまにはいやな仕事をさせようとみんながあれこれ画策したが、いつもうまく逃げられてしまうのだった。機略縦横のディーコンだけが彼女と互角に勝負できた。

医師のあいだにも嫉妬や睨みあいがあった。当然のことながら、誰もが興味深い外科的なケースを扱いたがった。各病室にさまざまなケースを割り当てるのは感情の対立を生む危険もあって、なかなか複雑な問題だった。

ネルは間もなく医師たちの特色をよく呑みこむようになった。背が高く、無精ったらしい、猫背のドクター・ラングは、神経質そうな長い指をもっていた。外科医としては一流だったが皮肉屋で、患者が苦痛を訴えても平気で手荒い処置をした。しかし腕のたしかなことは群を抜いていて、シスターたちの尊敬を集めていた。

ドクター・ウィルブレアムはウィルツベリーではやっている開業医で、血色のいい、大柄の男だった。調子がいいときには上機嫌だが、一つ事がうまく運ばないと駄々っ子のように始末が悪かった。疲れてご機嫌ななめのときなど、不必要に荒々しいもののいいかたをするので、ネルは彼が嫌いだった。ドクター・ベリーはあまり腕はよくないという評判だったが、自分では何でも知っているつもりでいた。いつも何かしら変わった療法をためしたがり、しかも一つの療法を二日以上続けたことがなかった。彼の患者が死ぬとナースたちは、「ベリー先生の患者ですもの、無理もないわ」といいあった。

ドクター・キーンはまだ若く、病気になって前線から送還された人だった。医学生に毛の生えたようなものだったが、ひどくもったいぶっていて、あるときなど救急隊員の見習看護婦とじかに口をきくという嗜みのないことを敢えてして、彼の手がけた手術についてネルに長々と説明した。彼女が後でシスター・ウェストヘイヴンに、「ドクター・キーンが手術をなさったこと、ちっとも知りませんでしたわ。ドクター・ラングがなさったんだと思っていましたのに」というとシスター・ウェストヘイヴンは無表情に答えた。「ドクター・キーンは足を押さえていらしたんです。それだけよ」

はじめのうち、手術はネルにとって悪夢にひとしかった。最初のときは、床がふわっと浮きあがるような眩暈を感じて室外に連れ出された。シスターに顔を合わせられないと恥じたが、シスター・ウェストヘイヴンは予期に反してやさしかった。

「あそこは空気が悪いし、エーテルの臭いがきついから、まあ、無理もなかったのね。次の機会は短い手術に立ち会ってごらんなさい。そのうち、慣れるでしょうよ」

二度目は気が遠くなりそうなのをどうにか我慢しとおし、三度目は吐き気を催しただけですみ、その次からはまったく平気になった。
一、二度、大きな手術の後で、ネルは手術室係のナースを手伝って後かたづけをすることがあった。手術室はそんなとき、血だらけだった。手術室係のナースはやっと十八歳になったばかりの少女で、小柄だがいかにもしっかりしていた。はじめは自分もとてもいやだった、と彼女はネルに述懐した。
「最初の手術は片足切断だったの。シスターが後かたづけをあたしに任せて行ってしまって。切断した片足を自分で炉の中に投げいれたのよ。たまらなかったわ」

ネルは外出日に知人の家にお茶に呼ばれた。親切な老婦人たちは彼女をちやほやして、感に堪えたように讃めたたえた。

「日曜日には働かないんでしょうね？　働くんですの？　まあ！　それはいけませんわ。日曜日は安息日ですからね」

ネルは、日曜日でも負傷兵の体を拭かなければならないのだし、食事を出す必要もあるのだからと物柔らかに説明した。老婦人たちはこの説明で一応納得したが、仕事のやりかたをもっとうまく組織すれば何とかなるのではないかといいあった。彼女たちはまた、ネルが真夜中近く、ひとりで歩いて家に帰ることを聞いて心配した。

もっと厄介なことをいいたてる人たちもいた。

「古参のナースたちって、顎で人を使うそうですね。わたしならそんな扱いをされたら黙ってはいませんわ。この恐ろしい戦争が早く終わるように、自分のできることは何でもするつもりでいますけれど、横柄な態度は我慢できません。ミセス・カーティスにもそう申しあげたので、あの方もわたしは病院のお手伝いをしないほうがいいって、そういってくださいましたの」

こんなことをいう婦人たちには、返事のしようもなかった。

〈ロシア軍〉がイギリスに入ってきているという噂が流れていた。ロシア兵を自分の目で見たという人があちこちにいた。うちのコックのまたいとこが見たのだから、自分で見たのも同じことだなどと。噂はなかなか下火にならなかった。いかにも面白い、わくわくさせるような噂だったからである。

一人の老婦人が病院にやってきて、ネルをそっと傍らに呼んでいった。

「あんな噂を信じちゃいけませんよ。根も葉もないというわけじゃないんですがね、でもちょっと違うんですの、わたしたちが考えていたのとは」

ネルは訝しげに彼女の顔を見やった。

「卵のことなんですよ！　ロシアからの輸入卵のことですってさ。数百万個も送られてきたそうですわ、イギリス人が餓死しないように」

ネルはこうしたニュースをこまごまとヴァーノンに書き送った。夫と切り離されてしまったような頼りない気持だった。ヴァーノンの手紙は当然ながら簡潔で、抑えた調子のものだった。彼は妻が病院で働いていることがいやでたまらないらしかった。それよりロンドンに行って楽しく過ごしてほしいと彼は繰り返し書いてよこした。

男の人って、本当に奇妙だわ、とネルは思った。ヴァーノンはちっとも理解してくれないようだ。〝前線の兵隊さんたちのためにせいぜい気を張って朗らかに〟といったたぐいの娘たちの仲間入りをすることなど、まっぴらだと思っているのに。違った暮らしをしていると、気持も離れればなれになってしまうんだわ！　ヴァーノンの生活があたしには何もわからない。そしてあの人もあたしの生活を知らない。

夫が戦死するのではないかという恐れからきた別れの痛みも今は納まり、出征軍人の妻の日常が彼女を呑みこんでしまった。四カ月たったが、ヴァーノンはかすり傷一つ負わなかった。これからもきっと無事だろう。何もかもうまくいくに違いない。

ヴァーノンが出征して五カ月後に、賜暇で帰国するという電報が彼から届いた。ネルは興奮に心臓が止まりそうになったが、婦長のところに行って欠勤の許可をもらった。

平服に着替えて、何か落ち着かない妙な気持でネルは汽車に乗った。二人の最初の休暇であった。

2

本当なのだ――本当に夫が帰ってきたのだ。賜暇の兵士を乗せた列車がホームに入り、たくさんの将兵がどやどやとおりてきた。ネルはすぐヴァーノンを見つけた。本当に夫が帰ってきたのだ。顔を合わせたときには、どちらも何もいえなかった。ヴァーノンは彼女の手を夢中で握りしめた。そして彼女は自分が夫のことをどれほど心配していたかをあらためて悟ったのであった。
五日間は瞬く間に過ぎ去った。まるでふしぎな甘美な夢にうかされているようだった。彼女はヴァーノンを、ヴァーノンは彼女を熱烈に愛していた。それでいてお互いにはじめて会う人のような遠慮を感じた。フランスについて、ヴァーノンはわざとのように軽い口調で話した。大丈夫だ、何も心配することはない。冗談に紛らし、軽く扱うほうがいいというふうだった。「お願いだから、ネル、感傷的なことはいわないでくれたまえ。せっかく帰ってきたのに、どこへ行っても憂鬱そうな顔ばかり見せられるのは閉口だ。勇敢な将兵が祖国のために命を投げだし、なんて下らん文句はたくさんだよ。いっそ、胸が悪くなる。ショー、もう一つ見よう」

夫が戦争についてまったく冷淡だということが何となくネルの胸を騒がせた。すべてをそのように軽く扱うのは何だか空恐ろしいような気がする。留守中どんなことをして過ごしてきたかとネルに訊ねても、話題が病院のニュースばかりなので、ヴァーノンは喜ばなかった。彼は病院の仕事をやめるようにふたたび彼女を説得しようとした。

「看護なんて、きたない仕事じゃないか。きみがそんなことをしていると思うとたまらないよ」

彼女はふと冷たい反撥を感じ、それから自分を責めた。長いことわかれわかれになっていた二人がやっと一緒になったんじゃないか。ほかのことは問題ではない。

楽しい、夢のような五日間だった。毎晩ショーを見物し、ダンスをした。昼間は買物に行った。ヴァーノンはネルのために、金に糸目をつけずにいろいろなものを買いこんだ。パリ仕込みの裁縫師のいる洋装店にも行って、優雅な若いモデルたちが薄物をまとってしゃなりしゃなりと歩く姿を眺めたりもした。ヴァーノンが選んだ一番高価な服をネルが着て、二人して外出した晩、彼らはひどく後ろめたい気分と同時に、何ともいえない幸せを感じたのだった。

ネルはヴァーノンにバーミンガムに行って母親に会ってくるように勧めたが、ヴァーノンはなかなかうんといわなかった。

「行きたくないんだ。時間はほんの少ししかないんだし。だから、貴重なんだよ。一分だって、むだにはできない」

ネルはマイラがさぞ気持を傷つけられ、失望するだろうとやっきになって夫を説得した。

「だったら、きみも一緒にこなくっちゃ」

「それじゃ、何にもならないわ」

結局ヴァーノンはバーミンガムに行って、短時間だが母親に会ってきた。マイラは息子をちやほやもてなして〝誇らしいうれし涙〟にくれた。それから彼をむりやり引き連れてベント家を訪問した。ヴァーノンは、万事おっしゃるとおりにしましたよといいたげな顔をしてロンドンにもどった。

「ひどいなあ、ネル、まる一日つぶしちまったじゃないか。まったく目も当てられなかったよ。おふくろときたら、涙ながらに見当違いなことばかりいうんだからね」

こういってから、彼は急に恥ずかしくなった。なぜ、自分は母親をもっと好きになれないんだろう？　母親は母親で、どうしてこっちの癇にさわるようなことばかりいうのか？

今度こそ、逆らうまいと覚悟をきめたのだったが。彼はネルを抱きしめていった。

「ごめんよ、そんなつもりじゃなかったんだ。本当はありがたいと思ってるよ。きみはやさしいんだね。自分のことは少しも考えないんだから。とにかくよかったよ、きみのところに帰ってこられて。ぼくがどのくらい幸福を感じているか、きみには、わかるまいが……」

ネルがまたフランス仕込みの衣裳を着ると、二人は褒められてよい、殊勝なことをやってのけた模範児童のような気持で、外へ食事に出かけたのであった。

食事が終わりに近づいたころ、ネルはふとヴァーノンの表情が変わったのに気づいた。硬ばった、屈託ありげな顔であった。

「どうしたの？」

「何でもない」と彼は慌てていった。

けれどもネルは後ろを振り返った。壁ぎわの小さなテーブルにジェーンが坐っていた。

一瞬冷たい手に心臓を摑まれたように、ネルはぎょっとした。しかしすぐ何気ない口調でいった。「あら、ジェーンだわ。あっちのテーブルに行って話をしましょうよ」

「いや、話したくないんだ」といった夫の声音の激しさに、ネルはちょっと驚いた。彼はそれに気づいて続けた。「ぼくは馬鹿だな。今はきみだけで充分なんだ——ほかの人間に邪魔されたくない。食事はもうすんだかい？　じゃあ、行こう。今夜の芝居の第一幕を見落としたら残念だからね」

勘定を払ってレストランを出ようとしたとき、ジェーンは彼らに気づいて軽く頷いた。ネルは手を振った。劇場に着いたときには開幕の十分前だった。

芝居が終わってネルが白い肩にガウンを羽織ろうとしたとき、ヴァーノンが唐突にいった。

「ネル、さきざき、ぼくがまた作曲をすることがあると思うかね？」

「もちろんよ。どうして？」

「いや、どうってことはないんだけれど。もう作曲なんかしたくないような気もするんだ」

ネルは驚いて夫の顔を見つめた。彼は椅子に坐って眉根を寄せ、前方を凝視していた。

「あなたにとって音楽ほど好きなものはないんだろうと思っていたのに」

「好きなこと――というのとは少し違うね。肝腎なのは好き嫌いじゃない。払いのけようとしても払いのけることができない、ぼくをしっかり捕まえ、ぼくにとりついている何かなんだ。見たくもないのにどうしても見ずにいられない顔のように……」

「まあ、ヴァーノン、そんなことって……」

ネルは夫の傍らに膝をつくと、彼は身を震わせて妻を抱きよせた。

「ネル――かわいいネル――きみのほかには、ぼくはもう何も要らない。キスをしてくれたまえ……」

しかし、しばらくすると彼はまた同じことを話しはじめた。ひどく唐突な話しぶりだった。

「銃声は一つのパターンを造る。音楽的なパターンを。耳に聞こえる音じゃあない。音が空に描くパターンのことをいっているのさ。妙なことをいうようだけれど――自分ではわかっているんだが、うまく説明できない」

さらに一、二分後、こうもいった。

「ぼくにちゃんと把握できさえすれば」

ほんの僅かだが、ネルは夫の傍から身をすさらせた。まるで恋敵に挑戦しているような気持だった。口に出していいはしなかったが、ネルは夫の音楽を恐れていた。彼は音楽をあまりにも深く愛している――彼女はそれが怖かった。

今のところは、ともかくも彼女が勝っているようだ。ヴァーノンは彼女を抱きよせ、キスの雨を降らせた。

しかしネルが眠りに落ちて後、ヴァーノンは長いこと闇の中に目を放ち、自分自身の意志に反してジェーンの顔と体の線を思い出していた。レストランの深紅のカーテンをバックに、くすんだ緑色の、あっさりした、筒のような感じのサテンの服に身を包んだ姿であった。

彼は低い声でそっと呟いた。

「ジェーンがどうしたっていうんだ？」

しかしそうやすやすと彼女の面影を振りはらうことができないのはわかっていた。会わずにすめばよかった。ジェーンにはどこか、こちらの心をゆさぶり、騒がす何かがある……

しかし翌日、彼はジェーンのことなどもうすっかり忘れていた。ネルと二人で過ごす最後の日で、時はおそろしく早く飛び去った。

こうして休暇はあまりにも早く終わってしまった。

3

夢のような数日であった。その夢も終わり、ネルはまた病院にもどった。まるで何事もなくずっとここで暮らしてきたかのようだった。彼女は郵便を――ヴァーノンからのたよりをやきもきと待った。それはようやく届いた――これまでのものより熱烈で、以前ほど、抑制を利かせていなかった。検閲というものがあることを忘れたような手紙だとネルは思い、それを肌身離さなかった。おしまいには鉛筆のあとが肌についたくらいだった。ネルはそのことも彼に書き送った。

病院ではあいかわらずだった。ドクター・ラングが前線に行き、顎鬚を生やした年輩の医師が代わって着任した。看護婦がタオルを差し出すときや、白衣を着せかけるとき、この医師は、「やあ、すまん、すまん」と口早にいう。ベッドの大半があいているので、とかく手があき、ネルは暇をもてあました。

ある日、驚いたことにセバスチャンが訪ねて彼女を喜ばせた。賜暇で帰ったので会いにきたと彼はいった。ヴァーノンから頼まれたのだと。

「じゃあ、あの人にお会いになったのね？」

セバスチャンは頷いて、ヴァーノンの部隊と自分の部隊とがちょうど交替になったのでと説明した。

「それであの人、元気だったかしら？」

「ああ、元気は元気だったが」

意味ありげないいかたに、ネルははっとした。無理に問いつめると、セバスチャンは当惑げに眉根を寄せて答えた。

「何ていったらいいかな。ちょっと説明しにくいんだよ。ヴァーノンが一風変わっていることは、きみも知ってのとおりだ。昔からなんだよ。物事を直視したがらないんだな」

ネルがはげしくいい返そうとしたのを、セバスチャンは制して言葉を続けた。

「勘違いしないでくれたまえ。怖がっているというんじゃない。彼は恐怖が何であるかをまるで知らない、幸福な男だよ。羨ましいくらいだ。そうじゃないんだ。生活全体のことさ。かなりひどいものだよ、それは。血、汚濁、騒音――なかんずく騒音がね。一定の間隔を置いて同じ音が何度も何度も繰り返される。ぼくの神経にもさわりだしたくらいだから、ヴァーノンにとってはどれほど恐ろしいか、想像にあまりある」

「ええ、だけどあの人が物事を直視しないって、どういうこと？」

「むしろ、直視すべきものなんか何もないってふりをしているんだよ。気にするのがいやなので、気にすることなんか何一つないと装っているわけだ。ぼくのように、戦争は恐ろしい、血なまぐさい馬鹿騒ぎだといいきってしまえばいいんだが。その昔のピアノに対する恐怖心のように、ヴァーノンは対象をはっきり見ようとしないんだよ。あるものが実在しているのに、そんなものはないといってみても始まらない。だが、それがこれまでいつもヴァーノンの流儀だったのさ。彼は今元気いっぱい、むしろすべてを楽しんでいるよ。だがそれは不自然だ。ぼくが恐れているのは彼の――いや、何をいおうとしたんだったっけな――とにかく自分にお伽噺をして聞かせるのはよくない。ヴァーノンは音楽家だ。音楽家のデリケートな神経をもっている。厄介なのは、彼が自分自身について何一つ知らないことだ。昔からそうだったが」

ネルは心配そうな顔をした。

「セバスチャン、それでどういうことになると思って？」

「べつにどうもなりゃしないだろうよ、たぶんね。ぼくが願っているのはヴァーノンの体のどこかなるべく苦痛の少ないところに弾丸《たま》が当って軽傷を負わせ、その結果、彼が後方に送還され、短期間、病院に入院するといったことだよ」

「あたしだって、どんなにそれを願っているか！」

「かわいそうに。きみたち女性にとっちゃ、この戦争は生き地獄だね。ぼくはつくづく独身でよかったと思うよ」

「もしもあなたが結婚していたら――」とネルはちょっといいよどんだが、すぐに続けた。「あなただったら、奥さんが病院で働くことをどう思って？　やっぱり何もしないでいるほうがよくて？」

「晩《おそ》かれ早かれ誰もが働くようになるんだから、どうせのことなら早くはじめたほうがいい――そうぼくは思うがね」

「ヴァーノンはあたしが今の仕事をしているのをいやがるんだけれど」

「それも彼の例の性癖なのさ。それに彼は父祖代々の反動精神から抜けきっていない。早晩彼も、女性が働くという事実に直面することになる――だが最後の瞬間までそれを認めようとしないだろうよ」

ネルは溜息をついた。

「ああ、いろいろと心配だわ」

「そうだろうね。ぼくがきみの心配をいっそうつのらせてしまったようだ。しかし、ぼくは心からヴァーノンが好きなんだよ。彼はぼくのたった一人の親友だ。ぼくの考えていることを忌憚なくきみに話したら、きみがヴァーノンに水を向けて、胸のうちにあることを少しでも打明けるように仕向けられるんじゃないかと思ったんだが。もともと彼は、きみには何でも話しているんだろう」

ネルは首を振った。

「いいえ、戦争のことも、まるで冗談のようにいうばかりだわ」

セバスチャンはピューッと口笛を吹いた。

「とにかく——次の機会には——彼に本音を吐かせたまえ。是が非でも」

ネルはだしぬけに鋭い口調でいった。

「あの人、話すでしょうか——もしもジェーンが相手だったら?」

セバスチャンは困惑したような顔をした。

「ジェーン? さあ、どうかな。ひょっとしたらね。まあ、場合によるだろうが」

「そう思って? なぜなの? 教えてちょうだい。あの人のほうが、ヴァーノンをわかっているから? それとも?」

「そうじゃないさ。わかっているからじゃない。刺激するからかな。ジェーンが相手だと、むらむらと癪にさわってくるんだよ。それでつい本音を吐いてしまうのさ。こっちは望みもしないのに自分自身の真相に気づかされるんだ。お高くとまっているときに引きずりおろしてくれる点、ジェーンにまさる人間はいないよ」

「あの人、ヴァーノンに大きな影響を及ぼしているんでしょうか？」

「さあ、そうはいわない。そうとしたって、それがどうだっていうんだい？　今彼女はセルビアで救援活動に従事しているよ。二週間前に出発したんだ」

「まあ、そうだったの！」といってネルは深く息を吸いこんだ。

そしてなぜともなく気持が軽くなるのを覚えた。

4

いとしいネル

きみのことを毎晩、夢に見ている。たいていの場合、きみはやさしい。しかしときどきひどく意地悪なことがある。冷たく、かたくなで、よそよそしくて。本当のきみはそんな女じゃあない。絶対に。すくなくとも今のきみは違う。きみの肌から鉛筆のあとが消えることがあるだろうか？

ネル、かわいいネル、ぼくが戦死するなんてとても思えないが、しかし、そうなったところで、それが何だ？　ぼくらは多くのものをともにした。きみはいつでもぼくのことを、きみをこよなく愛していた幸せなヴァーノンとして思い出してくれるだろうね？　ぼくはおそらく、死んでもきみを愛しつづけるだろう。ぼくの、その部分だけは死ぬはずがない。ぼくはきみを愛している——心から——本当に心から……

そんな手紙を夫からもらったのははじめてだった。ネルはいつものように、それを服の下に忍ばせた。

その日、彼女は何となくぼんやりして、物忘ればかりしていた。患者たちがそれに気づいてからかった。

「いい夢でも見てるようですね、ナース」と彼らは冗談をいった。ネルは快活に笑い返した。

愛されるということはすばらしい、と彼女は思った。シスター・ウェストヘイヴンが癇癪を起こし、ナース・ポッツはいつにもましてぐうたらをきめこんでいたが、ネルは気にしなかった。

夜の当直の看護婦のシスター・ジェンキンスはひどく悲観的なことばかりいう人だったが、その日のネルはいつもと違って、その繰りごとをまるで気にしなかった。

「やれやれ」シスター・ジェンキンスはカフスをつけ、衿の中に埋めた巨大な二重顎を左右に動かして贅肉をとる運動をしながらいった。「三号はまだ生きているのね？　驚いたわ。一日ともたないと思ったのに。でも明日はもうだめだわね、かわいそうに（これは彼女のきまり文句で、この予告が当らないときでも、いっこう楽観的な態度をとろうとしなかった）。十八号の様子がよくないようね。この前の手術はむだだったばかりでなく、かえってマイナスになったんだわ。八号はわたしの見こみ違いでなければ、そのうち、容態が悪化するでしょうよ。ドクターにそういったんだけれど、耳を貸さないんですものね。さあ、ナース（と急に厳しい口調で）、何をぐずぐずしているの？　あんたはもう非番なのよ。さっさとお帰んなさい」

ネルはこの優にやさしい退出許可を素直に受けいれた。もっとも、さっさと帰り支度をしていたらシスター・ジェンキンスは、「何をそんなに急いで帰るの？　一分ぐらい、待ったって損はしないでしょうに」と辛辣にきめつけたことだったろうが。

家までは歩いて二十分かかった。晴れた星空の下、ネルは楽しい気持で家路を辿った。ヴァーノンが並んで歩いているのだったら！

そっと掛け金をはずして、ネルは音もなく家の中に入った。家主のおかみさんはいつも早く床につく。ホールの盆の上にオレンジ色の封筒が載っていた。

そして彼女は直感的に悟ったのだった。

まさか、そんなはずはない——ただ負傷しただけだろう——そうに違いない……こう自分にいい聞かせながらも、彼女はすでにその内容をはっきり知っていた。

その日、受けとった手紙の文句が胸によみがえった。「かわいいネル、ぼくが戦死するなんてとても思えないが、しかし、そうなったところで、それが何だ？　ぼくらは多くのものをともにした……」

そんな手紙を書いてよこしたことは一度だってなかったのだ。何か予感のようなものがあったに違いない——知っていたのだろう。感受性の鋭い人は自分の死を予知していることがある。

その電報を手に、ネルはそこに佇んでいた。ヴァーノン——愛するヴァーノン、彼女の夫……長いこと彼女は身動きもしなかった。

それからようやく震える手で電報を開いた。そこには「ヴァーノン・デイア中尉が名誉の戦死をとげたことを、深甚な哀悼の思いを以てお知らせする」と記されていた。

第三章

1

ヴァーノンの追悼礼拝は父親のときと同じように、アボッツ・ピュイサンに程近いアボッツフォードの古い小さな教会で行なわれた。ディア家の最後の二人は、ともに先祖代々の墓所に葬られることなく、一人は南アフリカの、一人はフランスの土となったのであった。

その追悼礼拝でただ一つぼんやりネルの印象に残っているのは、ミセス・レヴィンの巨大な姿であった。その家長的な堂々たる体軀がほかのすべてのものを小さく見せた。ヒステリカルな笑い声を立てそうになるのを、ネルは唇を嚙んでじっとこらえた。すべてが何となく滑稽に思えた。——万事がまるでヴァーノンにそぐわないような気がした。

彼女自身の母親も参列し、エレガントなよそよそしい、取り澄ました姿で立っていた。シドニー伯父は黒い喪服に威儀を正し、ともすればポケットの小銭をチャラつかせたくなるのをようやくこらえて、こういう折にふさわしく、悲しげな面持を作っていた。マイラ・デイアはどっしりとしたクレープの喪服に身を包み、こらえ性もなく、さめざめと泣いていた。けれどもその風格でひとりあたりを圧していたのはミセス・レヴィンで、礼拝後、村の宿の一室に一緒にもどって悲しみをともにした。

「かわいそうに――あのいい青年が、あんなに勇敢なヴァーノンが！　わたしはいつもヴァーノンを、もう一人の息子のように思っていたんですよ」

ミセス・レヴィンは本当に心から悲しんでいた。涙が喪服の胸にぽたぽたと落ちた。しかし彼女はマイラの肩を叩いていった。

「さあさあ、そんなに泣かないでくださいな、ねえ。わたしたちみんな、堪えなきゃいけませんの。それが義務というものですわ。あなたはお国のために息子さんをおささげになったんです。母親として、それ以上のことはできませんわ。ネルをごらんなさい――勇敢にじっと堪えているじゃありませんか」

「あたしには、天にも地にもあの子しかいなかったのに」とマイラはすすり泣いた。「まず夫、次に息子。あたしにはもう、何も残されていないんですわ」

涙に曇る目で、マイラは恍惚と前方を見つめた。

「あんないい子はいませんでした――あたしたち、お互いにすべてでしたのに」とミセス・レヴィンの手を摑み、「あなただっておわかりになりますわ、もしもセバスチャンが……

……」

一瞬、不安がミセス・レヴィンの顔をひきつらせた。彼女は両手をぐっと握りしめた。

「サンドイッチとポートワインが出ているな」とシドニー伯父が話題を変えようとして口をはさんだ。「宿の連中、なかなか気が利いているよ。おまえもポートワインを少しどうだ、マイラ？　辛い思いをしたんだからな」

マイラがとんでもないといわんばかりに手を振ったので、シドニー伯父は心ないことをいったようにどぎまぎした。

「しかし我々みんな、それぞれに我慢をせにゃあ。それがイギリス人としての義務というものだ」

片手がそろりそろりとポケットにつっこまれ、チャラチャラと音がした。

「シド！」

「すまん、マイラ」

ネルはまたもやくすくすと笑いだしたいような、狂気じみた衝動を感じた。泣きたくはなかった。むしろすべてを笑いとばしたいと思った……そんなふうに感じることが恐ろしかった。

「まあ、万事すらすらと運んだな」とシドニー伯父はまたいった。「じつにいい礼拝だった。村の主だった連中はみな列席していたし。マイラ、おまえ、アボッツ・ピュイサンのまわりを少し歩いてみないか？　今日は自由に使ってくれという借り主の申し出はなかなか親切じゃないか」

「あたし、あそこは嫌いですから」とマイラは激しい口調でいった。「昔からずっと嫌いだったのよ」

「ところでネル、弁護士には会っただろうね？　フランスに行く前にヴァーノンはごく簡潔な遺言書を作ったようだ。何もかもあんたに遺したらしい。とすればアボッツ・ピュイサンはあんたのものだ。抵当に入っているわけでもない。いずれにしろ、デイア家の後裔はいないわけだし」

「ありがとうございます、シドニー伯父さま。弁護士の方にはお会いしました。とてもご親切に、いろいろと説明してくださいました」

「それは人並み以上の親切ってことだな。たいていの弁護士はそこまではしない。ごく簡単なこともむずかしくいうのが、ああいった連中の習いなんだから。あんたに忠告するのは、べつに私のなすべきことでもないが、あんたの家族には男がおらんからして、敢えていわせてもらう。一番いいのはあそこを売ることだろう。維持して行くだけの金はないんだからね。それはわかっているだろうな？」

もちろん、ネルにはわかっていた。ベント家としては一文たりと出す気はない――シドニー伯父は暗にそう告げているのであった。マイラは自分の財産をベント家のためにとっておくだろう。もちろん当然きわまることだ。ネルとしても、それ以上のことはけっしてあてにしないだろう。

実のところ、シドニー伯父は前もってマイラに、ネルがみごもっている可能性があるかどうかをただしていたのだった。そんなことはないと思うとマイラは答えた。シドニー伯父は、そこのところをよく確かめておく必要があると強調した。

「法律がどうなっているか、よくわからんが、もしもおまえが明日にでも死んでヴァーノンに遺産を残したら、そっくりネルのものになるってこともあり得るんだよ。物事は先の先まで考えておかなくちゃいけない」

かりにもあたしが死ぬなんてことを考えるなんて、兄さんはずいぶんひどいと思う、とマイラは涙ながらに抗議した。

「そういうことじゃない。やれやれ、女ってやつはみんな同じだな。私が遺言書を作れといったとき、キャリーは一週間ふくれておったよ。しかし、まとまった金がみすみす他人のものになるのはありがたいことではないからな」

特に彼はそれがネルのものになることを好まなかった。シドニー伯父はネルがイニッドを押しのけてヴァーノンと結婚したと思いこんでいたので、彼女を嫌っていた。それにまたミセス・ヴェリカーをも毛嫌いしていた。ミセス・ヴェリカーに相対すると彼はいつも体中かっと熱くなり、ひどく間の悪い、手もち無沙汰な、妙な気持になるのだった。

「法律的なことについてのご忠告でしたら、ネルはもちろんありがたく承りますでしょうよ」とミセス・ヴェリカーは愛想よくいった。

「差し出がましいことをいう気は私にはないんですがね」とシドニー伯父は弁解した。

ネルの胸はきゅっと痛んだ。残念でならなかった。本当に子どもが生まれることになっていたらよかったのに！　けれどもヴァーノンは彼女のためにそれを危惧したのだった。

「子どもなんて生まれたら、きみにとっては目も当てられないことになるんだよ。ぼくが戦死するようなことがあったら、僅かな収入に頼って子どもを育てていかなければならないんだ。それにきみが産褥で死ぬことだってないとはいえない——そんな危険をおかさせる気はしないよ」

もう少し待つほうが賢明だとそのとき、彼女も思ったのだった。

けれども今、ネルは子どものいないことをつくづく残念に思った。そんな彼女に、母親の慰めの言葉はいかにも冷酷に響いた。

「子どもが生まれるなんてことはないんでしょうね、ネル？　そう、せめてものことにそれはありがたいといわなければね。もちろん、あなたはいずれは再婚するんでしょうから、こみいった事情はないほうがいいわ」

ネルがかっとなって抗議すると、ミセス・ヴェリカーは微笑した。

「そうね、今いうべきことではなかったでしょうね。でもあんたはまだ若いのよ。ヴァーノンだって、あんたに幸せになってもらいたいと思うでしょうよ」

再婚なんて、けっして――とネルは思った。お母さんにはわからないんだわ！

「ままならぬものだな」とベント氏は目立たぬようにサンドイッチをつまみながらいった。「男ざかりで死の手に摘みとられるとはね。しかし私はイギリスを誇りに思うよ。イギリス人であることもね。前線の将兵がお国のためにつくしているのと同じように、私も銃後にあって相応の義務を果たしている、そう思うと心が暖まる。来月は爆弾の生産を二倍にするつもりだ。昼夜兼行でね。わがベント商会を、私は誇りに思っとるんだ」

「利益のほうも、さだめしあげていらっしゃることでございましょうね？」とミセス・ヴェリカーがいった。

「私はそういうふうな考えかたはしませんのでね」とベント氏は不興げにいった。「お国のために何らかの義務を果たしておる――そういう気持です」

「わたしたち、めいめいできるだけのことをしていますわ」とミセス・レヴィンが口をはさんだ。

「わたしも週二回、仕事会に行っておりますし、不幸な私生児をかかえて困っている娘さんたちの問題にも、親身に取り組んでいますのよ」

「近ごろはだらしない考えかたが横行していますなあ」とベント氏はいきまいた。「だらしないのは褒めたことではない。イギリスはもともときちんとした国なんですから」

「でも生まれた子どもたちをほうっておくわけにはいきません」とミセス・レヴィンはいって、ふと思い出したように付け加えた。「ところでジョーはどうしましたの？　ここで会えるかもしれないと思っていましたのに」

シドニー伯父とマイラは困惑したようにもじもじした。ジョーが彼らにとって、外聞を憚る話題であることは明らかだった。二人はさりげなくいい紛らした。パリで救援活動をして——たいへん忙しく暮らしているらしく——暇をもらえなかったのだ——そういった。

ベント氏は時計を見た。

「マイラ、汽車の時間まではもうあまりないよ。みなさん、私は今晩はどうしてもバーミンガムにもどらなければいかんのですよ。家内のキャリーの健康がすぐれんのでして。それで、あれは今日も参列できなかったんです」と嘆息した。「よくしたものですなあ。私らは息子のいないのをひどく残念に思ったものでしたが、しかし、そのおかげで、ずいぶんと悲しい思いをせずにすみます。息子があったら、今ごろどんなに気を揉んでいることやら。神のご配慮はつくづくすばらしいと思いますな」

ロンドンまで自動車で連れもどってくれたミセス・レヴィンと別れた後、ミセス・ヴェリカーはネルにいった。

「あんたにいっておきたいのはね、ヴァーノンの身内と行き来するのが義務だなんて思いこまないほうがいいってことよ。あのお母さんが満足げに悲しみに浸っているのを見てると、むかむかしてくるわ。あの人、勇者の母の役割を大いに楽しんでいるのよ。もっともちゃんとお棺に入った死骸にとりすがれたらもっとよかったろうけれど」

「あら、本当に悲しんでいらっしゃるのよ。ヴァーノンをとても愛していらしたんですもの。世界中でたった一人の愛する息子を取られて――というのは嘘じゃないわ」

「ああいったたちの女は、そんなことをいいたがるものなのよ。何の意味もありゃしないわ。ヴァーノンにしたって、あのお母さんをそう好きだったわけじゃないんだし。今さらあんたがそんな体裁をこしらえる必要はないのよ。ヴァーノンはただ我慢していたのよ。あの親子に共通するものは何一つないんだから。ヴァーノンはあくまでもデイア家の一員だからね、骨の髄まで」

　ネルにもそれは否定できなかった。

　ネルは母親のロンドンのフラットに三週間身を寄せた。ミセス・ヴェリカーは彼女なりに娘にやさしくした。もともとあまり思いやりのあるたちではなかったが、娘の悲しみを尊重し、その心の中に踏みこもうとはしなかった。実際的な問題について、彼女の判断はいつもながら当を得ていた。ネルは弁護士と何回か会ったが、ミセス・ヴェリカーがいつも同席した。

　アボッツ・ピュイサンはいまだに貸していた。来年には賃貸期限が切れるが、もう一度貸すより売ったほうがいいと弁護士は勧めた。ネルの驚いたことに、ミセス・ヴェリカーはこの意見にあまり同意していない様子だった。長期間でなければもう少しのあいだ貸すのもいいと彼女はいった。

「二、三年のうちにはいろいろなことが起こるものですし」

弁護士のフレミング氏は彼女の顔をじっと見つめて、どうやらその真意を諒解したらしかった。彼は、喪服を着た、まだ子どもらしくさえ見える美しいネルをちらりと見やっていった。

「おっしゃるとおり、どんなことが起こらないでもありませんからな。まあ、とにかく、ここ一年間は何も決める必要がないわけですし」

事務的な事柄がかたづいたので、ネルはウィルツベリーの病院にもどった。そこでなら何とか生きていけそうな気がした。ミセス・ヴェリカーも反対はしなかった。彼女は分別のある女だったし、ひそかに心に期するところがあった。

こうしてヴァーノンの戦死の一ヵ月後、ネルはふたたび病室の勤務についた。誰も夫の死に触れないのがありがたかった。これまでと同じような生活を続けること、それがさしあたっての彼女のモットーであった。

ネルは働きつづけた。

2

「誰か面会に見えていますよ、ナース・デイア」

「あたしに面会？」ネルはびっくりして訊き返した。

おそらくセバスチャンだろう、こんなところまでわざわざ訪ねてくるのは、と彼女は思った。セバスチャンに会いたいかと訊かれれば、はっきりどうとも答えられなかったが。驚いたことに面会人はジョージ・チェトウィンドであった。ウィルツベリーを通りかかったのでちょっと寄ってみた、と彼はいった。そして昼食を一緒にできないだろうかと誘った。

「午後からは当番だと伺いましたが」

「昨日から午前中の勤務になりましたの。でも婦長さんに訊いてみますわ。今はたいして忙しくもありませんし」

首尾よく許可を得て、三十分後にネルはジョージ・チェトウィンドと差し向かいでカウンティ・ホテルの食卓についていた。二人の前にはローストビーフの皿が置かれ、給仕がキャベツの大皿をささげて取り分けようとしていた。

「このホテルで出す野菜といえば、こいつしかないんですよ」とチェトウィンドがいった。

チェトウィンドは四方山の興味深い話をしてくれたが、ヴァーノンの死については触れなかった。彼はただ、彼女がこうして仕事を続けているのはとても見あげたことだと思うといった。

「あなたがた女の方たちにはまったく頭がさがります。従前どおりの生活を続けて、次々にてきぱきと仕事をかたづけていかれる。ちっとも騒がず、偉いことをしたとも思わず、まるで当然きわまることとでもしているように与えられた仕事を忠実に果たしている。イギリスの女性たちはじつに偉いと思いますね」

「だって、何かしなければいられませんもの」

「わかっています。お気持は理解できます。ぼんやり手を束《つか》ねているよりはと思われるんでしょうね？」

「そのとおりですわ」

ネルは感謝していた。ジョージはいつもよくわかってくれる。一日二日したらセルビアに発つと彼はいった。そこで救援活動を組織するのだと。

「率直にいって、私はアメリカがまだ参戦しないことを恥じています。しかしそのうちにはきっと。それまではめいめいできるだけのことをして戦争の惨禍を軽減しなければなりません」

「とてもお元気そうですわね」

ジョージはたしかに彼女の記憶にある彼より、ずっと若く見えた。姿勢もよく、いかにも健康そうに日焼けして、白髪まじりの頭も老人くさい感じはせず、むしろ威厳と風格を感じさせた。

「実際、非常に元気です。することがたくさんあるのはいいことですね。救援活動はこれでなかなか骨が折れます」

「いつお発ちになりますの？」

「明後日です」彼はちょっと改まった声でいった。「あなたはこんなふうに私がお訪ねしたことをべつに不快には思われなかったでしょうね？　差し出がましいとお思いではありますまいね？」

「いいえ――いいえ、ご親切を心からありがたく存じておりますわ。とくにあたしが――以前、あの――」

「そのことでしたら、私はべつに何とも思っていません。あなたがご自分のお心にしたがわれたことに敬服こそすれ。あなたはご主人を愛され、私を愛されなかった。だからといって私たちが親しくしてはいけない理由はありますまい？」

そういう彼がいかにも親切に、淡白に見えたので、ネルはうれしい気持で同意した。

「それはよかった。じゃあ、友人としてできるだけのことはさせてくださいますね？　つまり何か厄介な問題が起こった場合に助言をさせてくださるとか？」

ネルはそういうことならありがたくお受けしたいといった。

二人ともそれ以上その問題にはふれず、ジョージは昼食後間もなく車で立ち去った。別れぎわに彼女の手を握りしめてジョージは、六カ月後にまたぜひお目にかかる折を得たいといった。そしてもう一度、何か困ったことがあれば、どうか相談してくれといった。

ネルはきっとそうしましょうと約束して彼と別れたのだった。

3

ネルにとっては辛い冬だった。まず風邪をひき、大事をとらなかったためにこじらせて寝こんだ。そんなわけで病院勤めがむりになったので、一週間目にミセス・ヴェリカーが迎えにきてロンドンの彼女のフラットに引取った。体力が回復するまでにはかなりの手間がかかった。

厄介なことが次々に起こった。アボッツ・ピュイサンの屋根をすっかり葺き替えたり、水道管を新しくしたりする必要が生じた。垣根も何とかしなければならなかった。

ネルは古い家屋敷をもっているとどんなに経費がかさむかを、生まれてはじめて知った。必要最小限の修理をするにも家賃の何倍もかかった。一応急場を凌ぎ、あまり負債をしょいこまないですむように、母親の援助を仰がなければならなかった。二人はできるだけ生活を切りつめた。体裁を繕って信用借りをしたのは昔のことで、今ではミセス・ヴェリカーはやっとのことで収支を合わせ、ブリッジで勝った金でその日その日を凌いでいたのであった。彼女はブリッジの名手で、その腕前によってかなりの収入をあげていた。日中はたいてい、戦時中も細々と続けられているブリッジ・クラブで過ごした。

ネルにとっては単調な、鬱々として楽しまない日々が続いた。金の心配にたえず悩まされ、新たな仕事につくにはまだ体力が充分に回復していなかった。ただ坐って物思いにふけるしか、することのない毎日であった。愛があれば、狭い家に住むことも苦にならないが、愛は去り、ただ貧しさを身にしみて辛く感ずるというのではたまらない。ネルはおりおり、自分の前に続いている淋しい、味気ない生活をどのようにして切り抜けていったらよいのであろうと思案に暮れた。あたしにはもう我慢ができない。それは無理というものだ、そう思った。

一方、フレミング氏はアボッツ・ピュイサンについて早く決断を下すようにと促していた。一、二カ月すれば賃貸期限が切れる。何とか後のことを決めなければいけない。今までより高い家賃で貸すのはとても無理だろう。セントラル・ヒーティングその他の近代的な設備のない大きな屋敷を借りたいという人間は当節あまりいないのだから。こういってフレミング氏はアボッツ・ピュイサンを売ることを強く勧めた。

ご主人がアボッツ・ピュイサンについていだいておられた気持は私もよく承知している、と弁護士はいった。しかしあなたがあそこに居住されることは経済的に不可能なことだろうし……

ネルは弁護士の助言が賢明なものであることを認めたが、もう少し時を貸してくれと乞うた。売るのは気が進まないが、アボッツ・ピュイサンについての心配がなくなれば一番厄介な重荷が取り去られることとなのだし、あれこれ考えてなかなか決心がつかなかった。そこへある日、フレミング氏が電話で、非常にいい条件で買うという人がいるのだが、と知らせてきた。彼女の——いや、彼自身の予想をさえ、はるかに上回る値段だし、即刻話をまとめるほうがいいと思うと。

ネルは一瞬ためらったのち、よろしくお願いすると答えたのだった。

4

そう返事したとたんに、気持がすっと軽くなったのはふしぎなほどだった。恐ろしい悪夢から醒めたような気がした。ヴァーノンの存在さえ、ぼんやりと霞んでしまった。家屋敷などというものはちゃんと維持していくだけの金がないと、むしろ厄介な代物である。

パリのジョーから次のような手紙が届いたが、彼女はさして心を乱されなかった。

「ヴァーノンがあんなにもアボッツ・ピュイサンを愛していたことを知っているのに、どうしてあの家を売るなんてひどいことができるんでしょう？　どんなことがあってもそれだけはしないだろうと思っていたのに」こうジョーは書いていた。

「ジョーにはわからないんだわ」と呟いてネルは次のような返事を書いた。

「でもあたしに何ができて？　どうしたらあそこを維持していくだけのお金を工面できるか、途方に暮れていたのですから。屋根、排水工事、給水工事——本当にきりがないのです。このままでいったら借金で首がまわらなくなってしまいます。うんざりするようなことばかりで、死んだほうがましだと思うくらいなのよ……」

その三日後にジョージ・チェトウィンドから手紙が届いた。お訪ねしてもいいだろうか、あなたに打明けて謝りたいことがある、そんな文面だった。

ミセス・ヴェリカーは留守で、ネルはひとりで彼を迎えた。ジョージは少し懸念しながらいきなり切りだした。アボッツ・ピュイサンを買ったのは実は自分なのだ、そういうのであった。

はじめネルはちょっとひるんだ。人もあろうにジョージがアボッツ・ピュイサンの持ち主になるなんて！　しかし彼はいかにもものわかった態度でこの点について説明した。

由緒あるあの屋敷が見も知らぬ他人の手に渡るくらいなら、むしろ私のものになったほうがいいんじゃないだろうか？　いずれあなたも母上と一緒に訪ねてくださるとうれしい。ぜひともしばらく逗留していただきたい、彼はこういった。

「かつてご主人のものであったあの屋敷が、いつでもあなたのおいでを待っている、そんなふうに考えていただきたいのです。なるべく手をつけまいと思っています。いろいろなことについて、あなたのご助言をいただきたいのですよ。金ぴかにけばけばしく塗りたてたり、怪しげな名画などで飾りたてたがる下品な人間の手に落ちるくらいなら、私に任せたほうがいい、あなたもそうお思いになりませんか？」

こんな具合に説かれて、ついには彼女も、いったいなぜ、あんなに反撥を感じたのだろうとふしぎにさえ思った。もちろんジョージに任せれば安心にきまっている。親切で、ものわかりのいいジョージ。彼女は疲れていた。さまざまな気苦労にやりきれない気持になっていた。突然彼女は身も世もなく悲しくなって、ジョージの肩に頭をもたせかけて泣きだした。ジョージはやさしく腕をまわし、心配することは何もない、あなたは病気あがりで弱っておられるのだといたわった。

ジョージのようにいい人は珍しい。まるで頼りになる兄のようだとネルは思った。

母親にその日のことを話すと、ミセス・ヴェリカーはいった。

「ジョージがイギリスに住むつもりで屋敷を探していたことは知っていたわ。アボッツ・ピュイサンを選んでくれたことはありがたいわね。以前あなたを好きだったから、値段についてもあまりけちなことをいわなかったのかもしれないわ」

以前あなたを好きだったからという遠回しないいかたに、ネルは何となく快いものを覚えた。ジョージ・チェトウィンドについて、母親はいまだに何か「考え」があるのかもしれない――ふとそんな想像もしていたのだったから。

5

その夏、ネルは母親とともにアボッツ・ピュイサンを訪れてしばらく滞在した。二人のほかには客はいなかった。ネルは子どものとき以来、ここにきたことがなかった。ここでヴァーノンと暮らすことができなかったのがつくづく残念だった。屋敷はじつに美しかった。風格のある庭園、僧院の廃墟も趣きを添えていた。

ジョージは屋敷の改修に熱中しており、何かにつけてネルの好みを訊くので、やがて彼女は、まるで自分自身がこの家の持ち主であるかのような関心を覚えるようになった。彼女はほとんど昔と同じような幸せを感じ、安楽と贅沢に囲まれ、気苦労から解放された喜びに浸っていた。

アボッツ・ピュイサンの代金を受けとり、それを投資した今、ちょっとまとまった収入が入ることは事実だった。しかしどこに住み、何をして暮らしていくかを決めなければならないと思うと何となく空恐ろしかった。母親と暮らすのはあまりうれしいことではなかったし、友だちも今ではみな散りぢりになってしまったようだった。これからどこで、何をしたらいいか、見当がつきかねた。

アボッツ・ピュイサンはそんな彼女に、彼女のまさに必要としていた平安と安息を与えてくれた。ネルはやさしく庇護されているような安心感を覚えた。いずれはロンドンに帰らねばならないと考えると恐ろしかった。

最後の晩がきた。ジョージはもっと滞在してくれとしきりに勧めたが、ミセス・ヴェリカーはこれ以上彼の厚意に甘えてもいられないと翌日、帰ることにしていた。

ネルとジョージは石を敷きつめた長い散歩道を並んで歩いた。静かな穏やかな晩だった。

「ここは本当に美しゅうございますのね」とネルは小さく溜息をついていった。「あたし、何だかロンドンにもどるのがいやになりましたわ」

「私もあなたに帰っていただきたくないんです」とジョージは呟き、少し間を置いて低い声でいった。「ぼくにはいまだにチャンスはないんでしょうね、どうですか、ネル？」

「どういう意味ですの？　よくわかりませんわ」

とはいったものの、彼女には実はよくわかっていたのだ――ジョージがいいだしたとき、すぐに。

「私がこの家を買ったのは、いつかあなたがここに住んでくださるかもしれないと思ったからでした。私は正当にあなたのものであるこの家を、あなたに差しあげたいと思ったのです。あなたは、ネル、思い出にふけるだけで一生を終わるつもりですか？　あなたのヴァーノンがそれを望むと思いますか？　私は死者をそんなふうには――生き残った者に幸福を拒むとは――けっして考えません。ヴァーノンはむしろ、あなたが保護され、大事にされることを願うでしょう。彼自身にそれができなくなった今」

ネルは低い声で呟いた。

「だめですわ……そんなこと……」

「彼を忘れられないというのですか？　それはわかっています。でも私はあなたにとってきっといい夫になりますよ。ネル。あなたは愛と心遣いで囲まれるでしょう。私はあなたを幸福にすることができると思います。すくなくともあなたがひとりで人生に直面するよりはずっと幸せに暮らせるでしょう。ヴァーノンもそれを願うだろうと心から信じているのですよ」

本当にそうだろうか？　たぶんジョージのいうとおりだろう。人は不実というかもしれない。しかしそうではないのだ。ヴァーノンとともにした彼女の生活はかけがえのない、特別のものだ――何者もそれに触れることはできない。

しかし、ああ、庇護され、大事にされ、愛され、理解されるということは、何てすばらしいのだろう。それに彼女は昔からジョージがたいそう好きだった。

ネルは聞きとれないほどの声で、「ええ」と囁いたのだった。

6

このことについて憤慨したのはマイラだった。彼女は怨みつらみを長々と書いてよこした。

「こんなにも早く忘れ去ることができるなんて。今となってはヴァーノンには、たった一つのふるさとしかありません——母親のこの胸の中です。あなたはあの子を愛したことなんてなかったのです……」

シドニー伯父は両手の親指をひねくって呟いた。「あの若い女は何が自分にとって得か、よく知っていたわけだ」そして紋切り型の祝いの言葉を書き送った。

思いがけない味方はジョーだった。ジョーはちょうど、ロンドンを短期間、訪問していたが、ミセス・ヴェリカーのフラットにネルを訪ねた。

「おめでとう」と彼女はネルにキスをしていった。「ヴァーノンもきっと喜ぶと思うわ。あなたは自分一人で人生に立ち向かえるたちの人じゃないもの、昔から。マイラ伯母さまのいうことなんか、気にしないでいいのよ。あたしからよく説明しておくわ。女にとって人生は辛いものなのよ。ジョージとなら、きっと幸せになれるわ。もちろん、ヴァーノンだって、あなたの幸せを願うでしょうよ」

誰よりもヴァーノンと近しかったジョーにこういわれたことは、何ものにもましてネルの気持を軽くした。結婚式の前夜、ネルはベッドの傍らに跪いて枕の上の天井に吊るされているヴァーノンの軍刀を見あげた。そして目を閉じ、両手で瞼を押さえて呟いた。

「わかってくださるわね、あなた？　ねえ、わかってくださるでしょう？　あたしが愛しているのは――これからも愛し続けるのはあなただけよ……ああ、ヴァーノン、あなたがわかってくださると信じられさえすれば」

ネルは心をこめてこう囁き、闇の中に亡き夫の面影を探り求めようとした。知ってほしいのだ、どうしても。知って理解してほしい、そう切に思った。

第四章

1

ドイツとの国境にほど近いオランダのA――という町に、あまり見てくれのぱっとしない宿屋があった。一九一七年のある晩、ここに色の浅黒い、やつれた顔の若い男がドアを押して入ってきて片言のオランダ語で一晩泊めてほしいのだがといった。息遣いは荒く、落ち着かない目をしていた。宿屋のふとった女主人のアンナ・シュリーデルは答える前に、いつものように慎重に客を頭のてっぺんから爪先まで見あげ見おろした。それからようやく、部屋は一つあいていると答えた。娘のフリーダが彼を案内した。彼女がもどってくると、母親は一言いった。「イギリス人だよ――脱走してきたんだろうよ、おおかた」

フリーダは頷いただけで何もいわなかったが、その青い目はやさしい、感傷的な光を湛えていた。イギリス人に関心をもつ個人的な理由があったのである。しばらくしてから彼女はふたたび階段をのぼって客室のドアをノックした。いくら叩いても返事がないので、ドアをあけて入っていくと、客の男はぐっすり眠っていた。どんな音がしようと、何が突発しようと我関せずというふうだった。それほど疲れが甚だしく、無感覚になっていたのであった。何日も何週間も、彼は瞬時も心を許さずに、間一髪というところで危険から身をかわしてきた。うとうとしたり、放心状態に陥ったりして捕まってはと、眠ることはおろか、四六時中、緊張を解かなかったのであった。今その反動で彼はベッドに半ば身を投げだすようにして眠りほうけていた。フリーダは立ったまま、その寝顔を見守っていた。

「お湯をもってきてあげたわ」としばらくして彼女はいった。

男はびっくりして起きあがった。

「失敬。聞こえなかったんだ」

フリーダは英語でゆっくりと注意しながらいった。

「あんた、イギリス人でしょう?」

「そう、そうなんだ。しかし――」

青年はあやふやに言葉を切った。気をつけなければいけない。ドイツとの国境はすでに越えたのだから危険は終わったはずではあるが。畑から掘った馬鈴薯でやっと飢えを凌いできたので、頭が思うように働かないような感じだったが、用心しなければいけないことはわかっていた。厄介なことはまだたくさんあるだろう。しかし恐ろしい緊張が終わった今、彼は堰を切ったように何もかもしゃべってしまいたいという妙な気分に駆られていた。

オランダ人の少女は真面目な顔で心得顔に頷いた。

「わかってるわ。あんた、あっちからきたんでしょ？」と国境のほうを指さした。

青年はまだ不安げな面持でフリーダを見返した。

「逃げてきたのね——そうでしょ？　前にもあんたのような人がここへきたわ」

安堵の思いが急に大波のように青年の胸に溢れた。大丈夫だ、この娘は。足が急にがくがくして、青年はふたたびベッドの上に腰を落とした。

「おなかがすいているんでしょう？　今何か持ってきてあげるわ」

腹がすいているかって？　たぶんそうなんだろう。最後に食べものを口にいれたのはいつのことだったろう？　一日前か、二日前か？　はっきり思い出せなかった。最後の数日は夢魔のようだった——ただがむしゃらに歩き続けた。地図と羅針盤をもっていたので助かった。どこで国境を横切ったらいいか、一番安全そうな地点も確かめておいた。無事に国境を越えることができるかどうか、まったく成算がないように思われたが——結局は成功したのだった。敵はさかんに銃撃を加えてきたが、弾丸は一つも当らなかった。それも夢だったのだろうか？　川を泳いで渡った。いや——それも何だか怪しくなってきた。もう考えるのはよそう。とにかく逃げおおせたのだ。それが何よりも肝腎なことだ。

青年は身をかがめて、ずきずきと痛む頭を両手でかかえた。

間もなくフリーダが食べものとビールのジョッキを載せた盆をもってもどってきた。そして彼が飲み食いするのを立って眺めていた。食べものの効果は魔法のようにてきめんだった。ぼんやりしていた頭がすっきりした。これまでは空腹のせいで少しおかしかったに違いない。彼はフリーダにほほえみかけた。

「じつにうまかった。どうもありがとう」

その微笑に勇気づけられてフリーダは傍らの椅子に腰をおろした。

「あんた、ロンドン、知ってる？」

「ああ、知っているよ」彼はちょっと微笑した。いかにも唐突な訊きかただったからである。

けれどもフリーダはにこりともせず、ひどく真剣だった。

「ロンドンの兵隊で――グリーン伍長っていう人を知らない？」

彼は首を振った。思わず知らず心を動かされていた。

「いや、知らないようだな。どの連隊の伍長だろう？」

「ロンドンのよ――ロンドンのフュージリア連隊とかいって」フリーダにもそれしかわからなかったのだった。

青年は親切にいった。

「ロンドンにもどったら探してあげよう、手紙を渡してくれれば届けてあげてもいい」

フリーダは心もとなげに相手の顔を見やった。あなたを信じて頼んでもいいかしらといいたげなまなざしであった。やがて疑いの色を消して彼女は言った。

「ええ、きっと書くわ」

部屋を出ようとしてフリーダは思い出したようにいった。

「イギリスの新聞があるのよ——二部。従兄がホテルからもらってきたの。読みたい？」

やがて彼女は読み古してあちこち破れている《デイリー・スケッチ》と《イヴニング・ニュース》を持ってもどってきて、いくぶん誇らしげに彼に手渡した。

フリーダが出て行くと青年は新聞を脇に置いて煙草に火をつけた——最後の一本だった。これとて盗んだものだが、この煙草がなかったら、ここまで頑張り通すことはできなかったかもしれない。煙草はフリーダに頼めば少し手に入れてくれるかもしれない。金はあるのだから。田舎娘らしく踝は太いし、美しいとはいえないが、親切な子だ。

彼はポケットから小さな手帳を取りだした。何も書いてないその手帳に、彼は、〝グリーン伍長。ロンドン、フュージリア連隊〟と書きこんだ。あの娘のためにできるだけのことをしてみよう。どんなエピソードが潜んでいるのだろう、この蔭には？ グリーン伍長という男はオランダのこのAで何をしていたのか？ かわいそうなフリーダ。よくある話なのだろう。

グリーン——ふと彼は少年時代を思い出した。ミスタ・グリーン。何でもできないことのない愉快なミスタ・グリーン。彼の遊び友だちであり、保護者であった人物。子どものころには妙なことを考えるものだ。

ネルにはミスタ・グリーンのことを一度も話したことがなかった。ネルも子どものころにはそんな想像をしたことがあるのかもしれない。子どもはおそらく、それぞれのミスタ・グリーンをもっているのだろう。

「ああ、ネル……」急に胸の動悸がはげしくなった。しかし強いて彼女のことは考えないようにした。彼が捕虜になってドイツに送られたと聞いて、かわいそうにネルはどんなに苦しんでいることか。だがもうそれも終わった。間もなく二人はまた一緒になれるだろう。ああ、今そのことを考えてはいけない。現在のことだけを考えるのだ——さきのことをあれこれ思いわずらうことなしに。

《デイリー・スケッチ》を取りあげて、彼は見るともなく引っ繰り返した。新しいショーがたくさん上演されているようだ。もう一度ショーに行けると思うとうれしかった。将官の写真もいくつか出ていた。どれも好戦的な、激しい顔をしている。結婚式の写真も載っていた。なかなかいいカップルだ。——これは——いや、まさか、まさか……

そんなはずはない——そんなことがあるわけはない。夢を見ているのだろう——悪い夢を。

近くジョージ・チェトウィンド氏と再婚するミセス・デイア。先夫は一年以上前に名誉の戦死をとげた。ジョージ・チェトウィンド氏はセルビアで救援活動に従事して目ざましい働きをしたアメリカ人である。

戦死——なるほど。そうした間違いはよく起こるものだ。ヴァーノンの知っている男も、一時戦死をつたえられたことがある。めったにないことだが、ときたまこういうことがあるのだ。

ネルは当然信じたのだろう、自分の死を——そしてこれも当然のことながら再婚の決心をしたに違いない。

何をたわごとをいってるんだ？　ネルが再婚をする！　こんなにも早く——ジョージと——あの白髪まじりのジョージ・チェトウィンドと。

突然胸を引き裂かれるような痛みが走った。ジョージの姿がいかにもありありと目に浮かんだ。人もあろうにジョージと……ネルがあんな男と。

まさか、そんなことがあるわけはない。

彼は立ちあがってよろめく両足を踏みしめつつ、鏡に映った自分の顔を見つめた。宿の人たちには少し酔っているように見えたに違いない。

おれは平静だ——取乱してなんかいないぞ。愚にもつかないニュースを信じるのは馬鹿だ。考えるんじゃない。そのことを念頭から遠ざけるんだ。根も葉もないたわごとだ。本当だと認めたりしたら、自分は参ってしまう。

部屋を出て階段をおりて行くと、フリーダとすれ違った。彼女はびっくりした顔で見つめたが、彼は物静かな、落ち着いた様子で（自分でも驚くほど平静な口調で）、「ちょっと散歩に行ってこようと思う」といった。

出て行く彼の後ろ姿をおかみのアンナ・シュリーデルの目がじろじろ見ていたが、気にも留めなかった。フリーダは母親にいった。

「あの人、階段ですれ違ったとき、まるで——とても妙だったわ——いったい、どうしたのかしらねえ？」

アンナは意味ありげに額を叩いた。彼女は何事にも驚かない女であった。

道に出るとヴァーノンは急ぎ足に歩き続けた。逃げだすのだ——自分を追いかけてくるものから。振り返ったら——それについて考えはじめたら——いや、もう考えるのはよそう。

これでいいのだ——何もかも。

ただ考えないようにすることだ。彼を追いかけてくる奇妙な暗い影——どこまでもついてくる執拗な影……考えさえしなければ安全なのだから。

ネル——、やさしい笑顔をたたえている金髪のネル。彼のネル。ネルとジョージが……いや、いや！　嘘だ。今からでもきっと間に合う。

そのとき、ひどくはっきりと彼の脳裡を一つの思いがよぎった。〝あの新聞はすくなくとも六カ月前のものだ。二人が結婚してから五カ月はたったことになる〟

彼はよろめいた。〝堪えられない、とても。何か起こらなければ、すぐに何か起こらなければ、どうにも我慢できない〟

彼は無我夢中でその考えにしがみついた。何かが起こらなければいけないのだ。

誰かが助けてくれるに違いない。おそらくミスタ・グリーンが。彼を苦しめているこの恐ろしいものの正体は何だろう？　もちろん、あの〈獣〉だ。彼の幼時の恐ろしい〈獣〉だ。

追いすがる〈獣〉の足音が聞こえるような気がした。彼は狼狽して肩ごしにちらっと後ろを振り返った。すでに町を出て堤防のあいだの一本道を歩いていた。〈獣〉はあいかわらず物凄い速さでドタドタと彼の後を追っていた。

〈獣〉……ああ、遠いあの昔にもどることができれば――〈獣〉とミスタ・グリーン、幼な心を脅かしたもの、慰めたもの――それらすべてへと立ち帰ることができるならば。そうしたものは今彼を苦しめている――ネルやジョージ・チェトウィンドのように心を深く傷つけはしない……ネルがジョージのものになるなんて……

嘘だ――そんな――我慢できない――そればかりは。

そうしたすべてから抜けだす道、心の平和を見出す道は一つしかない。ヴァーノン・デイアの一生は失敗だったのだから。

燃えさかる炎のように苦しい思いがふたたび脳裡をよぎった。ネル——ジョージ——ああ、たまらない！　最後の力を振りしぼって彼は二人を頭の中から締めだした。ミスタ・グリーンのことを考えよう。あのやさしい幼時の友だちのことを。

向こうからふらふらふら走ってきたトラックの前に、彼は大股に歩み出た。トラックは彼を避けそこねて、思いきり後方に撥ねとばした。

熱い炎が体の中を突きぬけたような恐ろしいショックだった。ありがたい、これが死というものなのだろう、彼はぼんやりそう思った。

第五部　ジョージ・グリーン

第一章

1

ウィルツベリーのホテルの前庭で二人の運転手がせっせと車の手入れをしていた。その一人、ジョージ・グリーンは大きなダイムラーのエンジンの点検を終えて油じみたぼろ布で手を拭き、満足げな溜息とともにかがめていた背を伸ばした。彼は快活な青年で、故障の箇所をつきとめて修理することができたのがうれしくてにこにこしていた。もう一人の運転手はミナーヴァの掃除を終えかけていたが、グリーンが歩み寄ると顔をあげた。

「やあ、ジョージ、もうすんだのかい？　おまえのボスはヤンキーだったな？　どんな人だい？」

「とてもいい人だよ。少し口うるさいがね。四十マイル以上のスピードは出させないんだ」

「だが、女の車を運転しないですむだけでもありがたいってもんだぜ」とイヴァンズというその運転手は羨ましげにいった。「女なんて気紛れでさ。食事の時間だってめちゃめちゃさ。こっちの都合なんぞ、考えてくれやしない。ピクニック式に車の中ですますことだってあるしな。茹で卵とレタスの葉っぱだけで」

グリーンは手近の樽の上に腰をおろした。「だったらなぜ、やめちまわないんだい？」

「近ごろはすぐ次の仕事にありつくってわけにもいかないからな」とイヴァンズは答えた。

「まったくだ」とグリーンはしみじみいった。

「それにおれはかみさんと子ども二人を食わせていかなきゃならないし」とイヴァンズは続けた。

「英雄にふさわしい国を作るとかなんとか、みんな、調子のいいことをいったもんだったな、戦争中は。曲りなりにも仕事にありつけたら、それにしがみついているほかないよ」

イヴァンズはちょっと口をつぐんだが、またいった。「おかしなもんだな、戦争ってやつは。おれは二回やられたんだ、榴散弾に。後遺症で頭がおかしくなってな。かみさんはときどきおれが怖くなるっていってるよ。夜中に起きて叫びだしたり、自分がどこにいるのか、まるっきりわからなくなっちまったり」

「知っているよ」とグリーンはいった。「おれも同じだ。今のボスがオランダでおれを拾ってくれたときには、自分の名前のほかは、何一つ覚えちゃいなかったんだからね」

「いつのことだい？　戦後か？」

「休戦の六カ月あとだ。そこのガレージで働いていたのさ。ある晩、酔っぱらい運転のトラックがおれを撥ねとばしたんだ。運転手のやつ、ぶったまげて、酔いもたちまち醒めちまったらしいがね。やつら、おれをトラックに乗っけて病院に連れてったんだ。頭を強く打ってね。連中、おれの面倒を見てくれたうえに仕事を見つけてくれた。気のいいやつらだった。そのガレージで働いていたときに今のボスのブライブナーさんが、一、二度おれの運転する車を雇って出かけたんだ。いろいろ話をしているうちに、専属の運転手にならないかっていってくれたのさ」

「じゃあ、それまではイギリスに帰ることを考えなかったってのかい？」

「ああ——帰りたくなかったんだ——なぜだかわからないが。おれの記憶している限りでは身内なんて一人もいないし。それに帰るとちょっと揉めごとがあるような気もしてね」

「おまえのような男と揉めごととはあまり結びつかないがな」とイヴァンズは笑っていった。

ジョージ・グリーンも声を合わせて笑った。彼は見るからに快活そうな青年で、がっしりと肩幅が広く、上背があり、浅黒い顔はすぐ微笑に崩れた。

「あまりくよくよしないたちなんだ、おれは」と彼は自慢げにいった。「生まれつき、呑気でね」

あいかわらず微笑を浮かべながら、グリーンは歩み去った。数分後、彼は雇い主に、ダイムラーの修理がすんだことを告げ、いつでも出かけられると報告した。

ブライブナー氏は背の高い、痩せぎすの、ちょっと胃弱らしく見える紳士だった。

「よろしい、グリーン、私は今日はダチェット卿邸の昼食会に出る。アビングウォス・フライアーズと呼ばれている屋敷で、ここからおよそ六マイルの距離だ」

「はい、かしこまりました」

「昼食がすんだらアボッツ・ピュイサンという名の屋敷にも寄ってみるつもりだ。アボッツフォードの村にある。その村を知らないかね？」

「聞いたことはあるようですが。しかし、どこにあるのか、はっきりしたことは知りません。地図で探してみましょう」

「ああ、そうしてくれたまえ。二十マイル以上は離れていないと思う——リングウッドの方角じゃないかな」

「わかりました」

グリーンはちょっと帽子に手をやってひきさがった。

2

ネル・チェトウィンドはアボッツ・ピュイサンの客間のフランス窓からテラスに出た。初秋のある日、およそ生命のいぶきを感じさせぬまでに静まりかえった午後のことであった。自然そのものが、いっとき、無意識の状態でいるかのようだった。空は薄青く、あるかなきかのそよ風が吹いていた。

ネルはテラスの大きな石の壺に身をもたせかけて、静かな目の前の景色を眺めた。すべてが美しく、いかにもイギリス的であった。整然とした庭園は見るからに手入れが行き届き、屋敷も昔の美しさをこわさないように入念に修復されていた。

ネルは感情的なたちではなかったが、薔薇色の煉瓦の壁を見あげたとき、にわかに心の昂ぶりを覚えた。ヴァーノンが知っていたら――今のこのアボッツ・ピュイサンを見ることができたら。

四年の結婚生活はネルにとって幸せだったが、彼女をどこかしら変えていた。妖精めいたところがまったくなくなり、愛らしい少女は美しく成熟した女性に変わっていた。その物腰には落ち着きと自信があった。それは固定した美で、何かのはずみで違って見えたり、変わった感じを与えたりすることがまったくなかった。動作も昔よりゆったりしており、肉づきも少し豊満になって――開かぬ蕾のような雰囲気は失われていた。今のネルは咲き誇る薔薇であった。

家の中から声がした。

「ネル！」

「ここですわ、ジョージ、テラスの上よ」

「わかった。今そっちへ行く」

ジョージは何ていい人なんだろう。かすかな微笑がネルの唇に漂った。ジョージは完全な夫だった。アメリカ人だからかもしれない、とネルは思った。夫にもつならアメリカ人、と人はよくいう。二人の結婚は大成功であった。ジョージに対しては、ヴァーノンに対して感じたような気持をもつことがないのは事実だ。しかしそれはむしろいいことなのかもしれない、とネルはいささか不承不承認めた。胸をゆさぶり、引き裂く、嵐のような思い——それはけっして長続きするものではない。彼女は毎日、その証拠を見ていた。

かつての反抗的な気持はすっかり収まっていた。なぜヴァーノンが自分の手から奪い去られたのであろうと激しく問うこともはやなかった。神さまがいちばんよくご存じだ。あのときはひどく反抗的な思いに満たされたが、今では、これまで自分に起こったことは結局一番いいことだったのだと思うようになった。

彼女とヴァーノンはこのうえなく幸せだった。その幸福の記憶は何ものによっても傷つけられず、奪い去られることがない。それは永遠に彼女のものだ——大事な、秘密の財宝だ。秘め隠された宝石だ。今の彼女はヴァーノンのことを、痛みも憧れの思いもなしに考えることができた。二人はかつて愛しあい、一緒に暮らすためにすべてをなげうった。そこへあの別れの恐ろしい痛み。しかしやがて心の平和が訪れたのであった。そうだ、平和こそ、今の彼女の生活の基調であった。ジョージが彼女にそれを与えてくれたのだ。彼は彼女を安楽と贅沢と心遣いで取り囲んだ。ヴァーノンのようには彼を愛したことがないとはいえ、彼女はジョージにとっていい妻だと思う。ジョージを彼女は好きだった。もちろん心から。彼女がジョージに対していだいているような静かな愛情は、人生を渡るには何ものにもまさって安全な感情であると思えた。

そうだ、それこそ、彼女の思いを正確に表現する言葉だ——安全。そして幸せ。ヴァーノンが知ったら、きっと喜んでくれるだろう。

ジョージ・チェトウィンドはテラスの上に出てきて、妻と並んで立った。イギリスの田舎紳士の服装で、いかにもそれらしく見えた。昔よりかえって若くなったようだった。何通かの手紙を手にしていた。

「今度の狩猟会はドラモンドと共催することにしたよ。さぞ楽しいことだろうな」

「うれしいこと」

「誰を招待するか、決めなくてはね」

「ええ、今晩相談しましょう。ヘイズさんたちが夕食にこられないので、かえってよかったわ。たまには二人だけもいいものですわ」

「あなたはロンドンでは少し忙しすぎるよ、ネル」

「ええ、ちょっとね。でもいいことじゃないでしょうか、忙しすぎるって。それにここへくると本当に気持が休まりますし」

「じっさい、ここはすばらしいね」とジョージは目の前の景色を感に堪えたように見まわした。

「私はイギリスのどこよりも、このアボッツ・ピュイサンを所有していることがうれしいのさ。ここには何ともいえぬ雰囲気がある」

ネルは頷いた。

「わかりますわ、あなたがおっしゃる意味」

「ここが誰かほかの――そうだな、たとえばレヴィン親子のような人間の手に落ちたら、残念千万だからね」

「ええ、まあね。でもセバスチャンはとてもいい人よ――それにあの人の趣味はどの点から見ても申し分ありませんわ」

「大衆の好尚はよく心得ているよ、たしかに」とジョージは素っ気なくいった。「成功につぐ成功――そしておりおりは批評家にも受けるものを上演する。金儲けばかりが目的じゃないってことを示すためにね。彼も近ごろはそうした役割にふさわしい外見を呈してきたな――どこかこう非常に当りが柔らかくなったよ。わざといろいろな特徴を際だたせているようなところもある。今週のパンチは彼の似顔絵が載っていたが、よく似ていたっけ」

「セバスチャンは漫画化されることを何とも思わないんでしょうね」とネルは微笑した。

「あの大きな耳と高い頬骨。とても特徴のある顔ですもの」

「あなたたちが子どものころ一緒に遊んだことがあるなんて、考えると妙な気がする。そうそう、驚かせることがあるんだ。あなたが長いこと会っていない友だちが、今日、昼食にくることになっている」

「ジョゼフィンじゃないでしょうね？」

「いや、ジェーン・ハーディングだ」

「ジェーン・ハーディング！　でもいったいどうして――」

「昨日ウィルツベリーで行き会ったんだよ。どこかの劇団と巡業中らしい」

「ジェーンが！　でもジョージ、あなたがあの人をご存じだなんて、ちっとも知りませんでしたわ」

「セルビアで救援活動をしていたときに会ってね。よく一緒に仕事をしたものさ。それはあなたへの手紙にも書いたと思うが」

「そうだったかしら？　思い出せないわ」

ネルの声音に奇妙なものを感じたらしく、ジョージは心配そうにいった。

「招いてもよかったんだろうね？　あなたが喜ぶかと思ったんだが。ジェーンはあなたの親友だと思いこんでいたのでね。もしもいやなら、すぐ断ってしまうが」

「いいえ、それどころか、もちろん、会えればうれしいわ。ただちょっとびっくりしただけですのよ」

ジョージはほっとしたような顔をした。

「じゃあ、差し支えないんだね？　ジェーンに聞いたんだが、私のニューヨークの知人でブライブナーという男もウィルツベリーにきているそうだ。ついでだから彼にも、あの僧院を見せたいと思うんだよ——ああした古い建物を専門に研究している男でね。一緒に昼食に招待してもいいだろうか？」

「もちろんですわ。ぜひ、お誘いになってくださいな」

「電話で連絡してみよう。昨夜、かけるつもりだったんだが、つい忘れてしまった」

ジョージは家の中にもどったが、ネルはかすかに眉根を寄せながらテラスに佇んでいた。ジョージの懸念は当っていた。ジェーンが昼食にくるのだと思うと、なぜか、いい気持がしなかった。ジェーンには会いたくない——そうはっきり思った。その朝の晴れ晴れした気分がジェーンの名を聞いたとたんに乱されたかのようだった。〝せっかく平和な気分に浸っていたのに——〟とネルは腹立たしく思った。

不本意なことだが——彼女は昔からジェーンを恐れていた。ジェーンはとらえどころのない人間だった。何というか——静かな水面に波風を立てるようなところがある。その存在そのものによってこちらの心を騒がす。それはネルの望まぬことだった。

なぜ、ジョージはセルビアであの人と知り合ったりしたのかしら？　本当にくさくさするわ、とネルは理屈にもならぬことを恨めしく思った。

しかし考えてみれば、ジェーンのことを恐れるなんて、そもそも馬鹿げている。ジェーンは彼女を傷つけることなど、できないはずなのに――すくなくとも今は。かわいそうに、あの人、一生を台なしにしたようだ。旅回りの劇団に入っているなんて。

ともかくも昔馴染には変わらぬ友情を示さなくてはいけない。ジェーンも昔馴染には違いないのだから。そうだわ、あたしがどんなに友情を大切にしているかを、ジェーンに見せよう。こう思うと自分がひどく高潔な人間のように思われて、ネルはずっと明るい気持で二階に行き、気に入りの鳩羽色のジョーゼットのドレスに着替えた。首には先ごろの結婚記念日にジョージから贈られた粒の美しく揃った真珠の首飾りをかけた。化粧にもとくに念をいれて、ひそかな女性的本能を満足させた。

〝ブライブナーとかいう人も同席するんだし、そう気詰りなこともなくてすむわ、きっと〟と彼女は考えた。

なぜ、気詰りなことがあるなどと考えたのか、自分でも説明はつかなかったのだが。

顔に白粉をはたいていると、ジョージが迎えにきた。

「ジェーンが着いたよ。下の客間にいる」

「ブライブナーさんて方も？」

「残念ながら彼は昼食はほかに約束があるそうだ。後で寄るといっていた」

「まあ、そうですの！」

ネルはゆっくり階段をおりた。何をびくびくしているんだろう？　かわいそうな不幸なジェーン――せいぜいやさしくしてあげよう。声をつぶして田舎回りの一座に入るなんて、ずいぶん運の悪いことなんだから、そう思った。

ところが案に相違して、ジェーンは自分の不運をまるで意識していない様子だった。彼女は気楽そうに、およそ何の屈託もなげにソファに身を投げだして、部屋の中の調度を鑑賞家らしい目で見まわしていた。

「しばらくね、ネル！」と彼女はいきなり声をかけた。「住み心地のいい穴を掘って、ぬくぬくと暮らしてるらしいわね」

何というぶしつけなことを、とネルは表情を固くした。何と答えていいか、とっさに思いつかなかった。からかうような、意地悪げなジェーンの目を見返しながら、差し伸べられた手を握り、ネルは呟いた。

「それ、どういう意味かしら？」

ジェーンはふたたびソファの上に身を投げだした。

「こうしたものすべてのことよ。王宮のように豪華な屋敷、見てくれのいい従僕、高給でかかえている一流コック、足音も立てない召使。おそらくはフランス人のメイド、最新の香り高い薬剤をいれていつでも入れるばかりになっている浴槽。五、六人もの庭師、贅沢な大型自動車、びっくりするほどお金のかかった衣裳、それにお見受けしたところ本物らしい真珠の首飾り！　大満足でしょうねえ。さぞかし？」

「それより、あなたご自身のことを話してくださらない？」とネルはジェーンの隣りに腰をおろしながらいった。

ジェーンは目を細めた。

「うまく切り返したわね。わたしが悪かったんだから気を悪くすることもないわ。ごめんなさいね、ネル、嫌みをいったりして。でもあなたが女王みたいに堂々と、しかもお情ぶかく見えたもので、ついね。わたし、情ぶかい人って、我慢できないのよ」と立ちあがって部屋の中をぶらぶらと歩きまわった。「これがヴァーノンの家なのね」と低い声で、「これまで見たことがなかったのよ——あの人がこの家のことを話すのは聞いたけど」といいさして、口をつぐんだが、ふと唐突に訊いた。

「あなたがた、どのぐらい、模様変えして？」

何もかもできるだけ元のままにしてあるのだ、とネルは答えた。カーテン、絨毯などは新しくしたし、椅子も張り替えた。古いものはずいぶん見すぼらしくなっていたので。一つ二つ、ごくいい家具を加えた。この家とよく調和するようなものを見つけると、ジョージはすぐ買いこんでしまうのだ——こうもいった。

ネルが話しているあいだ、ジェーンはその顔をじっと見守っていた。その目に溢れている表情を解しかねてネルはたじろいだ。

やがてジョージが入ってきて、三人は食堂に席を移した。

食卓ではまずセルビアのこと、そこでお互いの友人のことが話題にのぼった。ついで話はジェーンの近況に移った。ジョージは控え目に、あのすばらしい声が失われたことは自分ばかりでなく、ジェーンの声を聞いたことのあるすべての者の悲しみだったに違いないといったが、ジェーンはさりげなく受け流した。

「わたしが悪かったんですわ。どうしてもある曲が歌いたくて。わたしの声には向かなかったのに」

セバスチャン・レヴィンがとてもよくしてくれる——とジェーンはいった。ロンドンの劇場で主役を演じさせようとも思っているらしい。しかし、自分としてはまず女優という職業をよく研究してからと考えている——こうもいった。

「オペラにも演技は必要ですわ。でも女優になるには、ほかにもいろいろ勉強をしなければ。たとえば声を調節することとか。声の効果だってオペラとは違うでしょうし——音域は狭いけれど、いっそう繊細でなければなりませんし」

来年の秋にはロンドンで『トスカ』を劇化した芝居に出る予定だ、とジェーンは告げた。それから彼女はアボッツ・ピュイサンのことを話題に取りあげたのだった。ジョージにちょっと水を向けると、彼は自分のさまざまな計画や思いつきについて熱心に話しはじめた。イギリスの地主にふさわしい話しぶりであった。

ジェーンのまなざしにも、声音にも、嘲笑的なところは少しも窺われなかったが、ネルはひどく気詰りな思いを禁じ得なかった。ジョージがいい加減にやめてくれるといいのにと思いもした。先祖代々、何百年間もアボッツ・ピュイサンが彼自身の家のものであったように得々としたジョージの話しぶりは、いささか滑稽に響いた。

コーヒーの後で三人はテラスに出た。ジョージが電話に出るためにジェーンに詫びをいって去るとネルは、庭をひとまわりしないかとジェーンを誘った。彼女はすぐ承知した。

「何もかも見たいわ」と彼女がいうのを聞いて、ネルは思った。

〝この人はヴァーノンの生まれた家が見たかったんだわ。だからやってきたんだわ。でもヴァーノンはこの人にとって、あたしにとってのようにかけがえのない人ではなかったのよ！〟

ネルは自分自身を正当化しようという思いに駆られていた。ジェーンにわからせたい――何をわからせたいのか、自分でもはっきりしなかったが――そう思った。ジェーンが彼女を裁き――非難さえしていることを感じていたからだった。

ところどころにハマシオンが煉瓦塀を背にして色鮮やかに咲いている観葉植物用の細い花壇ぞいに歩いて行く途中で、ネルは突然足を止めた。

「ジェーン――話したいことが――説明したいことがあるの――」

ちょっと身構えて立った彼女を、ジェーンは物問いたげにちらっと見た。

「こんなにすぐに再婚して、あたしのことをずいぶんひどい女だと思っていらっしゃるでしょう?」

「ちっとも、なかなか賢明だと思ったくらいよ」

それはネルの予期していた答ではなかった。

「あたし――ヴァーノンを心から愛していたのよ。あの人の戦死の知らせを受けたときには悲しくて胸がつぶれそうだったわ。本当よ。でもあたしが悲しみにくれるのをヴァーノンが望まないことを知っていたし。死者だって、残された者が悲しみに浸って一生を終えることを喜ばないでしょう」

「そうかしら?」

ネルはまじまじとジェーンの顔を見つめた。

「もちろん、あなたは世間一般の考えを代弁しているのね」とジェーンはいった。「死者は残された者が雄々しく悲しみに堪え、何ごともなかったように生きていくことを願っている、人はよくそういうわ。わたしたちが死者のことを考えて不幸な生涯を送るのは、彼らの本意ではないってね。でもそうした楽観的な信念の根拠となるものをわたし、見たことがないわ。それは自分たちに都合のいいように、みんなが勝手に作りあげた言い分だと思うわ。生きている人たちだってみんながみんな、同じことを願うわけではないでしょう。死者にしたって、そうじゃないかしら？　利己的な死者だって、たくさんいるに違いないわ。幽明境を異にするとしても、死者の性格は生きているときと大して変わらないでしょうよ。死んだからって、たちまち美しい、利他的な考えに満たされるなんて、そんなことはあり得ないわ。妻に先立たれた男が葬式の翌々日にはもう朝食に旺盛な食欲を示し、『メアリだって、わしが悲しむのを望むまいから』なんて大真面目でいうのを聞くと、おかしくて笑えてくるわ。そんなこと、どうしてわかって？　メアリは旦那さんが彼女という人間がはじめから存在しなかったかのように平気で暮らしているのを見ておそらく涙を流し、歯がみをして（霊界の歯をね）口惜しがるかもしれないわ。女って、もてはやされるのが好きなものですからね。死んだからって、どうして性格が一変するでしょう？」

ネルは黙っていた。とっさに考えがまとまらなかったのだ。

「ヴァーノンがそうだというつもりはないわ」とジェーンは続けた。「あの人はあなたが悲しまないでほしいと本当に思ったかもしれないわ。それはあなたがいちばんよく知っているでしょう。誰よりも、あの人を理解しているんだから」

「ええ」とネルは熱心にいった。「そうなの。あの人、きっとあたしに幸せになってほしいと思うでしょうよ。それにヴァーノンはアボッツ・ピュイサンがあたしのものになることを願っていたわ。あたしがここに住んでいることを知ったら、きっと喜んでくれるでしょう」

「でもヴァーノンは、あなたと一緒にここで暮らすことを望んでいたのよ。それとこれとは違うわ」

「そりゃそうよ。でもあたしにしたって、ジョージと暮らすのと、ヴァーノンと暮らすのではまるで違うのよ。ジェーン、あなたには理解してほしいの。ジョージはそりゃあ、いい人よ。でもあたしにとって、ヴァーノンがもっていた意味を彼がもつことはないと思うわ」

長い沈黙の後にジェーンはいった。「あなたは幸せな人ね、ネル」

「あたしがこうした贅沢を、心から喜んでいると思って？　ヴァーノンのためなら、こんなもの、すぐにも捨ててしまうでしょうよ！」

「さあ、それはどうかしら」

「ジェーン、ひどいことをいうのねえ――」

「今はたしかにそう信じているでしょう――でもいざとなったら、本当にそうするかしら？」

「あたし、前にもヴァーノンのためにすべてを捨てたわ」

「いいえ――あのときあなたは、贅沢な境涯に入る可能性を捨てただけよ。それは現実に手に入れたものを捨てるのとはわけが違うわ。それにそのときにはあなたもまだ、贅沢とか安楽に蝕まれていなかったのだし」

「ジェーン！」

ネルの目には見る見る涙が溢れ、彼女はそっと顔をそむけた。

「ごめんなさいね、ネル、わたしひどいことをいってしまったようね。むろん、あなたの行動には後ろ指を指されるようなところは少しもないわ。たぶん、あなたのいうとおりなんでしょうね――ヴァーノン自身もそれを望んでいたのかもしれないわ。もともとあなたって人はやさしく保護してもらうことが必要なんだし――でもねえ、安楽な暮らしは人を蝕むものよ。あなたにも、わたしの言葉の意味がわかるときがくるでしょうよ。それからね、さっきあなたのことを幸せな人だといったのは、あなたが考えているような意味ではなかったのよ。わたしはただ、あなたが二つの世界の最良のものを手に入れたといいたかったの。もしもはじめからジョージと結婚していたら、あなたはひそかな後悔に胸を嚙ませ、ヴァーノンを想って楽しまない一生を送ったでしょう。臆病から、人生の与えてくれるはずのものをついに受けとれずにしまったことを悔やみながらね。また、もしもヴァーノンが生きていたら、あなたがたはやがては互いに気持が遠ざかり、いがみあい、憎みあうようになっていたかもしれないわ。ところがあなたはヴァーノンを得たし、そのために相応の犠牲も払ったわ。つまりあなたは何ものも侵すことのできない世界で、彼を自分のものとしてもっているのよ。愛はあなたにとっては、永遠に〝美なるもの〟だわ。かてて加えてそれ以上のものまでもっている、つまりこうしたものすべてをね!」

ジェーンは抱擁するように大きく手をひろげた。

ネルはジェーンの言葉の後の部分はほとんど耳に入れていなかった。その目はしっとりと潤っていた。

「そうなのね。結局のところ、何もかもいちばんいい結果になるものなんだわ。子どものころに神さまの摂理の奇しさについてよく聞かされていたけれど、それが本当だってことは後になってから自分の実感としてわかるのね。神さまがいちばんよくご存じなんだわ」

「神の摂理について、あなたに何がわかるっていうの、ネル・チェトウィンド?」

その問いにこもった荒々しさに、ネルはびっくりしてジェーンの顔に目を注いだ。威嚇的な、痛烈に糾弾しているまなざしであった。つい今しがたの穏やかな話しぶりは影をひそめていた。

「すべては神の摂理だっていうのね! もしも神のその摂理がネル・チェトウィンドの幸福と一致しなかったら――それでもあなたは摂理だとか、みこころだとかって、ありがたそうにいうかしら、あなたには神さまのことなんか、何一つわかりゃしないのよ。そうでなかったら、今みたいなことをいうわけがないわ。それは神さまの背中をそっと撫でて、

『あたしの生活を安楽に、容易にしてくださって、ありがとうございます』とお礼をいうようなものよ。聖書の中の言葉でわたしを怯えさせるのはね、〝今宵、汝の霊魂《たましい》取らるべし〟という言葉よ。神があなたの霊魂を要求したもうときには、まず差し出すべき霊魂がなくっちゃ、話にもならないわ！」

ジェーンはちょっと言葉を切って、ずっと静かな口調でいった。

「わたし、もう帰るわ。くるべきではなかったのね。でもどうしてもヴァーノンの家が見たかったの。余計なことをいってごめんなさいね。あなたがあんまりいい気なことをいうものでつい。ネル、あなたって人は自分では気がつかないんでしょうけれど、癪にさわるほどひとりよがりだわ。自己満足——まさにそれね。あなたにとって人生とは、あなた自身以外の何ものでもないのよ。でもヴァーノンの身になってみたら、どうでしょう？　彼にとってもすべていちばんいいようになったかしら？　ヴァーノンは死ぬことを望んでいたと思う？　あの人の愛してやまないもののすべてが、ようやく緒についたばかりだというのに？」

ネルは挑むように頭を振りあげた。

「でもあたし、あの人を幸せにしたわ」

「わたしはね、ネル、ヴァーノンが生きているあいだに幸せだったかどうかを問題にしているんじゃないのよ。あの人の音楽のことを考えていたんだわ。それにくらべれば、あなたにしろ、アボッツ・ピュイサンにしろ、問題ではないのよ。ヴァーノンはまれに見る天賦の才能をもっていたわ。いえ、そうじゃない——あの人の才能があの人を所有していたのよ。天才とは世界一苛酷な主人よ。それはあらゆるものを犠牲にせずにはいないわ。あなたの見掛け倒しの幸福ですらも、それがヴァーノンにとって障害になれば、惜しげもなく捨てられなければならなかったでしょう。天才は仕えることを要求するものだからよ。音楽がヴァーノンを求めた、それなのに彼は死んでしまった。それこそ、いいようもなく恥ずべき、取り返しのつかないことだったのよ。でもそんなこと、あなたには思いもよらなかったのね。どうしてだか、わたしにはわかるの——あなたはネル、それを怖がっていたのよ。それがあなたの願う平和と幸福と安全の代わりになってくれないからでしょうね。でももう一度いうわ。天才は奉仕を要求するのよ」

ジェーンはふと表情を弛めた。ネルの嫌っている、あの冷笑的な光が、またもやその目に浮かんだ。

「心配することはないわ、ネル。あなたはわたしたちの誰よりも強い人だから。わたし、ずっと前にもセバスチャンがいったことがあるの、あなたの保護色のことをね。彼の目に狂いはなかったわ。わたしたちがみんな滅び去っても、あなたはひとり生き残るでしょうよ。さようなら、ネル。ごめんなさいね、ひどいことばかりいって。わたしはこういう人間なんだから仕方ないとでも思ってちょうだい」

遠ざかって行く後ろ姿をネルは両の拳をぎゅっと握りしめて見送り、声にならない声で呟いた。

「大嫌いよ、あなたなんか！　昔からずっと嫌いだったわ！」

3

あんなに平和にはじまった一日が——そう思うと涙がこみあげてきた。なぜ、みんなはあたしをそっとしておいてくれないのだろう？　ジェーンはひどい。人を馬鹿にして、嘲るようなものの言いかたをした。何という残酷な——気味の悪い女だろう！　こっちのどこを突いたら一番痛いか、本能的に知っているのだ。

ジョーでさえ、ジョージとあたしの結婚を祝福してくれたではないか！　ジョーはよくわかってくれた。それなのに……頰を平手打ちされたような口惜しさがこみあげた。何だってジェーンはあんなひどいことをいわなければならなかったんだろう？　あの人は死者についてずいぶん冒瀆的なことをいった——死者は残された者が雄々しく、明るく生きていくことを願っている——誰だってそう考えているではないか。

何て生意気な女だろう——聖書を引用して、このあたしに説教するとは！　いろいろな男と同棲し、さんざん不道徳なことをやってきたジェーンのような女が！　ネルは操正しい女の優越感を感じていた。近ごろは妙に新しい考えがはやっているようだけれど。世の中には二種類の女がいるんだわ。あたしとジェーンはまったく違う種族なんだ。ジェーンにはたしかに人をひきつけるものがある――あの種の女はたいていそうなのだろう。それだけに、あたしはいつもあの人が怖かった。あの人は男に対して奇妙な力をもっている――骨の髄まで悪女なのだ。

こんなことを考えながら、ネルは行ったりきたり落ち着きなく庭の中を歩きまわった。なぜか、家に入って行きたくなかった。どうせ午後からはこれといってすることもないのだし、二、三通書かなければならない手紙があるが、今はとてもそんな気持になれなかった。

こんなふうに自分の考えを追っているうちにネルはジョージの友人のアメリカ人が訪ねてくるということをすっかり忘れ、夫がブライブナー氏を伴って現われたときにはすくなからず驚いた。ブライブナー氏は背の高い痩せた、几帳面そうな男だった。彼はネルに向かって生真面目な口調で屋敷の美しさを讃えた。ジョージはネルも一緒に僧院に行こうと誘った。

「お先にいらしてくださいな。後からまいりますわ。帽子をとってきませんと、日ざしが強すぎて」

「私がひとっ走り取ってきてもいいが」

「いいえ、よろしいのよ。ブライブナーさんとご一緒にどうぞ。どうせ、あちこち歩きまわられるんでしょうし」

「たぶんそうなると思いますね。ご主人には僧院を復元なさるご意向がおありと伺いました。それは私にとっても、たいへん興味深いことなのですよ」

「ほかにもいろいろ計画しておりますのよ」

「お幸せですな。これほどのお屋敷はめったにあるものじゃないですから。ところでご主人のお許しはいただけたんですが、私の運転手にも、少しお庭を拝見させていただけましょうか？　なかなかのインテリ青年でして、よくはわかりませんが氏素姓もよいのではないかと思います」

「どうぞご遠慮なく。屋敷の中も後で執事に案内させてもようございます」

「それはご親切にどうも。美というものはすべからく、あらゆる階級の人々に理解さるべきだというのが私の持論でして。国際連盟の根底にもそうした考えが――」

ネルはブライブナー氏の国際連盟に関する高説を聞くのは閉口だと思った。どうせ、勿体ぶった長談義に違いない。日が照りつけるのを口実に、彼女は急いで家の中に入った。

アメリカ人にはずいぶん退屈な連中がいる。ジョージがあんなふうでなくてありがたい、とネルは思った。ジョージはほとんど完璧な夫だ。その朝の心暖まる幸福感をふたたび感じながら、ネルは二階にあがった。

ジェーンのいったことでなぜ、心を乱すのか？ あんな女のいうことをまともに受けとめるなんて馬鹿げている。ジェーンが何をいおうと、気にすることはない。もちろん、ジェーンにはどことなくこちらを妙にどぎまぎさせるものがあるけれど。

しかし、それももうすんだことだ。ジェーンに会うまで彼女が感じていた自信と安心感がふたたび胸に湧きだした。アボッツ・ピュイサンも、ジョージも、ヴァーノンのなつかしい思い出も、むしろすべてがその自信と安心感を支えていた。

ネルは帽子を手に、心軽く階段を駆けおりた。鏡の前で足を止めて帽子をかぶりながら彼女はブライブナー氏にせいぜい愛嬌を振りまこうと思った。

テラスの段々をおりて庭園の小径づたいにネルは僧院へと急いだ。思ったより時刻がおそく、日はすでに沈みかけていた――茜色の美しい夕焼空であった。

金魚池の脇に運転手のお仕着せを着た青年がこちらに背を向けて立っていたが、彼女が近づくと振り向いて、型通り帽子に指を触れた。

ネルは立ち止まった。片手を無意識に胸にやり、大きく目を見張って茫然とその場に立ちつくした。

4

ジョージ・グリーンも呆気にとられてネルを見つめた。そして口の中で小さく叫んだ。

「びっくりさせるじゃないか！」と。

しばらく前に彼の運転する車がこの屋敷に着いたとき、ブライブナー氏がいったのだった。

「ここはイギリスでも最も古い、興味深い場所の一つだよ、グリーン。私はすくなくとも一時間は帰らない。この家のご主人のチェトウィンド氏に、きみも少し見物できるように頼んでおいてあげよう」

いつもながら親切なことだ、とグリーンは微笑ましく思ったのだった。ブライブナー氏は、精神的向上を金科玉条とするたちで、おりおりこっちまで巻き添えにされるのはありがた迷惑だが、でもまあ、親切心からなのだから、とグリーンは考えた。古いものというと文句なしに参ってしまう点、いかにもアメリカ人らしい。

しかし、ここはたしかにいいところだとグリーンは感心したように屋敷を見あげた。どこかで写真を見たことがあるような気がする。主人のいうように少し散歩してみるのも悪くない。

手入れもよく行き届いている。誰のものなのだろう？　やっぱりアメリカ人だろうか？　アメリカ人は金持だから。もとの持ち主はどういう人物だったのだろう？　これほどのものを手放すのは、さぞかし辛かったに違いない。

「おれもいい家の息子に生まれていればよかったな」と彼は残念そうに呟いた。「こんな屋敷がもてたらな」

小径づたいに歩いて行くと遠くに何かの廃墟が見えた。そこに立っている二つの人影の一つは彼の主人のものであった。変わった人だ――廃墟をめぐり歩いて日を送っている。日は沈みかけており、燃えるように赤い夕焼空を背にアボッツ・ピュイサンがいかにも美しく聳え立っていた。

よくあることだが、そっくり同じことが前にも起こったような気がする。この場所に立って茜色の空を背にしてこんな屋敷を見あげていたことが以前にもあったと誓ってもいいくらいだ――ほんの一瞬だが、グリーンはそう思った。なぜともなく、胸がきりきり痛んだのも同じだった。しかし、何かが欠けていた――夕焼空のように赤い髪の女性が。後ろで足音がしたので、グリーンはびくっとして振り返った。そしてぼんやりと失望を感じた。若いほっそりした女が立っていた。帽子の両脇からこぼれている髪の毛は赤くはなく、黄金色であった。

グリーンはうやうやしく帽子に手をやった。

妙なひとだな、と彼は思った。血の気のひいた顔で彼女は彼を見つめているのだった。恐怖に打ちひしがれた顔であった。

突然、喘ぐように大きく息をついて、女は走らんばかりに小径を遠ざかって行った。

それで彼は思わず叫んだのだった。

「びっくりさせるじゃないか！」

ちょっと頭がおかしいんだろう、今の女は。

グリーンはぶらぶらと歩き続けた。

第二章

1

セバスチャン・レヴィンが少々厄介な契約の条項を検討しているところへ電報がきた。一日に、四、五十通もの電報を受けとるのはごく普通のことだったので、彼は無造作にそれを開いた。一読した後、セバスチャンは電報を手にしたままじっと見つめていたが、くしゃくしゃに丸めてポケットに入れると、腹心のルイスを呼んだ。

「この契約を、きみが一番いいと思う線でまとめてくれ」と彼はぶっきらぼうにいった。「ちょっとロンドンを離れなければならぬ用事ができた」

ルイスの抗議には耳も貸さず、部屋を出た。秘書にいくつかの約束を取り消すように命じた後に彼は自宅に帰り、手回りのものを鞄につめるとタクシーでウォータールー駅に急いだ。駅に着いてから彼はもう一度電報を開いて読んだ。

キンキュウジシュッタイ、スグオイデ　コウ、ジェーン、ウィルツ・ホテル、ウィルツベリー

セバスチャンが何のためらいもなく応じたのは、彼のジェーンに対する信頼と尊敬を示すものだった。彼は世界中の誰よりもジェーンを信頼していた。ジェーンが緊急のことというなら、よほど急を要するに違いない。ロンドンをあけるについてはいろいろと後事に気を配っておかなければならなかったが、彼はただちにジェーンの呼びかけに応じた。ほかの人間のためなら、そんなことをまるでしない彼なのだが。

ウィルツベリーに着くと、セバスチャンはすぐにウィルツ・ホテルに車を走らせた。ジェーンは一室を借り受けており、両腕を差し伸べて彼を迎えた。

「セバスチャン、よくこんなに早くこられたこと！」

「電報をもらうとすぐきたんだ」とコートを脱いで椅子の背に掛けながら、セバスチャンは答えた。「いったい、どうしたっていうんだね？」

「ヴァーノンなのよ」

セバスチャンは怪訝な顔をした。

「ヴァーノンがどうしたんだ？」

「戦死したんじゃなかったの。わたし、あの人に会ったのよ」

セバスチャンは一瞬ジェーンの顔を見つめたが、テーブルに椅子を引き寄せて腰をおろした。

「きみらしくないな、ジェーン、どうしたってこれは思い違いだよ」

「思い違いなんかじゃないわ。戦死の知らせが誤報だったという可能性はあるでしょう？」

「たしかに誤報はこれまでにも一再ならずあった——しかし、その場合はかなり早く訂正されたからね。もしもヴァーノンが生きていたとしたら、何の音沙汰もなく、いったい、これまでどうしていたんだね？」

ジェーンは首を振った。

「それはわたしにもわからないわ。でも、ヴァーノンだってことは、ここに立っているのがあなただってことと同じくらい、確かよ」

ジェーンはぶっきらぼうに、しかし、確信をこめていった。

セバスチャンはジェーンをじっと見つめて頷いた。

「まあ、話してくれたまえ」

ジェーンは静かな、落ち着いた口調でいった。

「ここに今、アメリカ人でブライブナーさんという人がきているのよ。セルビアにいたときに知り合ったんだけれど、偶然街で会ったの。カウンティ・ホテルに滞在しているから今日昼食にきてくれって招かれて。食事が終わるころ、雨が降りだしてね、歩いて帰るというのに、どうしても車で送るって。そうしたらどうでしょう、セバスチャン、その車の運転手がヴァーノンだったのよ——しかもヴァーノンにはわたしがわからないの」

セバスチャンは首をかしげた。

「他人の空似じゃないんだろうね？」

「ぜったいに確かよ」

「だったら、なぜ、きみがわからなかったんだね？　知らないふりをしていたんだろうか？」

「いいえ、そうじゃないと思うわ——いえ、確かにそうじゃないわ。知っていたら、素振りに表われるはずですもの——ハッとするとか。わたしに会うことを予期していたわけでもないんだし、いきなり会ったら驚きを隠しきれないはずよ。それに、あの人、どこか違って見えたわ」

「どんなふうに？」

ジェーンはちょっと考えた。

「一口では説明できないわ。何というか、快活で陽気で——どことなくあの人のお母さんのミセス・デイアに似ているようだったわ」

「驚いた話だなあ」とセバスチャンはいった。「とにかく、ぼくを呼んでくれてよかったよ。もしもヴァーノンなら——困ったことになるな。ネルの再婚をはじめとして、いろいろなことがある。新聞記者に嗅ぎつけられたらことだしね。ある程度、新聞種になることは仕方ないだろうが」と立ちあがって行ったりきたり歩きまわりはじめた。「まず第一にそのブライブナーという人物に会わなくてはね」

「さっき電話して、六時半にこっちにきてくれないかと頼んだの。あなたがこう早くきてくれるとは思わなかったけれど、ホテルをあけるのが心配だったのよ。もうおっつけくるころよ」

「そりゃ、よかった。彼のいうことをまず聞いてみなくてはね」

ドアをノックする音がして、ブライブナー氏の到着が報ぜられた。ジェーンは立ちあがって客を迎えた。

「すみません、わざわざいらしていただいて、ブライブナーさん」

「ちっとも構いませんよ。レディーのお呼びとあればどこへでも伺います」とアメリカ人は答えた。「それに急ぎのご用事と伺いましたし」

「そうなんですの。ご紹介しますわ、こちらはセバスチャン・レヴィンですの」

「あのレヴィン氏ですか？　お目にかかれて光栄です、レヴィンさん」

ブライブナーとセバスチャンは握手をした。

「ブライブナーさん」とジェーンは切り出した。「ご足労願ったわけをすぐ申しあげようと思いますの。あなたはあの運転手をいつからお雇いになっていますの？　あの人についてどんなことをご存じですか？」

ブライブナー氏は驚いたように訊き返した。

「グリーンのことですか？　あの男についてお聞きになりたいとおっしゃるんですか？」

「ええ」

「そうですね——知っていることをお話しするのはちっとも構わないんですが。それにあなたのことですから、理由があってお訊きになるんだろうと思いますし。グリーンとは終戦後間もなく、オランダで出会ったんですよ。田舎のガレージで働いていましてね。イギリス人だと知って、興味をもつようになったんです。身の上を訊いてみたが、どうもはっきりしないんですよ。はじめは何かいいたくないことがあるんだろうと思ったんですが、じきにそうじゃない、この男は嘘をいってはいないと思うようになったんです。どうやら記憶がひどくぼやけているらしいんですな。名前と、どこからきたかは知っているんですが、ほかのことはほとんど思い出せないんです」

「記憶喪失というやつですな。なるほどね」とセバスチャンは低い声で呟いた。

「父親はボーア戦争で戦死したといいましたよ。村の聖歌隊で歌っていたとか。兄さんがいたらしく、スクアーラルとかいったそうです」

「自分の名前についてははっきりしていますの？」

「ええ。手帳に書きこんであったんです。事故に遭いましてね。トラックに撥ねとばされて。手帳を見て名前だけはわかったんです。グリーンという名かと訊くと、そうだといったそうです――ジョージ・グリーンだと。ガレージでもみんなに好かれていました。明るくて、気軽で。あの男が不機嫌なところなど、一度も見たことがないと思いますね。そんなわけで、私はあの男が気に入ったんです。それまでも弾震盪という、戦争経験のショックからくる精神障害のケースは二、三見ていましたのでね。とくに奇異にも思いませんでした。手帳に書きこんだことを見せてもらって、少しばかり質問をしました。そしてすぐ理由を探りあてました――いつも何かしら理由があるものなんですよ、記憶喪失には。彼はちょっとふしぎそうにいいました。『ぼくが脱走するなんてとても思えないんですが――このぼくが脱走兵だなんて、信じられません』と。私は彼にそれこそ、記憶喪失の理由なんだと説明してやりました。思い出したくないから、思い出せないんだとね。グリーンは私の意見を傾聴していましたが、どうも腑に落ちない様子でした。私は彼に対して同情を寄せました。彼が生きているということを軍当局に知らせる義務が自分にあるとは、まったく考えませんでした。私は彼を雇い、新しく出発するチャンスを与えたのです。以来その決断を一度たりとも後悔したことはありません。彼はすばらしい運転手ですーーきちんとしているし、頭はいいし、機械のことをよく心得ているし。いつも明るく骨身を惜しまない、最高の運転手です」

ブライブナー氏は言葉を切ってジェーンとセバスチャンを見やったが、二人の青ざめた、真面目な顔にハッとしたらしかった。

「恐ろしいことですわ」とジェーンはもちまえの低い声でいった。「こんな恐ろしいことってあるでしょうか」

セバスチャンがその手を取って握りしめた。

「落ち着いて、ジェーン」

ジェーンはちょっと身を震わせて我に返り、アメリカ人に向かっていった。

「今度はこちらがご説明する番ですわね、ブライブナーさん。じつはあなたの運転手はわたしの古い友だちですの——ですけれど、彼にはわたしがわからなかったのです」

「何とおっしゃる！」

「もっとも、グリーンという名ではないんですが」とセバスチャンが口をはさんだ。

「グリーンではない？　では別名を使って志願したんでしょうか？」

「いや、どうもそこのところがよくわからないのですよ。いずれはっきりすると思います。さしあたってブライブナーさん、このことを誰にもお話しにならないでいただけませんか。彼には妻があったのですが——とにかくいろいろとこみいった事情がありまして——」

「もちろん、他言はいたしません。その点はどうかご安心ください。しかし、これからどうされます？　グリーンに会われますか？」

セバスチャンがジェーンを見やると、彼女は頭をさげた。「それがいちばんいいでしょうね」

「そう」とセバスチャンはゆっくりいった。

アメリカ人は立ちあがった。

「今、下にいます。ここまで私を送ってきたんです。すぐこちらに伺わせましょう」

2

ジョージ・グリーンはいつものように弾んだ足どりで階段をのぼった。のぼりながら、大将は――というのは彼の雇い主のことだが――なぜ、あんなにそわそわと落ち着かなかったのだろうとふしぎに思った。いかにも奇妙な表情でブライブナー氏は彼に、上の部屋に行くようにいいつけた。「階段の上のドアだ」

ジョージ・グリーンはコツコツとドアを叩いて待った。そして「どうぞ」という声を聞いて中に入った。

部屋の中には二人の人間がいた。一人はその日、彼がホテルまで送った婦人で（なかなかいい女だなとそのとき、ひそかに思ったものだ）、もう一人は大柄の、ちょっとでっぷりした、黄色の顔の男で、耳が馬鹿に大きかった。グリーンは男の顔に、かすかに見覚え

はみんな、どうかしているな〟と彼は思った。〝今夜

があるような気がした。そこに立っている彼を、二人はまじまじと見つめていた。〝今夜はみんな、どうかしているな〟と彼は思った。

「お呼びでしょうか？」と彼は黄色い顔の紳士に向かってようやく訊ねた。「ブライブナーさんに、こちらに伺うようにいわれましたが」

黄色い顔の紳士はやっと気を取り直したようにいった。

「ああ、そのとおりだ。掛けてくれたまえ──グリーン君──たしか、そうだったね？」

「はい、ジョージ・グリーンです」

彼は示された椅子に行儀よく腰をおろした。黄色い顔の紳士はシガレット・ケースを渡していった。

「勝手にやってくれたまえ」そういいながらも、紳士の小さな鋭い目はグリーンの顔をかたときも離れなかった。食いいるような視線に、運転手はどぎまぎした。揃いも揃って、どうしたというんだろう？

「きみに少し訊きたいことがあって呼んだんだ。まず、ぼくを前に見た覚えはないかね？」

グリーンは首を振った。

「いいえ」

「たしかかね？」と相手は食いさがった。

かすかにあやふやな口調でグリーンはいった。

「さあ——たぶん、お会いしたことはないと思いますが——」

「私はセバスチャン・レヴィンだが」

運転手はそれでわかったというようにいった。

「ああ、もちろん、新聞でお写真を見たことがあります。見覚えがあるような気もしたんですが、それでわかりました」

ちょっと沈黙した後、セバスチャン・レヴィンはさりげなく訊いた。

「ヴァーノン・デイアという名を聞いたことがあるかね？」

「ヴァーノン・デイア」とグリーンは考えこんだ様子で繰り返した。そして当惑したように眉根を寄せた。「聞いたことがあるようなんですが、誰だか、はっきりしなくて」というそう困惑したように付け加えた。「たしかに聞いたことがある。その人はもう死んだんでしょう？」

「そんな気がするんだね？」

「ええ、あんな男は死んでしまったほうが——」といいかけて顔を真赤にして黙った。

「続けてくれたまえ。何ていおうとしたんだね？」なぜ、相手が口ごもったか気づいて、セバスチャンは抜け目なくいった。「気を使う必要はないんだ。デイア氏は私の親戚ではないんだから」

運転手はほっとしたようにいった。

「死んでよかったといいかけたんですが――そんなことはいうべきではないような気がして――いずれにせよ、何も覚えていないんですから。ただ、この世から消えたほうがいい男だという気がしたんですよ。どうせ、ろくでもない一生を送った人間じゃないんですか？」

「彼を知っているのかね？」

思い出そうと苦しげに顔をしかめながらグリーンはいった。

「申しわけないんですが、戦争からこっち、何だかいろいろなことがぼんやりしちまって。はっきり思い出せないことがよくあるんですよ。そのデイア氏とどこで交渉があったか、さっぱり覚えていないんですが。なぜ、彼を嫌っているか、それもわかりません。彼が死んだと聞いてほっとしたことは確かです。生きている意味もない男なんでしょう、おそらく」

その後に続いた沈黙を破ったのは、今まで沈黙していた女性の発した嗚咽のような声だった。レヴィンが振り返った。

「劇場に電話したまえ、ジェーン、今夜はとても出演できないだろう」

彼女が頷いて出て行くと、レヴィンはちょっとその後ろ姿を見送って唐突にいった。

「きみはミス・ハーディングには前に会ったことがあるだろう？」

「ええ、今日ここまでお送りしましたから」

レヴィンは嘆息した。グリーンは怪訝な表情で彼を見やっていった。

「ご用はそれだけでしょうか？　お役に立てないですみません。少し――その――頭がおかしいんですよ――戦争以来。誰を責めることもできません。自分が悪いんですから。ブライブナーさんにお訊きになったでしょうが――自分の義務を然るべく果たさなかったらしいんです、ぼくという人間は」

顔を赤くしながらグリーンはこういいきった。主人はあのことについてこの人たちに話したんだろうか？　とにかく話してしまうほうがいい。こう思いながらも、恥ずかしさに胸が刺されるように痛んだ。自分は脱走兵なのだ！　何という情ないことだろう。

ジェーン・ハーディングがもどってきて、ふたたびテーブルの後ろに座を占めた。さっきより青い顔をしている――とグリーンは思った。ふしぎな目だ――深い、悲劇的なまなざしだ。いったい、何を考えているんだろう？　問題のデイア氏と婚約していたのかもしれない。しかし、そうだとしたらレヴィン氏は自分に、思うことをいってもいいなどとはいわなかっただろう。何か金銭上の問題があるのかもしれない。遺言状とか、そんなたぐいのことに違いない。

レヴィン氏はまた質問をはじめた。

「お父さんがボーア戦争で戦死されたそうだが？」

「はい」

「覚えているかね？」

「よく覚えています」

「どんな人だった？」

グリーンは微笑した。楽しい思い出のようだった。

「がっしりした体格で、羊形頰髭を生やしていました。きらきら光る青い目で。聖歌隊で歌っていたんです。バリトンでした」とうれしげにほほえんだ。

「ボーア戦争で戦死されたといったね？」

グリーンの顔に急にあやふやな表情が浮かび、彼は心配そうな、動揺した様子を見せた。そして悪いことをした犬よろしく、訴えるようにテーブルの向こうのセバスチャンを見つめた。

「妙だな。今まで考えたこともなかったんですが、あの男だとすると、年を取り過ぎているな。しかし、誓ってもいいんですが——」

苦しげな表情に、セバスチャンは思わずいった。

「そんなことはどうでもいいんだ。それはそうと、きみは結婚しているのかね？」

「いいえ」とすぐに答が返ってきた。

「ばかにはっきりしているんだね」とレヴィン氏は微笑を含んでいった。

「ええ、女にひっかかると厄介なことばかりもちあがりますから」といいかけてジェーンに気づいて丁寧に謝った。「どうも失礼なことをいっちまって」

ジェーンはかすかに笑顔を浮かべた。

「いいのよ、気にしませんわ」

ふたたび沈黙が続いた。レヴィンが彼女のほうを振り向いて何か早口でいったが、グリーンにはよく聞こえなかった。

「ふしぎなくらい、シドニー・ベントによく似たことをいうじゃないか。似ているなんて思ったこともなかったが」

二人はまたも彼をじっと見つめた。

突然グリーンは怖くなった。子どもらしい恐怖であった。小さな子どものころ、暗闇を恐れた。それに似た恐怖だった。何かある——そう彼は思った——この二人はそれを知っているんだ——彼についての真相を。

グリーンは気掛かりそうに身を乗りだした。

「どういうことなんです？」鋭い口調で彼は問いただした。「何か——あるんですね？………」

二人はべつに否定しようともせずに、ただ彼の顔を見つめていた。

恐怖はいっそうつのった。なぜ、いってくれないんだろう？　この人たちはおれ自身の知らないことを知っているらしい。何か恐ろしいことに違いない。彼はふたたび口を開いた。甲高い、鋭い声だった。

「いったい、どういうことなんです？」

女が立ちあがった。無意識に彼はその動きがすばらしく美しいことを見てとっていた。どこかで見た彫像のようだと彼は思った。彼女はテーブルの向こうから彼に近づいて片手を肩に置いた。そして力づけるようにやさしくいった。「大丈夫よ。怖がることは何もないわ」

グリーンの目はなおも詰問するように、レヴィンの顔に注がれていた。この男は知っている。自分に真相を告げようとしているのだ。この二人が知っていて、自分が知らない、恐ろしいこととは、いったい何なのだろう？

「今度の戦争では、じつに奇妙なことがいろいろと起こってね」とレヴィンは語りはじめた。「自分の名前まで忘れた人たちがいた」

セバスチャンはこういって意味ありげに言葉を切ったが、グリーンには少しも通じないらしかった。彼は一瞬快活さをとりもどしていった。

「ぼくの場合はそれほどひどくなかったのです。名前は忘れなかったんですから」

「いや、忘れたんだよ」セバスチャンは、すぐ続けた。「きみの本当の名前はヴァーノン・デイアなんだよ」

それは劇的な瞬間のはずだったが、グリーンには馬鹿げているとしか思えないらしかった。グリーンはただおかしそうな顔をした。

「ぼくがヴァーノン・デイアですって？　つまり生き写しだという意味ですか？」

「きみ自身がヴァーノン・デイアだといってるんだよ」

グリーンは朗らかに笑い出した。

「そんな芝居はぼくにはとても打てないなあ。たとえ貴族の称号をもらおうが、すごい財産をものにできようが、ちょっと見には似ていても、必ずばれますよ」

セバスチャンはテーブルの上に身を乗りだして一語一語力をこめていった。

「きみは――ヴァーノン――デイアだ」

グリーンは驚いた顔で見つめた。力のこもった口調に、強い印象を受けたのだった。

「からかっているんでしょう？」

レヴィンはゆっくり首を振った。グリーンはレヴィンの隣りにいる女のほうに急に振り返った。彼女は真面目な、落ち着いた目で彼を見返した。そして静かな声音でいった。

「あなたはヴァーノン・デイアよ。わたしたち、それを知っているの」

死んだような沈黙が部屋にみなぎった。グリーンは世界がくるくると旋回しだしたように感じた。まるでお伽噺のようだ。途方もない、とてつもない、お伽噺だ。しかし、二人の態度の何かが、嘘ではないと思わせた。グリーンは不安そうにいった。

「しかし――そんなことってあるものじゃない。自分の名前を忘れるなんて！」

「そういうことが実際にあるんだよ――きみの場合でもわかるように」

「でもねえ、ぼくはたしかにジョージ・グリーンですよ。なぜって――ぼくにはわかるんです！」

こういって勝ち誇ったように二人を見やったが、セバスチャン・レヴィンはゆっくりと容赦なく首を振った。

「どうしてそうきめこんだのか、わからないが、それはいずれ医者が説明してくれるだろう。だが、ぼくは知っているんだ――きみがぼくの友人のヴァーノン・デイアだということをね。疑いの余地なしに」

「しかし、そうだとすれば――ぼく自身にわかるはずでしょう？」

彼は戸惑ってひどく心もとないものを感じていた。急にとらえ所のない、奇妙な、薄気味の悪い世界にいるように思えた。この人たちは正気だし、いい人たちだ。たぶんこの人たちのいうとおりなのだろう――そう思いながらも彼のうちの何かが、信ずることを拒んでいた。どうやら、この人たちは自分のことを気の毒に思っているらしい。彼にはそれが恐ろしかった。何かまだこの人たちのいい出していないことがある――彼の聞いていないことがあるようだ。

「誰なんです、そのヴァーノン・デイアというのは？」

「きみはこの土地の出なんだよ。ここで生まれ、子ども時代をずっとアボッツ・ピュイサンという屋敷で過ごした――」

グリーンは驚いたように遮った。

「アボッツ・ピュイサン？　そこなら昨日、ブライブナーさんを送って行きましたよ。それがぼくの家だとおっしゃるんですか？　まるで見覚えがなかったのに！」

彼は急に元気づいて、この連中は何を下らないことをいっているんだと馬鹿馬鹿しく思った。もちろん、それにきまっている！　みんな、嘘っぱちなんだ！　はじめからわかっていた。この人たちが嘘をいっているというのではない。ただ勘違いをしているんだ。彼はほっとして、急に元気づいた。

「アボッツ・ピュイサンの後、きみはバーミンガムの近くに越した」とレヴィンは委細かまわず続けた。「学校はイートンからケンブリッジに進み、その後ロンドンで音楽を勉強した。オペラを一つ作っている」

グリーンは笑い出した。

「そりゃあ、間違いですよ。ぼくはおたまじゃくしなんぞ、全然わからないんですからね」

「そこに戦争が起こった。きみは志願して将校となった。結婚もした――」ここでレヴィンはグリーンをちらと見たが、何の反応もなかった。「やがてフランスに行き、翌年の春、戦死を伝えられた」

グリーンはとても信じられないというように語り手の顔を凝視した。何というたわごとだ！　本人が何一つ覚えていないというのに。

「何かのお間違いでしょう」と彼は確信をこめていった。「よくいう他人の空似というやつに違いありません」

「間違いなんかじゃないわ、ヴァーノン」と女がいった。

グリーンは彼女からまたセバスチャンへと視線を移した。その声音の自信に溢れた親しさは、何ものにもまさって説得力をもっていた。彼は思った。〝こりゃあ、たまらない。まるで悪い夢でも見ているようだ。こんなことが現実にあるわけはない〟彼はがたがたと震え出し、止めようと思ってもどうにも止めようがなかった。

レヴィンは立ちあがり、片隅の盆の上の酒をまぜて強いカクテルを作って、もどってきた。

「これをぐっと飲みたまえ。気分がよくなる。ショックだったろう」

グリーンはカクテルを飲みほし、やや落ち着きをとりもどした。震えも止まった。

「誓って本当だといわれるんですか？」

「誓って」とセバスチャンは答えた。そして椅子を取って友人の傍らに腰をおろした。

「ヴァーノン、きみは本当にぼくのことを覚えていないのかね？」

グリーンは彼を見つめた――苦しげな表情だった。その胸の奥でごくかすかに動くものがあった。じつに苦しい――思い出そうとする、この努力は――何かある――何だろう？ 彼はあやふやな口調でいった。

「すっかり大人になっちまったな――」そして片手を出してセバスチャンの耳に触った。

「覚えているような気もするが――」

「セバスチャン、思い出したのよ、あなたの耳を！」とジェーンは叫んでマントルピースの前に行って顔を伏せ、ヒステリックに笑い出した。

「やめたまえ、ジェーン」とセバスチャンは立ちあがって、もう一杯カクテルを作って彼女のところに持って行った。「そら、鎮静剤だ」

ジェーンはそれを飲みほしてグラスをセバスチャンに返し、かすかにほほえんだ。

「ごめんなさい。もう取り乱さないわ」

グリーンはそのあいだにも少しずつ思い出しかけていた。

「あなたは――ぼくの兄弟じゃあない。そう、たしか隣りに住んでいたんだ――そうでしょう？」

「そのとおりだよ。思い出したな」とセバスチャンは彼の肩を叩いた。「むりに思い出さなくてもいいよ。じきに記憶がもどる。急ぐことはない」

グリーンはジェーンを見つめて、おずおずと丁寧にいった。

「あなたは——ぼくの妹ですか？　妹がいたような気がするんですが」

ジェーンは首を振った。口をきこうにもきけなかったのだった。グリーンは顔を赤くした。

「失礼しました。あの——」

セバスチャンが遮った。

「妹はいない。しかし従妹が一緒に住んでいた。ジョゼフィンといってね。ぼくらはジョーと呼んでいたが」

グリーンは呟いた。

「ジョゼフィン——ジョー。かすかに記憶しているような気がする」と言葉を切って、思いつめたようにもう一度繰り返した。

「たしかにだ。今でも自分はグリーンではないんですね、ぼくの名前は？」

「たしかにグリーンだという気がしているのかね？」

「ええ……それにあなたはぼくが作曲をしたことがあるといわれましたね——自分で。一般向きでない——つまり、ジャズなんかじゃないやつを——？」

「そう」

「どうも——ぼくには何もかも途方もないことのように思えるんですが——まるで狂気じみている！」

「心配はいらないわ」とジェーンが静かにいった。「こんなふうに、いちどきにいろいろなことをいって悪かったと思っているけれど」

グリーンは二人の顔を見くらべた。まだ頭がぼうっとしていた。

「それでぼく、これからどうしたらいいんでしょう？」と彼は途方に暮れたようにいった。

セバスチャンがきっぱりした口調で答えた。

「ぼくらと一緒にこのままここにいるのさ。きみは大きなショックを受けた。ぼくが行ってブライブナー氏と話し合ってこよう。いい人だから、きっとわかってくれる」

「そんなふうに迷惑をかけるのはいやなんですが。ブライブナーさんはこれまでぼくにはとてもよくしてくれたんですし」

「わかってくれるさ。少しは打明けてもあるんだ」

「でも車はどうなります？　めっぽう調子よく走っていたんですよ――」

彼はふたたび仕事熱心な、完璧な運転手の口調でいった。

「まあね」とセバスチャンはいらいらといった。「しかし、肝腎なことは、できるだけ早くきみに記憶をとりもどさせることだ。きみを第一級の医者にかけたい」

「このことと医者と何の関係があるんです？」とグリーンは少しむっとしたように訊いた。

「ぼくはしごく健康ですよ」

「それでもやはり診てもらわなくてはね。ここではなく――ロンドンで。ここで噂になっんだよ」


てもいけない」

その声音にグリーンははっとして、ふたたび顔を赤くした。

「ぼくが脱走兵だからですか？」

「いやいや、どうも、うまくいえないが。問題はまったく別なことなんだよ」

グリーンは物問いたげに相手の顔を見た。

「まあ、いずれわかることなんだし」とセバスチャンはちょっと考えたすえにいった。

「じつはね、きみが戦死したと思ったので、きみの奥さんは――その、再婚してしまったんだよ」

これを聞いて相手がどんな反応を示すかと少し心配したのだが、グリーンはユーモラスな受けとりかたをしたらしかった。

「そりゃ、ちょっと厄介ですね」とにっこり笑った。

「そう聞いても、べつに何とも思わないのかね？」

「覚えてもいないことなんですから、どう思いようもないでしょう」そういいさしてちょっと口をつぐみ、今いわれたことをはじめて真剣に考える様子だった。「デイア氏は――つまり――ぼくは――その――妻を愛していたんでしょうか？」

「まあね――」

しかしグリーンの顔にはまた微笑がひろがった。

「それだのに結婚していないなんて、いいきっちまったんだからな。しかし――」とさっと表情が変わった。「何となく恐ろしいなあ――こんなふうにいろいろなことが出てくると――」と頼りなげにジェーンを見やった。

「ヴァーノン、大丈夫、心配はいらないのよ」とジェーンは答えて、静かな、さりげない声音でいった。

「アボッツ・ピュイサンにブライブナーさんを乗せて行ったたって、さっきあなた、いったわね？ そこで誰にも会わなかった、屋敷の人に？」

「チェトウィンドさんと――それから庭で女の人を見ました。たぶん奥さんだと思いますが、金髪のきれいな人でした」

「先方も――きみを見たのかね？」

「ええ――何だか――ひどく怯えていました。真青になって、兎みたいにとんで逃げて行きましたっけ」

「まあ、何てことでしょう！」とジェーンは叫びかけて唇を噛んだ。

グリーンはそのときのことを思い返しながら静かにいった。

「たぶん、ぼくに見覚えがあるような気がしたんでしょう。昔――ぼくのことを知っていたに違いありません。それで驚いたんだと思います」

納得のできる答を出して満足そうだったが、急に思い出したように訊ねた。

「ぼくの母は赤い髪の女ですか？」

ジェーンは頷いた。

「そうだったのか」と呟いて、グリーンはいいわけするように顔をあげた。「失礼しました。ちょっとべつなことを考えていたものですから」

「ぼくはブライブナーに会ってくる。きみのことはジェーンに任せるよ」

こういってセバスチャンが部屋を出て行くと、グリーンは椅子に坐ったまま身をかがめて、両手で頭をかかえた。ひどく居心地が悪く、惨めであった——とくにジェーンを前にして。この女性を自分は知っているらしい。先方が自分を知っていて、自分のほうではまったく知らないというのは、ひどく具合の悪いものだ。この人に呼びかけるときは、たぶん、〝ジェーン〟というべきなのだろう——しかし、そんなことはできない。ちっとも覚えのない人を。だが慣れなければいけないのだろう。セバスチャン、ジョージと呼びあう——いや、違う、ジョージではなかった。ヴァーノンだった。馬鹿げた名だ、ヴァーノンなんて。じっさい、馬鹿な人間だったのかもしれない、そいつは。

現実を認識しようとつとめながら、彼は思った。

〝今おれは、そいつは——なんて考えた。だがおれこそ、その馬鹿な男なのだろう〟

彼はやりきれぬ孤独感を感じていた。現実からぷっつりと切り離された感じであった。

ふと顔をあげると、ジェーンがじっと見守っていた。そのまなざしにこもる憐憫と思いやりに、彼はいくらか心暖まるものを感じた。

「まだちょっと恐ろしいような気がしているのね」と彼女はいった。

彼は丁寧に答えた。

「妙な気持なんです。何もかも当てにはならないような、ひどく頼りない気がして」

「わかるわ」

それっきり彼女は何もいわずに、彼と並んで黙って坐っていた。彼は頭をがっくり落として、とろとろとまどろみ始めた。実際は数分間ほどに過ぎなかったが、何時間も眠ったように思われた。ジェーンが明りを一つだけ残して全部消したので、彼はぎくりとして目を覚した。ジェーンはすぐいった。

「大丈夫よ、お眠りなさい」

彼は喘ぐように荒く息をしながら彼女を見つめた。まだ悪い夢を見ているような気分であった。もっと恐ろしいことが——自分のまだ知らないことが起こりそうな気がした。いや、きっと起こる。だから誰もがあんなに憐れむような目で自分を見るのだ、と思った。ジェーンが突然立ちあがった。彼は狂おしい声で叫んだ。

「行かないで。お願いだ、ここにいてください」

なぜ、彼女の顔が苦痛にひきつったのか、彼にはわからなかった。自分のいったことが何か気にさわったのだろうか？　「行かないで！　ここにいてください！」と彼はもう一度繰り返した。

彼女はふたたび彼の隣りに腰をおろして、両手で彼の手を握った。そして静かにいった。

「わたし、ここにいるわ」

彼は慰められ、安堵し、一、二分後、ふたたびまどろんだ。そして今度は何の動揺も感じずに目を覚した。部屋の中は元のままで、彼の手はまだジェーンの手の中に預けられていた。彼はおずおずいった。

「あなたはぼくの妹じゃないんですね？　もしかしたら——友だちだったのかな？　いや、今も——友だちなんでしょうか？」

「ええ、そうよ」

「ごく親しい——？」

「ええ」

彼はちょっと黙っていた。しかしふと悲しい思いがだんだん強くなっていくのを感じて、思わずいってしまった。

「あなたは——ぼくの妻でしょう？　そうじゃありませんか？」

そうだろうと確信して彼はいった。

彼女はすっと手を引っこめた。その顔に浮かんだ表情を、彼は解しかねた。何がなし、ぞっとした。彼女は不意に立ちあがった。

「いいえ、わたし、あなたの奥さんじゃないわ」

「ああ、失礼しました。ぼく――」

「いいのよ」

その瞬間、セバスチャンがもどってきた。そして不審そうにジェーンに目を向けた。彼女は歪んだ微笑を洩らした。

「もどってきてくれてよかったわ……本当にいいときにもどってきてくれたわ」

3

ジェーンとセバスチャンは夜がふけるまで話し合った。今後、どうしたらいいだろう？誰に打明けるべきか？

ネルのこと、ネルの立場を考えなければならない。おそらく誰よりも先にネルに話すのが順当だろう。彼女こそ、このことに一番深い関わりがある人間なのだから。

ジェーンも同意した。

「まだ知らないのなら、知らせるべきね」

「知っていると思うのかい？」

「昨日、面と向かって会ったらしいじゃないの？」

「ああ、だがひどく似た人間もあるものだと思っただけかもしれないだろう？」

ジェーンは黙っていた。

「そうは思わないかい？」

「さあ、わからないわ」

「馬鹿なことをいうものじゃないよ、ジェーン、もし、ヴァーノンだと思ったのなら、当然何かしているはずだよ——ヴァーノンか、ブライブナーに連絡するとか。あれからほとんど二日になるんだよ」

「わかっているわ」

「ヴァーノンだとは思わなかったんだよ。ブライブナーの運転手があまりヴァーノンとよく似ているんでショックを受けた。たまらなくなって逃げ出したのさ」

「そのようね」

「きみは何を考えているんだ、ジェーン？」

「わたしたちにはヴァーノンだってことがわかったのよ、セバスチャン」

「すくなくともきみはね、ぼくはきみから聞いていたんだから」

「いいえ、あなたはどこで会っても、彼がヴァーノンだということを認めたと思うわ」

「そう、たぶんね……しかし、それはぼくが彼のことをよく知っているから」

ジェーンは固い声でいった。

「ネルだって、そうじゃなくて？」

セバスチャンはきっとしたまなざしでジェーンを見やった。

「いったい、何をいおうとしているんだね、ジェーン？」

「べつに」

「いや、きみは何か考えている。真相はどうだと思うんだ？」

ジェーンはちょっと思案してからいった。

「わたし、庭で出会ったとたんに、ネルにはヴァーノンだということがわかったと思うの。後になってから、他人の空似に動揺したんだと自分にいい聞かせたんだわ」

「だったら、ぼくのいったとおりじゃないか」

しかし、ジェーンがおとなしく、「そうね」と答えたとき、セバスチャンはちょっと驚いて訊いた。

「どこが違うんだい？」

「実際には同じよ——ただ——」

「ただ——？」

「あなたとわたしはヴァーノンだったらと思ったでしょうね、たとえそうじゃなかったとしても」

「ネルは違うというのかい？　まさかジョージ・チェトウィンドをそれほど――」

「ネルはジョージのことをずいぶん好いているわ。でもあの人の愛したのはヴァーノンだけだわ」

「それならいいじゃないか。それとも、それだから困るということになるのかな？　とにかくこれはこみいった問題だ。彼の家族についてはどうしよう――ミセス・デイアやベント家の人々には知らせるかい？」

ジェーンはきっぱりいった。

「誰よりも先にネルに知らせるべきだわ。ミセス・デイアに知らせたら最後、イギリス中にふれまわるでしょうよ。それはヴァーノンにとっても、ネルにとっても、残酷だわ」

「ぼくもそう思う。さてと、ぼくはこう考えている。ヴァーノンを明日ロンドンに連れて行って専門医に診せる――そしてその指示に従うのが一番いいんじゃないかとね」

ジェーンは同意して部屋に退こうとしたが、階段のところで立ち止まってセバスチャンにいった。

「本当に正しいのかしらね、ヴァーノンを現実に連れもどすってことは？　あの人、とても幸せそうだったのに。ああ、セバスチャン、本当に幸せそうだったのに……」

「ジョージ・グリーンとしてね」

「ええ、あなたはどう思って？」

「ぼくは、ぼくらのしようとしていることは正しいと確信しているよ。ああいった、不自然な状態にとどまるのは誰にとってもいいことじゃあない」

「そう、不自然は不自然ね。ただふしぎなことに、あの人、とてもノーマルな、ごく平凡な人間に見えたわ……それにとても幸せそうだった——それがわたしには堪えられないのよ、セバスチャン——あんなに幸せだったのに……わたしたち、誰もあれほど幸せじゃないわ。そうじゃなくて？」

セバスチャンはその問いかけに答えることができなかった。

第三章

1

二日後にセバスチャンはアボッツ・ピュイサンを訪れた。執事は、奥さまはお目にかかれるかどうかわからないといった。ご気分が悪くてやすんでおられるからと。

セバスチャンは自分の名を告げて、奥さまはきっとお会いくださると思うといった。そして客間に案内された。それはがらんとした感じの、ひっそりと静まりかえった部屋だったが、ひどく贅を凝らし、彼の子ども時代の印象とはまるで違っていた。あのころは本当の家という感じがしたが、と彼は思った。そしていったいどういう意味でそんなことを考えたのかと訝った。しばらくして彼ははっと悟った。それは今は、ごくかすかながら博物館のような感じがした。すべてが美しく配置され、完全な調和を保っていた。そぐわない調度はすべて、ほかのものに置き替えられていた。敷物も、カバーも、壁掛けもみな真新しかった。

〝たいへんな金がかかっているに違いない〟とセバスチャンは思い、かなり正確に値段を推定した。彼はそういうことのわかる男であった。

こんな具合に頭の体操をしているところにドアがあいて、ネルが頬を桜色に上気させ、手をさし伸べてはいってきた。

「まあ、セバスチャン、驚いたわ！　あなたは忙しくて、週末にもめったに、ロンドンを離れられないんだろうと思っていたのに！」

「おかげでこの二日で二万ポンドばかり損をしたよ」とセバスチャンはさし伸べられた手を握っていった。「何もかもほったらかしてこうやってぶらぶらほっつき歩いているばっかりに。どう、元気かい？」

「ええ、とても元気よ」

とはいったものの、最初の驚きが鎮まると、ネルはひどく加減が悪そうに見えた。それに執事はさっき、彼女がやすんでいるといった。その顔にも、少し疲れた、やつれた感じがあるようだった。

「まあ、お坐りになって、セバスチャン。まるで早く帰らないと汽車に乗りおくれるって顔ね。ジョージは留守なの——スペインに行って。商用ですくなくとも一週間は帰ってこないわ」

「そう」

ともかくもそれはよかった。厄介きわまる問題なのだから。ネルはおそらく夢にも……

「馬鹿にむっつりしているのね？　どうかなさって？」

軽い問いかけだったが、セバスチャンはそれを好都合なきっかけと見て、すぐ話を切り出すことにした。「そうなんだよ、ネル」と重々しい口調で、「思いがけぬことが起こったんだ」

ネルがはっと喘ぐのを、セバスチャンは感じた。その目が警戒するような光を湛えた。

「いったい何なの？」

うって変わって固い、用心深い声音であった。

「これから話すことは、きみにはたいへんなショックだと思うんだ。ヴァーノンのことなんだが」

「ヴァーノンがどうかしたの？」

セバスチャンはちょっと間を置いていった。「ヴァーノンは——生きているんだよ、ネル」

「生きている？」彼女は囁くようにいって、片手で胸を押さえた。

「そうなんだ」

ネルはセバスチャンが予想したのとは違って、気絶もしなかったし、大声をあげもしなかった。矢継早に問いかけることもなかった。彼女はただ、茫然と前方を凝視していた。

セバスチャンのユダヤ人らしい、俊敏な頭脳に急に疑惑がきざした。

「知っていたのかい?」

「いいえ、いいえ!」

「このあいだ、彼がここにきたときに会ったんじゃないのかい?」

「じゃあ、あれはやっぱりヴァーノンだったのね!」

悲鳴のような叫びがネルの口から洩れた。セバスチャンは頷いた。思ったとおりだ。ジェーンにもそういったが、ネルはやっぱり自分の目を疑っていたのだ。

「どう思ったんだ? ただよく似た男だと思っただけだったのかい?」

「ええ――そうなの。まさかヴァーノンだなんて。それにあの人のほうでもあたしを見たのに、ぜんぜん気がつかなかったのよ」

「記憶喪失なんだよ」

「記憶喪失?」

「ああ」

セバスチャンはネルにできるだけ委《くわ》しく事情を説明した。彼女は耳を傾けてはいたが、彼が予期したほど、身を入れて聞いていない様子だった。話し終わるとネルはいった。

「わかったわ。でもどうしたらいいの? 記憶はとりもどせて? それでこれからどうなるんでしょう?」

セバスチャンはヴァーノンが目下、専門医の治療を受けていることを告げた。催眠療法によって、すでに記憶の一部はもどっている。すっかり正常な状態にもどるのも遠いことではないだろう。医学的なこまかい説明はネルには興味がないだろうと省いて、セバスチャンはこれだけのことをいった。

「そうなれば——あの人、何もかも知ってしまうのね？」

「ああ」

ネルは尻ごみするように、椅子の中に身を縮めた。セバスチャンはふと彼女を気の毒に思った。

「ヴァーノンにはきみを責めることはできないよ、ネル。きみは何も知らなかったんだし。こんなことになろうとは誰も思いもしなかったんだからね。戦死の公報は疑う余地のないほどはっきりしたものだった。こういうケースはめったにないものだ。一つだけ、こういう例を聞いたことがあるが、たいていの場合、誤報はすぐ訂正されるものだ。ヴァーノンはきみを愛しているから、きっと理解して許してくれるよ」

ネルは何もいわずに両手で顔を覆った。

「ぼくらは——きみが同意するならばだが——しばらくは何もかも伏せておいたほうがいいと考えている。むろん、チェトウィンドには話さなければいけない。そしてヴァーノンと三人で話し合うんだ」

「やめて！　委しい話はまだしないでちょうだい——もう少しこのままにしておいて——あたしがヴァーノンに会うまでは」

「ヴァーノンにすぐ会いたいかね？　ぼくと一緒にロンドンにくるかい？」

「いいえ——それはできないわ。ヴァーノンがここに——あたしに会いにきたほうが。誰にもわからないでしょうから。ここなら、新しく雇いいれた召使ばかりだし」

　セバスチャンはゆっくりいった。

「わかった……彼にそういおう」

　ネルは立ちあがった。

「あの——悪いけど、もう帰ってくださらない、セバスチャン？　あたし、たまらないの。恐ろしいの。二日前まではそれはそれは幸せな、平和な気持だったのに……」

「しかしネル、きみにとってヴァーノンをもう一度とりもどしたということは……」

「そりゃあ、もちろん、すばらしいわ。そういう意味でいったんじゃあないの。お願い、わかってちょうだい。もちろん、ヴァーノンが生きていたってことはすばらしいわ。ああ、でもう帰ってね。セバスチャン、こんなふうに追いたてるのは悪いけれど、あたし、もう……お願いよ……」

　ロンドンにもどる途中でセバスチャンは、今後の成りゆきについてすくなからず危ぶんだのだった。

2

セバスチャンが辞し去るとネルは寝室にもどってベッドに横になり、絹地の羽根布団を頭からかぶった。

やっぱり本当だったのだ。あれはヴァーノンだったのだ。そんなはずはない、馬鹿げた思い違いだと自分にいい聞かせたのだが。しかしそれ以来、胸騒ぎが鎮まらなかったのであった。

これからどうなるのだろう？　ジョージは何というだろう？　気の毒なジョージ！　あたしにとてもよくしてくれたのに。

もちろん再婚した後に、前夫が生きていたことを知るという例はこれまでにもあった。恐ろしいことだ。本当の意味ではあたしは、ジョージの妻ではないということになる。ああ、こんなことって——神さまがこんなむごいことをお許しになるとは。

神さまを引き合いに出すのはやめたほうがいいかもしれない。それはジェーンの不快な言葉を思い起こさせた。ヴァーノンに会った日のことだった。

突然、はげしい自己憐憫に駆られてネルは呟いた。

「あたし、これまでとても幸せだったのに！」ヴァーノンはあたしのことを――責めるだろうか？ もちろん、あたしが彼のもとに帰ることを望むに違いない。それともあたしとジョージがこうなった以上……こういう場合、男って、どういう考えかたをするものかしら？

もちろん、ヴァーノンと離婚することも考えられる。そうしたらジョージと正式に結婚できる。でもみんながいろいろと蔭口をきくに違いない。世の中って、何て面倒なんだろう。

突然、ネルは激しいショックを感じた。〝あたしはヴァーノンを愛している。愛しているのに、離婚してジョージと結婚するなんてこと――あの人が死人の中から生きかえって――ふたたびあたしのもとにもどってきたのに〟

ベッドの上でネルは何度も寝返りを打った。帝政時代風の、美しいベッドで、フランスの古城にあったものをジョージが買ってくれたのだった。非の打ちどころのない美しさをもつ逸品であった。ネルは部屋の中を見まわした。チャーミングな部屋。何もかも調和している――高雅な趣味、これ見よがしなところのない贅沢さ。

そのとき急にネルは、ウィルツベリーで借りていた家具つきの部屋を思い出した。馬の毛を詰めたソファ、覆いを掛けた椅子……ひどい部屋だった。でもあそこで暮らしたあいだ、あたしたちは幸せだった。

しかし、今は？　ネルは新たな目でもう一度部屋の中を見まわした。もちろん、アボッツ・ピュイサンはジョージのものだ。ヴァーノンが帰ってきたからって……いずれにせよ、ヴァーノンはあいかわらず貧乏だろう。ここに住むわけにはいかない。ジョージはここにいろいろと手をいれた……さまざまな思いがネルの脳裡を掠めた。

ジョージに手紙を書かなければ——帰ってきてくれといわなければ。ただ、急を要することが起こったとそれだけ告げるのだ。ジョージは賢明な人だ。何とか、解決策を考えてくれるに違いない。

それとも、いっそ何も知らせずにおこうか——すくなくとも自分がヴァーノンに会うまでは。ヴァーノンは腹を立てるかもしれない。本当に恐ろしいことだ。

涙がこみあげてきた。ネルはすすり泣いた。「ひどいわ——ひどい。あたしは何も悪いことをしないのに。どうしてこんなことが起こったんだろう？　ヴァーノンはあたしを責めるに違いない。でもどうしてあたしにわかっただろう？　どうして——」

そしてふたたび同じ思いが胸を掠めたのだった。

「これまでとても幸せだったのに——」

3

ヴァーノンは医者の言葉にじっと耳を傾けて、何とかその意味を理解しようとつとめていた。テーブルの向こう側の医者の顔を、彼はじっと見つめた。医者は背の高い痩せた男で、こちらの心の奥底まで見通して、本人さえ知らないことをそこに読みとりそうな鋭い目をもっていた。

見たいとも思わないものを医者は彼に見せてくれ、心の深みからいろいろなものを引き出した。そして今、こういっているのであった。

「少し思い出したところで、私に何もかも聞かせてくれたまえ。いったいどんなきっかけで奥さんの再婚のニュースを知ったのか」

ヴァーノンは怒鳴るようにいった。

「なぜ、何度も繰り返さなくちゃいけないんです？　恐ろしいことだ。考えたくもないんですよ」

医者は真面目な面持で親切に、嚙んで含めるように説明した。すべては、今彼がいったような、「もう考えたくない」という思いから起こったのだ。今こそ、現実に直面しなくてはいけない——徹底的に。さもないともう一度記憶を失う。

というわけで、何度か同じプロセスが繰り返された。

もうこれ以上堪えられないと感じたとき、ヴァーノンは寝椅子に横たわるようにいわれた。医者が額や四肢に触れ、「きみは休息しているんだよ——休息して——もう一度丈夫に、幸せになるんだ」といった。

平和な思いがヴァーノンの胸を満たした。

彼は目を閉じた……

4

三日後に彼はセバスチャン・レヴィンの車でアボッツ・ピュイサンを訪れた。執事にはグリーン氏と名乗った。ネルはかつて彼自身の母親が毎朝坐っていた、白い鏡板を張った小さな部屋で待っていたが、唇にさりげない微笑を湛えて進み出た。執事がドアを締めてひきさがるや否や、ネルは差し出しかけた手をぎくりと止めた。

そして二人は顔と顔を合わせて立ったのだった。ヴァーノンが呟いた。

「ネル……」

次の瞬間、ネルは彼の腕に抱かれ、キスの雨をその顔に浴びていた……

しばらくしてヴァーノンはやっと彼女を離し、二人は腰をおろした。彼は物静かで、少し悲しげにさえ見えた。狂おしいほどの最初の感情のほとぼりが鎮まると、自分をじっと抑えているようだった。この数日のあいだに、彼はあまりにも多くの経験をしていた。ときどき彼はみんなが自分をそっとしておいてくれるといいのにと思った――むろん、ジョージ・グリーンとしてである。ジョージ・グリーンとして生きるほうがずっと楽しかったのだから。

さて、彼は口ごもりながらいった。

「いいんだよ、ネル、ぼくがきみを責めているなんて、考えないでくれたまえ。ぼくにはよくわかっているつもりだ。ただ、苦しいんだよ――ひどく。当然のことだろう」

「あたし、あの――」

ヴァーノンは彼女を遮った。

「わかっている――今もいったとおり。もうそのことは話さないでくれないか。聞きたくないんだ。考えたくもない」ちょっと語調を変えて彼は付け加えた。「それがいけないんだって、みんなはいうけれどね。何もかも、逃避しようという気持から起こったんだって」

ネルは熱心にいった。「すっかり話してくださらない――初めから」

「話すことはあまりないんだ」と彼は大して興味なさそうに、ぼんやりした口調でいった。

「捕虜になってね。どうして戦死の公報が送られたのか、それはぼくにもよくわからない。たぶん、こういうことだったんだろう。ぼくに非常によく似た男がいたんだ――ドイツ兵にね。生き写しってほどじゃないが、ちょっと見には間違うくらいだったらしい。ぼくのドイツ語はひどいものだが、やつらがそんなことをいっているのがわかった。ぼくの背嚢と認識票を取って、彼をイギリス軍の戦列に送りこむつもりだったんだろう。我々はそのころ、植民地からの軍隊と交替することになっていたんだが、やつらはそれを知っていたようだ。ぼくに似た男は一日二日、何とか見破られずにぼくの代わりをつとめて、そのあいだに必要な情報を手に入れるつもりだったらしい。まあ、これはぼくの推測に過ぎないがね。なぜ、捕虜の名簿にぼくの名がなかったのか、なぜ一人だけ、フランス人とベルギー人がほとんどという収容所に送られたかという説明にはなるだろう。しかし、そんなことはもうどうでもいいことだ。ぼくの替玉になろうとしていたドイツ人は戦線を突破しているときに銃撃を受け、ヴァーノン・デイアとして埋葬されたのだろう。ドイツでぼくはかなり辛い思いをした。負傷しているうえに何かの熱病にかかって、もう少しで死ぬところだった。やっとのことで逃げ出して――長くなるから、今はくわしく話すつもりはない。食べものも、水さえ、手に入らず何日も過ごしたんだ――あれはまったく生き地獄だったよ。何とか生きながらえることができたのは奇蹟みたいなものだ。ようやく国境を越えてオランダに入ったときには、すっかり疲れきって神経が参りかけていた。ぼくの頭にはただ一つのことしかなかった――きみのところに帰ること――それしかね」

「それからどうなさったの？」

「そのとき、ぼくは見たんだよ――いまいましい写真入りの新聞をね、きみの結婚の記事が出ていた。あれでぼくは完全に参ってしまったんだよ。だが、ぼくは問題に直面することを避けた。まさか、そんなことがあるわけはないといい続けた。宿を出て、どこへ行ったのか、覚えていない。何もかもごっちゃになって。

歩いていると物凄く大きなトラックが街道を突っ走ってきた。今だ、とぼくは思った。すべてにけりをつける、おさらばするチャンスだと。ぼくはトラックの前に立ちふさがった」

「まあ、ヴァーノン！」ネルは身震いした。

「それが最後だったんだよ、ヴァーノン・デイアとしてのぼくの。意識をとりもどしたときにはたった一つの名前しか思い出せなかった。ジョージさ。幸福な男、ジョージ――ジョージ・グリーンの名だけが頭に浮かんだんだ」

「どうしてグリーンという姓にしたんでしょう？」

「子どものころの想像上の友だちの名だったんだ。それに宿の娘がグリーンという名のボーイフレンドを探してくれないかとぼくに頼んだのでね。手帳にその名を書きつけておいたんだ」

「ほかのことは何も思い出せなかったの？」

「ああ」

「怖くはなかった？」

「いや、ちっとも。気にかかることなんて、これっぽかしもなかったし」とまだちょっと残念そうに、「ぼくはひどく幸せで、愉快だった」

それからまたネルを見やっていった。

「だが、そんなことはどうでもいいのさ。肝腎なのはきみだ。ほかのことは問題ではない」

ネルはヴァーノンを見つめてほほえんだ。しかしその微笑は何かしらあやふやで不安そうだった。ヴァーノンはそんなことにはまだほとんど気づかずに続けた。

「いってみれば地獄の苦しみだよ——我に返って、いろいろなことを思い出すのは。それもいやなことばかり——直面したくないと思ったことに立ち向かうのは辛いものだ。ぼくはこれまでずっとひどい臆病者だったようだ。見たくないと思うものから目をそらし続けてきた。それらを認めることを拒んできた」

彼は突然立ちあがってつかつかとネルに近づき、その膝の上に突っ伏した。

「ネル、心配はいらない。ぼくは知っているんだから。きみが誰よりもぼくを愛しているってことをね。そのとおりだろう？」

「もちろんよ」と彼女はいった。

その声は彼女自身の耳にさえ、いかにも機械的に響いた。たしかにヴァーノンこそ、彼女の最愛の人だ。彼と唇を合わせている今、彼女はたちまち戦争初期のあの幸せだった日々にもどっている自分に気づいていた。ジョージに対しては一度も、溺れるような、こうした気持を抱いたことがなかったのに……

「きみは今、奇妙ないいかたをしたね、ネル——まるで気がなさそうないいかただった」

とヴァーノンはいった。

「あら、もちろん、そんなことはないわ」

「チェトウィンドには気の毒だな。彼、このことをどんなふうに受けとめたかい？　ひどいショックを受けたろうね？」

「あの——まだ話してないの」

「何だって？」

ネルは弁解がましくいった。

「ジョージは今、留守なの——スペインに行って。宛名もわからないし——」

「ああ、そうか……きみにとっても辛いことだろうね、ネル。でも仕方ないよ、ぼくらにはお互いがあるんだ」

「ええ」

ヴァーノンは部屋の中を見まわした。

「チェトウィンドはむろんこの屋敷を手放さないだろうな。ぼくは無一文の家なしのくせに、よっぽど心が狭いらしい。彼がここを所有していると思うと残念しごくなんだ。本来、ぼくの家なんだからね。五百年間もデイア家のものだったんだ。まあ、いいさ。ジェーンがいつかいったっけ、人は何もかも手に入れることはできないって。ぼくにはきみがいる――それこそ、肝腎なことなんだ。どこかに住む場所を捜そう、二部屋ぐらいのアパートだって、構うことはない」

ヴァーノンの腕がそっと腰にまわされるのを感じながら、今の言葉にぞっとするような狼狽をネルは覚えていた。二部屋ぐらいのアパートだって！

「こいつ、邪魔だなあ！」半ば笑いながら、もどかしげにヴァーノンは彼女の真珠のネックレスを持ちあげて首からはずし――床の上に投げだした。彼女の大事なネックレスを乱暴に。

〝でもどうせ、ジョージに返さなければいけないんだわ〟と彼女は考えて、ふたたび冷水を浴びせかけられたようにぞっとした。ジョージがくれた美しい宝石をみんな……

ああ、こんなことばかり考えるなんて、あたしは何てひどい女だろう！

ヴァーノンも彼女の様子にようやく気づいて不審に思ったらしかった。膝をついたまま、彼は身を起こして彼女の顔を見つめた。

ある。

「いいえ——もちろん、どうもしないわ」

けれども彼女は彼と目を合わせるのを避けた。恥ずかしくて顔をあげられなかったので

「何かあるんだね、ぼくにいわないことが？　話してくれたまえ」

ネルは首を振った。

「何でもないのよ」

もう一度貧しい暮らしに帰るなんて——堪えられない——とても堪えられない。

「ネル、話したまえ」

話してはいけない——知らせてはならない——自分が本当はどんな女であるかを。彼女

は恥じていた。

「ぼくを愛しているんだろう、え、ネル？」

「もちろんよ！」とネルは熱っぽく叫んだ。すくなくともこの思いには嘘はない、そう考

えながら。

「じゃあ、どうしたんだ？　ぼくにはわかる。何かあるんだね……ああ、そうだったのか

！」

ヴァーノンは立ちあがった。その顔は恐ろしいほど青ざめていた。ネルは怪訝そうに見

つめた。

「そうだったのか」と彼は低い声で呟いた。「きみはみごもっているんだな」

ネルは石の彫像のように身じろぎもせずに坐っていた。思いつきもしなかったが、しかし、それが本当なら、すべては解決する。ヴァーノンにはわかりっこないのだし。

「やっぱり、そうだったんだね？」

何時間もが過ぎ去ったかのようだった。ネルの頭の中にはさまざまな考えが目まぐるしく渦巻いていた。やがてほんのかすかに彼女を頷かせたもの、それは彼女自身ではなく、彼女の外なる何ものかであった。

ヴァーノンは彼女から少し身を引き離して、乾いた、固い声でいった。

「とすると、すべての事情が変わってくるわけだ……かわいそうに！　きみはもう――ぼくらはもう――二度と一緒にはなれない……誰もまだぼくのことを知らない。医者とセバスチャンとジェーンのほかは。彼らも何もいわないだろう。ぼくは死んだことになっている。いや、事実、死んでるんだ」

はっと立ちあがろうとしたネルをヴァーノンは片手をあげて制し、ドアのほうに向かって後ずさりした。

「何もいわないでくれたまえ、お願いだ。いま何かいったらきっと苦しむことになる。ぼくはもう行くよ。きみに触りもしないし、別れのキスもせずに――さようなら」

ドアがあく音を耳にとめて、ネルは叫ぼうとした。しかし声が出なかった。ドアは締まった。

まだ間に合う。車はまだ発車していない。

そう思いながらも、彼女は坐ったまま動かなかった。

自分の心の中を見つめて、〝あたしって、こういう女なんだわ〟と思ったとき、焼けつくような痛みが胸に走った。

しかし彼女は押し黙ったまま、じっとしていた。

四年間の安易な生活が彼女の意志を金縛りにし、その声を抑えつけ、その体を麻痺させていたのだった。

第四章

1

「奥さま、ミス・ハーディングがお見えになりました」

ネルははっとした。ヴァーノンとの会見からすでに二十四時間が過ぎていた。すべてけりがついた、そう思っていた。それなのにジェーンが何だってここへ？

彼女はジェーンを恐れていた。

会えないといって断ろうか？

しかし彼女はいった。「ここへお通しして」

この居間のほうが話を人に聞かれる心配がない。

ジェーンはなかなか現われなかった。帰ってしまったのだろうかと思っているところに、やっと姿を現わした。

何だか馬鹿に背が高く見える。ネルはそう思いながら、ソファに縮こまっていた。何かしら恐怖をそそる顔だと前から思っていたのだが、今ジェーンの顔には復讐の女神のそれのような、居丈高な表情が浮かんでいた。

執事がひきさがると、ジェーンはネルの上にのしかかるようにすっくと立った。それから振り仰いで哄笑した。

「赤ちゃんの命名式には、きっと呼んでちょうだいね」

ネルはひるみながらも虚勢を張っていった。

「いったい、何のこと？　ちっともわからないわ」

「まだ内うちだけの話ってわけ？　なるほどね。それにしてもネル、あなたって、呆れた嘘つきねえ。出産には母胎に危険が伴うし、苦痛だから、あなたには子どもなんて生む気はないわ。まあ、よりにもよって、どうしてあんないやらしい嘘をヴァーノンに話す気になったの？」

ネルはむっつり答えた。

「あたし、何もいわなかったわ。あの人が――察したのよ」

「なお、ひどいわ」

「ジェーン、どういうつもり？　呼びもしないのにやってきて――そんな――意地悪ばかりいって」

ネルの抗議は弱々しく、無気力だった。その言葉にふさわしい怒りを含ませることができなかったのである。ほかの人間ならともかく――ジェーンが相手では。ジェーンはいつも不愉快なほどはっきり、すべてを見通す。ああ、たまらない！　いうだけいって、さっさと帰ってくれないだろうか。

ネルは立ちあがって、できるだけきっぱりいった。

「なぜ、いらしたの？　妙ないいがかりをつけるつもりなら……」

「お聞きなさい、ネル。わたし、あなたに本当のことをすっかり話すつもりできたんですから。あなたは前にもヴァーノンを捨てたわね。そのとき、彼はわたしのところにきたのよ。そうよ――わたしのところにね。三カ月間、わたしと同棲したわ。あなたがわたしを訪ねてきた日にも、ヴァーノンはわたしのところにいたのよ。どう？　少しはショックを受けて？　とすると、あなたにもまだ女らしいところがあるのね、うれしいこと。

その後、あなたは彼をわたしから連れ去ったわ。彼はわたしのことなど考えもせず、いそいそとあなたのところに行った。今だって彼はあなたのものよ、あなたが望みさえすればね。でもこれだけはいっておくわ、ネル、もう一度あなたが彼を捨てれば、彼はまたわたしのところにくるでしょうよ。そうですとも。あなたは心の中でわたしのことを蔑んでいるわね――〝いかがわしい女〟といわんばかりにわたしを見くだしているわ。でもたぶんそんな女だからこそ、わたしは強いのよ。わたしはあなたが一生かかっても及びもつかないくらい、男について知っているわ。わたしがそう望むなら、ヴァーノンはわたしのものよ。そしてわたしはそれをずっと望んできたわ」

ネルはぶるぶる震えながら顔をそむけて、掌に爪を突きたてるように拳を固く握りしめた。

「なぜ、そんなことをあたしにいうの。あなたは悪魔のような女だわ」と彼女は喘ぐようにいった。

「あなたを傷つけたいからよ。手遅れになる前に、あなたに地獄の苦しみを味わわせたいのよ。だめ、顔をそむけては。わたしがあなたにいうことを、ひるまずにじっと聞くのよ。わたしの顔を見て――あなたの目で――そうよ、あなたの目と心と頭で――見るのよ……あなたはヴァーノンをあなたのちっぽけな、哀れな魂に最後に残された片隅で愛しているわ。わたしの腕に抱かれているヴァーノンを思い描いてごらんなさい――わたしの唇に彼の唇が合わされているところを想像なさい。わたしの体にあの人の熱いくちづけが印されているところを心の目で見るのよ……考えるのよ。

そのうちあなたは、そんなことを想像しても何とも思わなくなってしまうでしょう。でも今は違うわ……あなたも女なら、愛している男をほかの女に平気で渡せるはずはないわ。それもあなたの憎んでいる女に。〝ネルから愛をこめてジェーンに〟って」

「帰ってちょうだい」とネルは弱々しい声でいった。「どうか、帰って!」

「帰るわ。でもまだ間に合うのよ。嘘だったと打明けることができるのよ」

「ああ、もう帰って……お願いだから帰ってちょうだい」

「打明けるなら今のうちよ……さもないと永久に打明けられなくなってしまうでしょうよ」とジェーンは戸口で振り返った。「わたしはヴァーノンのためにきたのよ——わたし自身のためではなしに。わたしはヴァーノンをとりもどしたいの。きっととりもどすわ、もしもあなたが……」

ジェーンは唐突に部屋から出て行った。

ネルは両手を固く握りしめて坐り、激しい声で呟いた。

「あの人のものにはさせないわ。ぜったいに」

彼女はヴァーノンが欲しかった。ジェーンに渡したくなかった。彼はかつてジェーンを愛したという。彼女が受けいれなかったら、ふたたびジェーンのもとに帰るだろう。ジェーンは何ていったっけ？「わたしの唇に彼の唇が合わされ……わたしの体にあの人の熱いくちづけが……」いやだ、そんなことがあってはならない。ネルはがばと立ちあがって——電話のほうに歩きかけた。

そのときドアがあいた。ゆっくり振り返るとジョージが入ってくるところだった。いかにも尋常な、快活な姿であった。

「今帰ったよ」ジョージはつかつかと近づいて、彼女にキスをした。

「やっと帰れた。海が荒れてね。船の旅はイギリス海峡より、大西洋のほうがよっぽど楽だな」

その日ジョージが帰ってくるということを、彼女はまったく忘れていたのであった！　今話すわけにはいかない。あまりにも残酷だ。何も気づかずにありきたりのことを楽しげに話し続けている夫に、悲劇的なニュースを聞かせることは憚られた。夜になってからゆっくり話そう。それまでは彼の妻としての役割を果たすのだ。

ネルは機械的に夫の抱擁に応えてから腰をおろし、話に耳を傾けた。

「おみやげがあるんだよ。何となくあなたを連想させたので買ってしまった」

こういってジョージはポケットからビロード張りのケースを取り出した。

蓋をあけると、白いビロードを張った座の上に、大きな薔薇色のダイヤモンドが載っていた――非の打ちどころのない、美しいダイヤモンドのペンダントであった。ネルは息を呑んで感嘆した。

ジョージはダイヤモンドをケースから出して、長い鎖を彼女の首にそっと掛けた。彼女は目を落とし、胸に燦然と輝くうっとりするほど美しいダイヤモンドを眺めた。その美しさが彼女に催眠術のように働いた。

ジョージは彼女を立たせて鏡の前に導いた。鏡には、金髪のほっそりした女が落ち着いた優雅な物腰で立っている姿が映っていた。刈りあげてウェーブをかけた髪。マニキュアを施した手、ふんわりと柔らかいレースの部屋着、薄い絹のストッキング、ぬいとりのある、かわいらしいスリッパ。ネルはまたもや、冷たく美しく輝いているダイヤモンドに目をやった。

そうしたもろもろの美しいものの背後に、親切で、大まかで、安全そのものの象徴のようなジョージ・チェトウィンドの姿が映っていた。

やさしいジョージ、この人を傷つけることがどうしてできよう？

キスだって？　キスがどうだというのだ？　そんなことを考える必要はない。いえ、考えないほうがいいのだ。

ヴァーノン……とジェーン……

二人のことを考えるのはやめよう。よかれ悪しかれ、すでに選択はなされたのだ。おりおりは思い出して苦しむこともあるだろう。けれどもすべての点で、このほうがいいのだ。ヴァーノンにとっても。自分が幸せでないのに、どうして彼を幸せにできよう？

ネルはやさしくいった。

「こんなにすばらしいおみやげを持ってきてくださるなんて、あなたって、本当にいい方ね。ベルを鳴らしてお茶を持ってくるようにいってくださいます？　今日はここでいただきましょう」

「いいね。だがどこかに電話するところだったんだろう？　私が邪魔をしてしまったようだ」

ネルは首を振っていった。

「いいえ、もうやめましたの」

2

ヴァーノン・デイアからセバスチャン・レヴィン宛ての手紙

モスクワにて

親愛なるセバスチャン
このロシアに、名のない獣についての古い伝説があるのをきみは知っているかい? これは何も政治的な意味合いでいっているんじゃない(ついでながらこの国のキリスト抹殺ヒステリーは、何とも奇妙なものだね)。その伝説が小さいころのぼくの〈獣〉に対するあの恐怖心を思い出させるからだ。ロシアにきて以来、ぼくは〈獣〉のことをずいぶんあれこれと考えた――その本当の意味を探りあてたいと思ったからだ。
そこにはピアノに対する盲目的な恐れ以上のものがあったとぼくは考える。ロンドンのあの医者はさまざまなものに対して、ぼくの目を開いてくれた。ぼくは自分がこれまでずっとひどい臆病者だったことに気づきはじめている。きみはそれを知っていたに違いない、セバスチャン。あからさまにではなかったが、一度ぼくにそういう意味のことをいったことがあったっけね。ぼくはいろいろなものから逃避してきた……子どものころからずっと。

今思いめぐらすと、〈獣〉は象徴的な意味をもっているようだ——木と針金で作られた単なる楽器というだけではなしに。数学者は、未来も過去同様に存在するという——人間は空間を旅すると同じように時間の中でも旅をすることができるのだと。ある者は記憶は単なる精神の習慣だとさえいう。こつさえ覚えれば、未来のことを思い出すことなど、わけはないはずだと。こんないいかたはずいぶん狂気じみて聞こえるだろうが、そうした理論は成り立つと思う。

我々の中には未来について知っている部分、身近にそれを意識している部分がある——そうぼくは信じているのだ。

なぜ、我々が折にふれて尻ごみするかということもそれで説明できるんじゃないだろうか？　我々の運命はときにいかにも重たく感じられる。その影の前に我々はたじろぐ。ぼくは音楽から逃げようとした——しかし、音楽のほうでぼくを捕えた。ある人々が救世軍の集会で宗教に捕えられるように、ぼくは音楽に捕えられたのだ。

これを悪魔的といおうか、神的といおうか？　ぼくを捕えたのが神ならば、それは旧約聖書に表われている嫉妬ぶかい神だ——ぼくがすがりつこうとしたものはすべて、ぼくから遠ざけられた——アボッツ・ピュイサン……そしてネル……

その後に何が残されたか？　何一つ！　いまいましい音楽自体すらも、今はぼくのものではない。作曲しようなどという意欲は今のぼくにはさらさらない。何も聞かず——何も感じない。いつかはもどってくるのだろうか？　ジェーンはそう思っている。いや、確信しているらしい。ジェーンからよろしくとのことだ。

ヴァーノン

3

モスクワにて

きみはものわかりのいい男だよ、セバスチャン。サモワールのこと、ロシアの政治情勢のこと、ここでの生活のことをもっと詳しく知らせてほしい——そんなことをきみはいわない。もちろん、この国はまだ殺伐たる混乱状態の中にある。当然だよ。しかし、ぼくにはひどく興味があるんだ……ジェーンからくれぐれもよろしく。

ヴァーノン

モスクワにて

4

セバスチャン

じっさい、ジェーンがぼくをここに連れてきたのは賢明なことだった。第一に知った人間に会って死者の中からの復活を歓声をあげて祝われる心配がないし、第二にぼくにいわせれば、ここは世界でもっとも興味しんしんたる場所だからだ。ここは、誰もが危険きわまる実験にたずさわっている、気のおけない研究所みたいなものだ。純粋に政治的見地からして、全世界がロシアに注目しているようだね。この国のかかえている問題は複雑だ。経済問題、飢え、モラルの低下、自由の欠如、病弱の子どもたち、非行少年……

しかし、悪徳と汚穢と無秩序の中から、しばしば驚くべきものが生まれることがあるものだ。芸術面に現われたロシア的思想の流れは比類のない独自性をもっている。児戯にひとしいものもあるが、乞食の衣の下から王侯の白皙の皮膚が見え隠れしているように、ところどころにすばらしい光がさし出ている。かの無名の獣――集合的人間《コレクティヴ・マン》。きみは共産主義革命にささげられた記念碑の図を見たことがあるかね？　『鉄のコロッサス』だ。それはまったくの話、想像力を強く刺激する。

機械――機械の時代……ボルシェヴィキたちは機械に関連のあるものというと、無条件に脱帽する。そのくせ、それについて何一つ知らないのだ！　だからこそ、機械は彼らの目にいっそうすばらしく見えるんだろう。シカゴの生えぬきの機械工が自分の町を描いたダイナミックな詩を作り、〝一本のねじ釘の上に建てられた町〟と歌っているところを想像してみたまえ。〝電気力と機械の都市、それは鋼鉄の円盤の上に螺旋形に築かれ、毎時間自転する――五千におよぶ摩天楼は……〟といった言葉が長々と続くんだ。これはアメリカ精神とはまるで異質のものじゃないかね？

自分にとってあまりにも近いものは、かえってよく見えないんじゃないだろうか？　機械についてよく知らない人々にこそ、その魂や意味が見えるんじゃないか？　無名の獣……ぼく自身の〈獣〉。やがては巨大な機械そのものとなる集合的人間《コレクティヴ・マン》。かつて人類を存続せしめた群居本能が、今新しい形で現われつつあるのだ。

現在、個人にとって、生きることはより困難に、危険にさえなっている――ドストイェフスキーがどこかでそんなことをいっていたっけ。

《羊はふたたび一つの群れとなり、もう一度、服従する。今度はその服従は永久に続く、我々は彼らに静かな、適度の幸福を与えよう》

群居本能……それはそもそも何なのか？

ヴァーノン

5

モスクワにて

またしてもドストイェフスキーから引用する。きみの書いていたのもこのことだと思う。

《その秘密を守る我々だけが不幸な人間となるだろう。一方には億万という幸福な子どもたちがおり、もう一方には僅か一万人ばかりの殉教者がいる。この殉教者たちが善悪を知る詛《のろ》いをことごとく引受けるわけだ》

いつの時代にも個人主義者はいるものだという点、きみとドストイェフスキーは一致している。ともしびを掲げもつのは個人主義者だ。巨大な機械へと鋳こまれた人間はついには滅亡する。機械には魂がなく、ついにはスクラップとなるだけだからだ。

人間はまず石を拝み、ストーンヘンジを建てた——それを建てた人間は今日すでになく、彼らの名も今は残っていないが、ストーンヘンジは今なお立っている。しかし、逆説的にいえば、その人間は彼らの子孫である、きみやぼくの中で生きているのだ。たとえ、ストーンヘンジとその象徴するものは死んでも。死んだものこそが存続し、不滅であるはずのものが滅びるのだ。

永遠に続くもの、それは人間だ。（しかし、はたしてそうだろうか？　それは人間のとんでもない思いあがりではないのか？　だが我々はそう信じている！）だから機械の背後には個人がいなくてはならない。ドストイェフスキーはそういい、きみもそういう。だが、考えてみれば、きみらはどっちもロシア人だった。イギリス人であるぼくは、もっと悲観的だ。

さっき引用したドストイェフスキーの作品の一節がぼくに何を思い出させるか、わかるかね？　ぼくの子ども時代さ。ミスタ・グリーンの百人の子どもたち——そしてプードル、スクアーラル、ツリー。それは地球に住む億万の人間の代表者なのだ。

ヴァーノン

6

セバスチャン

おそらくきみのいうとおりだろう。ぼくはこれまで考えるということをあまりしたことがなかった。考えたって何になる、そう思っていたのだ。実のところ、いまだにそう思っているのかもしれない。

困ったことに、今のぼくはそれを〝音楽で表現すること〟ができないのだ。音楽こそ、自分の天職だとますますはっきり確信するようになっているのに。しかし——だめなのだ。どうしようもない。

これはきみ、地獄そのものだよ。

ヴァーノン

7

前便に、ジェーンのことが一言も書いてなかったって？

彼女について、今さら何をいおう？　ジェーンはすばらしい女だ。ぼくらは二人とも、それを知っている。なぜきみは彼女に自分で手紙を書かないのかね？

ヴァーノン

8

セバスチャン

ジェーンはきみがもしかしたらロシアにやってくるかもしれないといっている。きてくれることを、ぼくは心の底から願っている。六カ月も手紙を書かなかったのはすまないことだ。もともと筆まめのほうではないのだが。

最近ジョーに会うかね？　ぼくらはパリに立ち寄ったときにジョーに会うことができたことを、とてもうれしく思っている。ジョーは頼りになる友だちだ。ぼくらのことを人に話したりはしないだろう。すくなくともジョーは知っている――そう思うととてもうれしいのだ。手紙のやりとりはしていない。だが、きみは何か彼女の消息を聞いていないか？　あまり健康そうに見えなかったが。かわいそうに、何もかもうまくいっていないようだ。

タトリンの〝第三インターナショナル記念塔のプラン〟について、きみは何か聞いているかね？　三つの大きなガラス張りの部屋を、いくつかの直立した軸と螺旋の組み合わせによって連結したものだ。特殊な機械装置によってそれらはたえまなく、しかし互いに異なった速度で動き続けるのだ。

その建物の中で、人々はおそらく、聖アセチレン吹管にささげる讃歌を合唱することだろう！

ある晩、ぼくらがロンドンに自動車で帰る途中、ルイシャムの市街軌道のあたりで曲り角を間違えて道に迷ったのを覚えているかい？　文明の中心地区からはずれて、ぼくらを乗せた車はサリーの船渠《ドック》の立ち並ぶ地域を走っていた。汚らしい家が途切れた合間に、クレーンやら、もうもうたる煙、鉄の組立梁などからなる立体派《キユービスト》の絵のような風景が見えたっけね。きみは演出家らしく、「あの景色は垂幕に使える」と言下にいった。

まったくの話、セバスチャン！　きみは機械のすばらしいスペクタクルを構成できる人だ。複雑な効果、照明、人間のものならざる顔をもった無数の人間たち――個人ではなく、集団としての人間。きみもそういったことを考えているんだろうな、おそらく？

建築家としてのタトリンのいっていることは至言とも、たわごととも思える。

「大都市のリズム――工場や機械、大衆組織のリズムは、新しい芸術に必要な衝動を与えることができる――」

こういって彼は、『機械の記念塔』について語るのだ。

きみはもちろん、今日のロシアの劇壇についても知っているだろう。何についても知らないことがないというのがきみの仕事なんだから。マイヤーホルトはたぶん噂どおりすばらしい人間に違いない。しかしドラマとプロパガンダをごちゃまぜにしていいものかどうか？

それはとにかく、いわば劇場に着いてから開幕までのあいだ、歩調でも取っているような足どりであちこちを歩きまわっている有象無象の仲間いりをするのは、それなりにわくわくする経験だ。舞台装置というのが揺り椅子と大砲、それに回り舞台からなっているというのだから、まるで子どもの劇のようだ。しかし、子どもといっても危険な、興味ある玩具を片手にもった子どもで、その玩具がほかの人間の手に渡った暁には……

つまりきみの手に渡ったらどうなるだろうか、セバスチャン？　きみはユダヤ人だ。しかしありがたいことにプロパガンダには手を染めない。きみは純粋無比のショーマンなのだ。

〝大都市のリズム〟――それを絵にすること。

畜生、その絵にふさわしい音楽をきみに提供できたなら！　必要なのは音楽だけだというのに。

近ごろはやりの〝騒音音楽〟というやつ、工場のサイレンの交響楽には呆れる！　一九二二年にバークでショーがあった。砲兵隊の砲列、機関銃の合奏、海軍の霧笛——たしかに滑稽だ。だが然るべき作曲家がいれば……

ぼくは音楽の創造に憧れている。子どもを生みたがっている女よりも切なる思いを以て。

それなのにぼくは不毛だ——何も作り出すことができないのだ。

ヴァーノン

9

親愛なるセバスチャン

まるで夢のようだ、きみは実際にここにきて、そしてまた去っていったのだね？　それはそうと、『三人のならず者を出しぬいた一人のならず者の話』——きみにはあれを上演する意志が本当にあるのか？

ぼくは今ごろになってやっと、きみが至るところで何と大きな成功を博しているか、気づきはじめている。きみはまさに現代の英雄だ。ナショナル・オペラ劇場の設立は驚異だ。もちろん、イギリスにもこの種の本格的な劇場ができていいころだが。しかし、オペラとはまたなぜだ？　時代がかった、過去に属する、滑稽なほど個人的な恋愛沙汰、オペラの台本はそんなものばかりじゃないかね？

これまでの音楽は子どもの描いた家の絵のようなものだ。四つの壁、ドア、二つの窓、煙突。「そのほかに何が要る？」というわけだ。

ともかくもファインベルクとプロコフィエフはそれ以上のものを達成したが。立体派《キュービスト》や未来派のことをぼくらはさんざん嘲笑したものだったね。すくなくともぼくは。考えてみると、きみはぼくのいうことに同意しなかったような気がする。ところがある日――映画を観ていたとき――大都市を空中から眺めた光景が画面いっぱいに現われた。尖塔が旋回し、高層ビルが傾き――つまりあらゆるものが、コンクリートと鋼鉄と鉄の性質を知っている者にはとても信じられないような動きを見せた。そのときはじめてぼくは、相対性についてのアインシュタインの理論の意味するところをおぼろげながら悟ったのだった。

ぼくらは音楽の形について何一つ知っていない。いや、およそ物の形について、何を知っているというのだ？　なぜなら物の一方の側はいつも空間に向かって開いているからだ。

いつかはきみにも、ぼくのいう意味がわかるだろう。音楽が何を意味するか——ぼくが理解するようになったものが何であるか。

思えばぼくのあのオペラはひどいものだった。もっともオペラというものはみな多少ともごたごたしているが。音楽はけっして描写的なものではない。一つの物語をとりあげてそれに描写的な音楽をつけることは、ある楽節を書き、そのうえでそれを演奏し得る楽器を探すようなものだ。ストラヴィンスキーがクラリネットのためのメロディーを作曲したとすれば、ほかの楽器がそれを演奏することなど、とても考えられはしないのだ。

音楽は数学のようなものであるべきだ——それは純粋科学であって、ドラマとか、ロマンティシズムなどの触れるべからざるもの、観念と絶縁した音というものの結果である純粋感情以外のものに影響されてはならないのだ。

ぼくはいつも心の奥底でそう感じていた。音楽は〝絶対音楽〟でなくてはならないと。

ぼくが自分の理想を実現できる日がくるとは、もちろん思っていない。観念の影響を受けない純粋の音を作るということは、完全を期するということにひとしいのだから。

ぼくの音楽は機械の音楽となるだろう。それをどう料理するかはきみに任せる。現代はバレエの時代だ。バレエ芸術はやがて、我々が夢想もしなかった高みに達するだろう。まだ書かれていない——いや、永久に書かれないかもしれないぼくの傑作の視覚面については、きみに一任していいと思う。

音楽は四次元的でなくてはいけない——音質、音度、相対的速度、そして周律。我々はいまだにシェーンベルクを正当に評価していないのではないだろうか。現代精神そのものである明晰非情なロジック。シェーンベルクだけが伝統を無視する勇気、岩床まで掘りさげて真理を見出す勇気をもっていたのだ。

ぼくにとってはシェーンベルクこそ、問題にするに足る唯一人の人物だ。楽譜の書きかたについての彼の考えも、やがては広く採用されるようになるだろう。楽譜が読むに堪えるものとなるには、それは絶対に必要だ。

シェーンベルクでぼくが残念に思うのは、楽器に対する軽蔑だ。彼は楽器の奴隷となることを恐れている。楽器そのものが欲すると欲せざるとにかかわらず、楽器を自分に仕えさせる——彼はそういう人間だ。

しかし、ぼくは自分の楽器に栄光を与えるつもりだ。彼ら自身の欲する——つねに欲してきたものを楽器に与えようと思う。

まったくセバスチャン、音楽という、この奇妙なものの正体は何だ？　考えれば考えるほど、わからなくなってくる。

ヴァーノン

10

きみのいうとおり、ぼくは何も書いていない。ずっと忙しかったのだ。いろいろな実験をやっていた。無名の獣の表現手段、いいかえれば楽器を作っていたのだ。金属をいじくるのはひどく面白いよ。目下、ぼくは合金を使うことを試みている。

音とは何と魅力的なものだろう！

ジェーンからよろしくとのことだ。

ところできみの質問だが——いや、ぼくはロシアを離れる気はない。きみの新しい構想によるオペラ劇場に、顎髯でもくっつけてお忍びで行きたいのは山々だが、まあ、やめておく。

ロシアはきみが見たときより、また一段と野蛮で、美しい。それは元気潑剌たる、機嫌屋のスラブ産ビーバーだ！

しかし、ぼくは甘んじて自己に迷彩を施し、ここから断じて動かぬつもりだ。無法な子どもたちについに根絶されるまで。

ヴァーノン

ヴァーノン・デイアからセバスチャン・レヴィンへの電報

ジョー、ニューヨークニテジュウタイ　リスプレンダントゴウニテジェーントタツ

第五章

1

「セバスチャン！」

ジョーはベッドの上でいきなり身を起こしかけたが、すぐ弱々しく後ろに倒れた。そしてそのまま、信じられないというように目を見張った。毛皮の外套を着た大柄なセバスチャンが、何でも心得ているといわんばかりの落ち着いた表情で穏やかにほほえみかけていたのであった。

ジョーの様子を見た瞬間、彼の胸に走った激しい痛みを示す何ものも、その顔には表われていなかった。ジョー、かわいそうなジョーとセバスチャンは心に叫んだ。

彼女は伸びた髪の毛を二つに分けて、肩までの短いお下げに編んでいた。顔は恐ろしいほど痩せ、頬骨の上が熱っぽく赤かった。薄地の寝間着を通して、尖った肩が見えた。

ジョーは熱病にかかった子どものようだった。その驚きにも、喜びにも、熱心な問いかけにも、ひどく子どもらしいものが感じられた。看護婦は部屋を出て行った。

セバスチャンはベッドの傍らに坐り、ジョーの痩せた手を握った。

「ヴァーノンから電報がきてね。彼の着くのを待たずにすぐきたんだ。取るものも取りあえず、船に乗って」

「あたしのためにわざわざ？」

「もちろんさ」

「ありがとう、セバスチャン！」

ジョーの目に涙が浮かぶのを見てセバスチャンはふと心配になり、慌てていった。

「もっとも商売のほうの用事も少しはあるがね。こっちには仕事でよくくるんだ。ちょうど一つ二つうまい取引きがあってね」

「あら、せっかくうれしがらせてくれたのに」

「だが、それも本当なんだよ」とセバスチャンは驚いていった。

ジョーは笑いかけたが、たちまちひどい咳の発作に襲われた。セバスチャンは心配そうに見守り、看護婦を呼ぼうとした。前もって注意されていたのだった。しかしやがて発作はおさまった。

ジョーは満足そうにそこに横になっていた。その手がふたたびそっとセバスチャンの手を探り求めた。

「あたしの母もこんなふうにして死んだのよ」とジョーは囁くようにいった。「かわいそうなお母さま！　あたしは母よりずっと利口な世渡りをするつもりだったのに、やっぱりめちゃくちゃな一生を送ってしまったわ。本当にめちゃくちゃよ」

「かわいそうに！」

「あなたにはあたしがどんなひどい暮らしをしてきたか、とてもわからないでしょうね、セバスチャン」

「想像はつくよ。きみなら、そんなことをしかねないと昔から思っていたからね」

ジョーはやがてまた話しはじめた。

「あなたの顔を見てどんなにあたしの気持が安まったか、察しがつかないでしょうね、セバスチャン。あたし、ずいぶん悪い男たちと行き会ったのよ。あなたが逞しい成功者で、自信に溢れているのが、昔は癪にさわってしかたなかったものだけれど、でも今は——本当にすばらしいと思ってるわ」

セバスチャンはジョーの手を握りしめた。

「こうやって会いにきてくれるなんて——わざわざ海を越えて——それもすぐに。本当にありがとう……ヴァーノンはもちろん、きてくれるでしょうけど、でもあの人は親類で——半分兄妹みたいなものだから。でもあなたは——」

「ぼくときみだって兄妹みたいなものだよ——いや、兄妹以上さ。アボッツ・ピュイサンのその昔からぼくは――きみが一声呼びかけてくれさえすればいつだってきみのところにくるつもりでいたんだから」

「まあ、セバスチャン！」とジョーは幸せそうに目を大きく見開いた。「あなたが今でもそんなふうに考えていてくれるなんて、夢にも思わなかったわ」

セバスチャンはちょっとどきっとした。そんなつもりではなかったのだ。彼が意味したのは――ちょっと説明のつかない――とくにジョーにはうまく説明できない気持だった。ユダヤ人らしい、いや、ユダヤ人だけに特有のある感情であった。人に示された親切をけっして忘れない感謝の気持。子どものころの彼は、誰からも顧みられぬ、社会の除け者であった。ジョーはその彼の味方に立ってくれた。彼を庇護することによって、彼女の住む世界に挑戦した。セバスチャンはそれを忘れなかった――けっして忘れまいと思った、彼女が望みさえすれば、世界の果てまでも行くつもりだった。

ジョーはまた口を開いた。

「あのひどい大部屋から――この部屋に移るように――あなたが計らってくれたのね？」

セバスチャンは頷いた。

「電報でね」

ジョーはほっと嘆息した。

「あいかわらず、おそろしく手回しがいいのねえ、セバスチャン」

「そうらしいね」

「あなたみたいにいい人は世の中にいないわ。このごろよく、あなたのことを考えるのよ」

「本当かい?」

彼は孤独のうちに過ごした年月を思った。痛いほどの憧れ——くじかれた欲望。すべてはどうしてこう、遅くなってからやってくるのか?

ジョーは言葉を続けた。

「あなたがまだ、あたしのことを想っていてくれるなんて、夢にも考えなかったわ。あたし、いつかはあなたとジェーンが結ばれるだろうと——」

奇妙な痛みが胸に走った。ジェーン……

彼とジェーン……

セバスチャンはしゃがれ声でいった。

「ジェーンは神のつくりたもうたものの中でいちばんすばらしい人間だとぼくは思っているよ。だが彼女は身も心もヴァーノンのものさ。永久にね」

「そうなんでしょうね。でも残念だわ。あなたとジェーンは強い人間よ。同じ種族なんだわ」

奇妙なことだが、たしかにそうだ。ジョーの言葉の意味を彼は理解した。

ジョーはかすかにほほえんでいった。「子どものころ、読んだ本を思い出すわ、涙ぐましい臨終の場面をね。友だちや身内がベッドのまわりに集まり、女主人公が力なく微笑するといった」

セバスチャンは心をきめていた。これが恋でないとどうして思ったのか？　たしかに恋だ、これは。この純粋な、無私の、熱い同情とやさしい思いは——何年間も心に秘めてきた愛情は。それは、単調に繰り返される、嵐のような、あるいは微温的な情事よりどのくらいいいか、わからない。そうした情事は何ら心の深みに触れることなく、惰性的に繰り返されるばかりだが。

セバスチャンはジョーの子どもらしい寝姿に胸をつかれた。何とか、ジョーを元気づけなくては。

彼は静かにいった。「臨終のシーンなんてとんでもない。きみは全快して、ぼくと結婚するんじゃないか」

「まあ、セバスチャン、肺病やみの奥さんに縛りつけられてもいいっていうの？　そんなこと、だめよ」

「馬鹿な！　二つのうち、一つじゃないか——よくなるか、それとも死ぬか。死ぬならそれっきりだし、よくなればぼくと結婚する——それだけのことさ。きみを元どおりの体にするために、ぼくはあらゆることをするよ」

「あたしの病気、ずいぶん悪いのよ、セバスチャン」

「そうかもしれない。だが結核については、たしかなことなんてないんだから。医者ならみんな、そういうよ。きみ自身が諦めているだけなんだ。きみの病気はきっとよくなる。うんざりするほど長くかかるだろうが、よくなることは間違いない」

ジョーは彼を見返した。痩せた頬にさっと血の気がさし、またさっとひくのを彼は見た。そして彼女が彼を愛していることを知った。奇妙な暖かい気持が胸をしめつけるのを彼は感じた。セバスチャンの母親は二年前に亡くなり、以来、彼のことをこのように真剣に愛してくれた者はいなかった。

ジョーは低い声でいった。

「セバスチャン、あなたにとって、あたしは本当に必要なの？——こんなにめちゃくちゃな一生を送ってきたあたしが、本当に要るの？」

セバスチャンは心をこめていった。

「きみが要るかって？　ぼくは世界一孤独な男なんだよ」

突然彼は自制心を失った。これまでにないこと——そんなことをしようとも思わなかったのに、彼はジョーのベッドの脇に跪いて顔を埋め、肩を震わせた。

ジョーの手が彼の頭を撫でていた。ジョーが幸せであること——その誇り高い魂が今安らぎを見出したことを彼は知った。かわいいジョー——衝動的で、暖かく、分別のないジョー。だが彼にとって、世界の何者よりもいとしい女。二人で助けあって生きていけたら。看護婦が入ってきた。面会時間はとうに過ぎたというのである。セバスチャンが別れを告げるあいだ、看護婦は席をはずしてくれた。

「そうそう、あのフランス人の男はどうしたんだね？」

「フランソア？　あの人、死んだわ」

「そうか、もちろん離婚だってできるわけだけれど、未亡人のほうが話は簡単だ」

「あたし、本当によくなるかしら？」哀れを催すほど真剣な口調であった。

「もちろんさ」

看護婦がまた現われたのをしおに、セバスチャンは病室を出た。そして医者に会って長時間話し合った。医者はあまり希望的なことをいわなかったが、まったく見こみがないわけではないといった。転地ならフロリダがいいということに、二人の意見は一致した。

セバスチャンは病院を出て、物思いにふけりながら街を歩いた。途中で〝リスプレンダント号の大惨事〟と書いた貼紙が目に入ったが、何の関心も感じなかった。

彼は忙しく自分の考えを追い続けていた。ジョーにとっては、何が一番いいことなのか？　生きることか？　死ぬことか？

不幸な生活を送ってきたんだ。せめてもこれからは。

その夜、床につくと、疲れていたので彼はぐっすり寝いってしまった。

2

翌朝セバスチャンは目を覚したとたんに、漠然とした不安を意識した。何かある――何か。はっきりしないが、何かある。

ジョーのことではない。ジョーは彼の心の前面を占めていた。これは心の奥に無理に押しこまれ、そのときまで考える余裕のなかった何かであった。

「まあ、いい、そのうち思い出すさ」と彼は思った。しかし、どうしても思い出せなかった。

着替えをしながら、彼はジョーのことをあれこれと考えた。できるだけ早くフロリダに転地させるに越したことはない。その後でなら、スイスに移すのもよかろう。ひどく弱ってはいるが、動かせないほどの容態ではない。ヴァーノンとジェーンに会ったらすぐ……いつ着くのだったか、彼らは？　リスプレンダント号だったな、たしか。リスプレンダント号……

セバスチャンは手にしていた剃刀を取り落とした。そうだ！　目の前に新聞売場の立看板の字がぱっと浮かんだ。

「リスプレンダント号の大惨事」

ヴァーノンとジェーンはその船に乗っているはずだ。

彼は激しく呼鈴を鳴らした。数分後、彼は委しい報道が載っている朝刊に食いいるように目を走らせていた。リスプレンダント号、氷山に衝突——死亡者名簿——生存者名簿。名前——生存者の名。グローエンという名があった。ヴァーノンの仮の名だ。ヴァーノンは生きているのだ。もう一つのリストを探して、セバスチャンはついに恐れていたものを見出した。ジェーン・ハーディングの名がそこにあった。

3

彼は新聞を片手に立ちつくしたが、しばらくしてそれをきちんと畳んでサイド・テーブルの上に置き、呼鈴を鳴らした。二、三分後にボーイのメッセージを受けた秘書が、急遽彼の前に現われた。

「十時にはずせない約束があるんだ。きみが代わってこの事件について調べておいてもらいたい。ぼくがもどるまでに委しい情報を用意しておくように」

セバスチャンは知りたいと思うことについて手短かに説明した。リスプレンダント号に関する報道を細大洩らさず集めたうえで、電報を二、三通打ってほしい。

次に彼は病院に自分で電話し、リスプレンダント号の惨事についてはジョーに一切話さないように念を押した。ジョーとも直接二言三言、できるだけさりげない口調で当り障りのない話をした。

途中で花屋に寄ってジョーのもとに花を届けさせ、それから会合や、仕事の上の話合いやら、何やらで、彼はたちまち忙しいスケジュールの一日の中にいた。その日セバスチャン・レヴィンが些事についていつもの彼とは少々違うことを見てとった人間は、おそらく一人もいなかっただろう。取引きにおいてはむしろ常に倍して抜け目なく、自分の意図を遂行する能力もまた、顕著だった。

その日、彼がホテルに帰ってきたときはすでに六時だった。

秘書は必要な情報をすっかり用意して彼を迎えた。生存者はノルウェー船に助けあげられ、三日後にニューヨークに到着する予定であった。

セバスチャンは無表情に頷き、さらにいろいろな指示を与えた。

三日目の夕方ホテルに帰った彼は、グローエン氏が到着され、隣りの部屋でおやすみになっていると聞かされた。

セバスチャンが入って行くと、ヴァーノンは窓ぎわに立っていた。くるりと振り向いた友人を見て、セバスチャンはショックに似たものを感じた。奇妙なことだが、ここにいるのはヴァーノンであってヴァーノンでない、そんな気がした。何かが彼に起こったのだ、セバスチャンはそう思った。

二人は顔を見合わせて立っていた。セバスチャンが先にしゃべった。一日中、念頭を離れなかったことが口をついて出た。

「ジェーンは死んだんだね」

ヴァーノンは頷いた——重々しく——その言葉の意味するところをはっきり理解しているように。

「そう」物静かな口調であった。「ジェーンは死んだ——ぼくが殺したんだ」

容易に感情に支配されない常日ごろの自分に帰って、セバスチャンは抗議した。

「お願いだ、ヴァーノン、そんなふうに考えるのはやめたまえ。ジェーンはきみに同行した——当然のことだ。むやみと気に病むことはない」

「きみはわかっていない。何が起こったかを知らないから、そんなことをいうんだ」

ヴァーノンはちょっと言葉を切り、静かな落ち着いた口調で続けた。

「うまくいえない。まったく突発的に起こったんだ——真夜中に。ほとんど逃げる暇もないくらいだった。船が恐ろしい角度で傾きだした。二人は一緒に甲板《デッキ》を滑り落ちてきたんだ。自分の力では逃れることができずに」

「二人って何のことだ？」

「ネルとジェーンだよ、もちろん」

「ネルがこのことと何の関係があるんだね？」

「ネルも乗っていたんだよ」

「何だって！」

「そうなんだ。そのときまでぼくも知らなかったんだが。ジェーンとぼくはもちろん二等だったし、乗客名簿などおそらく見もしなかったろうからね。だがネルとジョージ・チェトウィンドもリスプレンダント号に乗っていたんだ。このことはきみが邪魔しなければ、もっと早く話していたんだが、まったく悪夢のようだった。救命ボートに乗りこむ暇なんぞ、まるでなかった。ぼくは甲板《デッキ》の支柱に摑まっていた——手を放したら海に落ちる、そう思いながら。

そこへ二人が、ぼくのすぐ脇を滑り落ちてきたんだよ——だんだん速力を増しつつ、下の海を目がけて。

ネルが乗り合わせていようとは思いもしなかった。彼女が、「ヴァーノン！」と叫びながら死の淵へ滑り落ちて行くのを見るまで。

そういう折には考える暇などいっさいない。本能的に行動するだけだ。ぼくは手を伸ばせば二人のどっちでも摑むことができた——ネルでも、ジェーンでも。ぼくはネルを摑み、必死でかかえていた」

「で、ジェーンは？」

ヴァーノンは静かにいった。

「今でも、そのときのジェーンの顔が目に浮かぶ——緑色に渦巻く下の海に落ちて行ったとき——ぼくをじっと見つめながら」

「何ということだ！」とセバスチャンはしゃがれ声でいった。

突然夢から醒めたように、彼は無感動の状態を脱した。牡牛の咆吼のような唸り声がその唇を洩れた。

「ネルを助けたのか！　馬鹿！　ネルを救って——ジェーンを見殺しにしたというのか！　ネルなど、ジェーンの小指の先にも価しないのに。この大馬鹿者！」

「わかっている」

「わかっている？　それならなぜ——」

「頭で理解していることじゃない——人を捉えるのは盲目的な本能だ」

「畜生、きみなんぞ、いっそ地獄に落ちればいいんだ！」

「もう落ちているよ。きみにいわれるまでもない。ぼくはジェーンを溺死させた——愛していたのに」

「彼女を愛していたというのか？」

「そうだ、ぼくは彼女をずっと愛し続けていた。今になって、それがわかったんだ。そもそのものはじめからぼくはジェーンを愛していた。彼女を恐ろしいと思ったのは――愛していたからだ。その点でもぼくは臆病だった――現実から逃れようとしていたんだ。ぼくはジェーンと戦った。彼女がぼくに対してもっている力を恥じた。そしてジェーンに地獄の苦しみを味わわせたんだ。

それなのに今、ぼくはジェーンを求めている――どうしようもなく彼女を求めているんだ。いかにもぼくらしい、ときみはぼくを罵るだろう。手が届かなくなったとたんに失ったものを乞い求めるとは。おそらくそうなんだろう――ぼくはそういう男なんだろう。ぼくにわかっていることはただ、彼女を愛しているということだけだ――その彼女が永久にぼくから失われてしまったのだ」

ヴァーノンは椅子に腰を落とし、静かな口調でいった。「ただ仕事がしたい。ここから出て行ってくれたまえ、セバスチャン、お願いだ」

「ヴァーノン、きみを憎むことがあろうとは思いもしなかったが、ぼくは今――」

ヴァーノンは繰り返した。

「仕事がしたいんだ」

セバスチャンはくるりと背を向けて部屋から出て行った。

4

ヴァーノンは身動きもせずに坐っていた。

ジェーン……

こんなふうに苦しまなければならないとは――人をこのように恋い求めるとは――恐ろしいことだ。

ああ、ジェーン……ジェーン……

そうだ、いつも彼女を愛していたのだ。最初に会ったときから離れがたいものを感じた。自分自身でもどうにもならない力によって引き寄せられていた。

恐れるなんて、愚かな臆病者のすることだ。しかし、彼はいつも恐れていた。現実の深みを恐れていた。激しい感情にゆさぶられることが怖かった。

ジェーンはそれを知っていたのだ――いつも。だが彼を助けることができなかったのだ。セバスチャンのパーティーで、〝あでなる人をわれは見き〟と歌った夜、彼女はいったのではなかったか、「時において引き離されていることは……」と。

水中に漂う丈長き髪……いや、そんなことを考えるのはよそう。それにしてもふしぎだ。彼女があの晩、あの歌を歌ったことは。溺れかけている女の彫像も……思えばふしぎな気がする。はじめて会った晩ジェーンが歌ったもう一つの歌はどんな歌詞だったか？

きみ、逝きぬ、
帰らぬ旅に出で行きしごと、
人の世の最後の愛を
我より奪い――

自分はアボッツ・ピュイサンを失い、ネルを失った。

しかしジェーンにおいてはじめて〝人の世の最後の愛〟を失ったのだ。

彼にはこれからもただ一人の女性の面影しか見えないだろう――彼の前から永遠に失われたジェーンしか。

愛していた……ジェーンを……心から愛していた。

それなのに彼女を苦しめ、ないがしろにし、ついには荒れ狂う海の藻屑としたのだ。

サウス・ケンジントン美術館の彫像……

そのことはもう考えるな……

いや、そうではない。逃げてはだめだ。今度こそ、問題を回避しないようにするのだ。

ジェーン……ジェーン……いとしいジェーン……

ジェーンに会いたい。

もう二度と会えなくなった今。

すべては失われた。何もかも。

ロシアでの年月……むなしかったあの日々。

何ということだ、ジェーンの傍らで暮らし、その体を抱きながら彼女を恐れ続けていたとは――ジェーンに対する自分の情熱、それが怖かったのだ。馬鹿馬鹿しいことだ。

〈獣〉に対する子ども時代の恐怖心……

獣のことを考えて、ヴァーノンは愕然とした。

彼は今ようやく、自分が本来の遺産を継承したことを悟ったのであった。

5

タイタニック・コンサートから帰ってきた日のようだった。そのとき見たのと同じ幻が見えた。敢えて幻と呼んだのは、単なる音以上のものがあるように思えたからだった。視覚と聴覚が一つとなり、音の曲線や螺旋がのぼりくだりし、ぐっと押し寄せてくる感じであった。

違うのは、彼が今では必要な技術的知識をすべてもっていることだった。

ヴァーノンは紙を摑み、象形文字でも記すように書きなぐった。それは狂気じみた速記の記号のようだった。彼の前には仕事に明け暮れるであろう、長い年月がひろがっていた。しかし、この新鮮さ、明澄さは、今をおいて二度とふたたび捕えることができないだろう、と彼は思った。

そうだ――これでいいのだ。金属の――真鍮の楽器が要る――度肝を抜かれるくらい、たくさん。

それから新奇なガラス楽器……高らかな、澄んだ音色のそれも。

彼は幸せだった。

一時間がたち……二時間が過ぎた。

一瞬彼は狂おしいほどの喜びから醒めて――ジェーンを思った。

そして吐き気を催し――深く恥じた。たった一夜すらも、彼女の追憶にささげることができないのか？　何という下劣な――残酷なことだ――このように悲しみを――憧れを、あげもちい――それをことごとく音に化するということは。

だが創造者であるということはこういうことなのだ――あらゆるものを――非情に――目的のために用いるのだ。

ジェーンのような人間がその犠牲となるのだ。

ジェーン……

苦痛と喜びに真二つに身を裂かれるような気がした。みごもった女は、こんなふうに感じるのかもしれない、彼はそうぼんやり考えた。

やがて彼はふたたび紙の上に身をかがめて書きなぐり、譜面を次々に床の上に散らした。ドアが開いたが、夢中になっていたので、彼の耳には衣ずれの音も聞こえなかった。小さな声がおずおずと話しかけたとき、彼はようやく顔をあげた。

「ヴァーノン！」

彼は強いて注意を集中しようとつとめた。

「ああ、ネル、きみだったのか」

ネルは両手を握り合わせながらそこに立っていた。青ざめた、苦しげな顔であった。息もろくにつけないように喘ぎ喘ぎ彼女はいった。

「ヴァーノン……あたし、やっとあなたを見つけたのよ。探し出してもらったの、あなたがどこにいらっしゃるか……それでこうしてやってきたんです」

ヴァーノンは機械的に頷いた。

「そう、それできたんだね」

オーボエ——いや、オーボエでは音が柔らかすぎる。もっとけたたましい金属的な音が要る。ハープはいい——ハープの流れるような調べ——水のような旋律が必要だ。力の源泉としての水だ。

うるさいな！　ネルがまた何かいっている。聞いてやらなければいけないだろう。

「ヴァーノン、あなたが助けてくださらなかったら、あたし、本当に死ぬところだったわ。今になってはじめてわかったの、大切なのは——愛だけだってことが。でもあたし、ずっとあなたを愛していたのよ。今度こそ、もう離れないわ」

「そう」と彼はぼんやり呟いた。

ネルは近づいて彼に両手を差し伸べた。

ヴァーノンは遠く離れたところから眺めるようにかつての妻の顔を見つめた。めったにいないくらいの美人だ、たしかに。なぜ、自分が彼女に恋をしたか、容易に頷けた。ただふしぎなことに、今の彼は少しも心を動かされていなかった。彼はいらいらしながら、ネルが早くここから出て行って自分に仕事を続けさせてくれればいいのにとばかり思っていた。ところで、トロンボーンは使えるだろうか？　使いようによっては……ひょっとして……

「ヴァーノン！」とネルは鋭い声でいった。冷水を浴びせかけられたように愕然としていた。

「ヴァーノン、あなた、あたしのことをもう愛していらっしゃらないの？」

本当のことをいったほうがいい、そう思ったので、ヴァーノンは妙に慇懃な口調でいった。

「すまない――そうらしいんだ。ぼくはジェーンを――愛している」

「あなた、怒っていらっしゃるのね？　あの――子どものことで、あたしが嘘をいったから」

「嘘？　子ども？　何のことだい？」

「覚えてもいらっしゃらないの？　子どもが生まれるからって、あたしがいったこと……あれは嘘だったのよ、ああ、ヴァーノン……赦して……どうか赦してちょうだい！」

「いいんだよ、ネル、気に病むことはない。結局、いちばんよかったんだと思うよ。ジョージはとてもいい男だ。ジョージと暮らすのが、きみにとっては幸せだろう。お願いだ、もう帰ってくれないか。こんなことをいってすまないけれど、ぼくは今、とても忙しいんだよ。頭に浮かんだことを書いておかないと捕まらなくなってしまうからね」

ネルは茫然と彼の顔を凝視した。

それから踵を返してドアのほうににじり寄った。戸口で向き直って、彼女はもう一度両手を差し伸べた。

「ああ、ヴァーノン……」

最後の絶望的な訴えかけであった。

ヴァーノンは顔をあげもせずに、苛立たしげに頭を振った。

ネルがやっとドアを締めて立ち去ったとき、ヴァーノンは安堵の溜息を洩らした。彼と仕事の間に介在するものは、もう何一つない。彼はふたたびテーブルの上に身をかがめた。

クリスティーとウェストマコット

「クリスティーの叙情小説だなんて」――とちょっと敬遠気味だった若いクリスティー・ファンにゲラ刷りを読んでもらった。「とにかく読ませますね、ドラマ性があって」というのが彼女の感想だった。その後、『未完の肖像』を読み、『春にして君を離れ』を読んで、彼女は今度は、クリスティーはウェストマコットを読まなくてはといい出していた。『愛の旋律』はウェストマコット名義の最初の作品である。本書の出た一九三〇年はクリスティーにとってなかなか重要な年だった。ミステリでは『牧師館の殺人』が出ているし、前年には『七つの時計』、翌年には『シタフォードの秘密』が出版されている。

これに先だつ一九二六年(『アクロイド殺し』が出た年)の冬、クリスティーは自宅から突然失踪し、一週間後、記憶喪失症にかかってハロゲートのホテルに逗留しているところを発見された。その後、クリスティー大佐と離婚、二年後、考古学者のマックス・マローワンと再婚している。記憶喪失が物語の重要な転回点となる本書には、だから、いろいろな意味で彼女自身の苦しい体験――ミステリに織りこみようのなかったもの――が盛られているると推測するのは、あながち勘ぐりばかりではないように思う。

原題は"Giant's Bread"——巨人の糧、巨人を育むもの、とでもいおうか。巨人といっても、必ずしも不世出の若き天才ヴァーノン・デイアではなく、プロローグにあるような〝矮小な巨人〟すなわち人間のこととも考えられる。

ネルはこの本の後半ではジェーンと対照的に打算的な女性に描かれているが、ヴァーノンとの新婚当初、ことに病院で働くその姿には、クリスティー自身が篤志看護婦として働いた第一次大戦中の体験がそっくりそのまま盛られているようで、気弱で、人に支配されやすいくせに利害にさとい女の一面をまるだしにした後半の部分とは甚だしく異なった印象を与える。

ジェーン・ハーディングはクリスティーが好んで女主人公として取りあげる、強く、真摯な女性である。けれどもクリスティーはネルの場合と違って、彼女を内側から掘りさげることをしていない。ただ、クリスティー自身も、十六歳のときに声楽の勉強にパリに行き、一時はオペラ歌手となることを念願としていたようで、後年、「私の声がオペラで歌うのに不充分であることがわかって非常な失望を感じた」としみじみ述懐している。クリスティーが、好きなことのうちに、ピアノを弾くこと、音楽会に行くことをあげているのも思い出される。

ヴァーノンの幼時の空想の世界も、もとはといえばクリスティー自身のもので、『自伝』にこんな述懐がある。

「私はいく人かの空想上の友だちを作って遊んだが、それは時々家に遊びにくる同年輩の子どもよりはるかに実在する友人だった」

本書に出てくる二人の母親、ミセス・デイアとミセス・ヴェリカーは、それぞれに占有欲の強い女性だ。クリスティーは自分自身の母がこうした母親のイメージと重ねられることを恐れたのではないだろうか。本書が亡き母にささげられているのは、そんな彼女のデリケートな心遣いかと思われる。

自分の母親についてクリスティーは、「母は私の幼少のころから詩や物語を書くことを勧め、私に読ませる書物を選んだ。母は独創性に富んだインテリ女性だった。何についても情熱を起こさせる優れた教育者で、学校に行かせずに自力で私を教育してくれたが、その教えかたは私にとって楽しいスリルのあるゲームのようだった」と書いている。こうした母親像は、『未完の肖像』の主人公シーリアの母に見られる。

世に知られずに長らく埋もれていた雑誌掲載の短編などを集めて死後出版された『マン島の黄金』を、私はクリスティーの落ち穂拾いの気持ちで読んだ。そのうちの「光が消えぬ限り」は、本書第五部のヴァーノンとネルの再会とその痛ましい結果のエコーのようで一読をお勧めしたい。

もう一つ。同じ『マン島の黄金』の「壁の中」には、ヴァーノン、ジェーン、ネルが、アランとその妻イザベル、それにジェーンとして登場している。素顔のクリスティーに関心のある読者はぜひ読んでいただきたいと思う。

（訳者）

「巨人の糧」

小説家
服部まゆみ

イギリスを旅してもっとも感動するのは接する人々の表情だ。遠慮深く、おずおずとしたどこか臆病にすら見える折り目正しい表情、そして仕種である。無論、すべての人という訳ではないが、美しいはにかみの表情に出会うことがとても多い。

小話にもスイスの登山電車に何時までも乗れない人種としてイギリス人が登場する。「どうぞ、どうぞ」と後の人に譲り続けて取り残されてしまうのである。実際、取り残されるとまではいかないにしろ、イギリスではバスや地下鉄の乗降口で、これは日常の風景である。「イギリス紳士」という言葉で言い表される礼儀正しさの伝統が紳士にも淑女にも気持ち良く受け継がれているのではなかろうか？　かつてラフカディオ・ハーンが日本に来たときの印象記にも、彼がもっとも感動した日本の素晴らしさとして似たような慎ましさは描かれていたものだが……

主人公ヴァーノンが三歳の時から始まる『愛の旋律』にも、そうした遠慮……言いよどんだり、口籠ったりする細やかな感情の触れ合いが丁寧に描かれている。主人公とナースの関係、叔母との関係、父親との関係は快く、優しさに溢れている。それは年齢差や立場も越えて相手を尊重するという礼儀の基本に他ならないが、そういうことをわきまえない他者に接したときの主人公は、ただ戸惑い恐れるしかない。幼児にとっては母親は無条件に愛し、愛される存在でありたいと願うものだが、また、その歳では愛しながら戸惑い、恐れるという、感情の矛盾を整理、追求することはできない。心安らかに話せる相手と、何となく苦手な相手というヴァーノンの選別の視線を通して描かれる周囲の人々は、主人公以上に読者の前でその姿を露呈する。

ミスタ・グリーンという空想の友を持ち、病的なまでに音楽を嫌った孤独な幼年時代、従妹ジョー、隣家のロシア系ユダヤ人セバスチャンと厚い友情で結ばれる少年時代、そしてボーア戦争に出征した父の死……舞台がロンドンに移ると共に、時代の息吹が成長した三人、ヴァーノン、ジョー、セバスチャンを包み込み、めくるめくような二十世紀初頭の熱風が、鼓動が頁を覆う。

二十世紀初頭は芸術――美術、音楽、文学、演劇、舞踊、そして思想の革命――古い文化に反旗を翻したアバン・ギャルドの寵児たちの時代だった。一九二四年のアンドレ・ブルトンの『シュルレアリスム宣言』の発行に象徴されるような前衛芸術運動がヨーロッパを席巻し、キュビスム、未来派、ダダ……と革新的な運動が花開き、ディアギレフ率いるロシアンバレエが喝采を浴び、ピカソやブラックの絵画、『泉』と称して便器を展示したデュシャン等が美の概念を変え、サティやストラヴィンスキー、シェーンベルクの音楽が人々を驚かせた。そして文学においてもトーマス・マンの『トニオ・クレーゲル』（一九〇三）『ヴェニスに死す』（一九一二）、ヘルマン・ヘッセの『春の嵐』（一九一〇）『湖畔のアトリエ』（一九一四）、ロマン・ロランの『ジャン・クリストフ』（一九〇四〜一九一二）と、「芸術家小説」と称される芸術家気質と市民気質のジレンマを描いた文学が続々と発表された頃でもある。新しい価値観を求めて芸術全般が呼応するように変化、流動する活気に満ちた時代——若い三人が感応しないはずがないではないか。三人の間で交わされる辛辣な俗物批判と芸術談義も時代の波に揺さぶられ、活気に溢れている。

幼少時、ピアノを四本足の〈獣〉と恐れ、極度の音楽恐怖症だったヴァーノンは、新しい音楽に触れ、一転、音楽家を目指すようになる。親友セバスチャンは「おそらくヴァーノンにはこれまでの音楽は、ちょうど我々が原始的な民族の音楽を聞いて感じるように、堪えがたいほど不協和音に響いたんだろう」と説明するが、ヴァーノンの求めるものは今までの音楽ではない未来の音楽である。それは「四次元的」と表現され、後半、作者が他の音楽家と共に名を挙げ、主人公に讃えさせているように、どうやら一九二一年に十二音技法を発見し無調音楽の体系を作り上げたシェーンベルク風の音楽らしい。そしてアインシュタインと文通しているジェフリズという数学者が良き理解者である。ジョーも彫刻家を夢み、次いでオペラ歌手を夢みと、前衛芸術家との交流に忙しい。セバスチャンはショービジネスを始めとする実業家の道を着実に歩む。内気な慎ましい精神と逞しく俗な精神、あるいは芸術家気質と市民気質の様々な葛藤が描かれ、これは永遠に平行線を辿るしかないのだろうかと思ったとき、マンやヘッセのテーマに、平行線を繋ぐと思われる女性が現れる。子供の頃、退屈な娘と映ったネルである。彼女との再会が「幼馴染三人」を「四人」に変える。更にオペラ歌手ジェーンとの出会い。そして第一次大戦が始まる……五人の主要登場人物の個性も生き方も多様だが、それぞれの行動や言葉に真摯に共感と反発を覚えるのは、本書が「芸術家小説」であると同時に、愛の深く複雑な面をも暴いた「愛の物語」ともなっているからだろうか。

原題は“Giant's Bread”――『巨人の糧』、クリスティーは本書の中で「巨人」は矮小な巨人、すなわち人間であると同時に、また芸術――人間の血と肉、すべてを糧として要求する芸術と書いている。

巨人は偉大で素晴らしいが故に残酷でもある。読了後、プロローグを再読せずにはおれない巨人の魅力……人は巨人の要求にどこまで応えられるのか……他者を愛するということは……改めてクリスティーは……いや、メアリ・ウェストマコットは面白いと思った。

傑作である。

バラエティに富んだ作品の数々

〈ノン・シリーズ〉

名探偵ポアロもミス・マープルも登場しない作品の中で、最も広く知られているのが『そして誰もいなくなった』（一九三九）である。マザー・グースになぞらえて殺人事件が次々と起きるこの作品は、不可能状況やサスペンス性など、クリスティーの本格ミステリ作品の中でも特に評価が高い。日本人の本格ミステリ作家にも多大な影響を与え、多くの読者に支持されてきた。

その他、紀元前二〇〇〇年のエジプトで起きた殺人事件を描いた『死が最後にやってくる』（一九四四）、『チムニーズ館の秘密』（一九二五）に出てきたロンドン警視庁のバトル警視が主役級で活躍する『ゼロ時間へ』（一九四四）、オカルティズムに満ちた『蒼ざめた馬』（一九六一）、スパイ・スリラーの『フランクフルトへの乗客』（一九七〇）や『バグダッドの秘密』（一九五一）などのノン・シリーズがある。

また、メアリ・ウェストマコット名義で『春にして君を離れ』（一九四四）をはじめとする恋愛小説を執筆したことでも知られるが、クリスティー自身は四半世紀近くも関係者に自分が著者であることをもらさないよう箝口令をしいてきた。これは、「アガサ・クリスティー」の名で本を出した場合、ミステリと勘違いして買った読者が失望するのではと配慮したものであったが、多くの読者からは好評を博している。

72 茶色の服の男
73 チムニーズ館の秘密
74 七つの時計
75 愛の旋律
76 シタフォードの秘密
77 未完の肖像
78 なぜ、エヴァンズに頼まなかったのか？
79 殺人は容易だ
80 そして誰もいなくなった
81 春にして君を離れ
82 ゼロ時間へ
83 死が最後にやってくる

84 忘られぬ死
86 暗い抱擁
87 ねじれた家
88 バグダッドの秘密
89 娘は娘
90 死への旅
91 愛の重さ
92 無実はさいなむ
93 蒼ざめた馬
94 ベツレヘムの星
95 終りなき夜に生れつく
96 フランクフルトへの乗客

訳者略歴　東京大学文学部卒，英米文学翻訳家　著書『鏡の中のクリスティー』訳書『火曜クラブ』『春にして君を離れ』クリスティー，『なぜアガサ・クリスティーは失踪したのか？』ケイド（以上早川書房刊）他多数

愛《あい》の旋律《せんりつ》

〈クリスティー文庫75〉

二〇〇四年二月十五日　発行
二〇一九年六月十五日　二刷

（定価はカバーに表示してあります）

著者　アガサ・クリスティー
訳者　中《なか》村《むら》妙《たえ》子《こ》
発行者　早川　浩
発行所　株式会社　早川書房
郵便番号一〇一-〇〇四六
東京都千代田区神田多町二ノ二
電話　〇三-三二五二-三一一一（大代表）
振替　〇〇一六〇-三-四七七九九
http://www.hayakawa-online.co.jp
乱丁・落丁本は小社制作部宛お送り下さい。
送料小社負担にてお取りかえいたします。

印刷・株式会社精興社　製本・株式会社川島製本所
Printed and bound in Japan
ISBN978-4-15-130075-2 C0197

本書は活字が大きく読みやすい〈トールサイズ〉です。